Hanna Staller

Das Geständnis des Wilderers

*

Sie wollte nur ein warmes Nest

*

Der Hof ohne Männer

www.karl-mueller-verlag.de

Umschlagfoto: Soheili, München
Satz: ICS Internationale Communikations-Service GmbH, Bergisch Gladbach
Druck und Bindung: GGP Media, Pößneck
Printed in Germany

ISBN 3-8336-0164-7

Hanna Staller

Das Geständnis des Wilderers

Ein dramatischer Heimatroman

Herrlich lachte der Sommertag. Die Augusthitze flimmerte im Tal von Riedheim, dem kleinen Städtchen, das eingebettet in die oberbayerischen Berge, weltabgeschieden dalag.

Doch für die Dörfer der näheren Umgebung war Riedheim ein wichtiges Zentrum des Handels und des Verkehrs. Auch die Touristen, die im Sommer die Berge erklettern wollten und im Winter die Skiabfahrten benutzten, strömten dort zusammen.

»He, Christl, wie lang' brauchen wir noch bis Riedheim?« rief jetzt eine helle Mädchenstimme.

Sie gehörte der braunhaarigen Sixta Brunner, der einzigen Tochter des reichen Brunner-Bauern aus Sterzach. Weil jetzt in der Erntezeit kein anderer Zeit hatte, musste die siebzehnjährige Sixta zur Käserei radeln.

Das tat sie nicht oft und kannte sich darum auf dem Weg nicht so gut aus wie ihre Freundin, die blonde, blauäugige Christl Meininger.

Die gab jetzt über die Schulter zurück eine Auskunft.

»Wenn wir um die Kurve herum sind, Sixta, dann kommt schon das Ortseingangsschild«, rief sie laut. »Gib Obacht, der Radweg biegt dann nach links hinüber!«

Es war gut, dass sie die Sixta daran erinnert hatte. Sie hätte das Hinweisschild vielleicht übersehen und wäre auf der rechten Seite weitergefahren. Da wurde es hernach sehr eng. Eine steile Felswand trat bis dicht an die Fahrbahn heran und erlaubte weder Bürgersteig noch Radweg.

Mit wehendem, geblümtem Rock und flatterndem Blondhaar trat die Christl jetzt kräftig in die Pedale und fuhr nach links hinüber. Die Sixta folgte ihr.

Da erklang hinter ihnen ein wütendes Hupen. Ein Autofahrer stieg auf die Bremse, so dass die Reifen quietschten.

Die beiden Madeln waren zusammengefahren und hielten erschrocken an.

Erst stieg die Christl ab, dann auch die Sixta. Verwirrt und ein bissl blass um die Nase herum, schaute die Letztere zu dem Wagen hin. Die blonde Christl dagegen war entrüstet. Sie wusste doch genau, dass sie alles richtig gemacht hatten. Auch die linke Hand hatten sie beim Abbiegen ausgestreckt und auf und ab bewegt.

»Jessas, Maria und Josef, wisst ihr, was ihr seid?« schrie der Autofahrer, der mitten auf der Straße stehen geblieben war, zu ihnen herüber. »Depperte Gänse seid ihr alle zwei!«

Die Sixta schüchterte er ein mit seinem Geschrei. Sie hielt den Lenker des Rades fest und kroch ganz in sich zusammen.

Aber die Christl sagte ihm energisch die Meinung. Sie warf den Kopf in den Nacken und trumpfte auf.

»Selber deppert!« gab sie laut zurück. »Mach' doch deine Augen besser auf und schau die Schilder an! Kannst du denn net sehen, dass hier der Radweg kreuzt? So einer wie du ist mir noch net vorgekommen, der Unrecht hat und dennoch das Maul so weit aufreißt!«

Zu ihrer Freundin gewandt, fuhr sie fort: »Komm, Sixta, der unhöfliche Dummkopf dort drüben soll uns net kümmern! Wir fahren weiter, wie sich's gehört.«

Und entschlossen kletterte sie wieder auf ihr Rad, bei dem auf dem Gepäckträger eine Tasche festgeklemmt war und eine andere am Lenker baumelte. Und die Sixta, die immer im Schlepptau der energischeren Freundin segelte, stieg ebenfalls auf und folgte ihr nach.

Sie kümmerten sich nicht mehr um den wütenden jungen Mann, der jetzt auch noch den Motor seines Wagens abgewürgt hatte und von neuem starten musste. Hinter ihm wurde schon eifrig gehupt von ungeduldigen Autofahrern.

Links am Eingang des Städtchens lag jetzt die Molkerei, zu der die Milch aus allen Bergdörfern gebracht wurde. Hier trennten sich die Wege der beiden Madeln.

Ein Marterl stand hier an der Einmündung der Zufahrt der Molkerei in die Landstraße. Vor Zwei Jahren hatte hier ein junger Bauernbursch auf dem Motorrad den Tod beim Zusammenstoß mit einem Lastwagen gefunden. Seine Eltern hatten zu seinem Andenken das hölzerne Kreuz mit der Christusfigur errichtet, das von einem spitzen Dach überwölbt war. Eine einfache Bank lud daneben zum Verweilen und Nachdenken ein.

»Gelt, du wartest hier auf mich?« vergewisserte die Christl sich noch einmal, ihr Rad anhaltend. »Mein Weg ist ein bisserl weiter als der deine.«

»Freilich wart' ich«, versicherte die Sixta ihr. »Die weite Heimfahrt so ganz allein würd' mir zu langweilig ohne dich.«

»Wir werden sie abkürzen« versprach Christl ihr. Ich zeig' dir einen Weg, den ich schon oft genommen hab'.«

Dann stieg sie wieder auf ihr Rad und winkte der Freundin im Davonfahren noch einmal zu.

Die Sixta fuhr nach links weiter zur Käserei, wo man die Tochter des reichen Bauern aus Sterzach gut kannte und höflich behandelte. Innerhalb weniger Minuten bekam sie die gewünschte Abrechnung und die in Stanniol eingewickelten Stangen vom Allgäuer Schmelzkäse dazu, die ihr zustanden.

Sie legte alles in den Korb, der an der Lenkstange hing, verabschiedete sich und fuhr bis zu der Bank neben dem Marterl, dem verabredeten Treffpunkt.

Dort saß sie dann unter dem grünen Blätterdach

des Baumes, der neben dem Marterl Schatten spendete, und schaute die sonnenbeschienene Landstraße hinauf und hinab. Das glatte graue Band der Straße schlängelte sich, den Windungen des Tales folgend, im Sonnenglast unter dem seidigblauen Himmel dahin. Autos flitzten vorüber, in denen Urlauber saßen, Traktoren zogen vollbeladene Erntewagen heim, an Radfahrern gab es keinen Mangel, und die ratternden und stinkenden Lastwagen schnauften unter Gedröhn vorüber. Für das Madel aus dem stillen Bergdorf war das ein interessantes Schauspiel, dem es gerne zusah.

Insgeheim hielt die Sixta ja nach einem roten Wagen Ausschau, in dem ein braun gebrannter dunkelhaariger, junger Mann am Steuer saß, aber leider wollte er sich nicht einstellen.

Der Fremde, der die Christl und sie so barsch angefahren hatte, kam ihr nämlich nicht aus dem Sinn. Gar zu gut hatte er ihr gefallen, und sehr gern hätte sie gewusst, wer er war und woher er kam . . . Das Kennzeichen seines Autos wies ihn als zum Landkreis gehörig aus, aber der Landkreis war groß. An die fünfzig Dörfer gehörten dazu, und jedes der Täler war vom anderen durch die himmelhohen Steinwände der Berge getrennt. Die meisten Bergbewohner waren in ihrem Dorf eingeschlossen wie in einer Welt für sich.

Außerdem macht er sich gar nichts aus mir, dachte die braunhaarige Sixta. Die Christl ist's, die Eindruck auf ihn gemacht hat. Ich hab' ja gesehen, wie er geschaut hat, als sie ihn so zornig anfuhr. Es imponiert halt den Mannsbildern, wenn ein Madel selbstbewusst ist und sich nix gefallen lässt.

Nur zu gut wusste die Brunner-Sixta, dass sie trotz des Reichtums ihres Vaters eine solche Haltung nie erreichen würde. Das lag gewiss an der strengen Erziehung daheim. Der Brunner-Bauer war ein Tyrann, gegen den niemand aufbegehren durfte. Frau und

Tochter hatten zu gehorchen. Sie waren in seinen Augen sowieso nur Geschöpfe zweiten Grades. Immer noch haderte der Bauer mit dem Schicksal, das ihm einen Sohn versagt hatte.

Währenddessen radelte die Christl munter weiter.

Sie kannte sich in Riedheim sehr gut aus. Fast jede Woche unternahm sie eine solche Fahrt in das Städtchen, um die fertig gewordenen Arbeiten ihrer Mutter wegzubringen.

Frau Wanda Meininger war die Witwe eines Waldhüters, der viel zu früh droben im Sterzacher Forst sein Leben hatte lassen müssen.

Knapp zwei Jahre war es her, da hatte ihn die Kugel eines Wilddiebs niedergestreckt. Bei einem vom Förster angeordneten Kontrollgang in der grauen Morgenfrühe war es gewesen. Hubert Meininger war nicht heimgekommen vom Dienst, und als er beim Mittagsläuten immer noch nicht erschienen war, hatten der Förster und die Jagdgehilfen mit den Hunden zu suchen begonnen.

Da hatten sie ihn dann gefunden. Kalt und steif war er bereits gewesen. Neben einem toten Reh lag er im Gras, das der Wilderer widerrechtlich erlegt hatte, und wenige Schritte weiter fand man die Waffe, das Jagdgewehr, das der Wilderer weggeschleudert hatte, als ihm klar geworden war, was er getan hatte.

Ganz genau hatte die Polizei das Gewehr untersucht und festgestellt, dass drei Schüsse daraus abgefeuert worden waren.

Eines dieser Geschosse befand sich im Körper des Rehs, das andere wurde aus der Brust von Hubert Meininger herausgeholt, und wo war das Dritte geblieben? Diese Frage war bis heute noch ungeklärt. Immerhin war es ja möglich, dass der Wilddieb einen Fehlschuss getan hatte, als ihm die Ricke vor die Büchse kam.

Auch Fingerabdrücke wurden genügend auf dem Gewehr festgestellt und gesichert. Nur wusste niemand, wem sie gehörten. Alle Nachforschungen nach dem Wilderer, der zugleich der Mörder von Hubert Meininger war, blieben ergebnislos.

Die Leute in Sterzach jedoch munkelten: »Wir wissen genau, wer's gewesen ist. Nur einer kommt in der ganzen Umgegend dafür in Frage, und das ist der Xaver Merk, der Scherenschleifer, der von Dorf zu Dorf zieht und nirgends zu Hause ist.«

Die Polizei hatte ihn sehr genau unter die Lupe genommen, den Xaver, aber man hatte ihm nichts nachweisen können, und so blieb der Mord am Meininger-Hubert ungesühnt.

Seine Frau, die Wanda, und seine Tochter, die Christl, blieben unversorgt zurück, denn eine Versorgung konnte man die winzige Rente, die sie bezogen, ja wohl nicht nennen.

Das Waldhüter-Häusl, das der Staatlichen Forstverwaltung gehörte, mussten sie räumen, weil der Nachfolger des getöteten Waldhüters einzog, aber das Dorf Sterzach verlassen wollten sie nicht. Die Christl war in Sterzach geboren und liebte ihre Heimat, und ihre Mutter hing an dem Dorf, weil sie hier mit ihrem Hubert glücklich gewesen war. Sie hatte darum zugegriffen, als der reiche Brunner-Bauer ihr im Wirtschaftsgebäude auf seinem Hof zwei Stuben gegen eine geringe Miete anbot, und so war es gekommen, dass die blonde Christl auf dem Brunner-Hof heimisch wurde, und die nur um ein Jahr jüngere Tochter des Bauern, die Sixta, und sie sich als Freundinnen aneinander schlossen.

Trotz der niedrigen Miete war Schmalhans Küchenmeister bei den beiden Frauen, und außer ein bissl Mitarbeit bei der Ernte und beim Kartoffel-Ausmachen sowie hier und da zum Kinderhüten und bei der großen Wäsche auf den Bauernhöfen gab's für die Christl in Sterzach keinen Verdienst.

Darum nutzte Wanda Meininger ihr Talent für weibliche Handarbeiten und strickte warme Pullover für den Winter, Schals, Mützen und Fausthandschuhe. Hübsche, bunte Muster strickte sie mit hinein, und die Geschäfte in Riedheim verkauften die Sachen gern im Winter an die Touristen.

Mit einer Ladung fertiger Stücke war die Christl heute wieder einmal unterwegs und machte ihre Runde bei den Geschäften, für die ihre Mutter arbeitete.

Im Vergleich zu der vielen Mühe, die die Herstellung dieser Sachen machte, und der langen Stunden, die darauf verwandt werden mussten, war der Ertrag nur gering. Doch die Christl und ihre Mutter waren es nicht besser gewohnt. Sie wussten, dass Heimarbeit schlecht bezahlt wurde.

So freute siech das blonde Madel dennoch des wenigen, das sie bekam, und schob die gefüllte Geldtasche in das Mieder hinein, damit sie unterwegs nicht verloren ging.

*

Noch heißer war es geworden, als die Christl und die Sixta im Schatten des Baumes am Marterl wieder zusammentrafen.

Die Zeiger der Kirchturmuhr von Riedheim rückten auf halb zwölf. Bald würde die Mittagsglocke erklingen.

»Puh, mir graut vor der schattenlosen Landstraße!« stöhnte die Sixta und wischte sich mit der Hand die Schweißperlen von der Stirn, die sich bildeten, obwohl sie ganz geruhsam auf der Bank saß.

»Ich hab' dir ja eine Abkürzung des Wegs versprochen« erinnerte die Christl sie. »Es ist net nur eine Abkürzung, sondern schattig und geschützt ist der Weg noch dazu. Er führt nämlich durch den Wald.«

»Bist du narrisch?« rief Sixta aus. »Was sollen wir mit den Rädern im Wald?«

»Nur ein kleines Stückerl müssen wir sie bergauf schieben« erwiderte ihre Freudin, »nur so über einen Buckel, der gewiss net mehr als zehn oder fünfzehn Meter hoch ist. Danach geht's gleich wieder hinunter, und beim Kilometerstein 5,2 kommen wir auf der Landstraße heraus. Weißt du, das ist die Stelle, wo die vom Blitz getroffene Kiefer steht.«

Die Sixta war damit einverstanden, es mit der Abkürzung zu versuchen. Und so erhoben die beiden Madeln sich, stiegen auf ihre Räder und rollten bis zu der Stelle, wo der Weg in den Wald hinaufführte.

Zu Anfang ging alles gut. Jede schob ihr Rad, schnaufte und stöhnte ein bissl über die Plage und waren doch zufrieden, dass sich das grüne Dach der Baumwipfel über ihnen wölbte.

Der Weg war jedoch sehr schlecht und wies von den großen Regenfällen im Frühjahr tiefe Rinnen auf. Baumwurzeln krochen wie Schlangen darüber hin, und manchmal stolperten sie über dicke Steinbrocken und waren in Gefahr, zu straucheln.

Da, jetzt hatte die Sixta nicht genügend aufgepasst und war vom Rand einer tiefen Wegrille abgerutscht und umgeknickt.

Sie stieß einen kleinen Schrei aus vor Schmerz, ließ das Rad, das sie bisher geschoben hatte, zur Seite fallen und hielt sich das Fußgelenk. Langsam sank sie auf die Knie nieder, weil sie sich vor Schmerz nicht mehr aufrecht halten konnte.

»Jessas, Sixta, ist's denn so arg?« rief die Christl bestürzt aus, führte ihr Rad zur nächsten Kiefer und lehnte es an den rotbraunen, harzduftenden Stamm.

»Es tut so weh, es tut so weh!« jammerte ihre Freundin, und die Tränen liefen der Sixta über das erhitzte Gesicht.

Behutsam half die Christl der Sixta, sich hinzusetzen, und dann schaute sie den Fuß an.

Eine ganz seltsame Stellung hatte der bekommen, und die Christl sprach aus, was sie dachte.

»Es sieht mir ganz so aus, als ob du dir den Knöchel gebrochen hättest. Ja mei, da wirst du net mehr laufen können, und wer sollt' uns wohl hier oben im Wald zu Hilfe kommen? Zur Straße müssen wir hinunter und hoffen, dass dich einer im Wagen mitnimmt.«

»Wie soll ich denn dahin kommen?« jammerte die Sixta.

»Ich schien' dir jetzt den Fuß, damit er einen Halt hat« erklärte die umsichtige und praktisch veranlagte Christl. »Weißt du, was ich dann tu? Dann nehm ich dich huckepack und trag' dich hinunter.«

»Und die Radeln?«

»Die lassen wir hier zurück. Es kommt bestimmt keiner vorbei, der sie uns stiehlt. Und wenn ich dich auf den Weg gebracht hab', dann lauf' ich zurück und hol' sie.«

»Willst du sie beide bis Sterzach schieben?«

»Ich setz' mich auf meines und führ' deines nebenher« lautete die Antwort.

Eifrig suchte Christl jetzt nach einem geeigneten Holz und fand auch bald zwei Aststücke, die sie gebrauchen konnte.

Von der Dirndlschürze, die sie trug, riss sie die beiden langen Bänder ab und legte die Schürze in ihre Tasche, die am Rad hing. Die Bänder ließen sich gut als Binden verwenden, und ebenso fest wie vorsichtig wikkelte die Christl sie um das gebrochene Gelenk, dem sie durch die beiden Holzstücke Halt gegeben hatte.

Tapfer biss die Sixta die Zähne zusammen, denn trotz aller Vorsicht der Freundin schmerzte es höllisch.

Dann half die Christl ihr, auf einem Bein zu stehen, und mühsam genug gelang es der Sixta, sich an Christls Rücken festzuklammern.

Diese packte sie, wie Kinder dies tun, wenn sie einander huckepack tragen, und begann dann entschlossen den mühsamen Abstieg.

Lange dauerte es, und manchmal musste die Christl unterwegs Halt machen und verschnaufen, aber die beiden Madeln kamen unten an, und Christl setzte ihre verletzte Freundin auf den Kilometerstein, der die Nummer 5,2 trug.

Unerschrocken stellte die blonde Christl sich jetzt auf die Fahrbahn der Landstraße und bewegte winkend den Arm, um einen näher kommenden Wagen zum Halten zu bewegen.

Ein rotes Auto war es, in dem ein einzelner Mann saß. Als er das Madel auf der grauen, sonnenbeschienenen Landstraße erkannte, ging er mit dem Tempo herab und trat dicht vor ihr kräftig auf die Bremse.

»Was gibt's?« fragte er und steckte den Kopf zum Fenster heraus.

Verblüfft starrte die Christl ihn an.

Niemand anders war's als der Grobian, der die Sixta und sie auf der Hinfahrt nach Riedheim ›depperte Gänse‹ genannt hatte.

»Ich brauch' Hilfe« teilte sie ihm mit. »Meine Freundin, die da drüben auf dem Stein sitzt, hat sich den Knöchel gebrochen. Ich glaub's wenigstens. Wohin fährst du? Etwa nach Sterzach?«

»Ich fahr' nach Kreuzfeld« teilte er ihr mit. »Doch der Weg dorthin führt über Sterzach, wie du wohl wissen wirst.«

»Freilich weiß ich das« nickte sie. »Dann bitt' ich dich schön, nimm das Madel mit und bring's zum Brunner-Hof!«

»Wohnst du dort?« erkundigte er sich.

»Ja, dort wohn' ich.«

»Und wie heißt du?«

»Ich bin die Christl vom Brunner-Hof« antwortete sie ihm.

»'s ist recht« nickte er. »Hilf deiner Freundin aufstehen und einsteigen! Oder soll ich sie auf meinen Armen in den Wagen tragen?«

»Das tut net Not« antwortete die Christl kühl. »Sie kann hüpfen.«

Trotz seiner Hilfsbereitschaft waren die Blicke, die sie ihm schenkte, noch keineswegs freundlich. Sie war nach wie vor davon überzeugt, dass er ein unleidlicher Bursche war, und wollte ihm nicht mehr Freundlichkeit zuteil werden lassen, als unbedingt notwendig war.

Der junge Mann öffnete jetzt die rechte Tür des Wagens, indem er sich weit über den Beifahrersitz hinüberbeugte.

Die Christl kehrte zur Sixta zurück, schlang sich den Arm der Freundin um den Hals und umfasste Sixtas Taille. Auf dem gesunden Bein hüpfte diese zum Wagen und ließ sich mit einem Aufstöhnen in das Polster fallen.

Gleich darauf wurden die Türen geschlossen, und der rote Wagen rollte weiter auf Sterzach zu.

»Das wär' geschafft« murmelte die Christl befriedigt vor sich hin, holte das Sacktuch aus der Tasche ihres Dirndlrockes und trocknete sich die schweißnasse Stirn. Dann stieg sie wieder tapfer bergauf, um die beiden Räder zu holen.

Auf dem Brunner-Hof in Sterzach gab es eine nicht geringe Aufregung, als das fremde Auto in den Hof rollte, und die Sixta den Knecht und die Magd, die dort schafften, zu Hilfe rief.

Auch ihre Mutter eilte herbei aus der Küche, und es wurde so viel gefragt nach der Ursache des Unfalls und dem Verbleib des Rades, dass außer einem »Vergelt's Gott!« nicht viel Aufmerksamkeit für den fremden jungen Mann übrig blieb.

So wendete dieser seinen Wagen und fuhr wieder davon, weil er spürte, dass er überflüssig war. Auf dem Hof hatte man alle Hände voll zu tun mit der Patientin.

Die Bäuerin telefonierte sofort mit dem Landarzt, und sie hatte Glück und erreichte ihn. Er war just zum Mittagessen heimgekommen.

Eine halbe Stunde später war Dr. Murchel da, untersuchte den gebrochenen Knöchel und brachte einen fachgerechten Verband an.

Sixtas Mutter, die Brunner-Leni, hielt dabei die Hand ihrer Tochter und wischte ihr immer wieder den Schweiß von der Stirn, der in diesem Falle nicht nur von der Hitze, sondern auch von Angst und Schrecken hervorgetrieben wurde.

Alois Brunner aber, der reiche Bauer, stapfte wütend durch die Wohnstube und brummte vor sich hin: »Nix als Ärger hat man mit dem Weibervolk! Solch ein Madel ist zu blöd, um vernünftig zu laufen, und bricht sich selbst dabei noch die Haxen. Was hab' ich nur verbrochen, dass der Herrgott mir keinen Sohn geschenkt hat?«

*

Eine Woche später war es.

»Die schwarze Strickjacke für die alte Mutter des Holzinger-Bauern ist fertig« sagte Wanda Meininger zu ihrer Tochter.

Die Christl kam gerade aus der Schlafstube in die Küche herüber und war noch ganz rot und heiß im Gesicht vom Plätten. Aus Mangel an Platz hatte sie das Bügelbrett in der Schlafkammer aufgestellt und seit zwei Stunden Bettwäsche geglättet.

»Das heißt also, Mutterl, dass ich für dich zum Holzinger-Bauern nach dem Weiler Tannenheim hinausfahren soll, net wahr?« vergewisserte die Christl sich.

»Ganz recht, darum hab' ich dich bitten wollen« nickte die Mutter.

»Das ist keine Arbeit, sondern ein Vergnügen« behauptete das Madel. »Schau nur, wie herrlich die Sonne lacht. Pack' die Jacke gut zusammen, dass ein kleines Bündel daraus wird! Ich will den großen Korb net mitnehmen, sondern nur die kleine Einkaufstasche.«

»Daraus kann nix werden« machte ihr die Mutter klar.« Die Holzinger-Bäuerin hat mir zwanzig Eier versprochen. Du brauchst den Korb, wenn du sie heil nach Hause bringen willst. Außerdem wär's noch gut, wenn du dir jedes Einzelne in ein bisserl Zeitungspapier einwickeln ließest. Du weißt, der Weg durch den Wald ist schlecht.«

»Mach' dir keine Sorgen, Mutterl, ich werd' die Holzinger-Bäuerin darum bitten und unterwegs Acht geben und vorsichtig fahren.«

Wanda Meininger wusste, dass sie sich auf ihre Tochter völlig verlassen konnte. Sie nickte dem blonden Madel freundlich zu, das jetzt den Korb ergriff und das Haus verließ.

Im Holzstadel auf dem Brunner-Hof stand das Fahrrad, das der Christl gehörte. Geschickt und kräftig griff sie zu und holte es heraus. Sie wischte den rieselnden Staub ab, der immer darauf lag, dann schob sie es quer über den Hof zu dem offen stehenden Tor.

Bevor sie sich am Tor auf den Sattel schwang, blickte sie noch einmal zurück und winkte der Mutter zu. Den Korb mit der Strickjacke hatte sie hinten auf dem Gepäckträger untergebracht.

Auf dem halben Wege nach Kreuzfeld lag der Weiler Tannenheim mitten im Wald. Nur fünf Häuser gehörten dazu. Es gab dort keine Kirche und keine Schule. Die schulpflichtigen Kinder mussten den weiten Weg bis Sterzach zu Fuß oder mit dem Fahrrad zurücklegen. Im Winter waren der Pferdeschlitten oder die Skier die einzigen Beförderungsmöglichkeiten.

Der größte Hof dort im Weiler gehörte dem »Holzinger-Bauern, der ein wohlhabender Mann war. Oft und gern gab seine Frau Christls Mutter einen Auftrag, denn als die Wanda noch nicht verheiratet gewesen war, hatte sie auf diesem Hof als Magd gedient.

Sehr genau kannte die Christl den Waldweg und wusste, dass sie hinter dem geschnitzten Wegweiser, auf dem ein Wichtelmännchen mit ausgestrecktem Zeigefinger die Richtung nach Tannenheim wies, absteigen und das Rad schieben musste, denn tiefe Schlaglöcher höhlten den Weg aus.

Plötzlich vernahm sie hinter sich Hufschlag und schob das Rad ganz dicht an den rechten Wegrand heran. Sie selber stieg auf die moosige Böschung und sah sich um.

Auf einem wundervollen Rotfuchs kam der junge Mann dahergeritten, den sie vor einer Woche am Steuer seines roten Wagens gesehen und für ihre verunglückte Freundin um Hilfe gebeten hatte.

Immer noch wusste die Christl nicht, wie er hieß und wo er wohnte. Da sie ihm jedoch hier im Walde begegnete, schloss sie daraus, dass er ebenfalls in Tannenheim oder in Kreuzfeld daheim sein müsse.

Zuerst war er in flottem Trab näher gekommen. Als er jedoch die Christl erkannte, zügelte er das Pferd und winkte dem Madel grüßend zu.

»Grüß Gott!« rief er und sprang ganz dicht neben ihr aus dem Sattel. »Das nenne ich einen guten Zufall! Ich freu' mich über das Wiedersehen, Christl!«

Ein bissl misstrauisch sah die Christl ihm entgegen.

Sie kannte ihn ja von einer anderen Seite. Freilich hatte er sich zum Schluss durchaus hilfsbereit gezeigt, aber vielleicht war das nur eine vorübergehende Stimmung gewesen, hervorgerufen durch einen Notfall. Und wenn sie nun ein falsches Wort sagte oder eine Geste machen würde, die ihm nicht gefiel, dann kehrte er vielleicht wieder die unfreundliche Seite seines Wesens heraus.

»Grüß Gott!« erwiderte sie seinen Gruß deshalb sehr zurückhaltend.

»Wie geht's dir denn, Christl?« wollte er wissen.

»Danke, gut« lautete die knappe Antwort.

Er musterte sie belustigt. »Du bist net g'rad' eine von den Gesprächigsten« stellte er fest. »Hast du etwas gegen mich?«

»Net, dass ich wüsst'« gab sie schnippisch zurück.

»Nun, dann darf ich wohl fragen, wie's deiner Freundin geht? Was macht der kranke Fuß?«

»Die Sixta hat einen Gipsverband bekommen. Liegen muss sie jetzt und das ist wahrlich kein Vergnügen bei dem schönen Wetter. Doch der Doktor hat gesagt, nach zwei Wochen macht er ihr einen Gehgips, und dann kann sie im Haus herumhinken.«

»Na also, 's wird schon wieder aufwärts gehen, net wahr? Ich freu' mich, dass ich euch ein bissl hab' helfen können.«

»Es hat gar net so ausgeschaut, als ob du aufs Helfen versessen bist« sagte sie. »Unfreundlich genug bist du ja vorher gewesen. Gern hätt' ich einen anderen in Anspruch genommen, aber du warst halt der Einzige, der vorübergekommen ist.«

Er hatte eine Grimasse geschnitten beim Anhören ihrer Worte.

»Ach ja, ich erinnere mich noch gut« gab er jetzt zu und setzte eine zerknirschte Miene auf. »Eine schlechte Stimmung hab' ich an dem Tag gehabt. Daheim in Kreuzfeld in der Sägemühle hat's Ärger gegeben. Darum musste ich so eilig nach Riedheim, und das hat mich ungeduldig gemacht, wie langsam ihr zwei die Straße überquert habt.«

»Lässt du immer deine Laune so an anderen Leuten aus?«

»Net immer, Christl, glaub' mir's, bitte!« beteuerte er. »Es tut mir ja Leid, dass ich mich so hab' gehen lassen und dann noch gegenüber zwei so hübschen Madeln, wie ihr es seid.«

»So, so, du findest die Sixta auch hübsch?« bohrte sie.

»Freilich« gab er schmunzelnd zu. »Ein herziges Madel ist sie schon, aber dir kann sie net das Wasser reichen. Außerdem ist sie net mein Typ.«

»Du schwärmst also net für die Dunkelhaarigen?« erkundigte sie sich.

»Nein, bei mir muss ein Madel, wenn es mir so recht von Herzen gefallen will, blondes Haar haben wie du. Weißt du, wenn solch goldenes Haar ein liebes Gesichtl umgibt, kann man sich selbst im düstersten Winter einbilden, die Sonne schiene zum Fenster herein.«

»Hübsch hast du das gesagt« lobte sie ihn, gab dem Rad einen besseren Stand, sodass sie es nicht mehr festhalten musste, und lehnte sich an den Stamm der Kiefer, vor der sie gerade stand.

Sie hatte nämlich den Eindruck, dass es ein längeres Gespräch werden würde, und im Grunde genommen hatte sie auch nichts dagegen einzuwenden. Nein, im Gegenteil, es war ihr sehr recht so, denn öfters hatte sie in der vergangenen Woche an den jungen Mann mit dem roten Wagen gedacht.

»So, so, in der Sägemühle arbeitest du?« tastete sie sich jetzt weiter vor. »Wie kommt es denn, dass du jetzt am Vormittag Zeit zum Reiten hast? Hast du etwa deinen Urlaub bekommen?«

»Falsch geraten« lachte er und ließ die Zügel jetzt zu Boden fallen und daherschleifen, damit das Pferd seinen Appetit auf die würzigen Waldkräuter befriedigen und am Wegrand knabbern konnte.

»So ist's das Pferd des Sägemühlenbesitzers, das du bewegen musst, weil es halt viel zu lang' im Stall steht?«

»Jetzt bist du auf dem richtigen Wege« lächelte er. »Bewegung braucht er wirklich, der Falko. Ich hab' halt net so viel Zeit zum Reiten, wie ich möcht'.«

»Willst du damit sagen, dass der Gaul dir gehört?«

Er nickte. »Der Besitzer der Sägemühle bin ich, das heißt, eines Tages werd' ich's sein, wenn mein Mutterl die Augen für immer schließt. Der Vater lebt schon net mehr. Jetzt gehören der Mutter die Sägemühle und der Hof.«

»Aha, du heißt also Murner?« murmelte sie. »Eine sehr angesehene, reiche Familie ist das. Ich hab' schon davon reden hören. In der Gemeinde Kreuzfeld spielen die Murners die erste Geige. Kein Wunder, dass du ein Reitpferd dein Eigen nennst!«

Einerseits machte es die Christl stolz, dass ein reicher Erbe wie der Murner-Sohn zu ihrer Bekanntschaft zählte. Sie war ja nur die Tochter eines Waldhüters und konnte ihm nicht das Wasser reichen.

Andererseits aber bedauerte sie es, denn insgeheim hatte sie sich ja Hoffnungen gemacht. Sie war sogar ein kleines bissl in ihn verliebt, denn zweifellos sah er gut aus. Bei diesem gesellschaftlichen Unterschied aber war an eine gemeinsame Zukunft nicht zu denken.

»Gibt's denn bei euch auf dem Brunner-Hof keine Rösser?« erkundigte sich der junge Mann jetzt.

Aus diesem Satz hätte die Christl vielleicht ersehen können, dass ihr neuer Bekannter sie für die Tochter des Bauern hielt, aber sie war so sehr mit dem Betrachten ihres Gegenübers beschäftigt, dass sie sich gar keine Gedanken über diese Worte machte.

Wie gut stand ihm doch das Sonnenbraun der Haut zu dem dunklen, gewellten Haar. Die kräftigen und gesunden weißen Zähne blitzten beim Lachen nur so, und dass die Brauen so dicht, dunkel und buschig waren, sagte ihr sehr zu.

Nicht zu groß und nicht zu klein war dieser junge Mann, und die krachlederne Hose, die er heute trug, ließ die starken Schenkel sehen, die wohl geformt waren. Sehnige Arme schauten aus den aufgerollten Ärmeln des karierten Hemdes, und für die Schultern, die darin steckten, waren Zentnersäcke sicherlich ein Kinderspiel.

»Nein, Pferde gibt's auf dem Brunner-Hof net« antwortete sie ihm jetzt, und ohne dass sie es gewollt hatte, war die Antwort so formuliert, dass der Irrtum des Burschen nicht aufgeklärt wurde.

»Vielleicht magst du einmal ein bissl reiten?« schlug er ihr vor. »Du kannst es ruhig riskieren, selbst wenn du nix davon verstehst. Der Falko ist fromm und gehorcht mir aufs Wort.«

Die Christl lachte unbefangen.

»Ich hab' noch nie auf einem Pferd gesessen. Glaubst du net, dass ich sehr schnell dort unten im Moos landen werd'?«

Sie wies auf den grünen Teppich, der sich rechts und links im Anschluss an die Böschung ausbreitete.

»Es kommt auf einen Versuch an« meinte er. »Wollen wir ihn net machen?«

Wie alle jungen Madeln war die Christl begierig, etwas Neues kennen zu lernen. Es wäre ihr wirklich schwer gefallen, nein zu sagen.

Ungeduldig sah sie Falko entgegen, der jetzt von seinem Herrn beim Zügel ergriffen und energisch zu dem Standplatz des Madels geführt wurde.

»Still, still!« befahl der junge Mann dem Pferd, und dann sagte er zu der Christl: »Ich muss dir helfen, in den Sattel zu kommen. Für einen Anfänger ist das net ganz so leicht. Schau, das dort ist der Steigbügel! Da musst du deinen Fuß hineinsetzen und dir dann einen Ruck und einen kräftigen Abschwung geben und dich hinaufziehen.«

Die Christl unternahm den ersten Versuch, und er wäre gewiss kläglich gescheitert, wenn der junge Mann sie nicht mit beiden Händen bei der Taille ergriffen, kurzerhand hochgehoben und in den Sattel befördert hätte.

»Na, wie sitzt sich's dort oben?« erkundigte er sich »Gefällt dir's net ein bissl?«

»Ja, schön ist's« gab sie zu, »aber mir ist's noch unheimlich zu Mute hier oben. Ich hab' ja gar net gewusst, wie hoch solch ein Pferd ist.«

Sie hatte die Zügel ergriffen, die bisher über den Boden schleiften. Kräftig fasste sie zu und zog sie dicht an sich heran.

Das schien Falko als eine Aufforderung anzusehen. Jedenfalls setzte er sich in Bewegung und nickte dabei zustimmend mit dem schönen Kopf, so dass die lange, fahle Mähne flog. Ihm hatte das Verweilen hier mitten im Wald an dem langweiligen Wegrand schon viel zu lange gedauert.

»Halt! Heda!« rief der junge Mann, sprang mit zwei, drei langen Sätzen hinter Ross und Reiterin her und griff energisch in die Zügel.

»Jetzt wollt ihr zwei wohl auf und davon, wie?« fragte er mit scherzhaftem Vorwurf. »Nein, das geht nimmer! Mich lasst ihr hier net zurück.«

Rasch griff er in die Mähne des Pferdes und schwang sich mit einem Ruck hinauf. Die Christl wusste gar nicht, wie ihr geschah. Schon saß er hinter ihr und umschlang sie fest mit einem Arm, um sich auf diese Weise Halt zu verschaffen.

Das Pferd trabte weiter den Waldweg entlang, und die Christl kam sich wie eine der Prinzessinnen im Märchen vor, die von einem kühnen Prinzen auf einem Pferd entführt werden.

Wenn der junge Mann sich einen festen Sitz auf dem Pferd verschaffen wollte, dann konnte er gar nichts anderes tun, als das Madel mit seinen Armen umschlingen. Das tat er also, und an der Art und Weise, wie die Christl sich diese Umarmung gefallen ließ, erkannte er, dass sie nichts dagegen einzuwenden hatte.

Er gab dem Pferd jetzt einen Befehl, woraufhin es in eine schnellere Gangart verfiel. Die beiden Reiter auf seinem Rücken wurden ordentlich durchgeschüttelt.

»Nun, wie gefällt dir der Galopp?« erkundigte der Besitzer des Pferdes sich.

»Hast du genug davon. Christl? Möchtest du ein bissl rasten?«

»Ich muss zu meinem Fahrrad zurück«, erinnerte sie ihn.

»Das stiehlt dir mitten im Wald niemand« beruhigte er sie. »Hiernach setzen wir uns wieder auf den Gaul und lassen uns hinbringen, aber jetzt wollen wir es uns bequem machen. Hier ist grad' solch ein hübscher Platz.«

Eine kleine, von niedrigen Kiefern und Fichten umstandene Lichtung lockte mit samtweichem Waldgras und dunkelgrünem Moos.

Der junge Mann sprang von dem Rücken des Pferdes, ergriff die Zügel und band Falko an den Stamm einer Birke, die ein Stückchen entfernt war. Dann blieb er neben dem Rotfuchs stehen, streckte bittend die Arme empor und sagte: »Komm herunter, Christl! Ich zeig' dir was Schönes, was du gewiss noch net gesehen hast.«

Sie konnte ja nicht eigensinnig auf dem Gaul sitzen bleiben, denn sie vermochte nicht mit dem Tier umzugehen. Außerdem waren die Zügel befestigt. Es blieb ihr also gar nichts anderes übrig, als sich von den helfenden Händen herunterheben zu lassen und ihrem Führer gehorsam zu folgen.

Wie ein kleines Madel führte er sie an der Hand mit sich, schlug einen Bogen um die kleine Lichtung und stand dann mit ihr überraschend vor einem winzigen Tümpel, der von hohen, nickenden Gräsern und saftigem Farn umgeben war, und auf dem zwei weiße Seerosen blühten, die verträumt schaukelten.

»Ein Teich!« rief Christl verwundert aus. »Den hätt' ich hier net vermutet.«

»Weißt du, was das ist?« belehrte er sie. »Das murmelnde Wasser dort hinten ist die Quelle der Sterzach. Hier entspringt der kleine Fluss, der eurem Dorf den Namen gibt.«

»Das ist schön« murmelte die Christl entzückt. »Wunderschön ist's hier – ein verzaubertes Erdenfleckerl!«

»Gelt, das gefällt dir?« strahlte er. »Ich wusste doch, dass du Sinn dafür hast. Man sieht dir's an, dass du für die schönen Dinge zu haben bist und net nur an das Praktische denkst.«

Sie gingen zurück zu der Lichtung und ließen sich dort im Gras nieder, nachdem der junge Mann seinen Janker abgestreift und über den Boden gebreitet hatte.

»Dass du vom Murner-Hof bist, weiß ich jetzt« sagte die Christl. »Aber deinen Taufnamen hast du mir noch net verraten.«

»Jessas, da muss ich um Vergebung bitten!« Er spielte den Zerknirschten und legte die Hand auf die Brust.

»Fabian heiß' ich« teilte er ihr mit. »Der Name ist

hier in den Bergen net grad' häufig. Das liegt daran, dass meine Mutter net von hier stammt.«

»Fabian« flüsterte die Christl vor sich hin und sprach den Namen mit einem Ernst und einer Andacht aus, die ihm sehr gefielen. Nichts wünschte er ja mehr, als dieser vermeintlich reichen Erbin zu gefallen.

»Ein herziges Madl bist du, Christl!« versicherte er ihr jetzt. »Schon beim ersten Blick hast du mir so gut gefallen.«

»Davon hat man aber nix gemerkt, Fabian« lachte sie. »Recht zornig angeblasen hast du mich auf der Straße in Riedheim.«

»Das ist wahr« gab er zu, »und es tut mir ja auch Leid, aber du hast wunderschön ausgesehen, als du so zornig antwortetest. Deine Augen haben geblitzt und gefunkelt. Wie eine kleine Wildkatze kamst du mir vor, und ich hab' gedacht: Weh dem, in den sie ihre Krallen schlägt!«

Während er so sprach, legte er behutsam seinen Arm um sie, und sie duldete es. Sie war ja glücklich darüber und auch ein bissl stolz. Unter allen Madeln der Umgegend hat er ausgerechnet mich ausgewählt, dachte sie.

Noch wusste sie ja nicht, ob er es ernst meinte, aber schon regte sich die Hoffnung in ihrem Herzen, die Hoffnung auf eine bessere Zukunft, auf ein Leben ohne Sorgen an seiner Seite.

Und jetzt neigte er sich zu ihr, bis seine Wange die ihre berührte. Ganz sanft bewegte er den Kopf auf und ab, so dass sich Haut an Haut rieb.

Der Christl rannen feine Schauer der Erregung über den Rücken. Jetzt wird er mich gleich küssen, dachte sie, und wartete in einer Mischung von Angst und Wonne auf diesen ersten, heimlich ersehnten Kuss.

Und nun war es so weit. Nun zog der Fabian sie

ganz fest in seine Arme und presste seine Lippen auf die ihren.

Es wurde ein langer, glühender Kuß, den das Madel bereitwillig erwiderte. So schön war es, ganz fest von den starken Männerarmen umfangen zu werden und sich an der breiten Brust des Murner-Fabian geborgen zu fühlen!

Nichts wünschte die Christl sich mehr, als dass dies ein Anfang sein möge von einer glücklichen, verheißungsvollen Zeit. Insgeheim fürchtete sie, dass der Fabian in dem ganzen nur ein flüchtiges Abenteuer sehen würde, das keine Fortsetzung haben sollte.

Aber so war es nicht.

Als das blonde Madel ihn der Schicklichkeit wegen schließlich von sich schob und mahnend sagte: »Jetzt muss es genug sein, Fabian! Ich hab' noch für die Mutter einen Gang nach Tannenheim zu machen.«

Da flehte er: »Sei doch net so hart und grausam mit mir, Christl. Du weißt ja gar net, wie sehr ich mich nach dir gesehnt hab'. Alleweil hat dein Bild vor meinem geistigen Auge gestanden, bei Tag und auch bei der Nacht im Traum. Komm, sag' mir, bist du mir gut?«

»So viel gut, Fabian!« flüsterte sie verschämt und verbarg den Kopf an seiner Schulter.

»Wirst du mir denn auch versprechen, dass du wieder hierher kommst, wenn ich darum bitte?« drängte er.

»Hierher in den Wald?«

»Ja, freilich. Auf dem Brunner-Hof kann ich dich doch net abbusseln, und bei uns daheim erst recht net. Du brauchst keine Angst net zu haben. Ich hab' gewiß nix Unrechtes vor. Wir müssen uns nur erst ein bissl besser kennen lernen, bevor ich zu deinen Leuten komm' und meinen Antrag mach'.«

Das Herz klopfte der blonden Christl bis zum Hals, als sie seine Worte vernahm.

Er hatte also ernste Absichten. Zur Herrin des Murner-Hofs in Kreuzfeld wollte er sie machen. An seiner Seite würde sie über diesen stolzen Besitz und über das Sägewerk regieren. Oh, das Glück war kaum zu fassen!

»So ernst ist dir's, Fabian, mein Liebster?« jauchzte sie und nahm sein sonnengebräuntes Gesicht zwischen ihre beiden Hände, um es entzückt zu betrachten und ihren Blick tief in den seinen zu tauchen.

»Ja, so ernst« bekräftigte er. »Ach, Madel, mein Madel, ich lieb' dich über alle Maßen! Wir zwei werden eines Tages sehr glücklich miteinander sein.«

Diese Prophezeiung unterstrich der Fabian noch einmal mit einem innigen Kuss, dann gab er die Christl frei.

Sie sprangen beide auf die Füße und gingen Hand in Hand den Weg zurück bis zu der Stelle, wo Christls Rad wartete. Falko führte den Fabian am Zügel neben sich her.

»Am Mittwoch bin ich wieder an der Quelle« versprach die Christl dem jungen Mann. »Ach, Fabian, die Zeit bis dahin wird mir sehr lang werden!«

»Ich werd' immer nur an dich denken müssen« versicherte er ihr.

Dann mussten sie sich trennen. Er ritt nach Kreuzfeld zum Murner-Hof, und sie fuhr das kurze Stückerl bis zum Weiler Tannenheim.

Auf dem Holzinger-Hof wurde sie freundlich willkommen geheißen, denn auf die Jacke für die Großmutter hatte man schon gewartet.

Die Bäuerin war nicht kleinlich und packte dem jungen Madel den Korb reichlich voll. Sorgfältig wurde jedes Ei eingewickelt, und einen Streifen Speck fügte die Holzingerin noch hinzu. Dann konnte die Christl zufrieden den Rückweg antreten.

Ihr Gewissen plagte sie ein wenig, weil sie so lange

ausgeblieben war. Aber noch beschloss sie, über die Begegnung im Walde zu schweigen. Sie kannte die Mutter. Sie sah immer gleich den Himmel voller Geigen hängen und kalkulierte keine Schwierigkeiten und Zwischenfälle ein. Erst wenn es ganz sicher sein würde, dass der Murner-Fabian sie zur Frau begehrte, wollte sie die Mutter in ihr großes Geheimnis einweihen.

Versonnen vor sich hinlächelnd radelte die Christl nach Sterzach zurück. Sie dachte: Jetzt kommt das große Glück! Zum Greifen nahe ist es schon.

*

Schöne Tage brachte der Monat September.

Lau war die Luft, blau der Himmel. Kleine, weiße Wölkchen segelten an den Spitzen der grauen Bergriesen vorbei. Der Altweibersommer war gekommen. Marienfäden zogen daher und streiften die Menschen sacht wie Spinnweben.

Wieder und wieder hatten die Christl und der Fabian sich an der Sterzach-Quelle getroffen. Jeden zweiten oder dritten Tag eilte das Madel zum Platz des Stelldicheins, wo der Fabian meist schon bebend vor Sehnsucht wartete.

Heftig atmend riss er sie dort in seine Arme, und seine Lippen tranken ihr den Atem vom Mund.

Es wurde nicht viel geredet in dieser kurzen Zeit des Beisammenseins. Die Stunden, die ihnen gehörten, waren ganz ausgefüllt mit Zärtlichkeiten.

So kam es, dass der Fabian immer noch glaubte, die Christl sei die Tochter des Brunner-Bauern, und dass die Christl immer sicherer wurde in ihrer Überzeugung, dass es für den Fabian nur sie auf der Welt gäbe und keine andere Frau.

Ein paar Mal waren die beiden schon zusammen gesehen worden.

Der Förster hatte sie entdeckt und ebenso die beiden Jagdgehilfen. Und was der Förster wusste, das erzählte er seiner Frau. Es gab sowieso nicht genug Gesprächsstoff in dem abseits im Wald gelegenen Försterhaus.

Die Frau des Försters trug die interessante Neuigkeit in den Kramladen von Sterzach, wo sie einkaufte. Und was erst einmal die Krämerin wusste, das wusste bald das ganze Dorf.

Wenn es sich machen ließ, dann radelte die Christl auch nach Kreuzfeld hinüber und richtete es so ein, dass sie langsam am Murner-Hof vorbeiradelte und die Gebäude aufmerksam betrachtete. Gegenüber dem Sägewerk machte sie sogar Halt, stieg vom Rad, lauschte ein paar Minuten dem Lärm und sah den Arbeitern an dem Förderband für das Holz und an der großen Säge mit Interesse zu.

Auch das blieb nicht unbemerkt. Man tuschelte darüber schließlich in beiden Dörfern, in Kreuzfeld genauso wie in Sterzach.

»Mir ist da ein Gered' über dich zu Ohren gekommen«, sagte Wanda Meininger eines Tages zu ihrer Tochter. »Es heißt, du hättest ein Gspusi mit dem Erben vom Murner-Hof. Ist das wahr? Treibst du hinter meinem Rücken solche Dinge?«

»Ja, Mutter, es ist wahr« gab die Christl erglühend zu.

»Und wie ist das gekommen?«

»Damals, als die Sixta sich den Knöchel gebrochen hat, hab' ich doch einen Wagen angehalten« erinnerte die Tochter ihre Mutter. »Der Fabian war's, der darin saß und sich bereit erklärte, die Sixta heim zu fahren. So sind wir miteinander bekannt geworden.«

»Und dann hast du ihn gewiss einmal getroffen, net wahr?«

»Ja, im Wald ist's gewesen, als ich zum Holzinger-Hof fuhr mit der schwarzen Jacke.«

»Und was geschah dort?«

»Er fragte mich, wie's der Sixta ginge, und dann kam das andere.«

Mit fliegenden Worten berichtete die Christl von den Reitversuchen auf Falko und der Ruhepause an der Sterzach-Quelle, und ihre Mutter hörte ihr staunend zu.

»Dafür gibt's nur eine Erklärung« sagte die Meininger-Wanda schließlich. »Du scheinst sein Herz erobert zu haben. Er ist in dem Alter, in dem ein Mann ans Heiraten denkt. Ich frag' mich nur, warum es grad' ein so armes Madel sein muss. Immer hab' ich geglaubt, dass es für dich sehr schwer sein würd', einen ernsthaften Bewerber zu finden.«

»Ich hab' nix dazu getan, Mutterl« verteidigte die Christl sich, »und bisher ist auch nix geschehen, was das Licht des Tages zu scheuen hätt‹.«

»Das will ich hoffen« sagte die Mutter energisch. »Wie steht's denn mit dir? Hast du ihn gern?«

Nachdenklich sah die Tochter sie an.

»Zuerst hab' ich mich arg über ihn geärgert. Überheblich und zornig war er, und ich hab' ihn einen eingebildeten Narren genannt. Aber dann, als er der Sixta beistand, hab' ich gemerkt, dass doch ein Herz in ihm steckt, und jetzt ist sein Benehmen gut. Nix gibt's, worüber ich zu klagen hätt'. Nur hab' ich mir eigentlich die Lieb' hier drinnen in meinem Herzen anders vorgestellt.«

»Woher willst du wissen, Madel, wie die Liebe ist?« lächelte Frau Wanda.

Ihre Tochter gab ihr die Erklärung.

»Verwirrend und überwältigend stell' ich mir die Liebe vor« setzte die Christl ihr auseinander, »aber wenn ich mit dem Fabian zusammen bin, dann bin ich ganz ruhig. Mein Herz klopft net viel schneller als sonst, und ich sag' mir immer: Hier hast du einen, der's gut mit dir meint, und bei dem du behütet bist. Das tut mir wohl, Mutterl, verstehst du? Aber es ist halt anders, als ich erwartet hab‹.«

»Deine Worte beruhigen mich, nickte die Witwe des Waldhüters und streichelte die Hand ihrer Tochter. »Es ist halt das Schlechteste net, wenn die Frau Herr ihrer Gefühle ist und der Mann leidenschaftlich nach ihr verlangt. Da kann sie ihn lenken und regieren, und zumeist kommt was Vernünftiges dabei heraus, wenn die Frauen die Zügel in den Händen halten.«

Nach diesem Gespräch mit ihrer Tochter war Wanda Meininger einigermaßen beruhigt, denn sie glaubte der Christl jedes Wort. Es gab keinen Grund für sie, etwas anderes zu tun, denn bisher hatte das Madel noch nie gelogen.

Die Waldhüterswitwe fasste sich in Geduld und wartete auf den Tag, der ihr den Besuch des Murner-Fabian bringen würde. Er hatte ja angekündigt, dass er kommen und seinen Antrag machen würde, wenn es so weit wäre.

»Hoffentlich rümpft er net die Nase über unsere zwei bescheidenen Stuben« sorgte sie sich nur.

»Da kennst du den Fabian schlecht« beruhigte die Christl sie. »Der ist gar net hochmütig, bei dem zählt nur der Mensch. Hätt' er sich sonst in ein armes Madel vergafft? Er liebt mich halt und will mich so, wie ich bin.«

Im Dorf zerriss man sich die Mäuler über die Tatsache, dass Fabian Murner sich mit der Meininger-Christl im Wald traf.

In einem kleinen, windschiefen Häusl am Rand des Dorfes wohnte die Näherin, die Görgen-Klari. Sie ließ sich besonders heftig über diese Vorgänge aus, weil sie grundsätzlich neidisch war auf ein Madel, das Erfolg hatte. Ihrer hässlichen, krummen Beine und der langen Nase wegen und nicht zuletzt wegen des bösen Mundwerkes hatte sich nie ein Mann ernstlich für sie interessiert.

»Was bildet die Christl sich denn ein?« zischte sie boshaft im Bäckerladen. »Glaubt sie wirklich, der Murner-Fabian sei in sie verliebt? Am Ende hofft sie gar noch, eines Tages seine Frau zu werden, diese Betelprinzessin, die nix hat und nix ist!«

»Aber sie ist doch ein sehr hübsches Madel« wandte die Bäckersfrau ein.

»Das allein genügt doch net für einen Murner« behauptete die Klari. »Sie hat ja net einmal eine Aussteuer!«

Die Näherin selber besaß eine tadellose Aussteuer, die seit mehr als zwanzig Jahren in der großen Truhe ruhte, und trotzdem stellte sich kein Bewerber ein. So war sie eine giftige, alte Jungfer geworden, die vom Glück vergessen war. Die Hübel-Bäuerin, die sich just im Laden aufhielt und das Gespräch mit anhörte, meinte dazu, hämisch lächelnd:

»Mich wundert's net, dass die Wanda diesen Umgang nach Kräften fördert. Schließlich ist sie ja die Nutznießerin davon. Sie hofft, von ihrem reichen Schwiegersohn im Auto durch die Gegend gefahren zu werden und auf dem Murner-Hof aus und ein gehen zu können. Sie weiß schon, was ihre hübsche Tochter wert ist.«

So ging das von Mund zu Mund. Nur eine hörte es nicht, und das war die Christl selbst.

Wenn sie mit dem Fabian im Wald zusammen war, fragte sie zwar manchmal: »Meinst du's denn wirklich ernst? Hast du mich so Recht von Herzen lieb?«

»Ich kann mir ein Leben ohne dich net mehr vorstellen« behauptete er dann. »Ich brauch' deine Jugend und Schönheit, deine Klugheit und dein freundliches Wesen!«

Nie hätte sie ihm solche süßen Worte zugetraut. Ihr Herz klopfte in freudiger Gewissheit schneller. Im Geiste sah sie sich als Herrin des Murner-Hofs. Ein Leben wartete auf sie, in dem sie sich manchen Wunsch erfüllen konnte. Jedermann würde sie beneiden.

»Bist du glücklich, Christl?« fragte er sie und streichelte zärtlich mit zwei Fingern ihre Wange.

»Wenn du's wirklich ernst meinst, Fabian, dann werden wir zwei sehr glücklich miteinander sein« antwortete sie ernst.

Er zog sie sanft an sich und schloss sie in seine Arme. Ihr Kopf ruhte an seiner Brust, und fest presste er den zarten Mädchenkörper an sich. Von Leidenschaft war da nichts zu spüren, wohl aber viel von Zärtlichkeit. Er fasste unter ihr Kinn und hob ihr Gesicht zu sich empor, um seine Lippen sanft auf die ihren zu legen.

»Für mich bist du jetzt schon meine Braut« sagte er. »Zeit wird's jetzt, dass ich mit meiner Mutter rede. Sie muss einverstanden sein, ehe ich meinen Weg zum Brunner-Hof antrete.«

Daheim erzählte die Christl strahlend vor Glück ihrer Mutter, was der Fabian ihr gesagt hatte.

»Wie sehr muss er dich lieben!« seufzte diese. »Wie stolz werd' ich auf diesen Schwiegersohn sein! Möge Gottes Segen euch beiden zuteil werden!«

Ein Dankgebet sandte die Meininger-Wanda an diesem Abend zum Himmel, als sie in ihr Bett sank. Alle Sorgen waren zu Ende. Wie einen schönen, reichen Garten, ganz in Sonnenschein getaucht, sah sie das fernere Leben ihres Kindes vor sich liegen. Sie wusste, dass auch sie davon profitieren würde.

In etwa dachte sie also so, wie die spitzzüngige Hübel-Bäuerin es sich vorgestellt hatte, doch der Unterschied war der, dass weder die Christl noch ihre

Mutter etwas dazu getan hatten. Ganz von selbst war das alles gekommen, und darum betrachtete sie diese Liebe als ein Geschenk des Himmels.

*

Natürlich wusste auch Sixta, die Tochter des Brunner-Bauern, Bescheid. Die Christl war ja ihre beste Freundin und hatte sich ihr in einer stillen Stunde anvertraut.

Noch war der gebrochene Knöchel nicht ganz geheilt. Die Sixta musste den Fuß noch schonen und mehr stillsitzen als bisher. Häufig lag sie auf dem Sofa im Arbeitszimmers ihres Vaters, hielt das kranke Bein ausgestreckt und machte dabei ihre Schularbeiten. Auf Wunsch der Brunner-Bäuerin besuchte die Sixta nämlich eine Haushaltsschule in Riedheim, wo sie mehr über die Führung eines Haushalts lernte, als ihre Mutter ihr hätte beibringen können.

Heute saß die Christl bei ihr und half ihr bei den Rechenaufgaben, denn darin war sie ganz groß. Jedenfalls war sie weit besser als die Sixta.

In der Wohnstube nebenan war die Näherin, die Görgen-Klari, beschäftigt. Die Bäuerin hatte sie kommen lassen, damit sie ihr ein Kleid anpasste.

Es blieb nicht bei der Anprobe allein. Dazu gehörte die obligate Tasse Kaffee, und vom letzten Sonntag war noch ein Stückerl Gugelhupf übrig geblieben, das die Klari mit bestem Appetit verzehrte.

Dabei redeten die Brunner-Bäuerin und die Klari eifrig über Gott und alle Welt, und manchmal sprachen sie auch gleichzeitig, weil keine die andere in ihrer Redseligkeit und Wichtigtuerei zu Wort kommen lassen wollte.

»Einfach schrecklich ist das« seufzte die Sixta nebenan. »Manchmal reden sie so laut, dass ich mich gar net mehr auf die Schularbeiten konzentrieren kann.«

»Es wird vorübergehen« tröstete die Christl sie. »Bald geht sie sicherlich.«

Jetzt horchten die beiden Madeln auf, denn sie hatten Christls Namen gehört.

»Die Christl weiß vor lauter Hochmut schon überhaupt net mehr, wie sie sich drehen und wenden soll« behauptete die Görgen-Klari boshaft, während sie den Saum des Kleides, das die Bäuerin bekommen sollte, mit Stecknadeln absteckte. »Mich grüßt sie ja schon lang net mehr. Ich bin ihr wohl net vornehm genug. Als künftige Frau Murner glaubt sie gewiss, sich das leisten zu können.«

»Oh, wie niederträchtig ist das!« murmelte die Christl nebenan im Arbeitszimmer und sah ihre Freundin empört an. »Du weißt genau, dass ich ein bisschen kurzsichtig bin. Vielleicht hab' ich die GörgenKlari auf der Straße einmal net gesehen. Jedenfalls ist's ganz ausgeschlossen, dass ich bewusst einen Gruß unterlassen hab'.«

»Reg' dich doch net auf« versuchte Sixta sie zu beruhigen. »Die Klari ist ein boshafter Mensch, der jedem etwas anhängt, sonst ist sie halt net zufrieden.«

Doch das Gerede nebenan ging weiter.

»Hochmut kommt vor dem Fall, heißt es« lachte die Klari meckernd, »Noch ist die Christl net mit dem Fabian verheiratet. Es ist schon mehr als einmal vorgekommen, dass ein Bräutigam es sich noch anders überlegt hat.«

»Ich tät' das Glück der Christl schon gönnen« ließ sich die Brunner-Bäuerin gutmütig vernehmen. »Sie und ihre Mutter haben genug Unglück im Leben gehabt.«

Doch diese Worte behagten der Klari gar nicht. Sie schwamm nun einmal im Fahrwasser ihrer Boshaftigkeit und wollte davon nicht mehr lassen.

»Neulich hab' ich gesehen, wie sie hoch zu Ross

durch den Wald ritt, die Christl. Der Fabian hatte sie auf sein Reitpferd gesetzt. Ich bitt' dich, Leni, ist das net der Gipfel der Anmaßung? Höher kann ein Madel seine Nase net tragen, als sie es tut.«

Die Brunner-Bäuerin war nicht gerade zu beneiden, denn sie stand zwischen zwei Parteien. Einerseits wollte sie es sich mit der boshaften Näherin nicht verderben, die ihr, wie sie wusste, im Dorf viel üble Nachrede anhängen konnte. Außerdem brauchte sie sie auch. Es gab ja nur diese eine Schneiderin im Dorf.

Andererseits war sie bisher sehr gut mit Wanda Meininger und deren Tochter ausgekommen, und die Christl und die Sixta waren dazu noch Freundinnen. Sie hoffte, dass dieses herzliche Verhältnis durch die boshaften Worte der Klari nicht getrübt werden würde.

Da sie die Verhältnisse in ihrem Haus genau kannte, konnte sie sich ausrechnen, dass man drinnen in der Wohnstube jedes Wort verstehen konnte. Dort aber saßen, wie sie wusste, die Christl und die Sixta zusammen.

Das blonde Madel in der Wohnstube stützte jetzt den Kopf in die Hand und sah die braunhaarige Sixta ratlos an.

»Wie kann ein Mensch nur so boshaft sein?« seufzte die Christl mit traurigem Blick. »Ich hab' ihr doch nix getan. Aber anscheinend gönnt die Görgen-Klari mir mein Glück net.«

»Es ist der Neid« erwiderte Sixta. »Der steckt wahrscheinlich in jedem. Man gönnt's dir im Dorf einfach net, dass du vom Schicksal bevorzugt wirst.«

Dann stand sie vom Sofa auf und zog die Christl sanft mit sich empor.

»Komm, wir gehen in die Küche hinunter und machen uns zur Abwechslung eine Tasse Kaffee. Die

Mutter hat noch Kuchen im Schrank, und ich weiß doch, dass du den Guglhupf gern isst.«

Sie wollte die Christl aus dem Raum haben, in dem sie vielleicht noch mehr Unfreundlichkeiten zu hören bekommen würde.

Bekümmert berichtete das blonde Madel nach der Rückkehr in die zwei kleinen Stuben im Wirtschaftsgebäude, die sie vom Brunner-Bauern gemietet hatten, über das, was sie gehört hatte.

»Ich hab 'auch schon höhnische Blicke und hämisches Lachen einstecken müssen« bekannte Frau Wanda. »Ich hab' nur net darüber gesprochen, Kindl, um dich net traurig und unsicher zu machen.«

Sie trat neben ihre Tochter, die bekümmert und mit gesenktem. Kopf auf einem Stuhl saß, und strich ihr über den blonden Scheitel.

»So sind halt die Menschen, Christl. Es hilft nix: Du musst dich damit abfinden. Im Grunde genommen schadet dir's nix, wenn du diese Erfahrung früh machst. Desto vorsichtiger wirst du später sein.«

Die Christl besaß noch nicht die Lebensklugheit und Abgeklärtheit ihrer Mutter. Sie konnte innerlich nicht so schnell mit der Tatsache fertig werden, dass man ihr in Sterzach ihr Glück nicht gönnte.

Abends weinte sie sich in ihrem Bett in den Schlaf. Sie wollte es nicht der Mutter eingestehen, aber sie fürchtete sich vor der Zukunft.

War es nicht möglich, dass Neid und Missgunst sie auf irgendeine Weise doch noch um ihr Glück brachten? Sie hatte Angst, schreckliche Angst, und wusste, dass sie erst aufatmen würde, wenn sie die bunte Brautkrone vom Murner-Hof tragen und an der Seite des Fabian zum Altar schreiten würde.

*

An einem schönen Septembermorgen, Ende des

Monats, waren der Förster Ludwig Axmeyer und sein Jagdgehilfe Klaus Immig im Humpenwald unterwegs.

Der Wald trug seinen Namen nach dem Berg, dessen Fuß er umgab und an dessen Flanken er sich hinaufzog. 1850 Meter war der Humpen hoch, und der Forst, der zunächst aus Mischwald bestand, wies um die 1000 Meter schließlich nur noch Nadelholz auf, das, noch ein bissl höher, in die Krüppelkiefern überging, die sich in den verrücktesten Formen wanden, um dem Wind zu trotzen, und schließlich nur noch am Boden dahinkrochen.

Im Mischwald machten der Förster und sein Jagdgehilfe ihren Kontrollgang, denn in der letzten Zeit war ihnen aufgefallen, dass etwas nicht stimmte.

»Es treibt sich wieder einmal ein Wilddieb hier herum« behauptete der alte Axmeyer. »Gestern hab' ich einen Schuss gehört, der aus dem Jagen 16 kam, und der Jagdpächter, der Herr Leimgruber aus München, ist weit von hier. Nix und niemand hat dort zu schießen. Ich frag' dich, Klaus, wer das wohl gewesen ist.«

»Das weiß ich net« erwiderte der Jagdgehilfe, hob die Schultern und ließ sie wieder fallen. »Ich hab' den Knall auch gehört und gestern Abend schon den Waldhüter, den Moser-Vinzenz, gefragt, aber der hat genauso wenig eine Antwort gewusst wie ich.«

»Vielleicht findet der Hasso die Antwort« hoffte der Förster und warf einen Blick auf den Rüden, der an seiner Seite ging. »Hier ungefähr muss es gewesen sein. Solch ein Wilddieb weidet die Beute, die er erlegt hat, meist an Ort und Stelle aus und lässt das Geschlinge und Gekröse liegen für die Füchse und die Eulen. Auch mit dem Gehörn kann er nix anfangen. Es würd' ihn ja nur verraten.«

»Ich versteh' schon« nickte der Klaus. »Danach suchen wir jetzt, net wahr?«

»So ist's« bestätigte der Förster.

Die beiden Männer achteten aufmerksam auf Schweiß oder Schnitthaar, aber sie fanden keine Schusszeichen. Anscheinend hatte der Wilderer gut getroffen.

Plötzlich begann der Hund an der Leine zu reißen.

Der Förster gab ihm ein längeres Stück davon frei, und Hasso wedelte erfreut mit der Rute und legte sich in die Halsung.

Hin und her suchte er, ganz ruhig und bedächtig, als täte er das seinem Herrn zu Gefallen und weniger aus Freude an der Sache selbst.

Aber dann zog er mächtig voran, wedelte kräftiger und stieß mit der Nase unter einen Busch.

»Brav, Hasso!« lobte der Förster ihn, als er weiter drängte, und Klaus Immig nickte und nahm ein Haarbüschel von einem Zweig.

Der Förster drückte den Hut fester in die Stirn und ließ noch ein Stück von dem Riemen frei. Er wurde bald fortgerissen von dem Hund, der auf einmal voller Eifer war.

Ins Unterholz mussten die beiden Männer jetzt hinein. Die Zweige knisterten und knackten, Kiefernadeln fegten ihnen durch den Mund, Birkenruten peitschten ihre Wangen, und Brombeerranken rissen ihnen die Hände auf. Das alles war Nebensache. Es ging immer weiter durch dick und dünn, durch Heidekraut und Blaubeergestrüpp, unter den Ästen einer Tanne durch, die ihnen die Hüte vom Kopfe fegten.

Als sie sich bückten, um sie wieder aufzuheben, hätte der aufgeregte, hechelnde Hund, der stürmisch vorwärts drängte, den grauhaarigen Mann bald zu Boden gerissen.

Klaus Immig trat rasch auf den Riemen, um den Bund zu halten, und der Förster konnte sich wieder erheben und die Tannen und Fichtennadeln von der Hose klopfen.

Zwei Rehe polterten rechts von ihnen aus dem Gebüsch und hetzten in langen Fluchten davon, und ein Eichelhäher keckerte erbost über die Störung.

Hinauf und hinunter ging es auf dem unebenen Waldboden. Der Schweiß lief den Männern über Gesicht und Brust, die Herzen klopften ungestüm, und der Hinterkopf brummte ihnen, denn der Lauf des umgehängten Jagdgewehrs stieß öfters mit ihm zusammen.

Jetzt bog der Hund zu einem großen Dickicht hinüber. Ob sie wollten oder nicht, sie mussten ihm folgen.

Tief gebückt drangen sie ein. Im Nu hatten sie Tannennadeln im Hemdkragen und Spinnweben im Gesicht.

Der Hund war kaum noch zu halten. Seine Augen glühten, lang hing ihm die Zunge zum Fang heraus. Dann hatten sie das Wundbett erreicht, in dem der angeschossene Rehbock niedergesunken war.

Von dem Bock war natürlich nichts mehr zu sehen, aber das Gehörn lag da und noch ein bisschen vom Gekröse.

Der Förster ließ den Riemen fahren, und mit einem heiseren Freudenlaut stürzte sich Hasso auf den Leckerbissen.

Die beiden Männer standen da, wischten sich die Spinnweben aus den Augen und den Schweiß von der Stirn und tranken jeder einen Schluck aus des Försters Feldflasche, die er am Gürtel hängen hatte.

Über ihnen zeterten die Vögel in den Zweigen und beklagten sich über das lärmende Eindringen der Menschen in ihre Welt, doch Ludwig Axmeyer, der Förster, kümmerte sich nicht darum. Er hatte sich gebückt und das starke, dicke, wunderbar geperlte Gehörn aufgehoben.

»Kruzitürken!« schimpfte er. »Eine Sünd' und

Schande ist's, dass der Wilddieb diesen Bock geholt hat! Immer hab ich ihn geschont und aufbewahrt für den Jagdpächter. Im Oktober will er kommen, der Leimgruber-Franz, dann sollt' er ihn sich holen. Jetzt ist es nix mehr damit. Verfluchte Schweinerei!«

Der Hund war fertig mit seiner Mahlzeit und kam schwanzwedelnd heran.

Der Förster klopfte ihm den Rücken und liebelte ihn ab. Dann nahm er das Gehörn an sich, und sie verließen das Dickicht.

Auf dem breiten Fahrweg, der für die Holzfuhrwerke freigegeben war, sahen sie von weitem den Moser-Vinzenz kommen.

Freudig schlug Hasso an, als ihm der Wind die Witterung des Waldhüters zutrug. Die beiden Männer blieben stehen und warteten auf den Herankommenden.

Der Blick des Vinzenz war fest auf das Gehörn in der Hand des Försters gerichtet. Nur zu gut wusste er, was diese Trophäe zu bedeuten hatte.

»Es ist also erwiesen« sagte er. »Ein Wilddieb treibt sich im Humpenwald herum.«

»Leider« bestätigte der Förster. »Hast du drüben auf der anderen Seite etwa auch Spuren von ihm gefunden?«

»Freilich« nickte der Moser-Vinzenz bekümmert. »Da drüben hat er Fallen gestellt, der Schuft!«

»Eine Schand' ist's!« erregte sich der alte Axmeyer. »Eingesperrt gehören solche Leut'! Ich kann kein Mitleid mit ihnen haben.«

Sie setzten sich alle drei wieder in Bewegung und zogen dem Forsthaus zu.

Am Abend wusste es schon ganz Sterzach, dass im Humpenwald wieder ein Wilddieb war. Im Gasthaus stellten die Männer beim Bier ihre Vermutungen an.

»Ein anderer muss es diesmal sein« meinten sie.

»Der Merk-Xaver ist's net. Der traut sich gewiss net her, da ihm ja noch der Mord am MeiningerHubert anhängt.«

»Wilderer gibt's alleweil« äußerte sich der Förster dazu. »Oft sind's Leut', bei denen man das net vermuten tät'. In dieser Beziehung hab' ich schon mein blaues Wunder erlebt.«

Der alte Ludwig Axmeyer, der Grünrock, blickte schon auf fünfundzwanzig Dienstjahre zurück und hatte wirklich reichliche Erfahrungen gemacht.

Da der Brunner-Bauer von Sterzach kein Wirtshausgänger war und sich nur selten in der Gaststube blicken ließ, erfuhr er nichts von dem Wilderer und konnte auch daheim nichts erzählen.

Der Zufall wollte es, dass auch seine Frau nicht zum Einkaufen ins Dorf ging. Sie war schon am Montag im Kramladen gewesen, und die Geschichte mit dem Rehbock passierte erst am Dienstag.

Die Knechte und Mägde aber hatten alle Hände voll zu tun, denn die Kartoffelernte war in vollem Gang. Außerdem lag der Brunner-Hof ein bissl außerhalb des Dorfes, und in den nächsten Tagen waren alle auf den Feldern und hatten keine Zeit für einen Schwatz.

So waren sie alle ahnungslos, auch die Meininger-Christl, die fleißig für den Brunner-Bauern hinter dem Kartoffelroder die Erdäpfel aufsammelte, während ihre Mutter mit der Bäuerin die Küchenarbeit erledigte.

Freitagabend waren sie mit der Kartoffelernte fertig.

Zwei riesige Haufen der braunen Knollen waren in der großen Scheune auf dem Boden aufgeschüttet worden, und nun begann das Verlesen und Sortieren. Die große Waage und die Säcke lagen schon bereit.

Dabei wurde die Christl nicht gebraucht. Sie konnte darum am Samstag eine Bitte ihrer Mutter erfüllen.

»Es ist Brombeerzeit, Madel« hatte die Meininger-Wanda zu ihrer Tochter gesagt. »Gelt, du tust mir den Gefallen und gehst sammeln? Einen Eimer und eine Milchkanne voll brauch' ich für Gelee, und die schönsten such' ich heraus und setz' einen Likör an.«

»Freilich, Mutterl, ich hol' dir die Beeren« hatte die Christl versprochen. »Ich mag sie ja selber soviel gern.«

Und nun war sie also am Samstag mit Eimer und Kanne unterwegs, und die Mutter hatte ihr sogar ein Vesperbrot mitgegeben, da die großen Brombeerhecken an der Südseite des Humpen ziemlich hoch oben im Wald waren und der Weg nach Hause einfach zu viel Zeit in Anspruch genommen hätte.

Ganz allein war das Madel da droben am Brombeerhag, aber es fürchtete sich nicht.

Die Christl sang beim Brombeerensammeln leise vor sich hin und genoss so recht die Wärme und Stille des wunderschönen Herbsttages.

Ab und zu hielt sie inne, um hoch zu blicken und sich umzuschauen. Hier, von der Südseite des Humpen aus, hatte sie einen wundervollen Blick auf all die hohen Berge, die das Tal von Sterzach umgaben.

Schimmernd lag das graue Gestein der gewaltigen Riesen im Sonnenlicht da, und hier und da blitzte der eingeschlossene Glimmer wie Diamanten.

Am hellblauen Himmel segelten kleine Wölkchen, und ganz oben zog ein Steinadler seine Kreise. Majestätisch langsam waren die Bewegungen der weit gespannten Schwingen.

Es roch nach Harz auf diesem Südhang, denn im Sommer waren einige Stämme geschlagen worden.

Die Rinde dörrte jetzt am Boden in der Sonne aus, und aus den Stümpfen quoll das klebrige Gold wie Blut aus einer Wunde.

Wie Blutstropfen sahen auch hier und da die Preiselbeeren aus, die zwischen den ledrig grünen, glänzenden Blättchen leuchteten, und die hohen Rispen des braunen Waldgrases wogten hin und her im Lufthauch.

Wie schön ist meine Heimat! dachte die Christl und summte ein Lied von den Bergen, die es den Menschen angetan haben, die dort geboren sind, und die sie nie in ihrem Leben loslassen.

Natürlich wanderten die Gedanken des hübschen Madels bei der geruhsamen Arbeit des Beerensammelns zum Murner-Fabian, ihrem Liebsten.

Morgen war Sonntag, morgen würde sie ihn wiedersehen. Für vier Uhr nachmittags hatten sie sich an ihrem Treffpunkt an der Sterzach-Quelle verabredet.

Zu Weihnachten bin ich gewiss Braut, dachte die Christl. Wie süß ist doch die Liebe!

Und während sie eine besonders dicke, schwarze Beere in den Mund steckte und ihren süßen Saft schlurfte, träumte sie von den Küssen des Fabian.

So füllte sich allmählich der Eimer, denn Christls Finger waren fleißig bei der Arbeit, obwohl ihre Hände von den Dornen der Ranken schon ganz zerkratzt waren, und ihre Träume und Gedanken minderten ihren Eifer nicht.

Soeben bog sie wieder um einen riesigen Brombeerbusch herum, weil sie dessen Rückseite in Augenschein nehmen wollte. Immerhin konnte es ja sein, dass sich dort noch viele von den süßen, schwarzen Früchten versteckten.

Da zuckte sie vor Schreck zusammen und stieß einen leisen Schrei aus. Gleich darauf aber presste sie die vom Beerensaft beschmierte Hand angstvoll auf den Mund.

Hinter dem hohen Brombeerbusch befand sich eine Falle. Eine sorgfältig ausgehobene und mit Gras und Gestrüpp getarnte Grube war es, in der ein Tellereisen versteckt lag. Ein Hase hatte sich darin gefangen und war eines grausamen Todes gestorben. Selbstverständlich empörte sich Christls Gemüt über diese Rohheit. Sie war ja das Kind eines Waldhüters und verstand genug von der Natur und ihren Geschöpfen, um einen solchen Frevel zu verabscheuen.

Aber in diesem Falle war der Schrecken noch größer als die Empörung, denn neben der Falle hockte derjenige, der sie gestellt hatte, im Gras und war gerade damit beschäftigt, sie auszuräumen.

Jawohl, dort kniete ein Mann, ein finster aussehender Kerl mit struppigem, schwarzem Haar und glühenden Augen, die jetzt von unten herauf die Christl böse anstarrten.

Dichte, struppige Brauen hatte der Mensch, unter denen sich die tief liegenden Augen fast verkrochen. Tückisch blinkten sie aus diesem Gestrüpp.

Vom Winkel des linken Auges bis zum Ohr lief über die Wange eine tiefe Narbe, die von einer Messerstecherei herzurühren schien. Rund um das Kinn spross ein Bart, der gut acht Tage alt sein mochte, und das ungepflegte, zottelige Haar, das unter dem verschossenen Hut hervorschaute, war ganz gewiss lange nicht mit Wasser und Seife in Berührung gekommen.

Überhaupt war der ganze Kerl schmutzig und verlottert.

Ein Wilddieb! vermochte die Christl nur zu denken. Um Gottes und aller Heiligen willen, ein Wilderer ist unterwegs, und ausgerechnet ich muss auf ihn stoßen!

Schon wandte sie sich um und wollte die Flucht ergreifen. Sie stolperte vor Hast und Angst. Der Eimer in ihrer Hand schwankte wild, und ein paar der gesammelten Beeren sprangen heraus und fielen zu Boden.

Auch der Wilddieb war aufgesprungen. Die Christl sah in seiner Hand ein blitzendes Messer. Die Sonne ließ die stählerne Klinge aufleuchten. Ein, zwei rasche Schritte machte der Mann und sie sah, dass er hinkte. Er zog das rechte Bein ein bissl nach.

Aber auch etwas anderes sah sie: Dass er nämlich groß und stark war, ein langer, breitschultriger Kerl mit riesigen Pratzen. Mit seinen langen Beinen würde es ihm gewiss trotz seiner Behinderung nicht schwer fallen, sie einzuholen, wenn sie jetzt davonlief, und im Geiste fühlte sie schon die riesigen Hände sich um ihren Hals legen und die Spitze des Messers an ihren Rippen.

Er durfte sie ja nicht entkommen lassen, denn sie hatte ihn gesehen. Genau ins Gesicht hatte sie ihm geschaut, und jederzeit konnte sie ihn beschreiben.

Jenseits des Brombeerhags war der breite Fahrweg, der durch den Wald führte, und den immer die Holzfahrzeuge nahmen, wenn sie die gewaltigen Stämme abtransportierten.

Auf diesem Weg näherten sich jetzt Menschen. Die Christl hörte Eimergeklapper und Stimmen, die miteinander schwatzten. Gelächter klang auf.

»Da schau her, hier ist eine gute Stelle, Zenta! Hier lass uns verweilen und Beeren sammeln!«

»Aber geh', siehst du denn net, Klari, dass da schon jemand gewesen ist? Schau, die Ranken sind doch niedergetreten! Nur die unreifen Beeren sind zurückgeblieben.«

Die beiden Frauen dort drüben waren sich noch nicht einig, ob sie bleiben oder gehen sollten, und die Christl sah in ihrem Vorhandensein ihre Rettung. Sie brauchte nur um den Brombeerhag herumzulaufen und sich zu ihnen gesellen, dann war sie in Sicherheit. Drei Frauen auf einmal konnte auch der stärkste Wilddieb nicht überwinden. Eine davon würde immer als Zeugin übrig bleiben.

Doch sie kam gar nicht erst dorthin, denn der Mann mit dem Messer in der Hand, der mit zwei großen Sätzen bei ihr angekommen war, streckte die Hand aus, hielt sie mit einem Ruck fest und riss sie zurück.

»Halt!« zischte er.« Du bleibst hier, Madel! Du verpfeifst mich net!«

Seine Finger drückten sich in das Fleisch ihres Armes. Sie hielten sie fest wie in einem Schraubstock. Das Messer in seiner anderen Hand war dicht vor ihrem Gesicht.

Da ließen sich wieder die Stimmen der Ahnungslosen auf der anderen Seite der Brombeerhecke vernehmen.

»Lass uns doch einmal hier herum gehen, Klari« schlug die eine der beiden Frauen vor. »Vielleicht ist auf der Rückseite mehr zu finden als vorn.«

»Ich glaub's net« zweifelte die andere, »aber meinetwegen, wir können's ja versuchen!«

Schritte näherten sich. Schon wurde hinter den Brombeerranken ein helles Kleid sichtbar.

Da schob der Wilderer das Jagdmesser blitzschnell in die Tasche seines Jankers, packte mit der anderen Hand Christls Kopf und bog ihn zu sich herüber.

Ehe sie sichs' versah, presste er seine Lippen auf ihren Mund und küsste sie herrisch und wild.

Mit der anderen Hand, die bisher ihren Arm umklammert hatte, drückte er sie jetzt fest, ganz fest an sich, sodass sie kaum noch Luft holen, geschweige denn sich rühren konnte. Für einen ahnungslosen Betrachter musste das Ganze nach einer leidenschaftlichen Liebesszene aussehen.

»Jessas, da stehen zwei!« rief die eine der beiden Frauen.

»Es ist ein Liebespaar« sagte die andere. »Komm, Zenta, wir wollen net stören!«

Ein meckerndes Lachen folgte, ein Kichern und Quietschen. Anscheinend fanden die beiden die Situation höchst pikant.

Die Christl schielte zur Seite. Sie hätte zu gern gewusst, wer es war, der sich am Anblick dieser Szene weidete.

Jetzt erkannte sie sie. Es handelte sich um die erwachsene Tochter des Hübel-Bauern. Zenta hieß sie und war ein reizloses Madel, das bei den Burschen im Dorf wenig Anklang fand.

Die andere aber war die Görgen-Klari, die boshafte Näherin, die sich sowieso niemals genug tun konnte an Klatsch und Tratsch.

Selbstverständlich hatten die beiden das blonde Madel sofort erkannt. Die Christl sah, wie Klari die Zenta anstieß. Deutlich hörte sie die laut geflüsterten Worte: »Das ist doch die Christl vom Brunner-Hof!«

Der bärenstarke Mann hielt das blonde Madel immer noch fest, aber jetzt nahm er für einen Moment seinen Mund von dem ihren und fuhr die beiden Frauenzimmer barsch an.

»Neugieriges Weibervolk! So verschwindet doch!« knurrte er. »Habt ihr noch nie ein Liebespaar gesehen?«

Wieder hatte die Christl schreien wollen. Sie wollte den beiden da drüben erklären, dass das Ganze eine Täuschung war.

Aber es gelang ihr nicht, denn während der Mann sich den beiden Frauen zuwandte, drückte er ihr wieder schnell seine harte, schwielige Hand auf den Mund, und danach zog er sie weg und küsste sie von neuem, herrisch und brutal.

Die Görgen-Klari, die Näherin, war blass geworden, als der Mann ihr das Gesicht zuwandte und sie ihn erkannte.

Heftig strebte sie jetzt weg von diesem Ort und zog die Zenta mit sich.

»Komm nur, komm!« flüsterte sie ihr zu. »Um Himmels willen, Zenta, weißt du denn, wer das ist? Xaver Merk ist's, der Scherenschleifer, von dem die Leut' sagen, dass er ihren Vater auf dem Gewissen hat.«

Die beiden Frauen waren jetzt schon wieder auf der anderen Seite der Brombeerhecke angekommen, und mit dem Daumen wies die Görgen-Klari über die Schulter zurück zu dem kosenden Paar, damit die Hübel-Zenta sie nur ja richtig verstand.

»Jessas!« stammelte diese nur, denn sie war ein bissl schwer von Begriff und hatte die Weisheit wirklich nicht mit Löffeln gegessen. »Die Christl und der Xaver, wie ist denn das nur möglich? Er hat doch ihren Vater erschossen! Sie trifft sich hier mit ihm und tauscht Küsse. Ja mei, was ist das für eine Welt!«

Während sie redeten, hasteten sie bergab. So schnell wie möglich wollte die Görgen-Klari aus der Nähe des gefährlichen Menschen kommen.

»Das ist ja noch net alles!« zeterte sie keuchend und atemlos. »Mit zweien treibt sie's zugleich, das schamlose Weibsbild! Hast du denn net gehört, dass sie so gut wie verlobt mit dem Murner-Fabian ist?«

»Richtig« nickte die Hübel-Zenta mit törichtem Lächeln, »daran hab' ich fei net gedacht!«

»Das wird im Dorf wie eine Bombe einschlagen!« frohlockte die Näherin. »Eine solche Neuigkeit hat's lang' net gegeben, eine richtige Sensation ist das! Ich kann mich gar net darüber beruhigen, wie schlecht dieses Madel doch ist!«

Und sie rannte und strebte bergab, um nur möglichst schnell ihr Wissen an den Mann zu bringen.

Droben im Humpenwald aber ließ der Wilddieb endlich das entsetzte, vor Schreck erstarrte Madel aus seinen Armen und blieb mit geballter Faust vor ihr stehen.

»Du kannst jetzt gehen!« sagte er. »Aber das eine sag' ich dir: Ich bring' dich um, wenn du mir Ärger machst! Du weißt net, wer ich bin. Hast du gehört? Du kennst mich net. Du hast mich nie gesehen. Und von der Falle hier und von dem Hasen weißt du auch nix, verstanden?«

»Ich werd' schweigen« versprach die Christl mit zuckenden Lippen, totenbleich im Gesicht! »Ich weiß genau, dass du's ernst meinst.«

»Ja, verflucht ernst« beteuerte er. »Ich will net im Gefängnis landen. Nach meiner Meinung ist nix dabei, wenn man sich mal ein Häslein holt, wenn man Hunger hat. Dadurch wird ein Mann noch net zum Verbrecher.«

»Du kannst sicher sein, dass ich den Mund halten tu« versprach sie ihm noch einmal. »Ich weiß genau, wozu ein Wilddieb fähig ist.«

»Wie meinst du denn das?« wollte er argwöhnisch wissen.

»Mein Vater war Waldhüter« erzählte sie, »und ein Wilddieb hat ihn erschossen.«

Ihre Stimme brach, weil plötzlich die Erinnerung an diese schreckliche Geschichte übermächtig war. Zusammen mit der Angst, die sie selber soeben ausgestanden hatte, brachte sie das um ihre Beherrschung.

Da stand sie nun vor dem Fremden und weinte, und weil sie ihm ihre Tränen und ihr zuckendes Gesicht nicht zeigen wollte, bedeckte sie die Augen mit den Händen. Zwischen den Fingern perlten die Tränen hervor und liefen ihr die Wangen herab. Es sah unendlich rührend aus.

Etwas Seltsames geschah.

Der Mann trat einen Schritt von ihr weg und schuf so einen kleinen Zwischenraum zwischen ihm und ihr.

»Die Tochter des Waldhüters bist du?« wiederholte er, und seine Stimme klang plötzlich ganz anders. »Hat er etwa Meininger geheißen, dein Vater, Hubert Meininger?«

Sie ließ die Hände sinken und starrte ihn verblüfft an.

»Ja, freilich« gab sie Auskunft, »die Meininger-Christl bin ich. Seit meine Mutter Witwe ist, wohnen wir in zwei kleinen Stuben auf dem Brunner-Hof. Wir sind arm, und die Rente ist nur klein, aber das Schlimmste ist, dass des Vaters Mörder noch immer net gefunden worden ist.«

»Deines Vaters Mörder!« murmelte er und dann noch einmal mit einem irren Auflachen: »Deines Vaters Mörder, ha, ha!«

Er griff sich an den Kopf und schien ein wenig zu taumeln. Und als sie sein Gesicht ansah, war darin nichts als Qual und Not. Nichts Drohendes und Schreckliches war mehr darin, und plötzlich war all ihre Furcht wie weggeblasen.

*

Der Mann, der vorher so Furcht erregend gewirkt hatte, lehnte sich jetzt an den Stamm einer Kiefer, presste die Hände vor die Augen und stöhnte, als hätte er Schmerzen.

»Was ist dir?« forschte die Christl sanft und trat einen Schritt näher, um ihm beruhigend die Hand auf den Arm zu legen.

Mit einer so gütigen, besänftigenden Geste hatte er offensichtlich nicht gerechnet. Er schien ein Mensch zu sein, dem immer und überall nur Argwohn und

Misstrauen zuteil wurden, von dem man sich abwandte, weil sein Anblick keine Sympathie erweckte und den man aller bösen Taten für fähig hielt, weil er nun einmal so aussah, wie nach landläufigen Begriffen die Schurken auszusehen haben.

Ganz langsam ließ der Mann die Hände von seinen Augen sinken und starrte das blonde Madel verwundert an.

»Warum bist du so gut zu mir?« fragte er verständnislos.

»Warum sollt' ich net?« antwortete die Christl mit einer Gegenfrage. »Du hast mir ja nix Böses zugefügt.«

»Ich hab' dir nix getan?« wiederholte er staunend.

»Nein, du hast mir nix getan. Dass du mir gedroht hast, begreif' ich gut. Ich weiß ja, was für dich auf dem Spiel steht. Und dass du mich in den Arm gerissen und geküsst hast, verzeih' ich dir. Du hast's getan, um die beiden Frauen zu täuschen. Jedenfalls hast du mein Leben geschont, und, net wahr, jetzt lässt du mich unversehrt heimgehen?«

»Du dankst mir?« stammelte er. »Du verachtest mich net?«

Sie schüttelte nur verwundert den Kopf. »Da gibt's doch nix zu verachten« äußerte sie ihre Meinung. »Du hast Fehler gemacht, und die machen wir alle. Fehler sind menschlich. Gehab' dich also wohl und mach' dir keine Sorgen net! Ich halt' den Mund und verrat' dich net.«

Sie wandte sich zum Gehen, nachdem sie ihr Kleid ein bisserl zurechtgezupft hatte, das bei der stürmischen Umarmung in Unordnung geraten war.

»Nein, geh' noch net« bat er dann plötzlich und streckte bittend die Hand aus, während er sich von dem Baum, an dem er gelehnt hatte, abstieß.

»Bitte, bleib' noch Madel, ich muss dir etwas erzählen!«

Sekundenlang zuckte in ihrem Herzen wieder Angst auf.

Wollte er sie vielleicht nur mit schönen Sprüchen zurückhalten, ihr Sand in die Augen streuen und dann doch hinterrücks über sie herfallen?

Aber ein prüfender Blick in seine Augen zeigte ihr, dass sie von ihm wirklich nichts zu fürchten hatte. Sein Gesicht wirkte aufgewühlt, erschüttert, verstört. Er schien das dringende Bedürfnis zu haben, ihr etwas mitzuteilen.

»Also gut, sprich!« forderte sie ihn auf.

»Nein, net hier« widersprach er. »Es könnten noch einmal Leute vorbeikommen, die uns überraschen. Ich will dich net unnötig ins Gerede bringen. Das Dorf wird sowieso in Aufruhr sein, wenn bekannt wird, dass wir uns hier geküsst haben. Komm, geh mit zu der Hütte!«

»Zu welcher Hütte denn?« staunte sie.

»Net weit von hier, im Jagen 16, steht die Jagdhütte, die dem Pächter aus München gehört. Öfter hab' ich dort genächtigt, wenn ich im Humpenwald unterwegs bin. Ich weiß, wo der Schlüssel versteckt ist.«

Es war ihr ja ein bissl unheimlich, dort mit einem fremden, wild aussehenden Mann allein zu sein. Gern wäre sie davongelaufen, aber das wagte sie nicht, denn mit ein paar Sätzen seiner langen Beine hätte er sie schnell einholen können. Wer konnte denn wissen, wie es ihr dann ergehen würde?

Außerdem sah er sie so dringlich bittend an und legte gleichzeitig beteuernd die Hand aufs Herz, dass sie nicht widerstehen konnte.

»Für mich ist's sehr wichtig, dass du mitgehst und mich anhörst, Madel«, flehte er geradezu. »Mein ganzes Leben kann davon abhängen, dass du mir zuhörst.«

Christl war von Natur aus ein gutherziger und hilfsbereiter Mensch. An seelischer oder körperlicher Not konnte sie niemals vorübergehen, ohne zu helfen.

»Also gut« sagte sie, »führ' mich zu der Hütte. Sie ist doch hoffentlich net weit?«

»Nein, ganz und gar net, vielleicht fünfhundert Meter.«

Hinter dem Brombeerhag schlug er sich ins Unterholz und winkte ihr, zu folgen. Den toten Hasen nahm er mit.

»Das ist meine Mahlzeit für die nächsten zwei Tage« sagte er.

»So wohnst du zurzeit hier droben?«

»Ja, ich weiß, dass es unrecht ist, Wild zu töten, das einem net gehört, aber ich kann net nach Sterzach hineingehen und mir was zu essen kaufen. Kein Mensch würde mir dort etwas geben, keiner mich grüßen. Ich bin ausgestoßen, verachtet und gemieden, und im Wald hier droben gibt's nix Essbares außer Beeren und Wild. Außerdem glaub' ich net, dass der Jagdpächter in München ärmer wird, wenn ich mir mal ein Häslein oder einen Rehbock holen tu.«

»Das ist eine Einstellung, die mir net gefällt« tadelte sie. »Alles auf der Welt muss seine Ordnung haben, und was du tust, ist unrecht.«

»Die Tochter des Waldhüters spricht« grinste er, aber es war kein böses, tückisches Grinsen, sondern eher das eines unverbesserlichen Vagabunden. Er war ein Leichtfuß, der es mit der Wahrheit und dem Eigentum anderer nicht genau nahm. Sicherlich hatte er noch nie in seinem Leben geregelte Arbeit verrichtet und bürgerlich, ordentlich und vernünftig gelebt.

Aber die Christl spürte auch instinktiv, dass sie keinen schlechten Menschen vor sich hatte. Es fehlten in seinem Gesicht ganz die bösartigen und niedrigen Züge, die auf Gier, Rücksichtslosigkeit und Grausamkeit hindeuteten.

So stapfte sie dann tapfer hinter ihm her, musste sich manchmal bücken, damit ihr die trockenen Fichtenzweige nicht ins Haar stießen und daran zerrten, löste immer wieder eine Ranke vom Rock, die sich daran festklammern wollte, und hatte genug zu tun, den Eimer mit den Beeren heil bis zur Jagdhütte zu bringen.

Dann waren sie dort angelangt, und der Mann reckte sich zu seiner vollen Länge empor und griff mit der Hand auf den Dachbalken, wo der Schlüssel lag.

Quietschend drehte sich die Tür in den Angeln, und die beiden traten ein.

Die Jagdhütte besaß nur einen einzigen Raum, in dem aus rohem Holz zwei Bettladen gezimmert und übereinander angebracht worden waren. Gefüllte Strohsäcke bildeten darin die Unterlage, und raue Wolldecken waren zum Zudecken da.

Ebenso grob waren der Tisch und die Bank, die zur Verfügung standen. Bretter hatte man an der Wand angebracht, auf denen ein paar Tassen und Teller standen, ein Wasserkessel, ein Kochtopf und eine Bratpfanne.

Ein kleiner, eiserner Ofen war vorhanden, dessen Rohr ins Freie führte. Aufgeschichtetes, trockenes Holz lag daneben.

»Komfortabel ist's net, aber hier kann man's aushalten« stellte die Christl lächelnd fest.

Sie ließ sich auf der Bank nieder und wartete gespannt auf das, was der Fremde ihr erzählen würde.

Er seinerseits setzte sich auf die Kante des unteren Bettes. Da es hier nur die eine Bank gab, wollte er dem Madel wohl nicht so nahe rücken, damit sie nicht etwa eine unerwünschte Annäherung fürchtete.

»Zunächst einmal musst du wissen, wer ich bin« begann er. »Ich heiß' Xaver Merk und bin Scherenschleifer von Beruf.«

Nun zuckte sie doch erschrocken zusammen, denn nur zu gut wusste sie ja, was man sich über den Merk-Xaver in Sterzach erzählte.

»Der Scherenschleifer bist du also« murmelte sie und nickte nachdenklich. »Alle Leute sagen im Dorf, du hättest meinen Vater erschossen, und meine Mutter glaubt es auch.«

»Ich bin's aber net gewesen« beteuerte er und legte dabei die Hand auf die Brust. »Ich schwör's dir, dass ich's net war, Madel! Aber das Schreckliche ist, dass ich's net beweisen kann.«

»Die Polizei hat dich verhört« sagte sie.« Ich weiß das alles. Man hat dir viele Fragen gestellt, immer wieder und immer andere. Auf alle hast du eine Antwort gewusst, und niemand hat dir nachweisen können, dass du wirklich der Mörder bist.«

»Bei Gott und allen Heiligen versichere ich dir, dass ich's net war« wiederholte er noch einmal. »Ich hab' dich gebeten, hierher zu kommen, weil ich dir erzählen will, was sich damals am Todestag deines Vaters hier im Humpenwald abgespielt hat, denn hier ist's doch gewesen, wo er den Tod gefunden hat!«

Die Christl nickte und sah ihn mit einiger Spannung an. Nicht die geringste Vorstellung hatte sie von dem, was jetzt kommen würde, aber da die Sache sie nun auch brennend interessierte, war sie bereit, ihm geduldig zuzuhören.

Der Bericht, den er ihr geben wollte, erregte ihn anscheinend sehr. Immer wieder zupften seine Finger an Hemd und Janker herum oder rangen sich umeinander. Einmal überstürzten sich seine Worte, ein andermal gehorchte ihm die Stimme nicht ganz. Sie wurde spröde und heiser, und er suchte nach Worten.

»Ein nebliger Morgen war's« begann er, »an dem dein Vater seinen üblichen Kontrollgang durch den Wald machte. Ich war wieder einmal nach Sterzach gekommen und hatte nacheinander alle Höfe und Häuser besucht und die Messer und Scheren geschliffen.

Manchmal wohnte ich auf irgendeinem Bauernhof und schlief im Heustadel, dann wiederum fand ich kein Quartier und musste hier im Humpenwald in der Jagdhütte übernachten. So war es auch an diesem nebligen Morgen gewesen. Hier in diesem Raum bin ich aufgewacht, und meine Armbanduhr zeigte, dass es halb fünf war.

Ich ging zu dem Fenster dort und schaute hinaus. Man konnt' net weit sehen, denn der Nebel ließ schon in fünf Meter Entfernung die großen Bäume hinter einem grauen Vorhang verschwinden.

Das ist das richtige Jagdwetter, dachte ich. Schön wär's, wenn ich mir einen Rehbraten holen könnt'.

Im Humpenwald hatte ich in einem Dickicht eine Grube ausgehoben und dort mein Gewehr verborgen, ich ging also hinaus zu dem Versteck und holte die Waffe.

Sehr genau kenn' ich diesen Wald. Ich weiß, wo die Wildwechsel sind, und wo die Tiere zur Tränke gehen. An einer solchen Stelle hab' ich mich an jenem Morgen auf die Lauer gelegt und auf einen Bock oder eine Ricke gewartet, die den Schuss lohnten.

Nach einer guten Stunde ist's dann so weit gewesen. Ein Reh tauchte auf und stand günstig für mich. Der Wind trug ihm keine Witterung von mir zu. Deutlich sah ich das Blatt vor mir. Ich brauchte nur den Lauf darauf zu richten und abzuziehen.«

Er stöhnte wieder auf und strich sich mit der Hand über die Stirn, als ob sie schmerzte.

»Ich hör noch den Schuss in meinem Ohr, als wär's heut' erst gewesen« fuhr er fort. »Dumpf hallte er. Es klang, als hätt' ich in Watte geschossen. Daran war die Feuchtigkeit schuld, mit der die Luft gesättigt war. Der Nebel hing ja überall zwischen den Zweigen.

Ich hatte gut getroffen, das Reh brach zusammen. Eilig legte ich das Gewehr neben mich und ging auf die Stelle zu, wo das Tier am Boden lag. Schon zuckte ich das Jagdmesser, um den Körper aufzubrechen.

Dein Vater hatte den Schuss gehört.

Seine Ohren waren gut und scharf und verrieten ihm, in welcher Ecke des Waldes ich mich befand. Er wusste nun, welche Richtung er einschlagen musste, um den frechen Wilddieb zu fassen, der sich schon so manches gute Stück aus dem Wildbestand geholt hatte.

Was wir net wussten, dein Vater und ich, das war, dass zu jener Zeit noch ein anderer Mann im Wald unterwegs war.

Er musste über den Fahrweg gekommen sein, der für die Holzfahrzeuge hergerichtet worden war und der an dem Weiler Tannenheim vorbei nach Kreuzfeld führt.«

»Ich kenn' diesen Weg« warf die Christl ein. »Net weit von ihm entfernt ist mein Vater erschossen worden.«

»Ja, aber net von mir« behauptete Xaver Merk. »Ich wusste nix von der Anwesenheit deines Vaters und auch net von der des anderen Mannes. Ganz und gar war ich damit beschäftigt, meine Beute zu zerteilen.

Da stand plötzlich wie aus dem Boden gewachsen der Waldhüter vor mir und richtete den Lauf seines Gewehrs auf mich.

»Nimm die Hände hoch, oder ich schieße!« rief dein Vater mir zu. »Endlich hab' ich dich erwischt, du Halunke! Jetzt geht's dir an den Kragen. Du kommst mit, und ich übergeb' dich der Polizei!«

Ich hatte ja bei dem Reh auf dem Boden gehockt und sprang jetzt auf die Füße.

Zu meinem Gewehr konnt' ich net gelangen. Es lag ein ganzes Stück hinter mir im Blaubeergestrüpp, wohin ich es achtlos geworfen hatte.

Aber mein Jagdmesser, das hielt ich in der Hand, und bei einem Mann, der zu allem entschlossen ist, kann ein solches Messer zu einer furchtbaren Waffe werden.

Ich hatte net die Absicht, mich arretieren zu lassen. Ein Mensch wie ich, der an die Freiheit gewöhnt ist und nirgends eine Heimat hat, für den haben die Wände einer Zelle etwas Erschreckendes und Bedrückendes. Ich glaubte damals, ich würd' sterben müssen, wann man mich längere Zeit einsperrte.

Ich beschloss darum, den Waldhüter anzugreifen. Töten wollte ich ihn net, wohl aber kampfunfähig machen. Zunächst wollt' ich's mit dem Erschrecken versuchen, ihn täuschen und überrumpeln und ihn dann niederschlagen.

So riss ich zwar die Hände empor, wie dein Vater es mir befohlen hatte, aber in meiner rechten Hand hielt ich das Messer und schwang es hoch über meinem Kopf.

Ich baute darauf, dass dein Vater es net fertig bringen würd', abzudrücken und mich in die Brust zu schießen, die ihm so nahe war und ein sicheres Ziel bot.

»Schieß doch, du Feigling!« schrie ich, um ihn zu verwirren. »So schieß doch, ich steh' doch nahe genug vor dir!«

Und gleichzeitig machte ich zwei große Sprünge, um mit dem Messer in der Hand auf deinen Vater zuzufahren.

Ich hatte net bemerkt, dass hinter mir im Gebüsch der dritte Mann aufgetaucht war, der sich zu dieser nebligen Morgenstunde lautlos auf dem Fahrweg genähert hatte.

Dieser Dritte musste die ganze Szene beobachtet haben. Wahrscheinlich hat er Angst um das Leben deines Vaters gehabt und wollte diesem beistehen.

Jedenfalls bückte er sich nach meinem Gewehr. Später, als ich einen Blick rückwärts warf, hab' ich gesehen, dass er Handschuhe trug. Es war ja kalt an diesem Morgen. Lederne Handschuhe waren's. Der Mann trug einen teuren Lodenanzug vom besten Stoff, er war also reich. Von seinem Gesicht hab' ich net viel gesehen, denn die Krempe des Hutes hatte er tief ins Gesicht gezogen, und das Wenige, das ich sehen konnt', war mir unbekannt.

Dieser Mann also bückte sich im Blaubeergebüsch nach meinem Gewehr, riss es an die Wange und zielte damit auf mich.

»Es hilft dir nix!« schrie er. »Du hast ausgespielt!«

Beim Zielen hatte er mir mit dem Lauf folgen müssen, denn ich war ja auf deinen Vater zugesprungen, und dein Vater verhielt sich ganz so, wie ich's erwartet hatte. Er brachte es net fertig, mich zu erschießen, sondern senkte den Lauf der Waffe, um mir vielleicht eine Kugel ins Knie zu jagen.

Da war ich deinem Vater schon ganz nah. Nur eine Büchsenlänge trennte mich noch von ihm.

In diesem Augenblick krachte ein Schuss. Er kam aus meinem eigenen Gewehr. Der dritte Mann, der Unbekannte, hatte geschossen.

Aber er musste schlecht gezielt haben, oder die Hände hatten ihm in der Erregung gezittert. Ich mein' auch, durch den nebligen Dunst wär' ein starker Geruch von Alkohol zu mir herübergekommen. Denkbar ist's schon, dass es sich um einen reichen Bauern gehandelt hat, der in der Nacht bei irgendeinem Liebchen gewesen ist und jetzt heimwärts torkelte.

Jedenfalls ging der Schuss fehl und traf net mich, sondern deinen Vater. Einen kurzen, gurgelnden Schrei gab der von sich, ließ sein Gewehr fallen und stürzte vornüber aufs Gesicht.

Zwei Sekunden dauerte es, bis ich begriffen hatte, was geschehen war.

Der unbekannte Mann hatte den Waldhüter erschossen. Er hatte es gewiss net gewollt, aber er konnt' sich auch auf keinen Fall zu der Tat bekennen. Sie hätte ihn ja höchstwahrscheinlich ins Gefängnis gebracht. Mir musste er die Schuld an dem Ganzen geben. Vor aller Welt musste es heißen: Der Scherenschleifer, der Wilddieb, wär's gewesen und net er, der achtbare Bauer. Es war umso leichter, dies zu behaupten, weil er ja den Schuss aus meinem Gewehr abgefeuert hatte.

Schlagartig wurde mir bewusst, dass mir niemand glauben würd', wenn ich auch noch so sehr meine Unschuld beteuerte. Außerdem blieb ja die Tatsache bestehen, daß ich beim Wildern ertappt worden war.

Mir konnt' also nur eines helfen: die schnellste Flucht.

Das Messer in der Hand, wandte ich mich auf dem Absatz um und versuchte, im Unterholz unterzutauchen. Gebückt, den Kopf vorangestreckt, sprang ich hinein.

Der andere wollte mich nicht entkommen lassen und jagte mir einen Schuss nach. Der traf mich im rechten Bein. Die Kugel steckt heut' noch in meiner Wade und bereitet mir manchmal große Schmerzen. Das ist der Grund, warum ich hinken muss.

Damals aber hielt der Schmerz mich net auf. Ich rannte hinkend davon, so schnell ich konnte, denn es ging ja um meine Freiheit. Ich sagte dir schon, Madel, dass ich den Wald wie meine Westentasche kenn'. Es ist mir net schwer gefallen, ein Versteck zu finden und unterzutauchen.

Dort hab' ich dann mit meinem blutenden Bein gesessen und es notdürftig mit dem Sacktuch verbunden, während der unbekannte Mann zum Forsthaus lief und den Förster und den Jagdgehilfen alarmierte.

Wenig später war dann plötzlich viel Leben im Wald. Der Gendarm kam. Er begleitete die Grünröcke. Der Unbekannte erzählte seine Geschicht'. Er behauptete, den Waldhüter tot aufgefunden zu haben. Den flüchtenden Wilddieb, der die Tat begangen haben sollt', hätt' er net mehr gesehen oder gehört.

Man trug deinen Vater fort. Der Wald wurde durchsucht, aber man fand mich net. Ich wartete, bis alles wieder ruhig geworden war, dann schlug ich mich über die Grenze ins Österreichische hinüber. Dort hab' ich eine Schwester wohnen in einem kleinen Dorf. Bei ihr kroch ich unter, bis die Wunde in meiner Wade geheilt war.

Ein Jahr verging, bis ich mich wieder in den Wäldern um den Humpen sehen ließ.

Prompt fasste mich die Polizei und nahm mich ins Verhör. Ich hab' meine G'schicht' von dem unbekannten dritten Mann unzählige Male erzählt, doch man hat mir net geglaubt. Mein Jagdgewehr, das man im Blaubeergestrüpp fand, trug nur meine Fingerabdrücke. Der Unbekannte – das sagte ich schon – hatte ja Handschuhe angehabt.

Alles sprach gegen mich, denn ich war ja nun einmal verdächtig, und ich hab's ja auch gar net abgestritten, dass ich das Reh unrechtmäßigerweise erlegt hab'.

So musst' ich denn meine kurze Strafe wegen Jagdfrevels absitzen, doch dann ließ man mich frei, weil man mir den Mord an dem Waldhüter, deinem Vater, net hat nachweisen können.

Aber der Makel ist an mir hängen geblieben, und seitdem spricht kein Mensch mehr mit mir in Sterzach, in Kreuzfeld und Tannenheim. Kein Hund würd' auch nur ein Stück Brot von mir nehmen. Das ist bitter, Madel, ein trauriges Schicksal ist's, und ich kann meines Lebens net mehr froh werden.«

Er machte eine kleine Pause und fuhr dann fort:

»Und weil ich ihn finden will, den dritten Mann, deswegen bin ich in der Gegend geblieben. In Riedheim drunten hab' ich mir in einer Fabrik eine Stellung gesucht. Einen Scherenschleifer hat man da zwar net gebrauchen können, aber ich hab' geschickte Finger und verrichte die Arbeit eines Schlossers. Eine winzige Stube hab' ich bei einer alten Frau, die für mich kocht. Und wenn's mich packt und ich hinaus muss in die Natur, dann sind die Berge und die Wälder so nahe, dass ich schnell dort hinkommen kann. So leb' ich halt und wart' auf den Tag, an dem ich ihn find', den Mann, und an dem der Verdacht von mir genommen wird.«

»Und was tust du jetzt hier?« fragte die Christl. »Net wahr, die Jagdleidenschaft hat dich net ruhen lassen? Darum bist du hergekommen?«

Er schüttelte den Kopf. »So ist's net. Meinen Urlaub hab' ich bekommen, und den verbring' ich hier. In der Jagdhütte bin ich untergeschlüpft und such' nach dem Mann, den ich immer noch net gefunden hab'.«

Jetzt stand er auf, trat an den Tisch und stützte sich darauf. Eindringlich sah er das blonde Madel an.

»Nun hab' ich dir alles gesagt, was zu sagen war« sprach er. »Jetzt will ich wissen, ob du mir glaubst.«

Auch sie erhob sich, und Auge in Auge standen sie einander gegenüber.

Die Christl war tief bewegt. Ernst sagte sie: »Ich glaub' dir jedes Wort, Xaver Merk! Du tust mir Leid, aber helfen kann ich dir auch net.«

»Es ist schon ein Trost, dass du mir glaubst« versicherte er ihr. »Grad' bei dir ist mir's wichtig, denn es geht ja schließlich um deinen Vater. Oh, Madel, du glaubst net, wie wohl mir das tut, dass du mich net für seinen Mörder hältst!«

Er fasste ihre Hand und drückte sie kräftig. Dann geleitete er sie zur Tür und öffnete sie für sie.

Er machte ihr eine Verbeugung, als wäre sie eine feine Dame, und als sie fortging, blieb er noch lange in der Tür stehen und sah ihr nach.

*

Die Meininger-Wanda sah ihre Tochter zum Hoftor hereinkommen, als sie nach ihr Ausschau hielt.

Irgendetwas an der Haltung des Madels schien ihr anders als sonst. Sehr blass war die Christl und ließ den Kopf hängen; ihr Gesichtsausdruck wirkte verstört.

Die Mutter öffnete darum die Küchentür und ging der Tochter besorgt entgegen. Im Hausflur trafen sie zusammen.

»Wie schaust du denn aus?« wunderte Wanda Meininger sich. »Dein Haar ist ja zerzaust, und du machst Augen, als wärest du einem Geist begegnet!«

Da war es um Christls Beherrschung geschehen.

Hastig stellte sie das gefüllte Gefäß mit den Beeren auf den Fußboden und warf sich aufschluchzend der Mutter an die Brust.

Frau Wanda legte den Arm um ihre Tochter und streichelte der Christl beruhigend Kopf und Rücken.

»Nun, nun, was ist denn? Sei stad, Kindl! So schrecklich wird's doch net gewesen sein.«

»Ich bin ihm begegnet« brachte die Christl mühsam hervor. »Im Wald bin ich ihm begegnet.«

»Wem denn?«

»Dem Merk-Xaver.«

»Jessas!« stöhnte die Mutter. »Das ist freilich furchtbar. Weißt du denn auch, dass du dich in großer Gefahr befunden hast? Du musst einen Schutzengel gehabt haben, der dich behütete.«

»Freilich weiß ich's, Mutterl. Ich hab' vor Angst gezittert, als der fremde Mann mich in seine Arme riss.«

»Was hat er getan?«

Die Christl war jetzt in der Lage, sich die Tränen fortzuwischen und der Mutter alles zu schildern, was sich im Wald zugetragen hatte. Sie gingen dazu in die Küche und nahmen auf den Stühlen am Küchentisch Platz.

Mit großer Aufmerksamkeit lauschte Wanda Meininger und unterbrach die Christl nicht mit Fragen.

Als ihre Tochter geendet hatte, streichelte sie deren Wange und murmelte: »Eine seltsame Geschichte ist's, Christl, aber ich kann mir net helfen, ich glaub' dem Mann.«

»Ich tu's auch, Mutterl. Man hat ihm die Verzweiflung angesehen, in der er sich befindet. Ich möcht' in seiner Haut net stecken. Alle Welt hält ihn für den Mörder meines Vaters, und er kann net beweisen, dass er's net ist.«

»Wir können ihm net helfen« fasste die Wanda ihr vernünftiges Urteil zusammen. »Nur er allein hat den dritten Mann gesehen. Keiner von uns weiß, wie er aussieht. Wir können nur hoffen und beten, dass er Erfolg hat bei seiner Suche und ihn findet.«

Die Meininger-Wanda bereitete jetzt für ihre Tochter das Abendessen und schickte die Christl früh zu Bett. Sie war der Meinung, dass sich so am schnellsten die aufgeregten Nerven beruhigen würden.

Sie selber saß noch lange mit ihrer Handarbeit bei der Lampe. Ein zartes, weißes Bettjäckchen für eine Kranke war es, das eilig fertig werden musste und wieder ein bisserl Geld einbringen würde.

Ihre Gedanken gingen dabei zu Xaver Merk und beschäftigten sich mit seinem schweren Schicksal. Im Geiste erlebte sie die Todesstunde ihres Mannes mit. Sie sah den nebelverhangenen Wald und hörte die unheilvollen Schüsse.

Wird jemals Licht in dieses Dunkel kommen? fragte sie sich. Im Interesse des Xaver wünschte sie nichts mehr als das. Ihr Mann, der Hubert, wurde davon auch nicht wieder lebendig, aber einem geächteten und gejagten Menschen konnte eine schwere Last von den Schultern genommen werden.

Und noch über etwas anderes dachte Wanda Meininger nach, was sie sehr beschäftigte, und das war die Tatsache, dass ausgerechnet die beiden boshaften Klatschbasen, die Görgen-Klari und die Hübel-Zenta, die Christl in den Armen des Wilderers gesehen hatten.

Frau Wanda kannte das Leben, die Welt und die Menschen. Sie rechnete sich aus, dass ihre Tochter nun ins Gerede kommen würde. Wahrscheinlich waren die spitzen Zungen bereits am Werk.

Christls Mutter fragte sich, was man dagegen unternehmen konnte, und sie stellte fest, dass es so gut wie kein Mittel gab, um die Christl vor den Verleumdungen zu schützen.

Die Görgen-Klari hatte für den Abend dieses Tages ein ergiebiges Gesprächsthema.

Sie hatte kaum ihr Gefäß mit den gesammelten Beeren zu Hause abgesetzt, da lief sie schon hinüber zum Gstettner-Hof unter dem Vorwand, sich noch einmal die Maße der Bäuerin holen zu müssen, weil ihr der Zettel mit den Notizen abhanden gekommen sei.

Dabei erzählte sie brühwarm und mit vielen Ausschmückungen, was die Hübel-Zenta und sie im Wald beobachtet hatten.

»Er hat sie umschlungen gehalten und geküsst, der

Merk-Xaver, der doch ihren Vater auf dem Gewissen hat. Und sie hat sich nicht gewehrt, sondern ganz stillgehalten. Ich glaub', das war net das erste Mal, dass die zwei einander getroffen haben.«

»Du glaubst also, dass die zwei ein Gspusi miteinander haben?« vergewisserte sich die Gstettner-Bäuerin mit hämischem Lächeln.

»Freilich glaub' ich das, nachdem ich mit meinen eigenen Augen gesehen hab', wie er sie abbusselte.«

»Ja mei, die Christl, das ist eine ganz Schlimme« ließ die Gstettnerin sich vernehmen. »Bei dem Murner-Fabian tut sie spröde, weil sie geheiratet werden will. In Wirklichkeit aber ist sie eine ganz Wilde und hat einen heimlichen Liebhaber. Der Merk-Xaver ist's, und es kümmert sie gar net, dass er ihren Vater umgebracht hat.«

»Im Grab umdrehen würde sich der Meininger-Hubert, wenn er das wüsste« seufzte die Näherin, als hätte ihr der tote Waldhüter zu Lebzeiten nahe gestanden, und als müsste sie sein Ansehen wahren und darauf Acht geben, dass ihm Gerechtigkeit widerfuhr.

»Für so schlecht hab' ich die Christl net gehalten« stöhnte die Bäuerin kopfschüttelnd. »Wie man sich doch in den Menschen täuschen kann! Das Madel weiß schon, wie man's macht, damit man einen reichen Erben zum Ehemann bekommt und sich doch kein Vergnügen entgehen zu lassen braucht.«

»Glaubst du denn wirklich, dass der Murner-Fabian sie noch heiratet, wenn das bekannt wird?« fragte die Görgen-Klari spöttisch. »Und ich werd' dafür sorgen, dass die Geschichte die Runde macht, darauf kannst du dich verlassen!«

Die Näherin kehrte nicht sofort wieder in ihr kleines Häusl zurück. Sie traf vielmehr unterwegs die Frau des Posthalters und erzählte auch ihr gleich die Neuigkeit.

Was die Gstettner-Bäuerin dazu gemeint hatte, fügte sie auch gleich noch hinzu und fragte dann die Hillinger-Kati nach ihrer Ansicht.

Die Frau des Posthalters war ebenfalls empört und dachte dasselbe wie die beiden anderen Frauen.

»Raffiniert ist die Christl!« meinte sie. »Das hat sie fein eingefädelt, aber ich glaub' net, dass sie damit weit kommen wird. Der Krug geht nur so lang' zum Wasser, bis er bricht.«

Die Hillinger-Kati sprach daheim beim Abendessen mit ihrer Tochter darüber, und diese, die Rosi hieß und recht flott und vergnügungssüchtig war, ging zum Tanzen in den Gasthaussaal und trug die Sache weiter.

Vierundzwanzig Stunden später wusste ganz Sterzach Bescheid, denn auch von Seiten der Hübel-Zenta war eine ähnliche Lawine von Gerede in Gang gesetzt worden.

Nur die eine, die es anging, wusste noch nichts. Die Christl schlief ahnungslos in den neuen Tag hinein, umgeben von der Fürsorge ihrer Mutter, und wusste nicht, dass man bereits dabei war, ihr künftiges Glück zu zerstören.

»Ich muss dem Fabian alles erzählen. Er hat ein Recht darauf, es zu wissen.«

Das waren Christls Worte, als sie vom Frühstückstisch aufstand.

»Für wann seid ihr denn verabredet?« wollte die Mutter wissen.

»Im Sägewerk wird geschäftlicher Besuch erwartet. Die Herren wohnen auf dem Murner-Hof. Da hat seine Mutter alle Hände voll zu tun, und der Fabian kann net abkommen« erklärte die Christl »Ich müsst' denn schon hingehen, dass ich ihn erwisch'.«

Ihre Mutter verstand, dass sie nicht ungebeten die Schwelle der Haustür überschreiten wollte. Schließlich war es ja die Sache des heiratswilligen jungen Mannes, seine künftige Braut der Mutter vorzustellen.

»Von dieser Sache halt' ich nix« widersprach Wanda Meininger ihrer Tochter. »Du musst dazu mit dem Fahrrad durch den Wald. Wie leicht kann dir wieder etwas zustoßen, was diesmal vielleicht net so glimpflich ausgeht!«

»Fürchtest du etwa den Merk-Xaver, Mutterl?

»Nein, den nimmer, aber es gibt halt auch andere Bösewichte auf der Welt.«

»Da hast du Recht. Doch was soll ich tun? Der Fabian muss wissen, was mir widerfahren ist. Von mir soll er's hören und net von irgendwelchen Klatschmäulern, die noch was hinzudichten.«

»So geh' zur Poststelle« empfahl die Mutter ihr, »und ruf' in Kreuzfeld auf dem Murner-Hof an.«

Die Christl fand den Rat ihrer Mutter gut und nahm des windigen Wetters wegen den Mantel vom Rad, um zur Post zu gehen.

Auf der Dorfstraße begegnete ihr die Hager-Mirl, die Tochter vom Schmied. Sie ging an ihr vorüber, ohne sie zu beachten.

Die Christl hatte schon einen Zuruf und ein Grußwort auf den Lippen gehabt. Jetzt schluckte sie beides hinunter und wunderte sich. Was mag nur in die Mirl gefahren sein? dachte sie.

Als sie die Poststelle erreicht hatte, kam die Hillinger-Kati gerade heraus und sah ihr starr ins Gesicht.

»Grüß Gott, Kati!« grüßte die Christl besonders höflich. »Wie geht's denn?«

Aber die Hillinger-Kati erwiderte ihren Gruß nicht und sah durch die Christl hindurch, als wäre sie Luft.

Das ist heute schon die Zweite! wunderte sich die Christl. Wahrscheinlich redet man im Dorf bereits über die Sache, die sich gestern im Wald zugetragen hat.

Sie befand sich auf der richtigen Fährte, aber sie konnte sich nicht vorstellen, was man ihr zum Vorwurf machte. Es war ja nichts geschehen, dessen sie sich zu schämen hatte. Freilich, man hatte sie bei dem Merk-Xaver stehen sehen, der seine Arme um sie legte und sie küsste, aber welcher Einwohner von Sterzach hielt es denn im Ernst für möglich, dass die Meininger-Christl freiwillig zu einem solchen Entgegenkommen bereit war? Bei einem bissl Nachdenken mussten sie sich doch alle sagen, dass der Mann sie überrumpelt hatte.

Achselzuckend betrat die Christl das Postbüro und bat den Hillinger-Jakob hinter dem Schalter um eine Telefonverbindung mit dem Murner-Hof in Kreuzfeld.

Stumm erfüllte der Posthalter ihren Wunsch und sah sie dabei nicht an.

Christl trat in die Zelle, als es klingelte, und nahm den Hörer ab.

»Grüß Gott!« sagte sie. »Könnt' ich bitte den Fabian sprechen? Hier ist die Christel vom Brunner-Hof.«

Es war nicht das erste Mal, dass sie dort anrief, und bisher war sie es gewöhnt gewesen, dass Fabian stets sofort an den Apparat eilte und ihr mit jedem Wort zeigte, wie er sich freute, ihre Stimme zu hören.

Aber diesmal dauerte es lange, bis die Magd zurückkam, die den Hörer abgenommen hatte.

Die Christl malte sich aus, dass der Fabian sie tröstend an sein Herz nehmen und ihren Kopf streicheln würde. ›Armes Kind‹, würde er sagen, ›liebes Schatzl, was hast du da durchgemacht! Du tust mir sehr Leid. Ach, hätt' ich dir doch nur zu Hilfe eilen können!

Doch statt der Stimme des Fabian ertönte nach einer längeren Pause wieder diejenige der Magd.

»Leider kann ich ihn net finden, den Fabian« sagte sie steif und förmlich. »Wir haben nämlich Besuch aus der Stadt, und der Stallknecht hat soeben gesagt, dass der Fabian mit den Herren ausgeritten ist.«

Es gab also für die Christl während der Dauer dieses Besuches keine Gelegenheit, über solche heiklen Dinge wie das Erlebnis im Walde mit ihrem Liebsten zu reden.

»Bleibt der Besuch noch länger?« erkundigte sie sieh.

»Ja, bis zum Ende dieser Woche.«

Die Christl war tief enttäuscht. Damit hatte sie nicht gerechnet.

»Würdest du dem Fabian etwas ausrichten?« bat sie.

»Ja, freilich, was soll's denn sein?«

»Sag' ihm bitte, die Christel vom Brunner-Hof hätt' dringend mit ihm zu reden. Er möcht' doch einmal sehen, wie sich's einrichten lässt, und notfalls nach Sterzach kommen.«

»Ich werd's bestellen« antwortete die Magd, und damit war das Gespräch zu Ende.

Die Christl legte den Hörer auf und verließ sehr enttäuscht die Zelle.

Es war nur ein kleiner Betrag, den sie am Schalter des Posthalters für dieses Gespräch zu entrichten hatte, aber beim Geldwechseln bot sich für Jakob Hillinger eine Gelegenheit zu einer bissigen Bemerkung.

»Na, war er net zu sprechen, der Fabian?« meinte er höhnisch. »Das kann ich mir gut vorstellen. Das wird jetzt wohl öfter so sein!«

Erstaunt sah die Christl ihn an.

»Wie meinst du denn das, Jakob?« wollte sie wissen.

Aber feige wich er aus. »Oh, ich mein' gar nix! Ich hab' nur gehört, dass der Fabian Gäste aus der Stadt hat, und ich kann mir denken, dass er net mit unerfreulichen Geschichten belastet werden will.«

Dann beugte sich Jakob Hillinger tief über das vor ihm liegende Blatt und vermerkte in seiner kleinen, kritzeligen Schrift den Betrag, den die Christl bezahlt hatte.

Diese wartete vergeblich darauf, daß er sie ansah und noch etwas sagen würde. Da aber nichts kam, verließ sie dann nachdenklich die Poststation.

Langsam und gedankenverloren wanderte sie über die Dorfstraße und fragte sich, woher diese plötzliche Feindseligkeit käme, die sie überall zu spüren meinte.

Von unangenehmen Dingen hatte der Hillinger-Jakob gesprochen, mit denen der Fabian nicht behelligt werden wollte.

Damit konnte er doch nur den gestrigen Vorfall im Wald meinen. Die Kunde davon war also schon bis zu dem Posthalter gedrungen.

Und wieso wusste er, dass der Fabian Gäste hatte? Hatte er etwas von dem Gespräch mit angehört, oder war der Fabian vielleicht in Sterzach auf der Post gewesen, um ein Paket abzuholen?

Der Christl wurde es siedend heiß bei dem Gedanken, dass ihm irgendjemand aus Sterzach bereits die Geschichte in einer boshaften, gehässig ausgeschmückten Form serviert haben könnte.

Sie hatte das Gefühl, dass sich hinter ihrem Rücken etwas Feindseliges und Gefährliches zusammenbraute, gegen das sie machtlos war. Es umgab sie wie Spinnweben oder ein giftiger Nebel. Sie konnte es nicht fassen, denn es zerrann ihr zwischen den Fingern, wenn sie zugreifen wollte.

Bedrückt und sorgenvoll kehrte sie zum Brunner-

Hof zurück und berichtete ihrer Mutter in der Küche, welches Ergebnis das Telefongespräch gehabt hatte.

»Glaubst du, dass er sich verleugnen ließ?« fragte sie angstvoll.

»Noch glaub' ich, dass du Gespenster siehst« antwortete Frau Wanda energisch. »Du hast doch vorher gewusst, dass er geschäftlichen Besuch hat. Wahrscheinlich reitet er mit diesen Leuten aus und geht zur Jagd und ahnt nix von deinen Nöten. Mach' dich net selbst verrückt, Kindl!«

»Aber merkwürdig ist's doch, dass die Mirl und die Hillinger-Kati an mir vorbeigeschaut haben, und die boshaften Bemerkungen vom Jakob musst du auch noch dazurechnen, Mutterl.«

»Kann's net sein, dass sie alle einfach neidisch sind, weil du im Begriff bist, eine gute Partie zu machen? Wo sie dich kränken können, da tun sie's.«

Die Meininger-Wanda teilte also keineswegs die Besorgnisse ihrer Tochter. Oder wollte sie das Madel, das so leicht zu erschüttern war, vielleicht nur in Sicherheit wiegen?

Die beiden Frauen in der kleinen Wohnung im Anbau auf dem Brunner-Hof waren jedenfalls den Rest des Tages über sehr still.

Die Christl ertappte sich dabei, dass sie während des Abwaschs in der Küche öfters gedankenverloren innehielt und vor sich hinstarrte.

Die Mutter hätte heute etwas darum gegeben, wenn sie nicht hätte stricken müssen, wobei den Gedanken freier Raum gelassen wurde, sondern wenn man eine Tätigkeit von ihr verlangt hätte, die ihren ganzen Verstand in Anspruch nahmt. All ihr Sinnen kreiste nämlich auch nur um diesen Fragenkomplex, und sie sagte sich, dass es traurig und schrecklich für ihr Kind sein würde, wenn so dicht vor dem Ziel das in Scherben gehen musste, worauf sie sich so sehr gefreut hatte.

*

Und wie sah es wirklich in Kreuzfeld auf dem Murner-Hof aus?

Am Samstag, als die Sache im Wald mit dem Merk-Xaver und der Christl passierte, hielt ein Wagen vor dem schönen, geräumigen Bauernhaus, und der Direktor der Sparkasse aus der Kreisstadt stieg aus.

Er trug einen grünen Lodenanzug und Wickelgamaschen, und seine kurze, dickliche Gestalt wirkte in dieser Aufmachung keineswegs imponierend, sondern eher ein wenig lächerlich.

Eine Reisetasche und sein Jagdgewehr in einem Futteral holte der Gast aus dem Kofferraum des Wagens. Dann stieg er munter und zuversichtlich die Treppenstufen vor der Haustür empor.

Begleitet war der Sparkassendirektor von seinem Sohn und seiner Tochter.

Auch der Sohn, der im gleichen Alter wie Fabian war, hatte sich mit einem Jagdgewehr ausgerüstet, denn die beiden Besucher hofften darauf, in dem ausgedehnten Waldgebiet, das zum Murner-Hof gehörte, wenigstens ein paar Hasen schießen zu können.

Die Tochter des Sparkassendirektors war eine mollige, kleine Brünette, also eigentlich ganz und gar nicht der Typ, den der Fabian bei Frauen bevorzugte.

Aber ihr Vater bekleidete im Landkreis eine wichtige Stellung. Wer Kredit brauchte, der kam zu ihm, und von seiner Unterschrift hing das Schicksal manchen Hofes ab.

Die Tochter eines solchen Vaters durfte damit rechnen, besonders freundlich empfangen zu werden, und das tat Brigitte Mayerhofer auch. Fabian bemühte sich also um sie und zeigte seinen ganzen Charme, und zu ihrem Vater und ihrem Bruder sagte er:

»Wie schön, dass Sie ihr Jagdgewehr mitgebracht haben! Sie hatten sicher vor, mit mir auf die Pirsch zu gehen. Ein guter Einfall! Ich heiße Sie herzlich willkommen!«

Sofort wurde ein Knecht angewiesen, das Gepäck der Gäste hinauf in die Schlafkammern zu bringen, die ihnen zur Verfügung gestellt wurden und die mit allen Bequemlichkeiten eingerichtet waren.

Während dies geschah, prosteten die drei Herren einander mit Enzian zu.

»Das ist mein erster Besuch auf dem Murner-Hof« stellte der Sparkassendirektor fest. »Man kann Sie nur beneiden, mein lieber Herr Murner! Dieser Besitz ist ein Kleinod.«

Der Fabian verbeugte sich geschmeichelt und führte seinen Gast anschließend durch das Haus, das wertvolle, alte Bauernmöbel mit schönen Schnitzereien und bunter Ausmalung, altes Geschirr, Truhen und Zinnkrüge enthielt.

Dann kam seine Mutter, die Witwe Stefanie Murner, herbei, begrüßte den Sparkassendirektor als einen alten Bekannten und setzte sich zu den Gästen.

Den Samstagabend verplauderten sie. Am Sonntag in aller Frühe gingen sie in den Wald, und der Sparkassendirektor schoss im ersten Büchsenlicht einen Fasan, sein Sohn zwei Hasen.

»Ich möcht' gern einmal einen zünftigen Dorfkrug kennen lernen« wünschte sich Brigitte am Sonntagabend, und so führte Fabian seine Gäste in das Wirtshaus »Zum grünen Kranz« in Kreuzfeld.

Die Gaststube dort war am Sonntagabend gut besucht, und aus dem sich daran anschließenden Saal tönte Tanzmusik herüber.

Natürlich musste der Fabian mit Brigitte Mayerhofer tanzen. Das junge Madel aus der Stadt fand die ungezwungene Atmosphäre hier auf dem Dorf herrlich und genoss sie mit leuchtenden Augen.

Im Saal tanzte auch Rosi Hillinger, die Tochter des Posthalters aus Sterzach. In der Pause zwischen zwei Tänzen hatte sie schon ihre boshafte Darstellung der Vorgänge im Wald an den Mann gebracht.

Einer tuschelte es dem andern zu. »Wisst ihr, die Christl vom Brunner-Hof, die mit dem Murner-Fabian geht, hat auch noch einen anderen Liebhaber! Sie ist gesehen worden im Wald, wie sie sich vom Merk-Xaver küssen ließ.«

Alle Madeln im Saal wussten es schon und erzählten es den Burschen beim Tanz, und von den Burschen ging hin und wieder einer hinaus in die Gaststube, um an der Theke eine Maß Bier zu trinken. So kam die Sache auch dorthin und machte in der Gaststube ihre Runde.

Der Sohn des Wirtes, der bedienen half, fragte schließlich den Fabian leise, sich zu ihm niederbeugend: »Hast du es schon gehört, die Geschichte von der Christl?«

»Was soll ich denn gehört haben?«

»Dass die Christl gesehen worden ist im Wald mit einem Mann.«

»Ich weiß von nix.«

Der Fabian war peinlich berührt und bedeutete dem Wirtssohn, leise zu sprechen. Es war nicht nötig, dass der Sparkassendirektor etwas davon mitbekam. Aber bei der nächsten Gelegenheit traf er sich mit dem Wirtssohn auf dem Flur und ließ sich die ganze Geschichte erzählen.

»Ist das wirklich wahr?« vergewisserte er sich am Ende.

»Ganz bestimmt. Die Görgen-Klari und die Hübel-Zenta haben es gesehen.«

Sehr nachdenklich kehrte der Fabian an den Tisch zu seinen Gästen zurück.

Und noch etwas anderes war ihm bei diesem Gespräch klar geworden, dass er nämlich seine Zeit verschwendet und sich mit dem falschen Madel beschäftigt hatte.

Immer hatte er sie für die Tochter des Brunner-Bauern gehalten, denn sie hatte sich ihm ja vorgestellt mit den Worten: »Ich bin die Christl vom Brunner-Hof.«

Freilich, sie wohnte dort, aber sie war keineswegs die Hoferbin. Meininger hieß sie mit Familiennamen und war die Tochter des armen Schluckers, des Waldhüters, der in Ausübung seines Dienstes von einem Wilderer erschossen worden war.

Ich bin ein Esel! sagte sich der Fabian. Viele Wochen habe ich mich an eine dumme, kleine Gans verschwendet, die für mich gar nicht infrage kommt!

Sein Entschluss stand fest: Die Beziehung musste zu Ende sein. Nichts, aber auch gar nichts in seinem Herzen sprach für das Madel, das er so oft geküsst hatte. Er hatte ja stets nur an die reiche Mitgift und den großen Hof gedacht.

So kam es, dass der Fabian sich verleugnen ließ, als die Christl anrief, und auch, als die erwähnten acht Tage herum waren, die Besucher waren längst wieder abgereist, ließ er sich an dem Treffpunkt, der Sterzach-Quelle nicht blicken.

Schließlich konnte die arme Christl es nicht mehr ertragen.

Sie radelte darum eines Tages, ohne ihrer Mutter etwas davon zu sagen, nach Kreuzfeld hinüber und wartete, unter Büschen und Bäumen verborgen, in der Nähe des Murner-Hofes.

Sie hatte Glück und erwischte den Fabian, als er zu Fuß herauskam, um zum Sägewerk hinüberzugehen.

Die Christl vertrat ihm den Weg und sah ihn flehend an. Er aber runzelte die Stirn und sah sie unter finster zusammengezogenen Brauen böse an.

»Wagst du es wirklich noch, hier zu erscheinen?« fuhr er sie an. »Ein Madel, das sich im Wald mit einem hergelaufenen Vagabunden und Wilderer' abgibt und sich von ihm abbusseln lässt, ist für mich erledigt. Merk dir das! Noch dazu handelt es sich um den Mann, der deinen Vater auf dem Gewissen hat. Nie hätt' ich dir so etwas zugetraut. Merk dir's, Christl, wir sind geschiedene Leut'! Und jetzt scher dich weg, ich mag dich nimmer sehen!«

So hart, so grausam waren die Worte, mit denen er sie von sich wies, und rasch wandte er ihr dann den Rücken zu und entfernte sich, um ihr keine Gelegenheit mehr zu geben, ihn noch aufzuhalten.

Die Christl stand wie vernichtet da und starrte ihm nach. Sie konnte es nicht fassen, dass alles zu Ende sein sollte, was doch ihr ganzes Glück gewesen war.

Langsam, ganz langsam nur wandte sie sich dann ab, stieg auf ihr Rad und fuhr mit Tränen in den Augen heim.

Eine Welt war für sie zusammengebrochen.

*

»Wisst ihr schon das Neueste? Der Murner-Fabian hat Schluss gemacht mit der Meininger-Christl!«

So ging es im Dorf von Mund zu Mund, und es war keiner da, der sich nicht darüber freute. Boshaft, wie die meisten Menschen nun einmal sind, gönnten sie alle dem Madel diesen Reinfall.

Die Brunner-Leni kam heim und erzählte es ihrem Mann.

»Was hältst du davon, Alois?« forschte sie.« Soll man's glauben oder net?«

»Eine Tatsache ist's doch« äußerte sich der Bauer dazu, »dass die Christl schon seit zwei Wochen wie eine Trauerweide herumläuft. Das Madel ist so geistesabwesend, dass es einem kaum einen Gruß bietet. Ein entzweigegangenes Liebesverhältnis wär' eine Erklärung dafür, net wahr?«

Die Bäuerin schloss sich meist der stets so bedächtig geäußerten Meinung ihres Mannes an. Sie glaubte nun einmal fest daran, daß er der Überlegenere war und alles besser wusste als sie.

Deswegen nahm sie bei der nächstbesten Gelegenheit ihre Tochter, die Sixta, beiseite und sprach mit ihr unter vier Augen über den Fall.

»Hör zu, Madel« begann sie, »ich muss mit dir, einmal über die Christl reden.«

»Was gibt's da zu reden?« wunderte sich die Sixta, die inzwischen wieder so gut laufen konnte, als wäre ihr Fuß nie gebrochen gewesen.

»Du weißt, dass wir dir nie Vorschriften gemacht haben, was deine Freundschaft zu der Christl angeht« tastete sich die Brunner-Leni behutsam weiter, denn sie wollte auf keinen Fall den Widerspruchsgeist ihrer Tochter wecken. Man wusste ja, wie das mit jungen Leuten war. Zumeist sträubten sie sich gegen jede Einmischung in ihre Angelegenheiten, und aus Prinzip taten sie das Gegenteil von dem, was die Erwachsenen wollten.

Aber jetzt fuhr sie fort: »Es sind Dinge geschehen, die man net mehr so einfach hinnehmen kann.«

»Was für Dinge meinst du, Mutter?«

»Nun, das ganze Dorf redet über die Sach' mit dem Wilderer.«

»Ich weiß von nix, Mutter.«

»Freilich net, Sixta. Du bist ja ein braves Madel, das daheim seine Pflicht tut, net mit den Burschen herumflaniert auf der Dorfstraße und nicht in den dunklen Ecken herumsteht. Drum kommt dir auch so was net zu Ohren.«

»Um Gottes willen, Mutter, was ist denn passiert?«

»Die Görgen-Klari und die Hübel-Zenta haben's mit eigenen Augen im Wald gesehen, wie das liederliche Mannsbild, der Scherenschleifer, die Christl abgebusselt hat.«

Die Sixta, die keine von den Klügsten war, riss vor Schrecken weit die Augen auf.

»Redest du von dem Merk-Xaver, Mutterl?«

»Ja, freilich red' ich von ihm.«

»Das hätt' ich net für möglich gehalten. Nein, niemals hätt' ich das meiner Freundin zugetraut!«

»Wir auch net, Sixta, dein Vater und ich, und darum meinen wir zwei, ein solches Madel wär' net der rechte Umgang für dich, und du solltest dich ein bisserl zurückziehen.«

Die Saat fiel auf fruchtbaren Boden. Allzu sehr hatte die Sixta die Vorstellung erschreckt, dass die Christl sich von einem Schurken wie dem Merk-Xaver umarmen ließ.

So kam es, dass die Bäuerin die Christl fortschickte, wenn sie an der Küchentür zum Hof anklopfte und fragte, ob sie ein bissl bei der Sixta sitzen und mit ihr schwatzen könnte.

Merkwürdig erschien das der Christl zunächst, und sie passte die Freundin schließlich im Hof ab, um sie nach dem Grund für das eigenartige Verhalten zu fragen.

»Hat deine Mutter was gegen mich? Verbietet sie dir den Umgang mit mir?« drang die Tochter des verstorbenen Waldhüters in sie.

Zuerst wollte die Sixta feige ausweichen, aber dann war der Verdruss doch so stark, dass sie ihm Luft machen musste.

»Wundert dich das?« antwortete sie spitz mit einer Gegenfrage. »Schließlich entstamm' ich einer rechtschaffenen Familie und hab' ein Ansehen zu verlieren im Dorf. Ich kann mich net mit einer abgeben, die sich mit lichtscheuem Gesindel einlässt. Leicht könnt' mir's passieren, dass man mich über denselben Leisten schlägt.«

»Wovon redest du eigentlich?« fragte die Christl erblassend. »Glaubst du das dumme Gerede etwa, das im Dorf über mich im Gange ist?«

»Es wird schon was dran sein« versetzte die Sixta. »Aus der Luft gegriffen ist's jedenfalls net, denn die Klari und die Zenta haben mit eigenen Augen gesehen, wie der Merk-Xaver dich in den Armen gehalten hat. Leid tut mir's um unsere Freundschaft, Christl, aber ein solches Madel kann meine Freundin net mehr sein.«

Nachdem sie diese bösen und kränkenden Worte hervorgesprudelt hatte, wandte sie sich rasch ab und ging ins Haus. Sie ließ die Christl mitten im Hof stehen, als wäre sie aussätzig und müsste gemieden werden.

Bitter weh tat dem blonden Madel diese Behandlung. Wie vernichtet kehrte sie in die zwei kleinen Stuben zurück, die die Mutter und sie im Wirtschaftsgebäude des Brunner-Hofes gemietet hatten. Die Mutter, die wie immer fleißig an irgendeiner Jacke oder Weste strickte, die ihr eine kleine Einnahme bringen sollte, sah sofort, dass der Christl etwas Arges zugestoßen war.

»Was ist denn nur, Madel?« fragte sie besorgt. »Bitte, sag' mir's offen, ich bin auf alles vorbereitet!«

Die Christl berichtete. Sie ließ nichts aus und beschönigte nichts. Mit bitter zuckenden Lippen erzählte sie die ganze Geschichte.

»So steht's also mit der Freundschaft der Sixta« murmelte ihre Mutter, als sie geendet hatte. »Nun begreif' ich auch, warum der Bauer immer wegschaut, wenn er mir auf dem Hof begegnet, und warum die Bäuerin mir kein freundliches Wort mehr gönnt.«

»Erst der Fabian, der mich von sich stößt« klagte die Christl unter Schluchzen, »und jetzt auch noch die Sixta! Mutterl, was hab' ich denn verbrochen?«

»Armes Kind, du tust mir ja so Leid« flüsterte Frau Wanda, stand auf und strich ihrer Tochter über den Kopf. »Dass deine Hoffnungen auf ein Glück so in nix zerrinnen mussten, ist sehr traurig. Dabei trifft dich gar keine Schuld net! Die Menschen urteilen halt nur nach dem Schein, und der Fabian hat dich niemals richtig geliebt, sonst könnt' er dich net so ohne weiteres fallen lassen. Jetzt musst du den Kopf oben behalten, Christl, und dich auf dich selbst besinnen. Lass dir net das Rückgrat brechen von der Missgunst der Menschen! Wir zwei wissen schließlich, wer du bist, und lassen uns net unterkriegen.«

Das war freilich leichter gesagt als getan, denn jeden Tag von neuem mussten Mutter und Tochter um eine solche stolze Haltung ringen und ihre Standfestigkeit beweisen.

Es gehörte schon etwas dazu, über das Tuscheln und Nichtgrüßen hinwegzusehen. Das künftige Dasein der Christl und ihrer Mutter wurde ein einziges Spießrutenlaufen. Die bösen Zungen ihrer Mitmenschen machten ihnen das Leben zur Hölle

Jetzt war es die Meininger-Wanda, die die Vorübergehenden auf der Dorfstraße nicht mehr grüßte und mit eisiger Miene, als wäre sie weit und breit allein unterwegs, daherschritt.

Keines der Augenpaare, die sich hinter den Gardinen der Fenster verbargen und sicherlich jeden ihrer Schritte belauerten, sollte das Vergnügen haben, in ihr eine gebrochene Frau zu sehen. Deshalb hielt sich die Witwe des Waldhüters aufrechter denn je und legte in ihr Gesicht einen Ausdruck stolzer Verachtung, den darin bisher noch niemand gesehen hatte.

Am Beispiel der Mutter richtete sich die Christl auf

und übte sich darin, ebenfalls eine solche Gelassenheit und Überlegenheit zu zeigen.

Aber daheim hörte die Mutter, deren Ohr für solche Töne geschärft war und deren Augen aufmerksamer als zuvor beobachteten, die Tochter manchmal in der Küche beim Herumwirtschaften leise schluchzen. Es tat Christl wohl, heimlich die Tränen vergießen zu können, die sie mit Gewalt zurückhielt, und die heiß in ihren Augen brannten.

Ganz schlimm wurde es eines Tages, als die Meininger-Wanda sich im Kramladen sehen ließ.

Da stand die Görgen-Klari, die Näherin, und kaufte ein Pfund Kaffee.

»Solch kleine Freuden kann unsereins sich leisten« sagte sie laut und mit beziehungsvollem Blick zu der Wanda hin. »Andere Leute gibt's freilich, die bekommen net genug und greifen nach den Sternen. Doch Hochmut kommt bekanntlich vor dem Fall. Man sollte immer hübsch bescheiden bleiben!«

Christls Mutter wusste sehr wohl, was gemeint war, aber sie stand ganz ruhig da, tat, als hätte sie nichts gehört, und wartete, bis die Reihe an ihr war.

Dieses Benehmen ärgerte die Krämerin und die Görgen-Klari nur noch mehr. Ihr Opfer sollte nicht ruhig und gelassen bleiben, sondern zeigen, dass dieser Stich es empfindlich verletzt hatte. Ausgerechnet die Hübel-Zenta trat jetzt in den Laden, und ihr freches, sommersprossiges Gesicht verzerrte sich boshaft, als sie die Witwe des Waldhüters sah.

»Ich komm' später wieder« erklärte sie. »Ich halt' mich lieber in Gegenwart anständiger Leute auf.«

Das war eine Beleidigung. Frau Wanda schoss die Zornesröte ins Gesicht, aber sie biss sich auf die Lippen und zwang sich zur Ruhe.

»Seine Kunden kann man sich halt net aussuchen« antwortete darauf die Krämerin. »Also kommst du nachher wieder, Zenta? Gewiss hast du eine Packung von dem preiswerten Waschmittel kaufen wollen, das ich im Sonderangebot hab', net wahr? Soll ich dir's beiseite tun? Es geht weg wie warme Semmeln.«

»Ja, bittschön« flötete die Zenta und war schon draußen.

Die Görgen-Klari hatte ihren Kaffee bezahlt. Langsam schob sie das Paket in ihre Einkaufstasche. Sie wollte es noch miterleben, wie die Wanda bedient wurde.

»Ich möcht' eine Packung von dem preiswerten Waschmittel, bittschön« sagte diese jetzt sehr kühl.

»Die Ware ist ausgegangen« lautete die patzige Antwort der Krämerin. »Du hast doch gehört, Wanda, dass ich eigens eine Packung für die Zenta zurücklegen muss.«

»Aber ich hab' net wissen können, dass es die Letzte ist« entgegnete Wanda Meininger beherrscht. »Dann muss ich halt die nächstteuere nehmen.«

»Hoffentlich kannst du sie auch bezahlen!«

»Diese Bemerkung ist eine Unverschämtheit« sagte Christls Mutter, die jetzt nicht mehr an sich halten konnte. »Ich hab' nie Anlass zu einer solchen Verdächtigung gegeben, denn ich hab' nie anschreiben lassen und immer alles bezahlt.«

»Das stimmt schon« gab die Krämerin zu, »aber dafür hast du eine Tochter, die sehr hoch hinaus will. Nach dem reichsten Erben der Umgegend hat sie ihre Netze ausgeworfen, aber nun ist's mit dem Autofahren und dem Reiten vorbei, denn der Murner-Fabian hat ihr ja den Rücken gekehrt. Kann's net sein, dass ihr zwei euch um seinetwillen in Ausgaben gestürzt habt, die ihr euch nicht leisten konntet? Muss unsereins da net Angst um sein Geld haben?«

»Du bist gehässig« murmelte die Wanda, fasste ihre Einkaufstasche fester, drehte sich auf dem Absatz um und verließ den Laden, ohne das Seifenpulver zu kaufen.

Als sie heimkam, fand sie ihre Tochter über das Bett geworfen vor. Verzweifelt schluchzte die Christl in die Kissen.

Besorgt beugte sich die Mutter über sie und strich ihr das Haar aus der Stirn.

»Was ist denn geschehen, Kindl? Um Gottes und aller Heiligen willen, warum bist du so verzweifelt?«

»Ich war im Garten, Mutterl, und hab' Unkraut gejätet. Da ging die Rosi mit dem Sohn des Müllers vorüber.«

»Und was weiter?«

»Als sie am Zaun vorbeikamen, sagte sie zu ihm: ›Schau sie dir an, die feine Dame, Vinzenz! So sehn die Madeln aus, die reiche Bäuerinnen werden wollen und die Rechnung ohne den Wirt machen‹.«

Die Christl schluchzte so sehr, dass sie die Worte kaum herausbringen konnte. Frau Wanda musste sich tief über sie beugen, um sie zu verstehen.

Jetzt setzte sie sich auf die Bettkante und hielt die Hand ihrer Tochter in der ihren.

»Ich hab' was Ähnliches erlebt im Kramladen« sagte sie leise, »und ich glaub', Madel, so wird's weitergehen.«

»Das ertrag ich net, Mutterl! Ich halt's auf die Dauer net aus.« Immer wilder wurde das Schluchzen.

»Ich auch net, Christl. Ich geb' mir nur noch nach außen hin Mühe, beherrscht zu erscheinen. Innerlich kocht's bei mir.«

»Was sollen wir nur tun?«

»Da gibt's nur eine Lösung, Christl: Wir müssen Sterzach verlassen.«

Ein neues, wildes Schluchzen antwortete ihr. Nur mühsam verstand sie die abgerissenen Worte, die die Christl hervorstieß. »Die Berge, der Wald ich häng' daran! Ich ertrag' den Abschied net.«

»Mir geht's genauso, Christl, aber in diesem Dorf

werden wir beide unseres Lebens net mehr froh, seit das mit dem Merk-Xaver geschehen ist.«

Schließlich erhob sich die Meininger-Wanda und holte aus dem Küchenschrank ein Fläschchen mit Baldrian. Sie ließ einige Tropfen davon auf einen Teelöffel voll Zucker fallen und hielt diesen der Christl an die Lippen.

»Komm, schluck das, es wird dich beruhigen! Und dann versuch', zu schlafen, Madel!«

Die Christl gehorchte und nickte der Mutter dankbar zu. Eine halbe Stunde später lag sie tatsächlich in tiefem Schlaf angezogen auf dem Bett.

Die Meininger-Wanda stand noch lange sorgenvoll neben dem Lager ihrer Tochter und blickte auf das blonde Madel hinunter, das mit tränennassen Wangen eingeschlummert war.

Warum können die Leut' uns net in Frieden lassen? fragte sie sich. Warum machen die Menschen einander nur das Leben so schwer?

Auf diese Fragen gab es keine Antwort, denn Missgunst und Bosheit sind nun einmal überall in der Welt zu finden.

Nur zu gut wusste Frau Wanda, wie klein die Rente war, die sie bekam. Hier in Sterzach, wo alles so billig war und ihnen außerdem noch ein kleines Gemüsegärtchen zur Verfügung stand, hatten sie von dem geringen Einkommen leben können, zu dem die Mutter durch Handarbeiten und die Tochter durch Hilfe auf den Bauernhöfen ab und an etwas hinzuverdient hatten.

Wenn sie fortzogen in eine Stadt wurde das alles anders. Dort brauchte die Christl eine Stellung und ein festes Einkommen. Sie war jetzt achtzehn Jahre alt. Irgendeinen Beruf musste sie erlernen, damit sie in der Zukunft auf eigenen Füßen stehen konnte.

Aber wer nahm schon ein Madel vom Lande, das über keinerlei Beziehungen verfügte?

Ihr Zeigefinger glitt suchend die Zeitungsspalten mit den Stellenangeboten entlang, und plötzlich blieb ihr Blick an einem Text hängen, der wie für sie gemacht schien.

»Pensionierter Lehrer und Hausbesitzer sucht Wirtschafterin. Eine eigene Wohnung wird gestellt.« So lautete der Text.

Nicht nur von einer Stube war hier die Rede, sondern von einer ganzen Wohnung. Das musste eigentlich etwas für die Christl und ihre Mutter sein.

Die Meininger-Wanda sah, dass unter der Anzeige eine Telefonnummer stand. Einen Brief zu schreiben war also nicht möglich. Wenn sie sich um diese Stellung bewerben wollte, dann musste sie ihren Widerwillen gegen den Leiter der Poststelle überwinden, dorthin gehen und anrufen.

Sie warf noch einen Blick auf ihre schlafende Tochter und schlüpfte dann in ihren Mantel, um fortzugehen. Die Lippen fest zusammengepresst, so trat sie aus ihrer kleinen Wohnung.

Auf dem Weg zur Poststelle begegneten ihr wieder einige Einwohner von Sterzach, die sie mit spöttischen Blicken bedachten und ihren Gruß nicht erwiderten.

Der Hillinger-Jakob in der Poststelle betrachtete sie mit Augen voll glitzernder Neugier, als sie ihm die Telefonnummer angab und in der Zelle verschwand. Frau Wanda war so gut wie sicher, dass er mithörte.

Sie wartete gespannt, wer sich melden würde. Es hatte sich um eine Nummer in Kempten gehandelt, der etwas mehr als dreißig Kilometer entfernt gelegenen Kreisstadt im Allgäu.

Zu ihrer großen Überraschung ertönte eine sonore Männerstimme und sagte: »Hier Schmagl.«

Die Stimme war ihr vertraut und der Name ebenfalls. »Spreche ich etwa mit Johannes Schmagl?« erkundigte sie sich.

»Ganz recht, der bin ich« antwortete der Mann am anderen Ende der Leitung.

Hinter dem pensionierten Lehrer, der die Anzeige aufgegeben hatte, verbarg sich also ein früherer Bekannter ihres Mannes. In Sterzach war Johannes Schmagl zur Welt gekommen und aufgewachsen, und der Meininger-Hubert war sein Schulkamerad gewesen. Eine treue Freundschaft hatte die beiden noch im Mannesalter miteinander verbunden.

»Grüß Gott, Herr Schmagl!« rief die Wanda erfreut in den Apparat.« Sie werden's net erraten, wer hier spricht! Ich bin die Meininger-Wanda, die Witwe vom Hubert.«

»Das ist wirklich eine Überraschung« staunte er. »Von woher rufen Sie denn an?«

»Aus Sterzach. Ich wohn' mit meiner Tochter, der Christl, noch immer dort. Und jetzt ruf' ich wegen der Anzeige an, die Sie aufgegeben haben.«

»Suchen Sie etwa eine Stellung als Wirtschafterin‹?« staunte er.

»So ist's« bestätigte Frau Wanda.

»Die Christl und ich, wir können hier net mehr bleiben. Meine Rente ist nur klein, und für das Madel gibt's hier keine Verdienstmöglichkeit.«

»Ich versteh' schon. Um Ihres Kindes willen müssen Sie also in eine größere Stadt umziehen.«

Sie war froh, ihm nicht die traurigen Einzelheiten erzählen zu müssen, die den Entschluss so dringend machten.

»Ist die Stelle schon besetzt?« erkundigte sie sich.

»Es haben sich bereits zwei Damen vorgestellt, aber ich habe mich noch nicht entschieden. Nun besitzen Sie natürlich den Vorrang. Wenn ich der Witwe eines alten Freundes, behilflich sein kann, dann möcht' ich das nur zu gerne tun.«

Sie verabredeten miteinander, dass die Meininger-Wanda am nächsten Tag einen Besuch in Kempten machen sollte, um die Wohnung zu besichtigen und um alle einzelnen Punkte mit dem pensionierten Lehrer zu besprechen.

Am nächsten Tag blieb die Christl allein zu Hause. Die Türen waren geschlossen, und das Madel ließ sich im Hof nicht sehen. Es war so weit bereits gekommen, dass sie sich fürchtete, vor die Tür zu gehen.

Die Meininger-Wanda stieg in den Bus, der sie zur Bahnstation brachte, und nach einer Stunde Fahrt war sie in Kempten.

Mit geringer Mühe fand sie die stille Straße, in der das Einfamilienhaus des pensionierten Lehrers stand.

Das volle, einst dunkle Haupthaar Schmagls war inzwischen schlohweiß geworden. Nur die buschigen, dunklen Brauen über den ausdrucksvollen Augen hatten noch ihre frühere Farbe. Zahlreiche Falten durchzogen das markante Gesicht, und sein freundlich lächelnder Mund verriet seine Herzensgüte.

»Wir gehen gleich einmal nach oben, damit ich Ihnen die Wohnung zeigen kann« sagte er. »Die Wohnung ist für Sie ja sicherlich das Wichtigste, denn Sie müssen ja auch noch Ihre Tochter darin unterbringen, und für Sie beide muss es der Ersatz für die Heimat sein. Ich nehme an, der Abschied von Sterzach fällt Ihnen schwer.«

Er beurteilte ihre Situation also vollkommen richtig.

»Sie haben nix dagegen, wenn ich das Madel mitbring'?« vergewisserte sie sich.

»Ich umgeb' mich gern mit jungen Leuten« lächelte er, »das erhält jung. So bin ich zum Beispiel net allein in diesem Haus, sondern mein Neffe wohnt bei mir, der hier eine Schule besucht.«

Die Wohnung, die er der Meininger-Wanda anzubieten hatte, lag im Dachgeschoss des Hauses. Sie bestand aus zwei großen Stuben und einer Abstellkammer.

Als sie im Dachgeschoss über den Flur gingen, öffnete sich die Tür eines separat liegenden Zimmers, und ein junger Mann trat heraus. Er trug Blue Jeans und einen Pullover, und seine großen, dunklen Augen und der sensible Mund gefielen der Meininger-Wanda auf den ersten Blick.

»Das ist mein Neffe Sebastian« sagte der ehemalige Lehrer. Und zu dem jungen Mann sagte er: »Hier stelle ich dir Frau Meininger vor, die Witwe eines Jugendfreundes, die künftig für mich sorgen wird.«

»Auf ein gutes Zusammenleben, Frau Meininger!« sagte der junge Mann mit einer sympathisch klingenden Stimme und reichte der Meininger-Wanda die Hand. Sein Händedruck wirkte fest und zuverlässig.

Die Formalitäten, die Johannes Schmagl und Wanda Meininger zu besprechen hatten, waren bald erledigt. Noch vor der Abenddämmerung war Christls Mutter wieder daheim in Sterzach.

Ihre Tochter sah ihr mit ängstlichen Augen entgegen.

»Bitte, sag' ganz schnell, Mutterl, ob's geklappt hat! Ich bin fast vergangen vor Unruhe und Spannung.«

»Beruhig' dich, Madel, es ist alles in Ordnung!« Mit einer liebevollen Bewegung legte Wanda Meininger den Arm um die Schultern ihrer Tochter. »Schon zum Ende der Woche wird ein Spediteur aus Kempten unsere Habseligkeiten und uns selber abholen. Er hat eine Lieferung hierher zu machen und nimmt uns auf der Rückfahrt mit. Wir müssen also gleich mit dem Packen beginnen.«

*

Selbstverständlich war die Christl sehr gespannt auf die erste Begegnung mit Johannes Schmagl.

Wie ein guter Großvater kam er ihr vor, als sie dem Mann mit den schlohweißen Haaren und den dunklen Augenbrauen gegenüberstand, und sie ihrerseits gewann sofort sein Herz, weil sie ihrem Vater, seinem verstorbenen Freund, so ähnlich sah.

»Du hast die hohe Stirn vom Hubert« rief er aus, »und das sind seine Augen und Hände, Madel! Net wahr, ich darf doch du' sagen?«

»Freilich dürfen Sie das, Herr Schmagl. Ich bitte sogar darum« antwortete die Christl ihm.

Frau Wandas erste Handlung in ihrer neuen Stellung bestand darin, dass sie für alle drei Kaffee kochte und dazu den Streuselkuchen servierte, den sie noch am letzten Tag in Sterzach gebacken hatte.

»Es soll eine kleine Aufmerksamkeit zum Einzug sein« sagte sie.

»Hm, der schmeckt wunderbar!« lobte der alte Herr. »So bin ich ich seit langem net mehr verwöhnt worden.«

Dann redeten sie von der Vergangenheit. Johannes Schmagl berichtete von gemeinsamen Erlebnissen der beiden Freunde.

Und von der Vergangenheit wandte sich das Gespräch schließlich der Zukunft zu. Der alte Lehrer interessierte sich für die beruflichen Absichten des jungen Madels.

»Was willst du denn werden, Christl?«

»Am liebsten würd' ich in einem Kindergarten helfen« lautete die Antwort.

»Ich glaub', da kann ich mich für dich verwenden. Aus meiner Amtszeit als Lehrer sind mir noch ein paar Beziehungen verblieben.«

Eine schüchterne Hoffnung leuchtete in Christls traurigen blauen Augen auf.

»Wenn das möglich wär', dann wär' ich glücklich« sagte sie leise. »Ich wüsst' net, wie ich Ihnen danken sollt', Herr Schmagl!«

Er hielt sein Versprechen und setzte sich für sie ein, und bereits eine Woche später nahm die Christl ihren Dienst als Helferin im Kindergarten auf.

Wie ein Wunder war es, aber es regelte sich auf einmal alles wie von selbst, und die düsteren Wolken, die sie in Sterzach umgeben hatten, verflogen.

Bereits am ersten Abend begegnete die Christl auf dem Korridor des oberen Stockwerks dem jungen Mann.

»Grüß Gott!« sagte er höflich. »Ich bin der Sebastian.«

»Ich weiß, Sie sind der Neffe vom Herrn Schmagl« lächelte sie. »Und ich heiß' Christl Meininger und bin die Tochter der Wirtschafterin.«

Sie reichten sich die Hände und lächelten sich zu. Vom ersten Augenblick an waren sie einander sympathisch.

Der Neffe des alten Herrn nahm mit diesem die Mahlzeiten ein. Johannes Schmagl hatte bestimmt, dass die Witwe seines verstorbenen Freundes und deren Tochter am gleichen Tisch saßen. So sahen sich die jungen Leute mittags und abends.

»Wollt ihr net das steife ›Sie‹ beiseite lassen?« schlug der alte Lehrer schon beim ersten Abendessen vor.« Die Christl ist achtzehn und der Sebastian zweiundzwanzig. Ich mein', in dem Alter sagt man doch besser du' zueinander. Außerdem ist's bei uns in Bayern so üblich.«

Die beiden hatten nichts dagegen einzuwenden, und bald erreichte ihr Umgangston die Unbefangenheit, die die Gewohnheit schafft.

Sehr aufmerksam und nachdenklich betrachtete der alte Lehrer die beiden jungen Menschen. Seinem

Scharfblick entging es nicht, dass hier eine tiefe, herzliche Beziehung begann.

»Wir müssen öfters abends zusammensitzen« schlug er vor. »Ich glaube, das tut uns allen gut.«

*

Die schönen Herbstabende waren vorüber. Es war ein goldener Oktober gewesen, der die laue Luft, die Sommerwärme und den Sonnenschein noch lange festgehalten hatte.

Früh dunkelte es jetzt, und man konnte nicht mehr am Abend im Garten sitzen und miteinander singen.

Freilich, auch in der Stube war's gemütlich.

An manchen Abenden spielten der Sebastian und sein Onkel Schach; an anderen wiederum fanden sich alle vier zusammen zu einem Kartenspiel oder ›Mensch, ärgere dich nicht‹. Manchmal sahen sie sich auch gemeinsam eine gute Fernsehsendung an.

Aber trotz aller Gemütlichkeit fehlte den jungen Leuten etwas. Sie waren nun einmal Naturkinder, denen der Aufenthalt in der frischen Luft viel bedeutete. Der Sebastian verbrachte den halben Tag in der Schule, die andere Hälfte am Schreibtisch seines Zimmers – und die Christl beschäftigte sich vom frühen Morgen bis zum späten Nachmittag in den Räumen des Kindergartens mit dem lärmenden, kleinen Volk.

Sie hatten beide den Wunsch, sich auszulaufen und die Lungen mit Sauerstoff vollzupumpen. Darum sprach der Sebastian dem blonden Madel aus dem Herzen, als er eines Abends den Vorschlag machte. »Wollen wir net einen Spaziergang machen? Die Luft ist so herrlich frisch, der Mond scheint so hell!«

»Sehr gern« rief die Christl eifrig und sprang schon vom Stuhl auf.

»Das ist ein guter Gedanke, Kinder!« lobte der ehemalige Lehrer.

»Mit dem Sebastian lass ich dich gehen bis ans Ende der Welt« lächelte Frau Wanda. »Da weiß ich dich in guter Hut.«

Sie zogen beide ihre Lodenmäntel an, setzten die wollenen Mützen auf und marschierten los.

Es war kein langsames Schlendern, sondern sie gingen im gleichen Rhythmus nebeneinander in einem kräftigen Wanderschritt. Mit Beglückung empfanden sie beide den Gleichklang ihrer Bewegungen.

Da Sebastian sich in Kempten bereits gut auskannte, wählte er eine Wegstrecke, die durch stille Vorortstraßen und eine baumbestandene Allee führte. Im hellen Mondlicht standen die nackten Zweige der Bäume als bizarres Muster vor dem Silberblau des beleuchteten Himmels.

Der Weg führte zum Schluss durch eine Grünanlage, in der ein paar verlassene Bänke standen, und von dort konnte man entweder auf der gleichen Strecke zurückkehren oder stadtwärts wandern, wo verhältnismäßig bescheidene Lichtreklamen lockten.

Bei dem raschen, zügigen Gang war ihnen warm geworden. Die Christl nahm die Mütze ab und ließ das blonde Haar flattern.

Bewundernd betrachtete der Sebastian sie von der Seite. Sie erschien ihm so schön wie kein anderes Madel, das er kannte.

Jetzt hatten sie den Park erreicht, und er schlug vor: »Wollen wir uns net ein bissl niedersetzen und auf einer Bank rasten? Noch ist es net zu kalt dazu.«

»Mir soll's recht sein«, lachte die Christl fröhlich. »Du siehst ja, wie warm mir's ist. Ich hab' die Mütze schon abnehmen müssen.«

Sie setzten sich auf eine der grüngestrichenen Bänke und schauten zum Himmel empor.

»Ich muss dir was sagen, Christl« begann der Sebastian, und seine Stimme klang seltsam gepresst.

Die Christl hatte jedenfalls sofort das Gefühl, dass er ihr jetzt irgendeine Eröffnung von großer Bedeutung machen würde.

Sie spürte, wie sie sich innerlich vor Angst verkrampfte, und sie sah, wie ihre Finger die wollene Mütze umklammerten, die sie in den Händen hielt.

Um Gottes willen, was kommt jetzt? fragte sie sich bang. So schön ist das Beieinander mit dem Sebastian, so harmlos und friedlich. Wenn's doch so bleiben möge!

Sie merkte, dass er sehr erregt war. Das Geständnis, das über seine Lippen wollte, vermochte er nicht länger zurückzuhalten.

Und er seinerseits spürte die Abwehr, die von ihr ausging. Sein sensibles Wesen fühlte ihre Angst.

Er sah, wie ihre Finger sich in das Strickwerk der Mütze krallten, und behutsam löste er eine Hand und hielt sie warm und geborgen in der seinen fest.

Von dieser sanften und ruhigen Berührung ging etwas aus, das sie entspannte. Ein tiefer Atemzug hob ihre beklommene Brust, und erwartungsvoll sah sie ihn an.

»Ich kann dir's net länger verbergen, Christl« begann er jetzt mit seinem Geständnis.« Ich hab' dich von Herzen lieb und hoff' nur, dass dies bei dir auch der Fall ist. Noch nie ist mir ein Madel begegnet, dem ich vom ersten Blick an so gut war wie dir. Ich hab' einfach das Gefühl, wir zwei wären füreinander bestimmt. Und deswegen möcht' ich dich fragen, ob du mich auch ein bissl gern hast, und ob du dir vorstellen kannst, dein Leben an meiner Seite als meine Frau zu verbringen?«

Mit angehaltenem Atem hatte sie ihm gelauscht.

Das war nicht nur eine Liebeserklärung wie damals beim Fabian, sondern diesmal gehörte gleich ein Heiratsantrag dazu.

»Jessas, Sebastian!« murmelte sie bestürzt. »Hast du dir das denn auch genau überlegt? Was glaubst du, was deine Mutter dazu sagen wird? Eine arme Waldhüterstochter, die nix hat und nix ist und net einmal eine vollständige Aussteuer aufzuweisen hat, wird ihr net willkommen sein.«

»Sind das alle Einwände, die du zu machen hast?« wollte er wissen.

»Ich mein', sie sind wichtig genug« beharrte sie.

»Nein, Madel, nur eines ist wichtig, dass du mich nämlich gern hast.«

»Ach, Sebastian« flüsterte sie, und ein tiefer, langer Seufzer folgte.

»Was heißt das?« drängte er. »Ist das ein Ja oder ein Nein?«

»Weder das eine noch das andere« wich sie aus. »Ich hab' dich gern, Sebastian, sehr gern, aber ich hab' Angst, mich diesem Gefühl hinzugeben.«

»Warum hast du Angst?« forschte er und wandte sich ihr jetzt ganz zu, auch ihre zweite Hand ergreifend.

Sie waren ganz kalt geworden, die Mädchenhände, und das lag nicht an der Temperatur des Herbstabends, sondern an der Erregung, in der sich die Christl befand.

»Es gibt da Dinge in meinem Leben« sagte sie mit einiger Überwindung, »die du wissen musst. Du bist ein feiner Kerl, Sebastian, und du hast's net verdient, dass man dich täuscht.«

»Was meinst du nur, Christl?« fragte er verwundert und ein bissl erschrocken.

»Komm, lass uns gehen« schlug sie vor. »Ich möcht' net hier mit dir so ganz allein sein, wenn ich dir meine Geschichte erzähl', und am liebsten wär mir's, wir zwei säßen einander im Hellen gegenüber, und ich könnt' genau in deinem Gesicht und in deinen Augen lesen, was du denkst.«

»Gut« ging er auf ihren Wunsch ein. »Dann wollen wir in die Stadt gehen und uns in ein Restaurant setzen. Daheim im Haus meines Onkels sind wir doch nicht ungestört.«

Schon während sie gingen, begann die Christl zu reden.

»Du weißt, dass meine Mutter Witwe ist« sagte sie, »aber auf welche Art und Weise mein Vater ums Leben gekommen ist, das weißt du net.«

»Allerdings net« bestätigte er. »Aber ist denn das so wichtig?

»Sehr wichtig« behauptete sie.« Alles andere, was geschehen ist, lässt sich nur daraus erklären.«

»Also, dann rede!« forderte er sie auf. »Ich werd' dir geduldig zuhören.«

Sie schilderte nun die Vorgänge an jenem nebligen Herbstmorgen, an dem ihr Vater im Wald erschossen wurde. Den Merk-Xaver, den Wilddieb, erwähnte sie, den man der Tat verdächtigte.

»Man hat ihm die Tat aber net nachweisen können« schloss sie ihren Bericht. »Er saß nur die Strafe für den Jagdfrevel ab, dann musste er freigelassen werden, denn immer wieder beteuerte er, meinen Vater net erschossen zu haben. In Sterzach sind alle der Meinung, dass er's getan hat. Man verachtet ihn. Kein Mensch grüßt ihn mehr, und als Scherenschleifer hat er in Sterzach keinen Verdienst mehr finden können. So musste er schließlich die Gegend verlassen.«

Sie schilderte dann das Leben, das sie mit ihrer Mutter geführt hatte. Sie erwähnte den Brunner-Hof, wo sie untergekrochen waren in zwei kleinen Stuben für eine billige Miete. Sie nannte die geringe Höhe der Rente und beschrieb die fleißige Arbeit der Mutter und ihre Hilfsdienste auf den Bauernhöfen.

Aus ihren Worten gewann er ein genaues Bild ihres Daseins, und bis jetzt konnte er darin keinen Zug entdecken, der ihm missfiel oder der einer Verbindung mit der Christl widersprochen hätte.

Inzwischen waren sie in den beleuchteten Teil der Stadt gekommen, und der Sebastian führte die Christl in eine stille Weinstube, wo es guten Tiroler gab, und wo man eine Pizza bekommen konnte.

Nachdem ihnen der Wein gebracht worden war und nun dunkelrot in den Gläsern schimmerte, durch die das Kerzenlicht auf dem Tisch warm und flackernd leuchtete, gelangte sie zu ihrer Begegnung mit dem Fabian.

Sie beschrieb alles von Anfang an, jenen Zusammenstoß in Riedheim, wo er die Sixta und sie beschimpft hatte, und die zweite Begegnung auf der Landstraße, bei der er sich als hilfsbereit erwies.

Dann kam sie zu dem Wiedersehen im Wald, wo sie ihn hoch zu Ross traf, zu seinem Angebot, einen ersten Reitversuch zu machen, und zu dem Spaziergang zur Sterzach-Quelle.

»Er sah gut aus, der Fabian« sagte sie, »und es wär' gelogen, wenn ich sagen wollt', er hätt' mir net gefallen, aber so, wie ich mir die Lieb' vorgestellt hab', Sebastian, so ist's net gewesen.«

»Was meinst du damit?« wollte er wissen.

»Eine rechte Liebe« sagte sie, »die muss von Anfang an da sein und einen treffen wie eine Offenbarung.«

»Schön hast du das gesagt, Christl« sagte er und nickte ihr zu. »Und so ist's net gewesen bei dem Fabian und bei dir?«

»Nein, so war's net« bekräftigte sie noch einmal. »Er hat mir gefallen, aber ich hab' ihm misstraut, doch er hat etwas Bestechendes in seinem Wesen, und er war sehr freundlich zu mir. So hab' ich schließlich Vertrauen gefasst und mich seinen Küssen überlassen, als er mich in die Arme schloss.«

»Ich versteh' dich«, sagte der Sebastian ernst. »Sprich weiter, ich bitt' dich!«

Sie schilderte nun die häufigen Begegnungen im Wald und die Bemerkungen, die der Fabian über seine Zukunftspläne gemacht hatte. »Er hat mir versprochen, dass er mit seiner Mutter reden würd', sagte sie. »Ihm geht's wie dir, er hat keinen Vater mehr. Die Mutter ist eine reiche Bäuerin. Ihr gehört der Murner-Hof in Kreuzfeld, den du ja gewiss kennen wirst, und auch das große Sägewerk ist ihr Eigentum. Für mich war's wie ein Wunder, dass ein so wohlhabender junger Mann ausgerechnet mich, die arme Waldhüterstochter, zur Frau wollte. Ich hab's zuerst net fassen können, und langsam und ganz allmählich hab' ich angefangen, an mein Glück zu glauben.«

Der Sebastian, der ihr aufmerksam zuhörte, nickte nur.

Sie kam nun zu dem Zwischenfall im Wald, der Begegnung mit Xaver Merk am Brombeerhag und dem erschütternden Bekenntnis des Wilddiebs, das sie diesen Mann in einem anderen Leichte sehen ließ. Selbstverständlich hatte sie nicht unterlassen, zu erzählen, dass der Xaver sie in seine Arme gerissen und eisern festgehalten und geküsst hatte, um vor den beiden Brombeersammlerinnen den Eindruck zu erwecken, als handelte es sich um ein Liebespaar und nicht um einen ertappten Wilderer.

Der Sebastian glaubte ihr jedes Wort. Auch auf ihn machte die Geschichte des Merk-Xaver Eindruck, und unter unsäglicher Erleichterung stellte sie fest, dass er ihr keine Schuld an der Liebesszene beimaß und ihr keinen Vorwurf aus der Tatsache machte, dass sie sie über sich hatte ergehen lassen müssen.

Nun kam sie zu dem letzten und schwierigsten Teil ihres Berichts. Sie beschrieb ihm das Verhalten der Dörfler, das durch die üble Nachrede der Görgen-

Klari und der Hübel-Zenta zu Stande gekommen war.

»Armes Madel!« sagte er und griff nach ihrer kalten Hand, die auf der weißen Tischdecke lag. »So sehr hast du gelitten!«

»Ich weiß net, was bitterer war« seufzte die Christl, »die Art, wie der Fabian mich verstoßen hat, oder die Trennung von der Heimat. Du weißt ja, Sebastian, dass die Berge mein Ein und Alles sind. Ich leid' hier in Kempten keine Not, aber ich komm' mir vor, als wär' ich entwurzelt. Meine Seele ist droben in den Bergen zurückgeblieben.«

»Und vor der Liebe und den Männern hast du Angst« vollendete er, als könnte er ihre Gedanken lesen. »Du fürchtest dich jetzt vor jedem Kuss, weil du denkst, eine Lüge und eine Enttäuschung könnten dahinter stehen.«

»Genauso ist's, Sebastian« bestätigte sie ihm. »Ich musste dir das sagen, denn du willst mir dein Herz schenken und erwartest meines dafür; und ich kann dir's net frei und unbefangen geben, weil es sich vor lauter Angst verschließt.«

Da hob der Sebastian den Kopf, und der Blick seiner schönen, ausdrucksvollen Augen suchte voll und ernst den ihren.

»Jetzt muss ich dir etwas sagen, Madel, was du net erwartet hast« begann er, und was dich vielleicht die Vergangenheit in einem anderen Licht sehen lässt.«

Gespannt wartete sie auf das, was kommen musste. Ihr Blick hing an seinen Lippen.

»Du hast mich nie nach meinem Familiennamen gefragt', sagte er. »Wahrscheinlich hast du angenommen, daß ich hieße wie mein Onkel.«

»Ja, freilich« nickte sie.

»So ist's aber net« stellte er richtig. »Johannes

Schmagl ist der Bruder meiner verwitweten Mutter. Als lediges Madel hat sie einst Schmagl geheißen. Sie und mein Onkel sind Lehrerskinder. Sie war also nicht immer Bäuerin, aber der Vater hat sie geliebt und dem Willen der Eltern zum Trotz geheiratet. Er hat's nie zu bereuen brauchen, denn aus meiner Mutter ist eine tüchtige Landwirtin geworden. Stefanie Murner heißt sie, und der große Hof in Kreuzfeld und das Sägewerk gehören ihr seit dem Tod meines Vaters.«

Ihre Augen weiteten sich vor Schrecken und starrten ihn fassungslos an. Dann stammelte sie hinter der vorgehaltenen Hand: »Das ist doch net möglich! Das kann doch net wahr sein!«

»Beruhige dich, Herzl, mein Liebs!« flehte er. »Bitte, glaub' mir, Schatzl, es ist die reine Wahrheit, und gleich wirst du für alles eine Erklärung bekommen.«

Der zärtliche Klang seiner Stimme, der so besorgte Ton und die Koseworte dämpften ihre Erregung ein wenig, und da er bittend die Hand ausstreckte, überließ sie ihm die Finger wieder.

»Hör zu« begann er von neuem, »es gibt nur einen Erben auf dem Murner-Hof, und der bin ich. Meine Eltern haben nur ein einziges Kind gehabt, mich, ihren Sohn Sebastian, aber ich bin zusammen mit dem Fabian aufgewachsen, der mein Pflegebruder ist.«

»Dein Pflegebruder?« wiederholte die Christl mit klangloser Stimme.

»Ja. Er ist das uneheliche Kind einer Magd, die auf unserem Hof gedient hat. Bevor ich noch auf diese Welt gekommen bin, hat mein Vater ein Gspusi mit ihr gehabt, denn er war recht wild und schwer zu zähmen, und meine Mutter sagt immer wieder, dass es einige Jahre gedauert hat, bis er sich an das Ehejoch gewöhnt hatte. Aus dieser Zeit stammt der Fabian, und seine Mutter starb bei seiner Geburt.«

»Und deine Mutter hat ihn zu sich genommen?« fragte die Christl staunend.

»Ja, das hat sie getan. Das unschuldige Kindl hat ja nichts für den Fehltritt seines Vaters gekonnt. Und da die Ehe meiner Eltern noch nicht mit einem Kind gesegnet war, hat meine Mutter es für richtig gehalten, diesen Buben aufzuziehen. »Du kannst mir's glauben, sie ist ihm stets eine liebevolle, fürsorgliche Mutter gewesen. Der Fabian hat nix entbehrt.«

»Und warum heißt er Murner? Wurde er adoptiert?«

»Nein, das haben Vater und Mutter net getan« gab der Sebastian Auskunft. »Er durfte zwar den Namen Murner führen, weil die Eltern net wollten, dass man mit Fingern auf ihn zeigte und ihn ein lediges Kind nannte, aber erbberechtigt wurde er net. Er hat dir also eine Komödie vorgespielt, Christl, wenn er behauptet, der Erbe zu sein.«

»Aber warum hat er das getan?« wunderte sich die Christl und schüttelte verständnislos den Kopf.

»Ich kann dir's verraten« lächelte der Sebastian traurig. »Ich war in den Sommerferien net daheim. Die Mutter hat mir eine Reise in den Süden geschenkt, und ich war in Italien und Griechenland. Als ich wiederkam, hat mir der Fabian dann erzählt, dass er die Christl vom Brunner-Hof kennen gelernt hat, die Tochter eines reichen Bauern, die einmal den Hof erben wird.«

»Aber das stimmt doch net!« rief die Christl dazwischen.« Die Erbin vom Brunner-Hof heißt Sixta und war meine Freundin.«

»Ja, begreifst du denn net?« setzte der Sebastian ihr auseinander. »Er hat dich für die Tochter des Bauern gehalten. Net das Kind des Waldhüters hat er zur

Frau haben wollen, sondern die Erbin vom Brunner-Hof, und als dann das Gerede über dich im Dorf begann, und er die Geschichte von dem Wilderer erfuhr, da sind ihm die Augen über seinen Irrtum aufgegangen, und er war froh, sich unter dem Vorwand zurückziehen zu können, dass er kein Madel heiraten kann, das auf so üble Weise ins Gerede gekommen ist.«

»Oh, wie niederträchtig!« murmelte die Christl. »Wie hässlich und klein, wie feige und falsch ist das alles!«

»Nun weißt du's« beendete der Sebastian seinen Bericht, »und vielleicht kannst du jetzt das ganze Erlebnis mit dem Fabian mit anderen Augen sehen. Er hat dich nie geliebt. Weil er weiß, dass er nicht erbberechtigt ist, sucht er nach einer guten Partie. Eine Bauerntochter möcht' er heiraten, die ihn zum Herrn auf einem Hof macht. Dein Gefühl, das dich vor ihm warnte, hat dich net getäuscht. Er ist kaltherzig und berechnend und keines tiefen Gefühls fähig.«

Die Christl saß noch völlig überwältigt da und konnte all diese Dinge gar nicht so schnell fassen, wie sie erzählt worden waren.

Da fuhr der Sebastian fort. »Bei mir ist das alles anders, Madel. Ich hab' dich von Herzen lieb! Ich weiß, wer du bist, und erwart' keine irdischen Reichtümer von dir. Wozu denn auch? Ich hab' ja selbst genug. Und genauso wie ich denkt mein Mutterl, denn sie hat noch net vergessen, dass auch sie einst auf dem Murner-Hof net willkommen war. Da kannst du ganz beruhigt sein. Sie wird nix gegen dich als meine Braut einzuwenden haben. Was ich von dir will, Christl, ist deine Liebe und dein Herz. Und jetzt, liebes Madel, sag mir, ob du mir gut bist und dein Leben an meiner Seite verbringen willst!«

Da ging in ihren traurigen Augen die Sonne auf,

und sie flüsterte selig: »Ja, Sebastian, ja, aus vollem Herzen sag' ich ja!«

»Du weißt net, wie glücklich du mich machst!« erwiderte er und streichelte ihre Finger. »Sag', war's bei dir auch gleich zu Anfang so, dass du gewusst hast, dem kann ich gut sein?«

»Ja, Sebastian, genauso. Mir war, als hätt' ich dich seit langem schon gekannt.«

Ganz fest drückte er ihre Hand und sah ihr tief in die Augen.

»Nun hält mich nix mehr« erklärte er. »Am nächsten Wochenende fahr' ich heim und red' mit der Mutter. Ich werd' sie um ihre Einwilligung bitten, und dann komm ich und hol' dich und führ' dich zu ihr!«

Versunken in glückliche Zukunftsgedanken und -träume saßen sie noch eine Weile. Dann leerten sie ihre Weingläser und verließen das Lokal.

Draußen zog der Sebastian den Arm des blonden Madels durch den seinen, und Seite an Seite schritten sie heim zu dem Lehrerhaus im Vorort.

Sie kamen dabei wieder durch den Park, der wie verzaubert im Mondschein lag, und an der Bank, auf der sie vorher gesessen hatten, blieb der Sebastian stehen und zog die Christl sanft in seine Arme, um innig ihre Lippen zu küssen.

»Mein Engel, mein Herzl!« flüsterte er ihr ins Ohr. »Du bist die Erfüllung aller meiner Träume! Ganz unbeschreiblich glücklich werden wir zwei miteinander sein.«

*

Mit Zittern und Zagen sah die Christl den Sebastian davonfahren, als er nach Kreuzfeld reiste, um mit seiner Mutter wegen ihrer Heirat zu sprechen.

Sie glaubte nicht daran, dass er Erfolg haben

würde. Ganz gewiss versagte die Murner-Bäuerin dem einzigen Sohn ihr Einverständnis.

Sebastian dagegen war guten Mutes.

Er pfiff und sang vor sich hin am Steuer seines Wagens, der ihn in sein Heimatdorf trug.

Natürlich hatte er seinen Onkel, den pensionierten Lehrer, eingeweiht. Johannes Schmagl wusste jetzt, an wen der Sebastian sein Herz verloren hatte, und er billigte die Wahl des Neffen vollkommen. Einen Brief an seine Schwester hatte er dem Sebastian noch mitgegeben, in dem er viel Lobendes über die Christl und ihre Mutter schrieb.

Auch die Christl hatte mit ihrer Mutter gesprochen über das, was sich bei diesem Abendspaziergang im Herbst ereignet hatte.

Wanda Meininger wusste nicht, wofür sie sich entscheiden sollte, für den Optimismus oder die Befürchtungen.

»Jessas, das wird Familienärger im Murner-Hause geben!« rief sie leise aus, als sie mit ihrer Tochter in ihrer Stube über die fragliche Angelegenheit redete.

»Warum denn das?« wollte die Christl wissen.

»Na, kannst du dir das net vorstellen, Madel? Denk doch daran, wie der Fabian dich behandelt hat! Voller Verachtung hat er dich von sich gewiesen. Und jetzt kommt sein Pflegebruder, der wirkliche Erbe, daher und will das Madel zur Bäuerin machen, das der Fabian von sich gestoßen hat. Erstens wird er dir den Triumph net gönnen, und zweitens weiß er net, wie er dir in die Augen sehen soll, denn nun ist dir's doch klar, wie er dich beschwindelt hat.«

»Da hast du freilich Recht, Mutterl! An den Fabian hab' ich gar net gedacht« gab Christl bedrückt zu.

Die Überlegungen der Mutter brachten Christl völlig aus dem Gleichgewicht. Nur zögernd wagte sie, an ihr Glück zu glauben. Sie fühlte sich so klein und unbedeutend gegenüber den Murners. Nun kamen noch die anderen Bedenken hinzu, für die die Mutter ihr die Augen geöffnet hatte.

Bedrückt schlich das Madel umher und brachte es im Kindergarten nur mit Mühe fertig, mit den Kleinen fröhliche Liedchen zu singen und heiter zu spielen.

Währenddessen war der Sebastian daheim angelangt und spazierte unvermutet und ganz überraschend zur Tür hinein.

»Ja mei, wer kommt denn da?« rief die Bäuerin aus, die zur Mittagszeit in der Küche stand.« Der Sebastian ist's! Das hat was zu bedeuten.«

Die Murner-Steffi hielt sonst nicht viel davon, die Arbeit um eines Vergnügens willen aus der Hand zu legen. Sie war eine fleißige Frau und hatte noch dazu ein eisernes Pflichtbewusstsein. Aber heute und in diesem Falle war sie auch dafür.

Sie wusch sich darum rasch die Hände, trocknete sie an der blauweißen Schürze ab und ging dem Sohn entgegen.

»Gott grüß dich, Mutterl!« Sebastian strahlte seine Mutter an und legte den Arm um sie. Er war fast einen Kopf größer als die rundliche Matrone, und stolz und liebevoll sah sie zu ihrem hübschen, stattlichen Sohn auf.

»Willkommen, Bastl! Was führt dich hierher?«

»Eine ganz besondere Sache.«

»Das hab' ich mir schon gedacht. Hat's Ärger in der Schule gegeben?«

»Tät' ich dann wohl so strahlen?«

»Man sollt's net annehmen, Bub! In der Schul' ist also alles in Ordnung?«

»Freilich. Ein gutes Zeugnis werd' ich im Januar bekommen. Und wenn ich im Sommer entlassen werd', dann wird Hochzeit gefeiert, Mutterl!«

Wie nahm sie es auf? War sie froh oder erschrocken?

Sie war lediglich überrascht.

»So früh willst schon heiraten, Bub?« wunderte sie sich. »Auch gut, Bastl! Das Sprichwort sagt: Jung gefreit hat noch niemals gereut! Aber hoffentlich hast du dabei net nur an dein Glück gedacht, sondern auch ein bissl an den Hof.«

»Freilich hab' ich das, Mutterl« beruhigte er sie. »Das Madel, das ich heiraten will, stammt vom Lande. Drüben in Sterzach ist sie aufgewachsen und hat Bauernarbeit gemacht. Sie weiß schon, was eine Bäuerin braucht.«

»So ist sie also eine Bauerntochter aus Sterzach?«

»Das hab' ich net gesagt. Nur von der Bauernarbeit hab' ich geredet. Sie ist armer Leute Kind. Nur eine kleine Aussteuer bringt sie mit. Eine Mitgift ist net zu erwarten. Aber darauf kommt's doch net an, net wahr?«

Voll sah die Mutter ihn an.

»Nein, Bastl, darauf kommt's wirklich net an. Auch ich bin ein armes Madel gewesen, als dein Vater um mich freite, und noch eine Lehrerstochter dazu. Schwer haben wir's gehabt, und einen harten Kampf hab' ich kämpfen müssen, bis ich mich hineingefunden hab' und die Schwiegereltern mich anerkannten und zufrieden waren . . .

Sie versank für ein paar Minuten in Erinnerungen an jene Zeit.

Doch jetzt riss sie sich von der Vergangenheit los und kehrte schnell wieder in die Gegenwart zurück.

»Armer Leute Kind ist sie also. Wie heißt sie denn?«

»Christl. Ist das net ein schöner Name?«

»Und wie weiter?«

»Meininger. Ihr Vater ist schon tot. Nur die Mutter lebt noch. Sie führt dem Onkel Johannes in Kempten die Wirtschaft und wohnt mit der Tochter in seinem Haus. Da hab' ich die Christl kennen gelernt.«

»Meininger? Etwa von dem Waldhüter aus Sterzach, der erschossen worden ist?«

»Ja, genau die, Mutter! Christl Meininger heißt sie, und ich hab' sie von Herzen lieb.«

»Daraus wird nix, Bub!« erklärte die Steffi mit fester Stimme. »Schlag' dir diesen Gedanken sogleich aus dem Kopf! Jede andere kannst du heiraten, aber dieses Madel net.«

»Und warum net, Mutter?« erkundigte sich der Sebastian erblassend.

»Weil sie ein schlechtes Madel ist.«

»Woher willst du das wissen?«

»Das ganze Dorf Sterzach redet darüber. Auch bis hierher nach Kreuzfeld ist die Geschichte gedrungen. Sie hat eine Liebelei mit einem Wilddieb, einem verkommenen Burschen, der Xaver Merk heißt. Zwei Frauen aus Sterzach haben es mit ihren eigenen Augen gesehen, wie er sie im Wald hinter einer Brombeerhecke abgebusselt hat. Und außerdem handelt sich's bei dem Merk-Xaver noch um den Mann, der ihren Vater erschossen haben soll.«

Voller Bitterkeit hörte der Sebastian diese Worte.

»Nun hör einmal zu, Mutterl!« begann er so sanft und überredend wie möglich. »Du weißt doch, dass die Leut' immer schnell bereit sind, üble Nachrede zu verbreiten und ihren Nächsten die Ehre abzuschneiden. Auch über dich und den Vater haben sie sich die Mäuler zerrissen, wenn ich mich recht erinnern tu'.«

»Das ist freilich wahr« gab die Murner-Steffi zu. »Aber es muss doch etwas dran sein. So ganz aus der Luft gegriffen haben können sie's net.«

»Die Christl selber hat mir die Geschichte erzählt« berichtete sie. »Das hätt' sie ja net zu tun brauchen. Aber sie hat geglaubt, dass sie mir das schuldig wär'.

Wahr ist's, dass der Wilddieb, der ihren Vater erschoss, im Wald plötzlich vor ihr stand, als sie Beeren sammelte. Und er hat sie auch in seine Arme gerissen und abgebusselt, weil nämlich die anderen Beerensammler kamen und er fürchtete, das Madel würd' ihn als Fallensteller entlarven.«

»Ach, so ist das gewesen!« murmelte die Bäuerin, die dem Sohn aufmerksam zugehört hatte. Und dann, nach ein paar Sekunden des Nachdenkens: »Aber warum hat sie dann net geschrien, als er sie danach wieder losließ?«

»Das konnte sie net, denn er drohte ihr. Schreckliche Drohungen hat er ausgestoßen, was er ihr alles antun würd', wenn sie ihn verraten würd'«.

Sebastian erzählte seiner Mutter jetzt, welche unglaubliche und erschütternde Geschichte der Xaver der Christl aufgetischt hatte.

»Glaubst du das denn, Bub?« fragte seine Mutter, als er geendet hatte.

»Ich halt's für möglich, Mutterl. Die Christl sagt, er hätt' Tränen in den Augen gehabt. Alles möcht' er tun, um von dem Makel befreit zu sein, dass er ein Mörder wär‹. Er leidet darunter. Das glaubt sie ihm.«

»Nun gut, Bastl, wenn wir zwei auch die Geschichte für wahr zu halten bereit sind, so wird doch sonst niemand daran glauben. Es geht einfach net an, dass du ein Madel heiraten tust, über das die Leut' in den Dörfern rund um den Humpen schlecht reden und die Achseln zucken.«

Sie sagte das alles nicht böse und angriffslustig, sondern im Ton einer tiefen Bekümmernis.

Ihren Argumenten konnte er sich nicht verschließen. Sie hatte ja Recht und kannte das Leben in diesen abgelegenen Bergdörfern zur Genüge. Wer sich hier einmal die Achtung der Dorfbewohner verscherzt hatte, der war für immer erledigt.

Noch hatte er nicht von der Sache mit dem Fabian gesprochen. Die wagte er jetzt gar nicht zu erwähnen.

Darum fragte er nur: »Was soll ich jetzt tun, Mutterl? Ich hab' die Christl lieb, und sie verdient's, geliebt zu werden. Glaub mir, sie ist ein guter Mensch. Der Oheim Johannes sagt's auch. Er hat nur übrigens ein Briefchen für dich mitgegeben.«

Er nestelte den Brief aus seinem Janker hervor und überreichte ihn der Mutter. Die riss das Kuvert auf und las den Inhalt gleich. Dann lächelte sie vor sich hin.

»Das ist so echt der Johannes« sagte sie. »Hör nur, was er schreibt!

Lass dich von all den Dingen, die gegen die Christl zu sprechen scheinen, nicht beeinflussen! Sie hat ein gutes Herz und einen anständigen Charakter, und wer das Gegenteil behauptet, kennt sie nicht. Du weißt aus eigener Erfahrung, wie rasch und hart nach dem Schein geurteilt wird. Verfall' nicht in den gleichen Fehler! Dieses Mädchen wird deinen Sebastian glücklich machen und dem Hof eine vorbildliche Herrin sein! Das ist für mich so sicher wie das Amen in der Kirche, denn ich hab' in meinem langen Leben als Schulmann einige Menschenkenntnis erworben. Dies rät dir in steter Zuneigung

Dein alter, treuer Bruder Hans«

Mit Frohlocken hatte der Sebastian diese Worte vernommen und war dem Onkel herzlich dankbar dafür.

»Also, was nun?« drängte er noch einmal und wartete auf die Entscheidung der Mutter.

»Ich hab' nix gegen deine Christl« sagte diese jetzt ernst und entschieden, »aber um des Hofes und des Ansehens unserer Familie willen muss ich verlangen, dass die Angelegenheit mit dem Wilderer ganz offiziell geklärt wird.«

»Und wie denkst du dir das, Mutterl?«

»Du musst ihn finden, den Merk-Xaver, und es dir von ihm schriftlich geben lassen, dass er nix mit der Christl gehabt hat, sondern sie nur in die Arme nahm und küsste, um net als Fallensteller entdeckt zu werden, und dass er hernach das Madel eingeschüchtert hat mit wüsten Drohungen, sodass sie schweigen musste.«

»Glaubst du, dass er mir das unterschreiben wird?«

»Er muss es, denn er ist der Christl viel schuldig. Noch gilt er als der Mörder ihres Vaters. Er hat sie um den Ernährer gebracht und jetzt auch noch um den guten Ruf. Wenn er wirklich sühnen will, dann soll er damit anfangen. Wenn er es vor einem Notar in Riedheim unterzeichnet, sodass du es in Sterzach und Kreuzfeld verbreiten kannst, wird ihm nix geschehn. Das ist ja keine Sache, die der Notar zur Anzeige bringen muss. Aber der Christl rettet's das Ansehen, und eine Frau ohne Ansehen kann der Erbe vom Murner-Hof net heimführen.«

»Wenn mir das gelingt, willst du sie dann willkommen heißen, Mutterl?«

»So wahr ich die Murner-Steffi und deine Mutter bin, dann soll sie mir als Schwiegertochter willkommen sein!«

»Dann fahr' ich gleich weiter nach Riedheim und fang' an mit meiner Suche« sagte der Sebastian. »Ich will keine Zeit net verlieren, denn mir pressiert's.«

Zum ersten Mal seit einer viertel Stunde lächelte seine Mutter, beugte sich zu ihm herüber und fuhr ihm mit der Hand über den Kopf.

»So viel lieb hast du sie, Bub? Ach, ich gönn' dir so sehr das Glück! Eine so glückliche Ehe wünsch' ich dir, wie ich sie mit deinem Vater selig geführt hab'. Wir zwei haben damals auch hart um unser Glück ringen müssen. Jetzt ist die Reihe an dir und deiner

Liebsten. Ich bet' für euch zwei, Bastl! Und wenn du was erreicht hast, dann komm rasch wieder zu mir und meld' mir das! Ich werd' keine Ruh' net mehr haben, seit ich weiß, wie's um dich steht.«

Er nickte und stand auf. Sofort wollte er sich wieder in seinen Wagen setzen, aber die Mutter bestand darauf, dass er wenigstens noch zum Mittagessen daheim blieb und sich die Semmelknödel schmecken ließ.

So kam es, dass er auch noch dem Fabian begegnete. Doch er grüßte ihn nur kühl und gab keine Auskunft über das Woher und Wohin. Mochte er doch im Dunkeln tappen! Er hatte sich schlecht benommen, sehr schlecht, und früh genug würde er noch erfahren, wer künftig auf dem Hof die Herrin sein würde.

Die Bäuerin sah ja ein bissl verwundert von ihrem Sohn zu dem Pflegesohn, denn so wortkarg war der Sebastian dem Fabian gegenüber noch nie gewesen, und ihr schien's, als läge da so etwas wie Feindseligkeit in der Luft.

Aber da Sebastians Sorgen ja bereits groß genug waren, wollte sie nicht auch noch daran rühren und neue Spannungen und Auseinandersetzungen heraufbeschwören.

So trug sie nur das Essen auf und sprach das Tischgebet. Und nach dem Essen reichte sie dem Sebastian mit bedeutungsvollem Blick die Hand zum Abschied.

*

Nach Riedheim fuhr der Murner-Sebastian, denn er glaubte, dass er den Merk-Xaver in der Konservenfabrik finden würde die dort die arbeitswilligen Männer anzog.

Scherenschleifer war der Xaver, und er hatte zu der Christl gesagt, dass er in einer Fabrik als Schlosser tätig wäre. Das konnte nur die Konservenfabrik sein, die Leute zur Wartung der zahlreichen Maschinen brauchte. Eine andere Fabrik gab's nicht weit und breit.

Vor dem Fabriktor legte der Sebastian sich auf die Lauer, als die Sirene nachmittags um vier Uhr den Feierabend verkündete.

Er sah sie herauskommen, die Arbeiter. In Gruppen und einzeln zogen sie an ihm vorüber. Jedem Einzelnen schaute er ins Gesicht, um festzustellen, ob er der Beschreibung glich, die die Christl ihm von dem Wilddieb gegeben hatte.

Da kam einer, der ein so zerklüftetes, verschlossenes Gesicht besaß, wie die Christl es dargestellt hatte. Auch die tiefe Narbe, die vom Winkel des linken Auges bis zum Ohr lief, war da, und außerdem hinkte der Kerl.

»Grüß Gott!« sagte der Sebastian höflich. »Ich komm' in einer Angelegenheit zu dir, die die Meininger-Christl angeht. Du weißt, wer das ist, Xaver Merk. Die Leute hier herum glauben alle, dass du ihren Vater umgebracht hast, aber die Christl und ich glauben es nicht.«

»Wie heißt du? Wer bist du?« wollte der andere wissen. »Müssen wir unbedingt hier vor dem Fabriktor miteinander reden?«

»Mein Name ist Murner, Sebastian Murner. Ich komme aus Kreuzfeld, wo meiner Mutter der große Hof und das Sägewerk gehören.«

»Ich weiß Bescheid.«

»Und jetzt bin ich in Kempten bei meinem Oheim. Ich besuch' die Landwirtschaftsschule.«

»Das ist auch solch ein neumodischer Kram, der ganz unnötig ist« brummte der Xaver in einer Mischung aus Verachtung, Überlegenheit, Trotz und Wohlwollen dem netten, aufgeschlossenen Burschen gegenüber. »Früher sind die Leut' auch ohne Landwirtschaftsschule ausgekommen und trotzdem gute Bauern geworden.«

»Freilich ist's net unbedingt nötig« gab der Sebastian bereitwillig zu. »Aber ich hab' keinen Vater net, der mir alles beibringen kann, was er selber weiß, und mit dem Großknecht ist das nix Rechtes. In Kempten wohn' ich bei meinem Oheim, wie ich schon sagte, und die Meininger-Wanda und ihre Tochter führen ihm die Wirtschaft. So hab' ich die Christl kennen gelernt. Sie ist jetzt meine Braut.«

»Kruzitürken!« staunte der Xaver und blieb überrascht auf dem Weg zur Schenke stehen, den sie eingeschlagen hatten. »Murner-Bäuerin soll sie werden, die Christl! Das gönn' ich ihr von Herzen. Sie hat's verdient. Ein gutes Madel ist sie.«

»Es wird aber wohl nix daraus werden, wenn du net ein bisserl mithilfst, Xaver« sagte der Sebastian und ergriff ihn fest beim Arm, damit er ihm nicht in einem plötzlichen Entschluss doch noch davonlief.

»Und wie könnt' ich helfen?« wollte der Xaver wissen.

Inzwischen waren sie bei dem Gasthaus angekommen und traten ein. Sebastian bestellte gleich zwei Maß Bier und zwei doppelstöckige Enzian, und als sie die Letzteren heruntergekippt hatten, erzählte er dem Xaver alles, was sich seit seiner Begegnung mit der Christl zugetragen hatte, und nannte schließlich die Bedingungen, die seine Mutter gestellt hatte.

Eine Weile überlegte der Scherenschleifer, als Sebastian zu Ende geredet hatte. Dann kratzte er sich am Kopf.

»Ja mei, das könnt' ich schon machen« meinte er. »Hier in der Nonnengasse wohnt der Dr. Fielder. Das ist der Rechtsanwalt, der mir bei der Gerichtsverhandlung wegen Wilddieberei in Tateinheit mit Mord damals beigestanden hat. Vor ihm würd' ich jederzeit eine solche Erklärung abgeben und unterschreiben, denn er kennt die ganze Geschicht'. Nur wird das Gebühren kosten, und die zahl ich net.«

»Das lass nur meine Sorge sein!«

»Und mich persönlich bringt das alles kein Stückerl net weiter, denn der Mann, der's wirklich getan hat, ist immer noch net gefunden, und ich glaub' auch net mehr daran, dass er noch gefunden wird.«

Sebastian erkannte, dass es dem Scherenschleifer wirklich ein wichtiges Anliegen war, sich von dem Verdacht des Mordes zu reinigen. Er stellte darum die Sache mit der Christl zunächst zurück, denn die grundsätzliche Zusage hatte er ja schon bekommen, und stellte dem Merk-Xaver einige Fragen, die diesem sein Interesse beweisen sollten.

»Hast du denn gar nix von dem fremden Mannsbild sehen können?« forschte er.

»Neblig war's halt, und die Sicht war schlecht. Er trug einen Hut; das Gesicht war halb verdeckt. Nur den Lodenmantel konnt' ich erkennen, der von feinem Stoff war. Geld hat er also gehabt. Vielleicht ist's gar der Jagdpächter aus München gewesen.«

»Ich glaub's net. Außerdem lässt sich's nachprüfen, ob er zu jener Zeit am Humpen gewesen ist.«

»Handschuhe hat er auch angehabt. Deswegen waren ja keine anderen Fingerabdrücke auf der Waffe als die meinen. Wenn die Handschuhe ein bisserl herabrutschten und die Ärmel vom Hemd empor, dann konnt' ich seine goldene Armbanduhr sehen.«

»So, golden war sie also? Und war sonst noch was Bemerkenswertes daran?«

»Ein schwarzes Zifferblatt hat sie gehabt, ein rechteckiges, und darauf waren drei kleine bunte Kreise – rot, grün und gelb.«

»Was sagst du da? Rot, grün und gelb?«

»Ja. Kennst du eine solche Uhr?«

»Ich hab' einmal eine solche gesehen« erklärte der Sebastian in gedehnter Sprechweise, als wäre er mit den Gedanken weit fort. »In dem grünen Kreis ist ein Kalender, im roten ein winziges Thermometer, und der gelbe Kreis zeigt das Wetter an. Solche Uhren sind sehr selten und teuer.«

»Na schön, der Mann trug eine solche. Er hat eben Geld. Ich sagte dir ja, dass auch sein Mantel aus dem besten Lodenstoff war, den es gibt. Auf dem einen Aufschlag hatte er übrigens noch ein Abzeichen oder eine Schmucknadel.«

»Was meinst du damit?«

»Nun, es waren zwei Zähne von einem Rehbock, in Gold gefasst, und darüber waren eine kleine goldene Eichel und ein Eichenblatt. Jäger tragen so etwas gern.«

»Hm. Kannst du noch den Tag nennen, an dem es geschah?«

»Freilich. Den werd' ich nie vergessen, und deine Christl wahrscheinlich auch net. Am 18. Oktober war's, früh um sechs Uhr. Es war gerade grau geworden, und der Nebel verdeckte die Sicht. Nur so konnte der Mann auf dem Weg von Tannenheim so dicht herankommen, daß ich ihn net sah.«

»Von Tannenheim ist er gekommen?«

»Ja, und er wollte nach Kreuzfeld. In dieser Richtung stand er nämlich, als ich ihn sah.«

»Er kann sich ja umgedreht haben.«

»Wenn er von Kreuzfeld gekommen wäre, hätte er mein Gewehr niemals liegen sehen können, denn es war von einer niedrigen Fichte völlig verdeckt. Nur wer von Tannenheim kam, konnte es vor der Fichte im Blaubeergestrüpp liegen sehen.«

»Wie groß war der Mann?«

»So groß wie du.«

»Und du sagst, er hat dich ins Bein geschossen?«

»Ja. Die Kugel steckt noch drinnen.«

»Wärest du bereit, sie im Krankenhaus herausholen zu lassen, sodass sie als Beweisstück dienen könnte?«

»Ja, auch das! Ich will alles tun, damit man in mir nicht mehr einen Mörder sieht.«

»Gut, Xaver, dann lass uns jetzt zu deinem Anwalt gehen und die Erklärung aufsetzen, die Christls Unschuld beweist! Es ist gerade fünf Uhr. Der Jurist dürfte noch zu sprechen sein.«

Der Scherenschleifer widerstrebte nicht, und gemeinsam machten sie sich auf den Weg zur Anwaltspraxis.

*

Mit der Ehrenerklärung für die Christl in der Tasche verließen Xaver und Sebastian das Büro des Anwalts. Der Scherenschleifer kehrte zurück in die Stube, die er bei einer alten Witwe gemietet hatte, während sich Sebastian auf den Weg nach Tannenheim machte.

Er grübelte heftig, während er seinen Wagen langsam über den schlechten Waldweg lenkte. Damals, als es geschah, das Unglück mit Christls Vater, war der Fabian vom Murner-Hof mit der Blecher-Anita befreundet gewesen, einem übel beleumdeten Mädchen, das Vollwaise war und in einem baufälligen Häusel ganz alleine lebte.

Vor dem Häusel der ›roten Anita‹ hielt Sebastian den Wagen an. Er stieg aus und klopfte.

Sehr bald wurde ihm aufgetan. Nur ein nackter Arm war zu sehen, der die Tür nach innen zog, und als er drinnen stand, wurde diese ganz schnell wieder geschlossen. Die Blecher-Anita pflegte ihre Kunden sehr leicht bekleidet zu empfangen.

Verführerisch lächelte sie Sebastian an, und ihr verlebtes Gesicht unter der dicken Schicht von Schminke verzog sich dabei zu einer Grimasse.

Schon zuckte er die gut gefüllte Brieftasche, auf die die ›rote Anita‹ einen begehrlichen Blick warf. Er holte einen Hunderter heraus und legte ihr den blauen Lappen in die Hand.

»Hier, der gehört dir, wenn du dich freundlichst einmal daran erinnern willst, was am 18. Oktober vor zwei Jahren hier im Wald los gewesen ist.«

»Wie kann ich das noch wissen?« gähnte sie. »Ich merk' mir doch so etwas net.«

»An diesem Tag wurde der Waldhüter Hubert Meininger von dem Scherenschleifer und Wilddieb, dem Merk-Xaver, erschossen.«

»Recht hast du! Das war am 18. Oktober. Ein grauer, nebliger Morgen war's. Ich hab' ordentlich gefroren, als ich meinen Besuch herausließ.«

»Weißt du noch, wer in der Nacht vom 17. zum 18. Oktober bei dir gewesen ist?«

»Freilich weiß ich's« kicherte sie und versetzte ihm einen kleinen Stoß mit der Faust. »Dein Bruder ist's gewesen. Der Fabian war bei mir. Damals war er ganz verrückt auf mich. Aber leider hat das net lang' vorgehalten.«

»War er betrunken, der Fabian?«

»O ja, der war so voll, dass er net mehr ganz gerade gehen konnte. Ich hab' noch lachen müssen, als ich ihm nachschaute und ihn in Schlangenlinien davonschwanken sah.«

»Gut, das war alles, Anita. Mehr hab' ich net von dir wissen wollen. Würdest du das notfalls auch schriftlich bestätigen oder vor einem Gericht wiederholen?«

»Jessas, du machst mir Angst! Willst du vielleicht dem Fabian an den Kragen?«

Er lachte nur und winkte ihr zum Abschied zu.

Dann verließ er das Häusel und stieg in seinen Wagen. Er sah zurückblickend gerade noch den nackten Arm, der die Tür schloss.

Als er allein war, wurde sein Gesicht sehr ernst. Das Lachen fiel davon ab wie eine Maske.

Die Uhr, die goldgefassten Zähne vom Rehbock, gekrönt von einer goldenen Eichel nebst Blatt, der Lodenmantel aus dem besten Stoff, die Lederhandschuhe, das Datum und die Uhrzeit sowie die Aussage der Anita über den Grad der Betrunkenheit, in der sein Pflegebruder davongetorkelt war – es konnte keinen Zweifel geben, dass es der Fabian gewesen war, der sich am 18. Oktober an der Unglücksstelle eingefunden und das Gewehr ergriffen hatte, um dem Waldhüter beizustehen. Aber er hatte nicht mehr richtig zielen können, weil der Alkohol seine Hand und sein Auge unsicher machte, und so hatte er den Meininger-Hubert getroffen statt des Wilderers.

Dem Letzteren sandte er dann noch die dritte Kugel nach. Es war diejenige, die jetzt in der Wade des Merk-Xaver steckte und herausoperiet werden sollte. Es würde sich zeigen, dass sie aus dem Lauf des beschlagnahmten Jagdgewehrs, der Tatwaffe, gekommen war. Im Labor der Polizei konnte man das feststellen.

Das alles bedeutete, dass der Merk-Xaver die Wahrheit gesprochen hatte. Nicht er hatte den Waldhüter getötet, sondern ein unbekannter dritter Mann, der zur Tatzeit anwesend gewesen war und sich dann eilig entfernt hatte.

Das bedeutete weiterhin, dass der Fabian kalt und ungerührt zugesehen hatte, wie man den Xaver einer Tat verdächtigte, die er selber begangen hatte. Er ließ den Makel auf dem Scherenschleifer sitzen und kümmerte sich nicht darum. Was tat's denn auch? Er war ja sowieso ein Außenseiter, ein Geachteter!

Und außerdem bedeutete es, dass er genau gewusst hatte, welches Unrecht die Leute von Sterzach und Umgebung der Meininger-Wanda und ihrer Tochter Christl zufügten, als sie sie wie den Abschaum der Menschheit behandelten.

Ekel stieg in dem Sebastian hoch. Er hatte niemals viel vom Charakter seines Pflegebruders gehalten. Eiskalt und berechnend, falsch und verlogen hatte er ihn der Christl gegenüber genannt. Das alles traf zu und noch viel mehr. Er war rücksichtslos, egoistisch und grausam. Und Sebastian war vom Schicksal dazu ausersehen worden, ihm jetzt die Maske vom Gesicht zu reißen.

Nach dem Abendessen langte Sebastian zum zweitenmal am heutigen Tage auf dem Murner-Hof an. Seine Mutter machte große Augen, als sie ihn sah, und sie erkannte sofort, dass ihm erschütternde Dinge bekannt geworden waren, denn sein Gesicht wirkte zutiefst aufgewühlt.

»Willst du gleich mit mir sprechen, Bub?« bot sie ihm an. »Dann lass uns in die Wohnstube gehen.«

»Der Fabian muss dabei sein!« verlangte er. »Es ist wichtig.«

»Er ist net im Haus. Er ist noch einmal fortgegangen.«

»Wohin?«

»Jessas, wohin wohl? Er hat eine kleine Freundin irgendwo im Dorf.«

»Dann muss ich es dir erzählen, Mutterl, was ich erfahren habe!«

Er begann zu reden und brauchte lange dazu, bis er alles berichtet hatte. Seine Mutter unterbrach ihn nicht ein einziges Mal. Sie hörte mit ungeteilter Aufmerksamkeit zu.

Was sie beide nicht bemerkten, das war die Tatsache, dass ein ganz leises Knacken im nebenangelegenen ehemaligen Arbeitszimmer des Bauern die Anwesenheit eines Menschen verriet.

Der Fabian war's, der vor der Zeit nach Hause gekommen war, und nach der Art der Menschen, die immer ein schlechtes Gewissen haben, dort an der Tür lauschte. Durchs Schlüsselloch konnte er die Pflegemutter und den Pflegebruder sitzen sehen, und wenn er das Ohr ans Holz legte, verstand er alles, was gesprochen wurde.

»Was sind das für bedeutungsvolle Nachrichten!« rief die Bäuerin aus, als ihr Sohn geendet hatte. »Nun ist net nur die Christl, deine Braut, rehabilitiert und von jedem Verdacht gereinigt, auch der Merk-Xaver darf aufatmen. Die Sache wird natürlich noch ein gerichtliches Nachspiel haben. Ich glaub' doch net, dass man Fabian eine schwere Strafe zumessen wird. Es gibt ja mildernde Umstände. Dennoch bleibt es eine scheußliche Sache. Unter diesen Umständen ist's geradezu ein Segen, dass er jetzt aus dem Haus kommt. Er muss ja gehen, weil die Christl Einzug hält. Nach allem, was er ihr angetan hat . . .«

Dasselbe dachte auch der Fabian im Nebenzimmer.

Warum nicht gleich gehen und dabei noch mitnehmen, was man ergattern kann? überlegte er und sah sich rasch und prüfend um.

Im Arbeitszimmer stand ein Geldschrank, ein veraltetes Modell, das schon dem verstorbenen Murner-Bauern gedient hatte. Meistens trug die Bäuerin den Schlüssel mit sich herum am Schürzenbund, aber heute steckte er im Schloss. Es war eine Kleinigkeit, den Schrank geräuschlos zu öffnen.

Der Fabian raffte an sich, was er an Banknoten fand. Es mochten ein paar Tausend Mark sein. Außerdem stand da noch die Schmuckkassette der Bäuerin. Er wusste, dass sie wertvollen Schmuck besaß. So ließ er gleich die ganze Kassette mitgehen.

Er schlich auf den Zehenspitzen aus dem Zimmer hinauf in seine Kammer. Dort packte er in Windeseile seine Koffer. Dann trug er sie auf den Balkon und warf sie in den Obstgarten hinunter.

Jetzt fuhr er weg für immer. Kreuzfeld und Sterzach, den Humpen und die Wälder ließ er zurück. Sie hatten ihm nichts zu bieten. Die österreichische Grenze war nahe. Seine Papiere hatte er bei sich. War er erst einmal im fremden Land, dann fand er schnell weiter über die nächste Grenze in die absolute Sicherheit. Startkapital hatte er jetzt. Er konnte ein neues Leben anfangen . . .

Eine Stunde später wusste man auf dem Murner-Hof, was geschehen war.

Die Bäuerin fand den ausgeleerten Geldschrank und sah, dass die Kassette verschwunden war. Sie stieg die Treppe hinauf und nahm Fabians Zimmer in Augenschein.

»Er ist fort« sagte die Murner-Steffi traurig.« Wahrscheinlich ist er zurückgekommen und hat uns belauscht. Dann hat er es vorgezogen, zu verschwinden.«

Sebastian legte seiner Mutter bittend die Hand auf den Arm.

Wir wollen nicht traurig sein und uns darüber grämen, was er mitgenommen hat« sagte er. »Diesen Verlust werden wir verschmerzen. Was er uns an ideellen Werten raubte, ist viel wichtiger und trauriger. Glaube, Vertrauen und Zuneigung sind dahin. Wir müssen versuchen, ihn zu vergessen. Er verdient nix anderes.«

»Du hast Recht« pflichtete seine Mutter ihm bei. »Und die Aufklärung des Falles Meininger kann auch' ohne ihn stattfinden, ebenso die Ehrenrettung der Christl. Das erledigt am besten der Anwalt für uns. Ach, Bastl, wie froh bin ich, dass deinem Glück mit deiner geliebten Christl nun nix mehr im Wege steht!«

»Lass uns morgen gemeinsam nach Kempten fahren, Mutterl!« bat er. »Ich möchte, dass du der

Christl alle Ängste nimmst, indem du sie in deine Arme schließt.«

Stefanie Murner versprach es ihrem Sohn.

Nach einer Nacht, die er auf dem Hof der Väter verbrachte, stieg der Sebastian am nächsten Morgen wieder in den Wagen, um nach Kempten zu fahren. Die Mutter fuhr an seiner Seite mit.

Doch dieses Wiedersehen brachte noch eine weitere Überraschung. Sie fanden den pensionierten Lehrer und Frau Wanda Neininger in weinseliger Stimmung. Am heutigen Vormittag hatte Johannes Schmagl der Witwe seines Schulfreundes einen Antrag gemacht, und dieser Antrag war angenommen worden.

»Ich mag dich gern, Hans« antwortete ihm Frau Wanda auf seine Werbung. »Und wenn die Christl nun nach Kreuzfeld auf den Murner-Hof zieht und dein Neffe dich verlässt, sind wir zwei ganz allein. Warum sollten wir uns net gegenseitig trösten?«

Der Meinung war er auch. Er hatte die Meininger-Wanda in die Arme geschlossen und ihr einen herzhaften Kuss gegeben, und nun waren sie ein verlobtes Paar und ließen sich von Steffi Murner und dem Sebastian gratulieren. Die Christl hatte das schon als Erste getan.

»Na, und wie steht's mit den jungen Leuten?« wollte Johannes Schmagl dann wissen und sah sowohl Sebastian als seine Schwester fragend an.

Der Sebastian war schon zu der Christl getreten und hatte sie beruhigend in die Arme genommen, denn er sah ihren ängstlich fragenden Blick.

»Ende gut, alles gut, Oheim!« antwortete er strahlend. »Wir sind gekommen, um die Braut heimzuholen auf den Murner-Hof!« Und danach verschlossen seine Lippen der Christl den fragenden Mund mit der süßesten Antwort der Welt.

ENDE

Hanna Staller

Sie wollte nur ein warmes Nest

Heimatroman um Schuld und Sühne

»He, Burgl, wach auf! Zeit ist es zum Frühstück!«

Die Magd Rosi rief es mit lauter Stimme und klopfte energisch an die Kammertür der Tochter des Stanzinger-Bauern.

Die Walburga erwachte und wusste im ersten Augenblick nicht, wo sie sich befand. Das war doch nicht das Zimmer, in welchem sie bisher gewohnt hatte?

Sie rieb sich die Augen und horchte auf die Geräusche im Hause. Wo blieb der schlurfende Schritt der Frau Praxmayer, ihrer Zimmervermieterin? Ganz still war es ringsum, und nicht einmal der entfernte, brausende Straßenlärm drang gedämpft durch die geschlossenen Fensterläden.

Richtig, sie war ja gar nicht mehr in Landshut! Gestern hatte sie die Stadt verlassen, in der sie ihre berufliche Ausbildung beendet hatte. Sie war wieder daheim. Aber was war das für ein Zuhause, wo alles umgekrempelt worden war, kein vertrautes Möbelstück sie mehr begrüßte! Würde sie hier jemals heimisch werden können?

Nein, sie fühlte es, dass sie hier nie Wurzeln schlagen konnte in diesem Haus, das jetzt so kalt und unpersönlich wirkte und den Stempel trug, den ihm die Bäuerin, die zweite Frau ihres Vaters, aufgedrückt hatte.

Walburgas Blicke wanderten in der Kammer umher, die man ihr angewiesen hatte. Die Einrichtung war nicht geschmacklos, aber modern und unpersönlich und passte gar nicht zum Stil des alten Bauernhauses.

Das Fremdenzimmer ist es, dachte sie bitter. Wohin mögen die Möbel aus meiner ehemaligen Schlafkammer gekommen sein? Sie erinnerte sich daran, welch übergroße Freude sie empfunden hatte, als ihre Mutter, die jetzt auf dem Friedhof neben der kleinen Dorfkirche lag, sie mit der neuen Einrichtung ihrer Kammer, die sie liebevoll ausgesucht hatte, zu ihrem vierzehnten Geburtstag überraschte.

Die Burgl streckte sich und hob die schlanken Arme über den Kopf. Die blonden Locken lagen wirr um das vom Schlaf gerötete Gesicht. Im Blick der blauen Augen lag eine sanfte Traurigkeit, die ihr hübsches Gesicht überschattete. Ein Menschenkenner vermochte aus ihren Zügen sofort zu lesen, dass sie nicht glücklich war.

Und warum war sie nicht glücklich, die einzige Tochter des reichen Stanzinger-Bauern in Oberhahn?

Walburga senkte die gestreckten Arme und kuschelte sich unter der warmen Decke noch einmal zusammen. Noch ein klein bissel allein sein! wünschte sie sich. Ich hab' eh Angst vor diesem ersten Tag daheim!

Wieder huschte ein bitteres Lächeln um ihren Mund. Daheim! Sechs Jahre lang war die Burgl nicht daheim gewesen. Als sie sechzehn war, hatte sie die Mutter verloren, und sehr bald nach deren Tode war sie in die Töpferlehre gegangen.

»So ist es halt, wenn ein heranwachsendes Madel keine Mutter mehr hat. Ein Vater kann kein Ersatz sein« hatte die etwas burschikose Gundel Weißner in Landshut gesagt, wenn einmal die Rede auf Walburgas häusliche Verhältnisse gekommen war und das junge Madel sich bitter darüber beklagte, dass ihr Vater sie nie besuchte und ihr auch selten schrieb. Die Weißner-Gundel war Keramikerin, und bei ihr war die Burgl in die Lehre gegangen, nachdem sie die Schule verlassen hatte. Anschließend hatte sie noch zwei Jahre lang die Fachschule für Keramik besucht, um auch die letzten Feinheiten, die ihr die Gundel nicht beibringen konnte, zu erlernen.

»Ich weiß, dass ein Vater dem Kind net die Mutter

ersetzen kann« hatte die Burl denn immer geantwortet. »Aber ich find es net richtig, dass mein Vater es gar net erst versucht hat. Kein bissel bemüht hat er sich.«

»Das steht auf einem anderen Blatt« hatte die Gundel geantwortet.

Walburga wusste sehr gut, auf welchem Blatt das stand: Auf dem der Lieblosigkeit und Gleichgültigkeit. Ihr Vater hatte sich nie für sie interessiert, für sie nicht und für ihre Mutter nicht, die er ohne Liebe geheiratet hatte. Seine Eltern hatten ihm die Frau ausgesucht.

So weit die Burgl zurückdenken konnte, war ihr Vater selten daheim gewesen. Er hatte viel Arbeit auf den Feldern und im Stall, und abends saß er meist im Gasthaus »Zum goldenen Hahn« mit seinen Freunden zusammen und kartete.

Überhaupt kümmerte er sich wenig um Frau und Kind, und die Mutter zog sich deshalb oft in das von ihrem Vater ererbte Häusl im Wald zurück. »Meine Einsiedelei« nannte sie es oder »Meine Waldklause«.

Burgls Großvater hatte dieses Häusl erbaut. Der war ein bekannter Landschaftsmaler gewesen und hatte in der Ehe mit seiner Kunst liebenden Frau die ideale Gemeinschaft und Erfüllung gefunden. Walburgas Mutter, die Stanzinger-Loni, war ein Kind der Liebe gewesen. Gehegt und gepflegt und sorgfältig erzogen war sie aufgewachsen, und ihre Eltern hatten ihr den Sinn für alles Schöne mitgegeben.

Leider gaben sie ihr auch viel Geld mit, denn Lonis Vater erhielt beträchtliche Honorare für seine Bilder. Die Eltern starben ziemlich früh, und die Loni war eine reiche Erbin. Der Stanzinger-Clemens aber, der gerade den Hof von seinem Vater übernommen, hatte schon als junger Mann über seine Verhältnisse gelebt und brauchte ein reiches Madel, um den Hof zu sanieren und wieder rentabel zu machen.

So war die Ehe zwischen Clemens Stanzinger und seiner zarten Frau, der Loni, zu Stande gekommen. Sie war unglücklich gewesen von Anfang an.

Armes Mutterl! dachte die Burgl und drückte ihre Lippen in das Kissen, als wäre es die Wange der Mutter, die doch nun schon so lange von ihr gegangen war. Deine Seele hat gefroren und gehungert. Der Vater kannte nur Zahlen und oberflächlichen Lebensgenuss. Ihr habt euch nie verstanden.

Nun gehörte der Walburga die »Waldklause«, aber sie hatte sie sechs Jahre lang nicht gesehen. Immer hatte sie in den Ferien nach Hause kommen wollen, aber immer war etwas dazwischengekommen.

Die ersten Jahre nach dem Tode seiner Frau war der Stanzinger-Bauer, so weit es seine Arbeit auf dem Hof erlaubte, viel herumgereist und hatte seine Tochter daheim nicht gebrauchen können. Später war es seine zweite Frau gewesen, die seine Zeit in Anspruch nahm, und der Umbau und die Neueinrichtung des Wohnhauses auf dem Stanzinger-Hof.

Ein einziges Mal hatte der Vater Interesse an ihr und ihrem Leben gezeigt, und das war nach ihrer Schulentlassung.

»Wir müssen über deine Zukunft reden, Burgl« hatte er gesagt, als sie in der Wohnstube zusammensaßen. »Wie stellst du dir dein künftiges Leben vor?«

»Ich möcht' einen Beruf erlernen, war die Antwort des sechzehnjährigen Madels gewesen.

»Ja, mei, willst du Geld verdienen?«

»Nein, das ist mir net so wichtig. Als Erbin vom Stanzinger-Hof hab' ich das wohl net so nötig, denk' ich, Vater. Aber ich möcht' eine Aufgabe haben, eine Arbeit, die mich ausfüllt.«

»Die könntest du auch hier im Haus haben. Genug

Arbeit gibt es hier in dem frauenlosen Haushalt«, hatte der Vater gemurrt, der gehofft hatte, seine Tochter würde das Hauswesen führen und das Gesinde beaufsichtigen. Doch dann ging ihm auf, dass es besser für ihn war, die Burgl aus dem Haus zu haben, die doch eine gewisse Kontrolle bedeutete und sein jetziges und ungebundenes Leben sicher beeinträchtigt hätte.

»Hast du denn schon bestimmte Pläne, Madel?« fragte er darum entgegenkommend.

»Ich möcht' was formen und gestalten, hatte sie geantwortet und ihn gespannt angesehen. Wie würde er reagieren? »Schöne und nützliche Dinge möcht' ich machen.«

»Aha, das mütterliche Erbe schlägt durch« hatte er ein wenig spöttisch gelächelt. »Nun gut, mir soll es recht sein! Dagegen hab' ich nix.«

»Töpferin will ich werden«, war sie fortgefahren. »Hierzulande nennt man sie Hafner, die Töpfer. Das alte Handwerk würd' mir Spaß machen. Drei Jahre Lehrzeit in einer Werkstatt sind Voraussetzung, und einige Jahre auf der Fachschule in Landshut können auch net schaden. Und danach möcht' ich eine eigene Werkstatt haben.«

»Also gut« nickte der Vater, »dann wär' es am besten, du machst die Lehre auch in Landshut. Du kannst dann deine Ausbildung dort gleich fortsetzen. Ich werd' mich um eine Lehrstelle für dich bemühen.«

Er hatte auch eine gefunden. Die Weißner-Gundel war bereit gewesen, die Bauerntochter mit der Mittleren Reife zu nehmen.

Dann war der Abschied vom Stanzinger-Hof gekommen. Wenige Wochen später war sie in das Zimmer bei der Frau Praxmayer übergesiedelt und von da an nur jeweils für wenige Tage zu den hohen Feiertagen heimgekommen. Ihren Urlaub, den sie bekam, verbrachte sie meist mit ihrer Lehrherrin, der Weißner-Gundel, und später mit Freundinnen von der Fachschule. Doch die Sehnsucht, den Stanzinger-Hof wiederzusehen, die »Waldklause« und ihre Kammer, an der sie so sehr hing, und die Landschaft um das kleine Dorf Oberhahn, die so vertraut war, diese Sehnsucht wollte nicht schwinden.

Seit zwei Jahren hatte die Burgl nun eine Stiefmutter, und diese hatte sich nicht um das Kind aus der ersten Ehe ihres Mannes gekümmert. Es war ihr genauso gleichgültig wie dem Vater. Nur bei der Hochzeit hatte Walburga Luzie Hösselmayer kurz gesehen, die zweite Frau ihres Vaters, und sie herzlich unsympathisch gefunden.

»Das ist net richtig!« hatte Gundel Weißner gesagt, bei der die Burgl in Landshut drei wunderbare Jahre verlebte. »Sie hätt' dich einmal besuchen müssen hier in Landshut, wenn dein Vater dich schon net zu Hause haben wollt‹. Sie musste dich doch kennen lernen.«

Die ganze Zeit über, die die Burgl in der Fachschule verbracht hatte, war der Kontakt zu der Weißner-Gundel nie abgerissen. Diese gutmütige Frau war so etwas wie eine Mutter für das junge Madl geworden.

So war sie denn auch am Bahnhof gewesen, als die Burgl gestern heimfuhr.

»Kannst du verstehen, Gundel, dass ich mich vor der Rückkehr auf den Stanzinger-Hof ein bissel fürchte?« hatte die Burgl zum Abschied gesagt.

Und die Gundel, dieses bayerische Original mit Haarknoten und Haferlschuhen, hatte die Nase kraus gezogen und gesagt: ». . . Freilich, Madel, ich versteh' schon. Ein allzu gutes Gefühl hätt' ich auch net an deiner Stell'. Aber lass dich net unterkriegen! Schaff' dir ein dickes Fell an! Schließlich bist du mündig und finanziell unabhängig!«

Das waren die Trostworte, die die Gundel ihr auf den Weg mitgegeben hatte, und Walburga hielt sie sich jetzt wieder vor, während sie im Bett lag und sich vor dem ersten Tag in der Heimat fürchtete.

Irgendwo schlug eine Uhr. Ja, richtig, die Uhr am Zwiebelturm der kleinen Dorfkirche war es. Jessas, schon zehn Uhr! Das junge Madel richtete sich im Bett auf. Wieder ging ihr Blick im Raum umher.

Ins Fremdenzimmer abgeschoben! dachte sie wieder. Und gestern Abend diese Heimkehr, die mich so enttäuscht hat!

Niemand war an der Bahnstation gewesen, außer dem Knecht Pankraz. Als sie auf dem Hof ankamen, ging es hoch her in der Wohnstube. Ihr Vater und ihre Stiefmutter hatten Besuch. Lautes Lachen und Stimmengewirr klangen auf den Hof hinaus.

»Der Bauer und die Bäuerin haben Besuch« hatte der Pankraz gebrummt und sich mit ihren Koffern beladen, nachdem sie aus dem Wagen gestiegen waren. »Der Fendl-Anselm ist es mit seiner Frau. Sehr oft feiern die zusammen.«

Früher zu Mutters Zeiten hat es das net gegeben, hatte die Burgl gedacht. Still hatte die Mutter für sich gelebt, und der Vater war meistens außer Haus gewesen.

Im Hausflur stand die Altmagd, die Kathi. Sie war das Einzige, was Walburga noch an ihre Kindheit und Jugend erinnerte. Das Haus war völlig verändert, umgebaut und modernisiert und mit modernen Möbeln ausgestattet.

»Willkommen daheim, Burgl!« sagte die Alte mit bebender Stimme und wischte sich die Augen. »Du wirst müd' sein, Madl, und dich in deiner Kammer ausruhen wollen. Da hinein würd' ich net gehen, sie erwarten dich net!«

Walburga nickte. Einerseits war es ihr recht, das zu hören, denn nichts wäre schrecklicher gewesen, als jetzt in die Wohnstube einzutreten, wo die vier Menschen tranken, lärmten und lachten, und dort ihrer Stiefmutter gegenüberstehen zu müssen, die sie ja kaum kannte.

Aber andererseits – wie viel Bitterkeit enthielt es doch! Niemand erwartete sie; ihre Heimkehr blieb ganz unbeachtet. Niemand kam, um sie zu begrüßen und herzlich willkommen zu heißen.

Auch gut! hatte sie gedacht und sich einen Ruck gegeben. So kann ich in Ruhe Wiedersehen feiern mit meiner vertrauten Kammer. Die werden sie ja wohl net umgekrempelt haben.

Aber wie enttäuscht war sie gewesen, als die Kathi sie in das so unpersönlich gestaltete Fremdenzimmer führte. Ein Blumenstrauß stand zwar auf dem Tisch, und die Kathi sagte: »Ich hab' ihn für dich im Garten gepflückt, Burgl!«

»Ich dank dir, Kathi!« hatte die Walburga mit gepresster Stimme gesagt und gedacht: Blumen von dem Gesinde sind das Willkommen, wenn die Hoferbin heimkehrt!

Müde und traurig war sie bald ins Bett gesunken und hatte das Essen, das ihr die Kathi auf einem Tablett hinaufbrachte, kaum angerührt.

Von der Kathi erfuhr sie dann auch, was mit ihrer ehemaligen Kammer geschehen war. Sie war hergerichtet worden für die Fanny, Luzie Lösselmayers Tochter aus erster Ehe. Sie wurde bald erwartet, denn sie sollte auch heimkehren aus der Haushaltsschule, die sie besucht hatte, und der ein Internat angegliedert war.

Das war eine neue Kränkung für die Burgl. Ihre Kammer, an der sie so sehr hing, wurde ihr weggenommen, ohne dass man sie fragte, und ihrer Stiefschwester gegeben, die sie noch nicht einmal kannte.

Nur Enttäuschungen hatte ihr die Heimkehr also gebracht. Tränen hatten sich dem jungen Madel in die Augen gedrängt, als sie allein im Dunkeln in der fremden Kammer lag und den fernen Lärm aus der Wohnstube hörte. Aber sie hatte an Gundels Worte gedacht: Kopf hoch! Net unterkriegen lassen!

Walburga hatte sich jetzt auf die Ellbogen gestützt und zum Fenster geschaut, wo sich vor dem blauen Sommerhimmel die geliebten Berge abzeichneten.

Doch diese vertraute Landschaft, die die Luzie nicht hatte ummodeln können, vermochte sie nicht zu trösten.

Gab es denn keinen Menschen, der sich auf sie freute? War denn ringsumher nichts als Fremde und Gleichgültigkeit? Schließlich war sie ja in dem kleinen Dorf Oberhahn am Hahnensee aufgewachsen und hatte fünfzehn Jahre dort gelebt. Da musste es doch Freundschaften geben, die noch bestanden.

Ein kleines Lächeln erschien auf Burgls Gesicht. Sie dachte an Bärbel Hofer, die Lehrerstochter, deren Vater die Dorfschule leitete. Gemeinsam hatten die beiden Madeln das erste »i« auf die Tafel gemalt und später die ersten englischen Vokabeln gelernt. Sie hatten Puppenkleider zusammen genäht und beide für den gleichen Filmstar geschwärmt.

Gewiss würde sich die Bärbel freuen, wenn Walburga wieder im Lande war. Ob wohl die alte Vertrautheit sich gleich wieder einstellen würde? Recht bald wollte sie einen Besuch im Lehrerhaus machen.

Und sonst? Gab es sonst niemanden? Doch, der Mathias würde sich auch über ihre Rückkehr freuen. Mit ihm hatte sie sich immer sehr gut verstanden.

Die Burgl sank in die Kissen zurück und begann zu träumen. Mathias Schörgen war der einzige Sohn und Erbe vom Schörgenhof in Oberhahn. Ein großer und schöner Hof war es, wenngleich er sich auch nicht mit dem Stanzinger-Hof messen konnte.

Der Mathias war zwei Jahre älter als die Walburga. Wenn ihr Puppenwagen kaputt gewesen war, hatte er ihn repariert, und in sein Baumhaus, das er sich im Obstgarten vom Schörgen-Hof gebaut hatte, durfte sie an einer Strickleiter hinauf steigen. Dort hatte er dem dreizehnjährigen Madel Abenteuerbücher angeboten, und wiederum ein Jahr später hatte sie die Briefchen an die Madeln, für die er gerade schwärmte, mit zur Schule genommen und ihnen zugesteckt.

Was mochte wohl aus dem Mathias, dem guten Kameraden, geworden sein? Einmal, als sie zu Weihnachten daheim war, hatte sie den Vater schüchtern danach gefragt, und er hatte geantwortet: »Der Mathias besucht grad die landwirtschaftliche Fachschule drunten in der Kreisstadt. Er soll ja später den Hof übernehmen, und heuzutag' genügt es nimmer, nur Bauer zu sein. Dazu braucht man mehr Wissen.«

Die Burgl zählte an den Fingern ab, wie lange sie den Mathias nicht gesehen hatte. »Jessas, das ist ja auch schon fünf Jahre her!« flüsterte sie vor sich hin. »Ein gestandenes Mannsbild ist der Mathias schon, und bestimmt hat er eine Frau. Er wird mich am End' gar net mehr erkennen, wenn ich einen Besuch auf dem Schörgen-Hof mach'!«

Ein klein wenig schneller hatte ihr Herz zu klopfen begonnen. Der Schörgen-Mathias war das einzige männliche Wesen, mit dem die Burgl je näher befreundet gewesen war. »Du passt großartig zu mir, Burgl!« hatte er einmal gesagt. »Pass auf, wir werden noch mal Mann und Frau!«

Natürlich war das eine Kinderei gewesen, aber in ihrer seelischen Einsamkeit hatte die Walburga manchmal daran gedacht, wie es wohl sein würde, wenn sie dem Mathias jetzt gegenüberstehen würde?

Aber nun musste sie endgültig aufstehen. Wieder war eine halbe Stunde vergangen, seit die Rosi sie geweckt hatte. Sie hatte sich doch für heute so viel vorgenommen.

Die Burgl zog eine kleine Grimasse und sprang aus den Federn.

*

In einem bunten Dirndlrock mit weißer Bluse stand die Walburga wenig später drunten im Hausflur. Suchend sah sie sich um. Sie kannte sich ja in dem völlig veränderten Elternhaus nicht mehr aus. Wo war für sie, die heute so viel später als die übrigen Hausbewohner aufgestanden war, wohl der Frühstückstisch gedeckt? Der Vater und die Stiefmutter waren gewiss schon bei der Arbeit.

Schließlich wandte sich die Walburga zur Küche, wo sie die alte Kathi zu finden hoffte. Sie öffnete die Tür und trat in den großer Raum, der ihr früher so vertraut gewesen war, jetzt allerdings ganz modern eingerichtet war. Viel Chrom und Kunststoff glänzte dort, wo früher die alte, von vorigen Generationen übernommene Einrichtung der Bauernküche gestanden hatte.

Tatsächlich stand die alte Kathi am Herd und bereitete das Mittagessen vor.

»Grüß Gott, Kathi« sagte die Burgl munter, »Wie ist es, gibt's für mich heut' morgen noch ein Frühstück? Ich weiß, ich bin spät dran. Der Vater, die Stiefmutter und das Gesinde haben gewiss schon längst gegessen.«

»Ja mei, da irrst du dich aber, Madel«, brummte die Alte. »So geht es bei uns schon lang' net mehr zu.«

»Was meinst du denn, Kathi?« wunderte sich Walburga.

»Hier auf dem Stanzinger-Hof ist man von der alten Sitte abgekommen, dass die Bauersleut' und das Gesinde die Mahlzeiten gemeinsam einnehmen« erklärte die Kathi seufzend. »Die neue Bäuerin hat das eingeführt. Hier an dem großen Tisch in der Küche sitzen der Pankraz und der Xaver, die Rosi und die Liesi, der kleine Loisl und ich. Und der Bauer und die Bäuerin bekommen ihr Essen drüben in der Wohnstube.

»Das versteh' ich net!« Fassungslos schüttelte Walburga den Kopf.« Der Vater hat doch früher so auf die alten Sitten und Gebräuche gesehen!«

»Du wirst schon noch merken, Mädel, dass die Luzie net nur das ganze Haus, sondern auch den Bauern umgekrempelt hat« sagte die Alte bedeutungsvoll. »Jedenfalls brauchst du dich gar' net zu eilen mit dem Frühstück. Die Bäuerin ist noch gar net aufgestanden und der Bauer sitzt in der Wohnstube noch am Tisch und liest die Zeitung.«

»Jessas, was sind das denn für Zuständ'!« rief das junge Madel verblüfft aus. »Viel Arbeit gibt es doch auf dem Hof, und jeder muss mit anpacken. Wie kommt es dann, dass meine Stiefmutter noch im Bett liegt um diese Zeit? Und der Vater – früher hat er um diese Vormittagsstund' schon viel erledigt gehabt und war bös, wenn ich morgens getrödelt hab' und net aus den Federn wollt'. Ja mei ich find' mich überhaupt net mehr zurecht!«

»Recht hast, Burgl« nickte die Magd. »Aber das darfst du net laut sagen, verstehst du? Fuchsig wird sie dann, die Luzie! Sie hat Schmerzen, arge Schmerzen im Kopf, sagt sie immer, wenn sie im Bett bleiben will. Von Zeit zu Zeit bekommt sie die. Von einem Sturz von der Leiter sollen sie herrühren, so hat der Bauer uns erzählt.«

»Und? Stimmt es etwa net?« fragte die Burgl neugierig.

»Ja, mei, dieses Kopfweh kenn' ich« nickte die Kathi vielsagend. »Das kommt halt immer, wenn es der Bäuerin passt oder wenn sie zu viel getrunken hat. Aber ich hab' nix gesagt, Madel. Ich will mir das Maul net verbrennen. Mein Platz auf dem Hof ist mir zu lieb. So, und nun geh hinüber zu deinem Vater in die Wohnstube, Burgl, und iss erst einmal was!«

Gehorsam ging die Walburga und trat in den Raum, wo gestern Abend noch so lärmend gefeiert worden war.

Helles Sonnenlicht flutete ihr entgegen, als sie die Tür öffnete. Vor den großen, modernen Fenstern, denen die alten mit den kleinen Scheiben hatten Platz machen müssen, standen verschwenderisch grüne Blattpflanzen. Davor stand ein moderner Esstisch mit sechs Stühlen.

An diesem Tisch, der noch für das Frühstück gedeckt war saß der Bauer. Er schaute ärgerlich von dem Kreisblatt, das er in den Händen hielt, auf. Er war noch nicht so recht munter und hatte einen argen Brummschädel von der Feierei gestern Nacht. Da wollte er in Ruhe gelassen werden.

»Grüß Gott, Vater« sagte die Burgl und trat an den Tisch.« Einen Guten Morgen wünsch' ich dir.«

»Jessas, die Walburga!« rief er überrascht aus. »Ja, richtig, du bist ja gestern heimgekommen!« Er musste sich erst daran erinnern, dass seine einzige Tochter wieder daheim war.

»Ja, Vater, gestern Abend.« Sie stand neben seinem Stuhl, und er sah zu ihr auf.

Flüchtig lächelte jetzt der Stanzinger-Clemens und sagte: »Willkommen daheim. Madel! Ich hoff', es war alles hergerichtet für dich.«

»Freilich, Vater« antwortete die Burgl nur.

»Dann setz dich und iss was!«

Sie setzte sich ihm gegenüber. Der Vater schaute wieder in die Zeitung.

Kühler hätt' er eine Fremde net begrüßen können! dachte die Burgl bitter und machte sich lustlos daran, eine Scheibe duftendes Bauernbrot mit Butter zu bestreichen.

»Die Luzie – äh, deine Mutter – hast du noch net gesehen, net wahr?« Auch ihm wollte das Wort Mutter nicht so recht über die Lippen.

»Nein, Vater. Als ich gestern Abend ankam, hattet ihr Besuch, und da wollt' ich net stören. Ich hab' gedacht, ich würd' die Mutter heut' Morgen sehen.«

»Ja mei, es geht ihr net gut« entschuldigte der Bauer seine Frau. »Weißt, sie hat halt wieder so arge Schmerzen im Kopf. Von Zeit zu Zeit bekommt sie die. Sie rühren von einem Sturz von der Leiter her.«

»Da tut mir aber Leid« sagte Walburga teilnahmsvoll und sah ihren Vater von der Seite an. Stimmte es, was der Vater da sagte, oder hatte die alte Kathi Recht mit ihrem Verdacht?

Der Stanzinger-Clemens schaute jetzt auf die alte Standuhr in der Ecke, die Gott sei Dank an ihrem Platz geblieben war. »Nun, ich werd' jetzt mit dir hinaufgehen und nachschauen, wie es ihr geht. Ihr müsst euch ja erst einmal begrüßen, ihr kennt euch ja so gut wie gar nicht. Dann aber muss ich mich eilen. Höchste Zeit ist es für mich. Ich muss mit dem Viehhändler drunten in der Stadt verhandeln. Komm also, Madel!«

Er erhob sich und ging voran. Gehorsam stand auch die Burgl auf und folgte ihm. Ein unangenehmer Druck saß ihr in der Kehle, denn sie fürchtete sich ein bissel vor dieser Begegnung mit der Stiefmutter.

Sie traten in den Hausflur und stiegen die Treppe empor. Der Bauer ging im oberen Stockwerk nach rechts, wo die eheliche Schlafkammer lag. Trotz aller

Bemühungen seiner zweiten Frau, ihn dazu zu bewegen, getrennte Schlafzimmer einzurichten, war er hart geblieben. Von dieser Sitte wollte er denn doch nicht lassen.

Wenn das wahr ist, was die Kathi mir erzählt hat, dachte die Walburga, während sie hinter dem Vater den Flur entlangging, dann muss ja hier im Haus manches im Argen liegen, denn es ist ja niemand da, der den Mägden auf die Finger sieht!

Als hätte der Bauer die Gedanken seiner Tochter erraten, versuchte er jetzt noch einmal, das ungewöhnliche Verhalten der Stanzinger-Luzie zu erklären:

»Ich glaub', du wunderst dich ein bissel, dass die Luzie – äh, deine Mutter – wegen ihrer Kopfschmerzen noch so lang' in den Federn liegt. Aber du kannst halt net wissen, Madel, was es heißt, so arge Schmerzen zu haben. Ja mei, und dann wird's bei uns abends meist spät, bis wir ins Bett kommen. Wir haben oft Besuch, weißt du, meine Freunde sind es, die gern auf ein Glaserl zu uns kommen.«

Stumm nickte die Burgl. Sie dachte an frühere Zeiten. Auch da war der Vater oft mit seinen Kumpanen zusammen gewesen. Doch hatten sie zusammen bis weit in die Nacht hinein im Gasthaus gesessen und getrunken und gekartet. Nie waren seine Freunde ins Haus gekommen. Und trotz der langen Abende im »Goldenen Hahn« war der Stanzinger-Bauer jeden Morgen pünktlich aus den Federn gekrochen und war mit den Knechten aufs Feld gegangen.

Ja, es hatte sich wahrhaftig viel verändert auf dem Stanzinger-Hof! Wie mochte die Frau wohl sein, die das alles bewirkt hatte?

»Wie steht es denn eigentlich mit dem Hof?« wagte die Burgl dann eine Frage. »Kommt genug Geld herein?«

Kurz vor der Tür zur Schlafkammer fuhr der Stanzinger-Clemens erstaunt herum und betrachtete seine Tochter verblüfft: »Seit wann interessierst du dich denn dafür?«

»Oh, ich mein' nur so!« konnte sich Walburga nicht enthalten zu sagen. »Ich wundere mich nur, dass du so viel Zeit zum Feiern hast. Früher hast du nie Zeit für Mutter und mich gehabt. Du hattest immer viel zu tun.«

Der Blick des Bauern verfinsterte sich.

»Ich will net hoffen, dass du mich kritisieren willst!« grollte er.

Die Walburga konnte nicht ahnen, dass sie an eine wunde Stelle gerührt hatte. Der Stanzinger-Clemens wusste sehr genau, dass er sich solch ein ausschweifendes Leben eigentlich nicht leisten konnte. Er vernachlässigte seine Arbeit auf dem Hof. Aber seine zweite Frau nahm ihn sehr in Anspruch, und er wollte ihr, die ja viel jünger war als er, etwas bieten.

Wenn er einmal Bedenken äußerte, lachte die Luzie diese weg. »Zieh doch net solche Sorgenfalten, Clemens! Alt und hässlich siehst du damit aus. Du verstehst halt net, dein Leben zu genießen. Glaub mir, die Knechte und Mägde schaffen die Arbeit auch allein!«

Er wusste, dass dies nicht stimmte, aber er schwieg um des lieben Friedens willen.

An all das dachte der Bauer, während er hier vor der Schlafkammertür stand und behutsam die Hand auf die Klinke legte.

Er liebte sie ja so sehr, diese zweite Frau, die er sich ganz nach seinem Herzen ausgesucht hatte! Kennen gelernt hatte er die Luzie auf einer landwirtschaftlichen Messe in München. Hostess war sie dort gewesen, die in bayrischer Tracht die Besucher herumführte. Sehr hübsch hatte sie ausgesehen mit ihrem rotblonden Haar und den verführerischen grünen Augen, und Clemens Stanzinger hatte sich sofort in sie verliebt. Sie war die Witwe eines reichen Holzhändlers, hatte sie ihm erzählt, der sein ganzes Vermögen der gemeinsamen Tochter Fanny hinterlassen hatte. Die Luzie musste mit einer kleinen Rente auskommen, die sie mit dieser Tätigkeit auf der Messe aufbessern wollte.

Eine Woche lang waren sie in München unzertrennlich gewesen, und als der Stanzinger-Bauer wieder heimfuhr, da stand sein Entschluss fest. Er würde Luzie Hösselmayer zu seiner zweiten Frau machen. Sie war genau das, was er sich wünschte: Eine Frau, die einen Mann um den Verstand bringen konnte.

Wie sie es wohl aufnahm, wenn er sie jetzt störte? Er wusste ja, dass die Geschichte mit den Schmerzen im Kopf erfunden war. Die Stanzinger-Luzie wollte einfach nicht so früh aufstehen, wie das von einer Bäuerin, die einem großen Haushalt vorstehen musste, verlangt wurde, schon gar nicht, wenn sie am Abend zuvor lange gefeiert und viel getrunken hatte.

Clemens Stanzingar kannte die Wahrheit, aber er konnte nichts tun. Wenn die Luzie nicht wollte, dann wollte sie halt nicht. Er konnte sie nicht zwingen.

Vorsichtig öffnete er jetzt die Tür und trat auf Zehenspitzen ein.

Voller Verwunderung blieb die Burgl auf dem mit bunten Läufern bedeckten Flur stehen und betrachtete ihren Vater. So rücksichtsvoll hatte sie ihn nie erlebt.

Dämmriges Licht drang aus der Schlafkammer auf den Flur. Die Tageshelle schien nur durch die Ritzen der Fensterläden herein. Der Stanzinger-Bauer tastete sich in das Dunkel hinein und flüsterte. »Bist du schon wach, Luzie?«

»Freilich bin ich wach, wenn du so fragst!« murrte

eine unfreundliche Stimme verschlafen, die überhaupt nicht leidend klang.

»Verzeih, Schatzl!« bat der Bauer demütig. »Aber ich muss dich wecken, Luzie. Ich muss fort – mit dem Viehhändler verhandeln drunten in der Stadt. Die Burgl wär' ganz allein und sich selbst überlassen. Du weißt doch, dass sie gestern heimgekommen ist. Da hab' ich gedacht, ich könnt' – ja, ich müsst' euch miteinander bekannt machen. Ihr kennt euch ja kaum. Nur flüchtig habt ihr euch damals bei der Hochzeit gesehen.«

Jessas, er ist unsicher wie ein Schulbub! dachte Walburga kopfschüttelnd, die alles mitbekommen hatte. Die Tür der Schlafkammer war nur angelehnt. Er steht ganz schön unter dem Pantoffel, der Vater!

»Und deswegen weckst du mich, Clemens?« brummte die Bäuerin. »Ja mei, es ist doch noch so früh! Du weißt doch, gestern ist es wieder arg spät geworden. Das Madel hätt' sich doch gewiss ein, zwei Stunden allein beschäftigen können!«

Die Burgl zuckte zusammen. Wie weh die Worte der Stiefmutter taten!

»Freilich hätt' sie das gekonnt« pflichtete ihr der Bauer eiligst bei. »Aber es hat sie schon gewundert, dass du noch in den Federn liegst, Luzie. Ich hab' ihr die Geschichte von den Kopfschmerzen erzählt. Du weißt also Bescheid, wenn sie gleich hereinkommt. Aber ich fand es net gut, dass ihr euch dann, wenn du aufgestanden wärst, wie zwei Fremde begegnet wärt. Schatz!, ich hab' gedacht, es wär' doch wohl meine Pflicht. . . .«

»Kruzitürken, hör mir auf mit deiner Pflicht!« rief die Stanzinger-Luzie mit schriller Stimme. »Ich vertrag' das net am frühen Morgen! Also lass sie hereinkommen, wenn es net anders geht!«

Die Burgl draußen auf dem Flur verzog verächtlich

den Mund. Die Kathi hatte also recht gehabt. Ein Schwindel war die Geschichte mit den Kopfschmerzen, mit der der Stanzinger-Clemens die Faulheit seiner Frau zu decken versuchte. Ein Mensch, der an Schmerzen litt, hätte außerdem wohl kaum so herumgeschrien.

»Sei ein bissel net zu ihr, Luzie!« versuchte jetzt der Bauer zu gütigen. »Schließlich bist du jetzt ihre Mutter.«

»Ach geh. ›Mutter‹! Ich komm' mir alt und würdig vor, wenn ich das hör'. Du weißt, dass es mir schon net passt, zusammen mit meiner eigenen Tochter gesehen zu werden. Die Leut' können dann leicht nachrechnen, wie alt ich bin. Und nun noch eine erwachsene Stieftochter – es ist arg!«

»Herzl, das stimmt doch gar net. Du schaust so jung aus und bist hübsch wie eh und je . . .«

»Jessas, wie seh' ich aus? Mach die Läden auf! Gib mir mal den Spiegel von der Kommode! Ich muss doch wissen, wie ich ausseh', wenn die Walburga hereinkommt. Nun beeil dich doch ein bissel!«

So kommandierte die Bäuerin. Clemens Stanzinger machte zwei Schritte zum Fenster, um die Läden aufzuschlagen, besann sich dann aber auf die nur angelehnte Tür und schloss sie rasch.

Die Burgl machte einen erschrockenen Schritt in den Flur zurück. Das fängt gut an! dachte sie seufzend. Doch gut war es, dass ich das alles mit angehört hab'. Jetzt weiß ich wenigstens, was meine Stiefmutter für ein Mensch ist und wie sie über mich denkt.

Dann wandten sich ihre Gedanken während dieser unfreiwilligen Wartezeit einem anderen Gegenstand zu: Ihrer Stiefschwester.

Sie kannte sie nicht. Wie alt war sie wohl? Was für ein Mensch war sie? Schon jetzt wusste die Burgl ja, dass diese unbekannte Stiefschwester ihr vorgezogen wurde auf dem Stanzingerhof, obwohl ja sie als Hoferbin die älteren Rechte besaß. Für die Fanny war Burgls ehemalige Schlafkammer hergerichtet worden, wie ihr die alte Kathi gestern erzählt hatte. Nun, bald würden sie sich ja kennen lernen, denn die Fanny sollte aus der Haushaltsschule, die sie besucht hatte, heimkommen nach Oberhahn.

Sie hörte, wie drinnen in der Kammer die Läden aufgestoßen wurden und der Vater hin und herging und Handreichungen machte. Dann endlich war es so weit, der Vater öffnete die Tür.

»Komm, Madel« sagte er freundlich. »Du kannst jetzt deine Stiefmutter begrüßen.«

Sie sah vor sich das breite Ehebett, das auch neu war. Das alte bunt bemalte Bauernbett war hinausgeschafft worden. Darin saß in den hoch geschichteten Kissen eine Frau in einem Nachthemd, das die Burgl hätte erröten lassen, wenn sie es hätte tragen sollen, da es mehr offenbarte als verhüllte. Das Gesicht der Frau war schön und gleichmäßig, aber von puppenhafter Ausdruckslosigkeit und trug Spuren eines ausschweifenden Lebens. Rotblondes Haar fiel in üppigen Locken in die Stirn, und die katzenhaften grünen Augen glitzerten voller Neugierde.

Als jetzt Walburga über die Schwelle trat, beeilte sich die Stanzinger-Luzie, einen leidenden Eindruck zu machen, denn sie wollte ja die Geschichte, die ihr Mann verbreitet hatte, nicht Lügen strafen.

»Grüß Gott!« sagte die Walburga mit gepresster Stimme.

»Komm näher«, sagte die Luzie schwach und ließ sich stöhnend in die Kissen zurücksinken. »Du bist mir doch net bös', dass ich net aufgestanden bin, um dich zu begrüßen, net wahr? Du musst wissen, Madel, dass ich krank bin. Arge Kopfschmerzen hab' ich, die mich von Zeit zu Zeit heimsuchen. Da bist du also, Walburga! Nun lass dich einmal anschauen!«

Sie tat das gründlich. Ihre kalten Augen prüften die Burgl vom Scheitel bis zur Sohle. Fast so etwas wie Besorgtheit war in dieser Musterung, und die Burgl fühlte deutlich, dass die Stiefmutter nur eines dachte: Hoffentlich ist das Madel net hübscher als ich und die Fanny.

Aber darüber war die Stanzinger-Luzie, als sie ihre Musterung beendet hatte, anscheinend beruhigt. Ein winziges spöttisches Lächeln glitt für eine Sekunde über ihr Gesicht, als sie sagte. »Eine hübsche Tochter hast du, Clemens. Nur ein bissel jung wirkt sie noch, die Walburga.«

Das bedeutete nichts anderes, als dass sie die Burgl als Konkurrenz nicht ernst nahm.

Die Walburga biss sich auf die Lippen. Schlimmer hätte die Begrüßung kaum sein können. Schon nach diesen wenigen Minuten war ihr völlig klar, dass die Luzie und sie sich niemals verstehen würden. Diese Frau besaß kein Herz, sondern in ihrem Kopf hatte nur Berechnung Platz.

»Ich glaub', wir werden uns gut vertragen« sagte die Luzie jetzt und setzte ein Lächeln auf, das herzlich wirken sollte. »Meinst du net auch, Burgl? Komm, setz dich ein bissel her zu mir auf die Bettkante. Wir haben gewiss einiges zu schwatzen, du musst jetzt gehen, Clemens, der Viehhändler wartet doch auf dich, hast du gesagt.«

Ohne Widerspruch setzte sich die Burgl auf die Bettkante. Ihr Vater trat neben sie, beugte sich über die Frau, die er so sehr liebte, und drückte einen Kuss auf deren Wange.

Dann wandte er sich zur Tür, und in dem Blick, den er noch zurückwarf zu der Luzie, lag schrankenlose Ergebenheit.

*

Nun saß die Walburga also auf der Bettkante der Stiefmutter gegenüber, die sich inzwischen wieder leise stöhnend, ihrer Rolle eingedenk, ein wenig aufgerichtet hatte. Mehrmals fuhr sie sich mit der Hand über den angeblich schmerzenden Kopf und bat das junge Madel mit schwacher Stimme: »Bist du wohl so lieb und schüttelst mir die Kissen ein bissel auf?«

Ohne eine Miene zu verziehen stand die Burgl auf, beugte sich über ihre Stiefmutter und schüttelte die Kissen in ihrem Rücken. Dabei fiel ihr Blick auf das Nachtkastl, das ein wenig von der Wand weggeschoben war. Beim Vorbeugen sah sie dann den Grund dafür: Dahinter standen zwei Weinflaschen, die eine halb leer. Das war also die Erklärung dafür, dass die Bäuerin morgens nicht aus den Federn kam. Sie war eine heimliche Trinkerin, und der Bauer deckte sie, weil er sie liebte.

Dann waren die Kissen genug aufgeschüttelt, und die Burgl setzte sich wieder auf die Bettkante, ohne sich etwas von ihrer Entdeckung anmerken zu lassen.

»Ich dank dir, Madel« sagte die Luzie mit schwacher Stimme und fragte dann freundlich: »Hattest du denn eine gute Reise?«

»Ja, danke« murmelte Walburga.

»Und bist du mit deiner Kammer zufrieden?«

Die Burgl schwankte einen Augenblick, ob sie die Wahrheit sagen sollte oder nicht. Dann gab sie sich einen Ruck. »An der Kammer ist nix auszusetzen« begann sie. »Nur hab' ich mich die ganze Zeit darauf gefreut, meine frühere Kammer wiederzusehen mit den Möbeln, an denen ich so häng'.«

»Ach geh, das ist Gefühlsduselei!« tat die Luzie diesen Einwand der Burgl ab. »Die Sachen waren ganz und gar unmodern. Ich hab' sie weggegeben, genau wie all das andere alte Zeug, mit dem das Haus voll gestopft war.«

»Sie sind also weg?« entfuhr es der Burgl entsetzt.

»Freilich, was denkst du denn? Nun kannst du dir deine Kammer einrichten, wie du willst.«

»Aber die Möbel waren doch ein Geschenk von meinem toten Mutterl. Ich mocht' sie so gern« sagte Walburga leise.

»Ich hab' dir schon gesagt, das ist Gefühlsduselei« wiederholte die Stanzinger-Luzie mit scharfer Stimme. »Davon musst du dich freimachen. Hast du dir eigentlich schon das Haus angesehen?«

»Nein« murmelte das junge Madel.

»Es wird dir gefallen. Ich habe es ganz und gar modernisiert nach meinen eigenen Ideen« sagte die Luzie selbstgefällig. »Ich würd' sagen, du behältst die Kammer, in der du heut' geschlafen hast, obwohl sie eigentlich für Gäste gedacht war. Die Kammer daneben bekommt die Fanny.«

»Wer ist die Fanny?« stellte sich die Walburga ahnungslos.

»Meine Tochter aus erster Ehe« erklärte die Luzie. »Du kennst sie noch net. Übermorgen kommt sie heim.«

»Wird sie hier auf dem Hof wohnen?« erkundigte sich Walburga.

»Ja, freilich. Ihre Zeit auf der Haushaltsschule ist um. Nun kommt sie heim und wird, so hoff' ich, bald heiraten.«

»Wie alt ist sie denn deine Tochter, die Fanny?« Zum ersten Mal gebrauchte die Burgl das vertraute du.

»Grad zwanzig ist sie geworden, also ein bissel jünger als du. Aber sie wirkt – hm – reifer.« Wieder huschte dieses winzige spöttische Lächeln über das Gesicht der Bäuerin.

Die Walburga wusste, was ihre Stiefmutter damit meinte. Die Fanny war gewiss ganz die Tochter ihrer

Mutter. Keine Freude auf die neue Schwester war in ihr. Sie ahnte, dass die Fanny und sie viel zu verschieden waren, um sich zu verstehen.

»Also, wie ist es nun, willst du die Kammer, in der du jetzt schläfst, behalten oder net?« erkundigte sich die Luzie noch einmal.

»Freilich, Mutter.« Nur schwer kam der Burgl dieses Wort über die Lippen, denn die Stanzinqer-Luzie hatte nichts Mütterliches in ihrem Wesen.

Ich will nicht hier bleiben in diesem Haus, dachte sie insgeheim entschlossen. Ich weiß genau, dass ich mich nicht wohl fühlen werd' mit diesen beiden Frauen unter einem Dach, die so ganz anders sind als ich. Draußen in der »Waldklause« ist meine Heimat.

»Hast du dir schon Gedanken gemacht, wie es weitergehen soll mit dir?« fragte die Luzie weiter.

»Freilich, ein bissel schon« antwortete die Burgl zurückhaltend. Sie wollte über ihre Pläne noch nicht sprechen.

»Du willst doch wohl net am End' weitermachen in deinem komischen Beruf?« rief ihre Stiefmutter aus. Spott klang aus ihrer Stimme,

»Ich versteh' dich net. Was ist denn an meinem Beruf komisch?« fragte die Burgl und bemühte sich, ruhig und gelassen zu bleiben.

Die Luzie lachte schrill auf. »Ja mei, ich kann es mir halt net vorstellen, dass du hier in Oberhahn eine Werkstatt eröffnen willst. Was sollen denn die Leut' denken? Die Tochter vom reichen Stanzinger-Bauern im Arbeitskittel mit lehmverschmierten Händen!«

»Und warum net? Arbeit ist doch keine Schand' net, mein' ich.«

»Freilich net, aber die Leut' würden es net verstehen, dass die Hoferbin arbeiten muss.«

»Mutter, versteh doch, ich will unabhängig sein! Außerdem häng' ich an meinen Beruf und stelle es mir schön vor, selbstständig zu sein. Das würd' mich ausfüllen und zufrieden machen.«

»Da schau her, du willst dich selbst ernähren?« Ein lauernder Blick traf die Walburga von der Seite her.

»Freilich möcht' ich das« nickte die Burgl. »Nur weiß ich net, ob es mir gelingt. Als Hafnerin hat man es net leicht. Lang dauert es, bis man sich einen Namen gemacht hat und Kunden kommen. Aber eine Werkstatt werd' ich mir auf jeden Fall einrichten.«

»Jessas, doch net etwa hier im Haus?« fuhr die Luzie entsetzt auf.

»Nein, draußen im Wald« erklärte ihr das junge Madel. »Von meinem Mutterl hab' ich dort das Häusl geerbt, die Waldklause.«

»Ich weiß, ich weiß« sagte die Luzie ungeduldig, »Gar net will mir das gefallen, Burgl, dass du dort leben willst. Die Leut' im Dorf werden sagen, die Stiefmutter hätt' dich aus dem Elternhaus getrieben. Und ich will net, dass die Leut' so über mich reden.«

»Und was sollt' ich deiner Meinung nach tun, wenn ich im Haus bleib‹?« fragte Walburga kopfschüttelnd.

»Tun? Gar nix! Jessas, du bist genau wie dein Vater! Muss man denn immer etwas tun? Du bist jung und bist net grad arm. Genieß dein Leben und versuch dir einen reichen Mann zu angeln!«

Die Burgl lachte auf. »So geht's net. Das ist unmöglich! Noch lang net will ich heiraten, und wenn ich es einmal tu', dann nehm' ich nur einen Mann, den ich lieb hab'. Anders könnt' ich es gar net.«

Die Stanzinger-Luzie betrachtete sie einige Sekunden. Dann sagte sie kopfschüttelnd: »Ich merk' schon, wir sind grundverschieden.«

Walburga widersprach ihr nicht. Was hätte sie dazu auch sagen sollen?

»Ja mei, das hätt' ich beinahe vergessen!« rief ihre

Stiefmutter auf einmal aus. »Ich hoff', du hast ein festliches Kleid, Burgl. Wenn die Fanny da ist, wollen wir ein paar Leut' einladen, Freunde von deinem Vater, verstehst du? Sie kennen ja die Fanny noch net. Das Madel ist ganz fremd hier in Oberhahn. Du bist freilich auch dabei. Willst du irgendjemanden dazu einladen? Dann musst du es mir bald sagen. So, und nun will ich aufstehen. Du hast doch gewiss noch was vor, net wahr?«

Sofort stand die Walburga auf und verließ die Schlafkammer. In guter Haltung hatte sie diese halbe Stunde überstanden. Vor dieser Frau sich nur keine Blöße geben, hatte sie die ganze Zeit gedacht.

Aber jetzt draußen auf dem Flur ließ sie den Kopf sinken, und langsam, mit schleppenden Schritten, kehrte sie nach nebenan zurück. Das Herz tat ihr weh vor Enttäuschung und Einsamkeit. Nirgends Wärme, nirgends Liebe! Konnte man so etwas Heimkehr nennen?

In ihrer Kammer setzte sie sich ans Fenster und schaute hinaus. Unverändert wie vor sechs Jahren erstreckte sich vor dem kleinen Dorf der Hahnensee, und hinter der glitzernden Wasserfläche erhoben sich die Berge im Sonnenschein. Juni war es, und überall grünte und blühte es. Die Vögel sangen in den Tannen, die den Stanzingerhof umstanden und irgendwo trällerte eine Kinderstimme ein Lied.

Angesichts dieses friedlichen Bildes wurde die Walburga ruhig, und die Bitterkeit verschwand. Es war doch schön, wieder daheim zu sein, All das hatte ihr in Landshut gefehlt, die Berge, die Landschaft ringsum, der See und das Dorf. Nun war sie also wieder zu Hause.

*

Nach dem Mittagessen, zu dem die Bäuerin endlich angezogen erschien, ging die Burgl ins Dorf. Sie wollte ihre Freundin, die Bärbel, besuchen.

Als sie ihre Kammer verließ, um hinunterzugehen, kam sie an ihrer ehemaligen Kammer vorbei, deren Tür offen stand. Hier würde also die Fanny wohnen. Die Burgl trat auf die Schwelle und sah hinein.

Was sie erblickte, jagte ihr einen feinen Stich durch die Brust. Das bittere Gefühl der Zurücksetzung bohrte in ihr.

Wunderschöne neue Möbel standen hier. Mit Liebe waren Bilder und andere kleine persönliche Gegenstände im Raum verteilt. Auf dem Tisch stand eine große Vase bereit, in die an Fannys Ankunftstag Blumen hinein sollten.

So war das also! Die Hoferbin bekam die Kammer, die für Gäste gedacht war, und ihre Möbel tat man fort. Das Gesinde hieß sie willkommen, während Vater und Stiefmutter lärmend feierten. Für die Stiefschwester aber wurde die Kammer liebevoll hergerichtet, und an ihrem Ankunftstag sollte eine Feier stattfinden.

Mit gesenktem Kopf trat die Burgl aus der Haustür. Die Sommersonne leuchtete nicht mehr ganz so hell, schien es ihr. Einsam und überflüssig fühlte sie sich.

Doch dann gab sie sich einen Ruck. Das wär' ja noch schöner! dachte sie energisch. Von denen lass ich mich nicht unterkriegen!

Sie freute sich auf den Besuch bei der Bärbel. Die Freundin würde sie gewiss nicht enttäuschen.

Nachmittag war es, und Anton Hofer, Bärbels Vater, hatte Schulschluss.

Gerne machte er nachmittags einen Spaziergang durch die Wälder, die Oberhahn umgaben, wenn er nicht Hefte zu korrigieren oder sich auf den Unterricht am nächsten Tag vorzubereiten hatte. Meistens kamen seine Frau, die Sixta, und die Bärbel mit. Doch seit Bärbel mit dem Junglehrer Hannes Axwiller verlobt war, verbrachte sie ihre freie Zeit zum größten Teil mit ihm, machte ebenfalls ausgedehnte Spaziergänge oder ruderte auf den See hinaus mit dem Hannes.

»Ich hab' gar net gewusst, dass du Waldspaziergänge so sehr magst«, neckte ihr Vater sie oft, der wusste, dass seine Tochter früher gar nicht so gern mit ihm und der Mutter losgezoqen war.

»Ja mei, das ist net schwer zu verstehen, Vater. Er hält mir auch net dauernd botanische Vorträge wie du, der Hannes!« verteidigte sich die Bärbel. »Manchmal war es direkt unerträglich mit dir, Vater, das kannst du mir glauben. Gefehlt hätt' es nur noch, dass du die Lektion vom letzten Spaziergang abgefragt hättest!«

»Freilich, die Lektionen, die der Hannes abfragt, sind gewiss angenehmer« schmunzelte Anton Hofer, blinzelte seiner Frau zu, und dann gingen die beiden Alten los.

So kam es, dass die Bärbel an diesem Nachmittag allein war, denn sie hatte ihrem Hannes abgesagt.

»Meine beste Freundin, die Walburga, ist zurückgekommen. Seit gestern ist sie wieder daheim. Gewiss werden wir uns viel zu erzählen haben, denn wir haben uns lang net mehr gesehen.«

»Schad', und ich hatte mich schon so auf heut' gefreut« klagte der Hannes. »Wunderschönes Wetter ist heut', zum Spazierengehen wie geschaffen!«

»Wär' dir der Samstag lieber?« fragte die Bärbel lachend.

»Freilich net!«

»Na also! Und der Sonntag passt dir auch net, da haben wir uns den Besuch bei deinem Freund vorgenommen. Also sei stad und find dich heut nachmittag ab!«

Dann war die Bärbel Kuchen kaufen gegangen. Freudestrahlend hatte sie beim Bäcker erzählt. »Die Walburga ist wieder da! Gestern ist sie heimgekommen, und heut kommt sie mich besuchen. Gleich heut' Morgen hat sie angerufen.«

Und die dicke Bäckersfrau, die Huber-Marie, hatte anerkennend genickt: »Ja. mei, das ist mal eine Freundschaft, die über die Schulzeit hinaus hält!«

In ihrer hübsch eingerichteten Stube im Lehrerhäusl deckte die Bärbel dann einen kleinen Kaffeetisch. Da die Eltern fort waren, hätte sie auch mit ihrer Freundin in die Wohnstube gehen können, aber mit diesem Stübchen unterm Dach verband die Burgl bestimmt die meisten Erinnerungen.

Hier waren schon die tiefsten Geheimnisse ihrer Kinderzeit ausgetauscht worden. Hier hatten sie einst gemeinsam die Schulaufgaben gemacht und sich gegenseitig Kümmernisse und Freuden erzählt.

Die Bärbel konnte gerade noch eine Kerze entzünden, die mitten auf dem gedeckten Kaffeetisch stand, da klingelte es unten an der Haustür.

Über fehlende Wärme konnte sich die Walburga bei dieser Begegnung gewiss nicht beklagen. Die Bärbel flog die Treppe herab, riss die Haustür auf und umarmte die Freundin.

»Jessas, Burgl, wie schön ist es, dass du wieder daheim bist! Vor einem Jahr, als du zu Ostern daheim warst, haben wir uns zum letzten Mal gesehen.«

»Und inzwischen bist du Braut geworden« lächelte die Walburga. »Ich hab' gedacht, diese Würde hätt' dich verändert, Bärbel, aber du bist noch ganz die Alte.«

»Nur äußerlich« antwortete die Bärbel und wurde ein bissel rot. »Die Liebe wandelt einen Menschen schon sehr, Burgl. Aber komm erst einmal herein. Oder sollen wir gleich auf der Schwelle mit dem Erzählen beginnen?«

Sie lösten sich voneinander und traten in den Hausflur. Die Tür fiel hinter ihnen ins Schloss.

Mit frohen Blicken sah sich die Walburga um. Hier hatte sich nichts verändert. Der altmodische geschnitzte Garderobenhaken war immer noch derselbe. Neben der Tür zur Wohnstube hing immer noch das Bild, das Bärbels Großvater als Bergsteiger zeigte. Der Gummibaum auf dem Tischchen vor dem Fenster war ein Stück gewachsen, und der Läufer war etwas schadhaft geworden von den vielen Füßen, die täglich darüber liefen. Gleich rechts ging es in das Arbeitszimmer des Dorflehrers, und viele Buben und Madeln kamen zu ihm zur Nachhilfestunde sowie deren Eltern, um die Sorgen, die ihnen ihre Sprösslinge bereiteten, mit Anton Hofer zu besprechen.

»Ach, ist das schön!« seufzte die Burgl glücklich. »Endlich find' ich irgendwo alles so wieder, wie ich es verlassen hab'. Du glaubst gar net, Bärbel, wie furchtbar diese Heimkehr auf den Hof war. Ich hab' mich in Landshut weniger in der Fremde gefühlt als hier.«

»Man hat es dir net leicht gemacht, net wahr?« fragte Bärbel teilnahmsvoll, während sie die Jacke der Freundin auf den Haken hängte.

»Weiß Gott net!« seufzte Walburga . . .

Die Bärbel wies die Treppe hinauf.

»Willst du schon nach oben gehen? Ich gieße rasch den Kaffee auf. Den Wasserkessel hör ich schon pfeifen.«

Tatsächlich klang das unüberhörbare Signal durch das stille Lehrerhäusl.

»Ich geh' mit in die Küche« lächelte die Burgl. »Die muss ich auch wiedersehen.«

»Wie du willst. Dann komm!«

Dann standen sie nebeneinander am Herd, während die Bärbel den Inhalt des Wasserkessels durch den Filter goss. Die Walburga ließ die Blicke wandern, die froh strahlten.

»Ihr habt die Möbel streichen lassen« sagte sie, »aber sonst ist alles wie früher.«

»Zur Verlobung haben wir alles neu gemacht« berichtete die Bärbel. »Die Stuben im Erdgeschoss wurden frisch tapeziert, die Möbel gestrichen hier in der Küche, die Gardinen gewaschen und so viel Kuchen gebacken, dass wir zwei Wochen davon essen konnten.«

»Schön!« sagte die Walburga aus tiefstem Herzensgrund.

»Ach ja, es war schön!«

»Das glaub' ich« nickte die Burgl herzlich. »Eine richtige Familienverlobung. Ich fürcht', so schön wird es net sein, wenn ich einmal Verlobung feiere.«

Die Bärbel schwieg. Was hätte sie auch dazu sagen sollen? Sie kannte ja die Verhältnisse auf dem Stanzinger-Hof.

»Doch damit hat es bestimmt noch gute Weile« fuhr Walburga fort und ging jetzt voran die Treppe hinauf in Bärbels Giebelstübchen, gefolgt von der Freundin mit der Kaffeekanne. »Wahrscheinlich wird es die Fanny sein, meine Stiefschwester, die zuerst heiratet.«

»Kennst du sie schon?«

»Nein, sie kommt übermorgen erst. Alles ist schon für sie vorbereitet, und an ihrem Ankunftstag soll es ein kleines Fest geben.«

»Ja mei, ich find, das hätt' eher der heimgekehrten Hoferbin gebührt als dieser Fanny Hösselmayer« sagte die Bärbel. Sie hatte eine ganz schön spitze Zunge, wenn sie zornig war, und über die Behandlung, die der Walburga zuteil wurde, war sie erzürnt.

Die Burgl schwieg und setzte sich in einen der gemütlichen Korbsessel. Die Bärbel schloss die Tür, trat an den kleinen Tisch und schenkte den duftenden Kaffee ein.

»Ganz wie früher« lächelte Walburga. »Nur haben wir einst Kakao getrunken.«

». . . und waren erst vierzehn«, vollendete Bärbel und setzte sich ebenfalls! »Sag mal, wie gefällt dir eigentlich deine Stiefmutter?«

»Ich kenn' sie ja kaum« sagte die Burgl zögernd.« Aber ich glaub', wir werden uns net gut verstehen, wir sind zu verschieden.«

»Dasselbe sagt auch mein Mutterl« nickte die Bärbel. »Mit dieser Frau könnt' ich net warm werden, hat sie gemeint.«

Das konnte sich die Burgl gut vorstellen. Die frische, natürliche Hofer-Sixta und eine Frau wie die Luzie konnten nicht miteinander harmonieren.

»Aber viele Leut' hier in Oberhahn mögen sie und bewundern sie« fuhr die Bärbel fort. »Der Bürgermeister zum Beispiel ist ganz hingerissen von der Luzie . . .«

»Aber nur, weil sie die Frau seines besten Steuerzahlers ist« bemerkte die Walburga spöttisch.

»Und sonst sind es meist die Männer, die nur Gutes von der Luzie reden. Freilich, sie ist ja auch sehr hübsch. Ja, und dann noch die Fendls, die besuchen deinen Vater und deine Stiefmutter oft.«

»Die kann ich gar net leiden« schüttelte die Burgl den Kopf. »Der Fendl-Anselm, der war immer schon der Saufkumpan meines Vaters, und seine Frau, die Zenzi, ist auch net besser.«

»Ja, und dann ist da noch die Schörgen-Therese. Sie schwärmt geradezu für deine Stiefmutter. Ich glaub' gar, sie imponiert ihr, weil sie so was Städtisches an sich hat, und die Therese bedauert sich selbst, weil sie ein so zurückgezogenes Leben führen und nur ihren kranken Mann pflegen muss.«

»Wie? Der Vater vom Mathias ist krank?«

»Ja, freilich. Weißt du es noch net? Niemand hat es dir erzählt oder dir nach Landshut geschrieben?« wunderte sich die Bärbel.

»Nix weiß ich. Ich weiß gar net, wann mir mein Vater das letzte Mal nach Landshut geschrieben hätte« sagte die Walburga bitter. »Und wenn ich zu den Feiertagen ab und zu heimkam, waren mein Vater und seine zweite Frau meist verreist, und das Gesinde hat mir nix gesagt. Als wir uns letztes Jahr gesehen haben, hast du nur von deinem Hannes gesprochen. Wem das Herz voll ist, läuft der Mund über. Und wer hätt' mir sonst was erzählen sollen?«

»Ich weiß« nickte die Bärbel etwas schuldbewusst. »Da war ich recht egoistisch. Ich hab' wohl nur an mein großes Glück gedacht. Damals war Franz Schörgen schon sehr krank.«

»Ja mei, was hat er denn?«

»Arthrosis. So schlimm ist es schon bei ihm, dass er net mehr laufen kann und nur im Rollstuhl herumgefahren werden muss« berichtete die Bärbel. »Der Mathias ist es, der den Hof jetzt bewirtschaftet.«

»Wie schrecklich! Dann ist der Mathias ja ganz allein mit der Arbeit auf dem großen Hof.«

»Ja, vierundzwanzig Jahre ist er jetzt, der Mathias, und trägt schon eine große Verantwortung und eine riesige Arbeitslast. Für seine Jahre wirkt er sehr ernst und streng. Er hat ja auch kaum eine freie Minute. Seine Mutter, die Therese, machte sich Sorgen um ihn. Sie kann ihm net helfen, denn sie hat ja genug mit der Pflege des Altbauern zu tun, und dann ist ja noch der Veit, auf den sie auch ein Auge haben muss. Du weißt, er ist ein bissel dumm, und man weiß nie, was er als Nächstes anstellt. Darum wünscht die Therese wohl sehr, dass der Mathias bald heiratet.«

Walburgas Finger fassten die Kuchengabel fester. Der Mathias und heiraten? Warum tat ihr dieser Gedanke nur so weh? Es hatte doch nichts zu bedeuten gehabt, wenn ihr Jugendfreund einst gesagt hatte: Wir werden noch einmal Mann und Frau!

»Hat er denn schon eine Braut, der Mathias?« fragte die Burgl und wunderte sich über den spröden Klang der eigenen Stimme.

»Noch net. Aber mir scheint, er wird bald eine haben, wenn seine Mutter so weitermacht« berichtete die Bärbel und beobachtete die Walburga unauffällig von der Seite her. Das war nicht schwer, denn die Freundin hielt den Blick auf den Teller gesenkt.

»Wieso?« fragte die Burgl leise.

»Nun, die Therese ist ja ein Herz und eine Seele mit deiner Stiefmutter, der Luzie«, fuhr die Bärbel fort, »und der Vater hat mir erzählt, dass der Schörgen-Franz gesagt hat ...«

»Dein Vater besucht den kranken Bauern manchmal?« unterbrach Walburga die Freundin.

»Ja, das tut er, so oft er kann. Sie waren ja immer eng befreundet miteinander. Ja, und der Vater vom Mathias sagt, dass seine Frau ganz versessen darauf ist, den Mathias mit dieser Fanny zusammenzubringen.«

»Aber sie kennt das Madel doch gar net, die Schörgen-Therese!« rief die Burgl aus und ließ die Kuchengabel sinken.

»Das heißt doch nix!« tat Bärbel diesen Einwand ab. »Anscheinend hat deine Stiefmutter reichlich Reklame gemacht für die Fanny. Auf den Fotos, die sie jedem zeigt, der ihr über den Weg läuft, sieht das Madel ja auch recht hübsch aus. Ein bissel zu sehr aufgemacht, aber immerhin.«

»Aber der Mathias hat doch auch ein Wörtel mitzureden« wandte Walburga erregt ein. »Er wird sich doch net eine Frau aufschwatzen lassen!«

»Weiß man das? Jedenfalls wird die Stanzinger-Luzie die Schörgen-Therese und den Mathias bestimmt zu diesem kleinen Fest einladen, das an Fannys Ankunftstag veranstaltet wird.«

Wieder fühlte die Burgl einen feinen Stich in der Herzgegend. Da werd' ich also den Mathias wiedersehen, dachte sie.

Und laut sagte sie so beherrscht wie möglich: »Interessant ist es, was du alles zu erzählen hast, Bärbel. An solche Dinge wie Heirat oder Verlobung hab' ich noch gar net gedacht. Nur meinen geliebten Beruf hab' ich bisher im Kopf.«

»Das glaub' ich« nickte die Bärbel. »Aber vielleicht erinnerst du dich jetzt daran, dass du auch ein Madel bist, Burgl. Lass dich net an die Wand spielen!«

»Wie meinst du das?«

Verwundert schaute die Walburga auf und sah der Freundin fragend in die Augen. Verschlossenheit stand in ihrem Blick. Die Bärbel spürte, dass die Walburga über diese Dinge nicht sprechen wollte.

»Oh, nur so!« antwortete sie darum ausweichend und goss Kaffee nach. »Erzähl mir doch von deinem Beruf. Jetzt bist du also eine richtige Hafnerin. Wie soll es denn nun weitergehen? Träumst du immer noch davon, draußen in der ›Waldklause‹ eine Werkstatt zu eröffnen?«

Damit hatte sie bei der Burgl die Schleusen geöffnet, und von nun an wurde den ganzen Nachmittag nur noch von Walburgas Plänen geredet. Das Thema Mathias Schörgen wurde nicht mehr berührt.

Sehr nachdenklich kehrte die Burgl später von diesem Besuch im Lehrerhäusl auf den Stanzinger-Hof zurück.

Der Mathias und meine Stiefschwester! dachte sie. Dieses unbekannte Madel und mein Jugendfreund! Warum mag ich daran nur gar net denken? Hängt denn mein Herz an ihm?

Sie konnte sich keine Antwort darauf geben. Seit ihrem sechzehnten Lebensjahr hatte sie ihn nicht mehr gesehen. Sechs Jahre waren darüber verstrichen. Damals war der Mathias ein dunkelhaariger junger Bursch von achtzehn Jahren gewesen, nach dem viele Madeln von Oberhahn die Köpfe drehten. Und die magere, langbeinige Walburga hatte er an den Haaren gezaust und lachend gefragt: »Na, Madel, steigen wir wieder einmal in mein Baumhaus hinauf?«

Damals war der Schörgen-Bauer noch gesund gewesen, und der Mathias hatte noch viel freie Zeit, obwohl er auch auf dem Hof mit anpacken konnte. Nun hatte er in jungen Jahren schon den Hof übernehmen und für den Unterhalt der Familie sorgen müssen.

Die Walburga konnte es sich einfach nicht vorstellen, dass der Schörgen-Mathias an diesem städtisch aufgemachten Madel, der Fanny, Gefallen finden würde. Aber die Liebe ging ja oft seltsame Wege.

Ich kenn' die Fanny ja gar net, sagte sie sich in dem Bemühen um Gerechtigkeit. Vielleicht ist sie gar net so übel. Und wie der Mathias heut' ist, das weiß ich auch net. Ich muss mich davor hüten, mir irgendetwas einzubilden.

Und sie beschleunigte ihren Schritt und trat energischer auf, als könnte sie damit die Träume bannen, die sie überfielen, wenn sie an den Mathias dachte.

*

Am nächsten Tag war die Walburga draußen in der »Waldklause«. Wieder hatte sie mit dem Vater nur beim Frühstück sprechen können, denn am Abend waren der Stanzinger-Bauer und seine Frau gar nicht daheim gewesen. Sie waren auf dem Fendl-Hof zu Besuch gewesen, beim Anselm und seiner Frau, und erst spät in der Nacht und keineswegs nüchtern heimgekommen.

»Ich will mich heut' draußen ein bissel umschauen, Vater« begann die Burgl das Gespräch, das wieder am gedeckten Tisch in der jetzt modern eingerichteten Wohnstube stattfand. Und wieder war die Bäuerin noch nicht aufgestanden und fehlte beim Frühstück. »Schließlich ist es mein Haus, und ich muss nach dem Rechten sehen.«

»Freilich« nickte der Bauer gleichgültig. »Du hast ja wohl noch die Schlüssel, net wahr? Das Doppel davon hängt auf jeden Fall am Haken in meinem Arbeitszimmer.«

»Ich dank' dir, aber ich hab' sie. Ist denn eigentlich ab und zu dort einmal gelüftet worden?« erkundigte sich Walburga.

»Selten. Wir – äh – wir haben den alten Melchior darum gebeten.«

Der Melchior, dessen Familiennamen jedermann vergessen hatte, weil ihn alle Welt Halt einfach »Melchior« rief, wohnte in seiner Blockhütte nicht weit von der »Waldklause«. Die Blockhütte hatte er sich selber gebaut. Sein Sohn, der Jörgl, der gutmütig, aber ein bissel dumm war, hatte ihm dabei geholfen. Bis dahin hatte der Melchior, der verwitwet war, mit seinem Buben bei einem Tagelöhner zur Miete gewohnt. Jetzt wohnten sie schön lange in ihrer Blockhütte, und der Jörgl war dreiundzwanzig, ein Jahr jünger als der Schörgen-Mathias. Einst hatte er gemeinsam mit Mathias und Walburga die Wälder durchstreift.

Der Melchior war nur ein einfacher Mann, der von Gelegenheitsarbeiten im Dorf lebte, aber er war zweifellos eine Persönlichkeit. Wenn man keinen Rat wusste, musste man nur den Melchior fragen, er wusste bestimmt einen.

»Der Melchior hat also nach dem Häusl gesehen! Das ist gut« nickte die Walburga jetzt befriedigt.

»Dann werd' ich am besten zuerst zu ihm gehen und mich durch das Haus führen lassen. Er wird mir alles zeigen können, was vielleicht repariert werden muss.«

Der Bauer rutschte nervös auf seinem Stuhl hin und her, »du willst das Häusl also instand setzen?« erkundigte er sich. »Ja mei, willst du etwa dort wohnen?«

»Die Luzie . .,« die Burgl wollte das Wort Stiefmutter vermeiden, und Mutter zu dieser Frau zu sagen brachte sie nur schwer über sich » . . . die Luzie hat mir erklärt, dass ich auf dem Stanzinger-Hof wohnen muss, weil sonst die Leut' reden würden.«

»Ja, freilich, gewiss würd' man darüber reden, wenn du dort draußen wohnen tätest. Das würd' ja so aussehen, als hätten wir dich vertrieben.«

»Aber niemand kann etwas dagegen haben, dass ich in meinem Häusl dort draußen arbeite« sagte die Walburga energisch.

»Arbeiten?« wiederholte der Stanzinger-Clemens erschreckt. »Du willst also wirklich . . .«

»Ja, ich will mir dort eine Werkstatt einrichten« nickte die Walburga.

»Ja, mei, ich hab' gehofft, das wär' nur so eine Idee von dir« seufzte der Bauer.

»Nein, Vater, ich bin fest entschlossen dazu. Ich hab' ja lang genug gelernt dafür und will endlich selbstständig sein. Gott sei Dank bin ich ja net arm, und so werd' ich gut die Zeit überstehen, bis ich mir einen Kreis von Kunden geschaffen hab'.«

»Freilich, gewiss« erwiderte der Bauer etwas abwesend. Er war offensichtlich mit den Gedanken anderswo.

»Wie viel Geld hab' ich eigentlich von meinem Mutterl geerbt, Vater?« wollte die Burgl jetzt genau wissen.

Der Stanzinger-Clemens schreckte empor. »Das – das kann ich dir so auf Anhieb gar net sagen, Burgl.

Wenn ich das nächste Mal meine Bücher mach', werd' ich es ausrechnen. Weißt du, das Geld steckt ja im Hof. Arg schwierig würd' es sein, wenn ich es dir auf einen Schlag auszahlen müsst'.«

»Ich brauch jetzt aber Geld, wenn ich mir die Werkstatt einrichten will« wandte Walburga ein.

»Ja, freilich, das weiß ich« beschwichtigte ihr Vater sie. »Lass dich nur von Fachleuten beraten, Madl! Und dann sagst du mir, was du brauchst. Du kannst ruhig Schecks ausstellen, Burgl, die werden von mir bezahlt.«

»Ich dank' dir, Vater« sagte die Burgl zögernd. »Aber ich wüsst' doch gern genau, was mir eigentlich im Ganzen gehört.«

»Freilich, und das sollst du auch wissen« sagte der Bauer hastig. »Nur lass mir dafür ein bissel Zeit! Und jetzt muss ich fort. Ich will mit den Knechten aufs Feld.«

Er stand nervös auf, nickte der Burgl flüchtig zu und eilte davon.

So war es früher auch immer gewesen, wenn die tote Bäuerin, Burgls Mutter, etwas mit ihm zu besprechen gehabt hatte. Mit Bitterkeit dachte das junge Madel daran, wie ganz anders er sich bei der Luzie gab. Sie brauchte nur zu befehlen, und er gehorchte. Seiner ersten Frau, der Loni, war er immer ausgewichen. Und heute machte er es genauso bei der Walburga.

Ohne Hast frühstückte die Burgl zu Ende. Dann ging sie hinauf in ihre Kammer, holte Notizblock und Bleistift hervor und schrieb sich auf, was sie alles brauchte, um diesen Raum behaglicher und nach ihrem Geschmack einzurichten.

Als sie alles notiert hatte, ging sie ins Dorf zur Haltestelle des Omnibusses vor dem Gasthaus »Zum goldenen Hahn« und fuhr dann, als das ratternde Gefährt hielt, ins Städtchen hinunter, um ihre Bestellungen aufzugeben.

Jetzt fehlt mir ein Auto, dachte sie während der Fahrt. Ohne Wagen ist der Weg Tag für Tag zur »Waldklause« hinaus einfach zu weit. Und mit dem Bus zu fahren ist net möglich, der fährt nur dreimal am Tag, und von der Haltestelle ist der Weg sehr schlecht.

Drunten in der Stadt ging sie also zu einem Autohändler und brachte zwei Stunden damit zu, sich einen Wagen auszusuchen. Sehr zuvorkommend wurde die Tochter des reichen Stanzinger-Bauern aus Oberhahn behandelt, und mit einer vorläufigen roten Nummer am Wagen fuhr die Walburga dann gegen Mittag in den Wald hinaus.

Der Melchior wird gewiss daheim sein, dachte sie. Der Jörgl und er werden jetzt zu Mittag essen, denk ich.

Aus der Esse der Blockhütte stieg der Rauch. Er ringelte sich gemächlich in der windstillen Luft des sonnigen Junitages.

Die Burgl parkte ihren Wagen, stieg aus und klopfte an. Raue Männerstimmen riefen: »Herein!«

Dann stand die Walburga den beiden in der einfach, aber sauber eingerichteten Hütte gegenüber. Das wettergegerbte Gesicht des alten Melchior, das an Leder erinnerte, verzog sich zu einem vergnügten Grinsen, als er sah, wer da hereinschneite. Seine leuchtend blauen Augen, die so jung aussahen, strahlten sie an.

»Ja mei, das ist aber eine Freud!« sagte er herzlich.

»Das ist doch – das ist doch . . .« stotterte der Jörgl, der sich zu seiner vollen, beachtlichen Höhe erhoben hatte. »Vater, so schau doch, das ist doch die Walburga!«

Ihr Gesicht hatte sich nicht sehr verändert, obwohl

aus dem schlaksigen fünfzehnjährigen Kind inzwischen ein hübsches junges Madel geworden war.

»Freilich!« nickte der Melchior und schüttelte tadelnd den Kopf über seinen Sohn. »Nun mach den Mund wieder zu, Bub, und begrüß' die Burgel! Willkommen daheim, Madel!«

Und er stand auf, kam um den Tisch herum und ergriff ihre Hand, die er herzhaft schüttelte.

»Ich dank' dir, Melchior« lächelte die Walburga herzlich. »Ich kann es dem Jörgl net verdenken, dass er so überrascht ist. Arg lang' ist es her, dass wir uns das letzte Mal gesehen haben.«

»Willkommen, Burgl!« Jetzt nahm auch der Jörgl Walburgas kleine, schmale Hand in seine Pratze. »Ich hab' schon gehört, dass du wieder auf dem Stanzinger-Hof bist. Aber dass du zu uns hinauskommst . . .

»Das kommt net von ungefähr« erklärte die Walburga. »Ich bin gekommen, um dich zu holen, Melchior. Wärst du so gut, mich durch mein Häusl, die ›Waldklause‹ zu führen und mir zu zeigen, wo was zu reparieren ist? Der Vater hat mir gesagt, dass du auf das Haus geachtet hast die ganze Zeit über.«

»Freilich, Madel, das will ich gern tun. Nur liegt vieles im Argen!« Er kratzte sich am Hinterkopf und sah nachdenklich drein. Dann machte er die Bewegung des Geldzählens. »Das wird einiges kosten, fürcht' ich.«

»Das macht nix, Melchior«, beruhigte die Burgl den Alten. »Ich will mir dort ein Büro und eine Werkstatt einrichten und vielleicht noch eine Stube, in der ich mal gemütlich sitzen kann.«

»Ja mei, eine Werkstatt?« Zweifelnd sah der Melchior an dem schlanken, zierlichen Madel auf und nieder.

»Nun ja, ich hab' meine Abschlussprüfung bestanden. Ich bin jetzt Hafnerin.«

Die Burgl sagte es nicht ohne Stolz.

Der Jörgl prustete in die hohle Hand. »Milchtöpfe und Salatschüsseln!« lachte er. »Die Walburga und Milchtöpfe und Salatschüsseln!«

»Bub, wirst du wohl aufhören!« Melchiors Augen blitzten ärgerlich. »Nein, du lernst es nie!«

»Verzeih mir, Burgl, ich hab's net so gemeint!« murmelte der Jörgl mit zerknirschtem Gesicht.

»Ich mach' net nur Schüsseln und Milchtöpfe« erklärte die Walburga ihm, »sondern auch Vasen und Krüge, manchmal auch kleine Tonfiguren. Und drüben in der ›Waldklause‹ will ich künftig arbeiten. Wohnen soll ich aber auf dem Hof bei meinem Vater. Nun sorg' ich mich, dass meine Werkstatt dann so ganz ohne Aufsicht ist, und da hab' ich gedacht, ja, da hab' ich gemeint . . .«

»Was hast du denn gemeint, Burgl?« Geradezu väterlich gütig half ihr der alte Melchior weiter. Sein Lächeln war so warm, wie ihr in Oberhahn außer dem von der Bärbel und der alten Kathi auf dem Stanzinger-Hof bisher noch keines begegnet war.

»Ich hab' gemeint, dass du vielleicht hinüberziehen und nach dem Rechten sehen würdest, du und der Jörgl mit dir, Melchior!«

Nun war es heraus. Die Burgl sah sich um in der Hütte, die recht primitiv war. Es war halt eine rechte Männerwirtschaft. Wasser holten sie sich von der Quelle, die zwanzig Schritte weiter im Unterholz murmelte.

»Eine schöne Stube mit einem Waschbecken und einem Ofen würd' ich euch geben« malte sie ihnen aus, »und dazu einen regelmäßigen Lohn fürs Aufpassen und Heizen und was sonst noch anfällt. Nun, wie wär' es?«

»Für die Walburga tät' ich des, Vater!« ließ sich der Jörgl vernehmen. »Aber sonst für keinen!«

»Des hab' ich von dir auch erwartet« nickte sein Vater befriedigt.

»Und ich will für sie auch einkaufen gehen und das Häusl sauber halten!«

»Ich dank' dir, Jörgl, das ist wirklich lieb von dir« lächelte die Walburga.

»Wir essen zu Ende« entschied der Melchior, »dann werden wir hinübergehen. Du bist eingeladen, Burgl!«

So hatte die Walburga also am zweiten Tag in der Heimat mit dem Melchior und dem Jörgl ein Mahl eingenommen, das ihr zehnmal besser schmeckte als das Essen auf dem Stanzinger-Hof.

Und dann hatten sie zusammen die »Waldklause« besichtigt, und Burgls Notizbuch füllte sich mit Anmerkungen und Berechnungen. Der Melchior war unschätzbar. Er kannte alle Preise und die richtigen Handwerker und beriet die Burgl nach Kräften. Außerdem versprachen er und der Jörgl, bei dem Umbau mitzuhelfen und die Aufsicht zu führen.

So kam die Walburga also mit dem Gefühl auf den Stanzinger-Hof zurück, viel geleistet und entscheidende Schritte für die Ordnung ihres zukünftigen Lebens unternommen zu haben. Sie war heiter und froh gestimmt wie seit langem nicht.

Aber diese schöne Stimmung wurde gleich von zwei Seiten arg gestört.

»Wie ich gehört hab', kannst du es net lassen, deinen Plan mit der Werkstatt, den ich nur narrisch nennen kann, auszuführen, bemerkte die Bäuerin spitz, die gerade mit dem Bauern in der Wohnstube beim Abendessen saß, als die Walburga eintrat. »Ich hab es dir ja schon gesagt, Burgl, dass ich es net richtig find', das Ganze. Die Tochter vom Stanzinger-Clemens hat es net nötig, zu arbeiten und dann noch in einem solchen Beruf! Ja mei, das sind wohl die künstlerischen Neigungen deiner Mutter, die da durchkommen!«

Spott klang aus Luzies Stimme, und in Walburga, die wirklich die Letzte war, die gern zankte, stieg

Zorn empor. Sie konnte es nicht dulden, dass diese Frau ihr totes Mutterl verhöhnte.

»Was das Künstlerische angeht, so hab' ich es schon oft erfahren müssen, dass die Leut' solche Menschen verspotten, weil sie halt anders sind. Das ist engstirnig und dumm. Was aber das Arbeiten angeht« entgegnete die Burgl scharf, »so mein' ich, dass es net schandet, und hier auf dem Hof gibt es manche, denen es nix schaden tät', ein bissel mehr zu tun.«

Dann ging sie ruhig zu ihrem Stuhl und setzte sich an den Tisch.

Die Luzie hätte sich beinahe verschluckt, so überraschte sie dieser unerwartete Angriff.

»Hast du es gehört, Clemens? Das Madel hat mich beleidigt!« rief sie mit schriller Stimme.

Die Walburga wandte ihrem Vater den Blick zu und sagte: »Die Stanzingers haben immer gearbeitet. Wie hätten sie wohl sonst zu ihrer Wohlhabenheit gelangen können? Ich weiß jedenfalls genau, als ich ein kleines Madel war, da hat mein Vater kaum Zeit gehabt für mein Mutterl und mich, so viel hat er zu schaffen gehabt, net wahr, Vater?«

Der Bauer räusperte sich nur, er spürte sehr wohl die Ironie.

»Und wahrscheinlich würd' es dir hier net so gut gehen, wenn mein Vater net so fleißig gewesen wär‹!« vollendete die Walburga.

Doch der geheime Ärger, der an dem Bauern nagte, musste sich Luft machen, und außerdem fürchtete er sich vor der Szene, die ihm die Luzie machen würde, wenn sie allein sein würden. Ihrer Meinung nach musste er sie ja verteidigen.

»Der Autohändler drunten in der Stadt hat mich angerufen« nörgelte er und sah seine Tochter mißmutig an. »Du hast dir so mir nix, dir nix einen net grad billigen Wagen gekauft. Und auch deine Bestellungen bei der Möbelhandlung waren net bescheiden.«

»Bescheiden?« wunderte sich die Walburga. »Sollt' ich denn bescheiden sein, Vater? Davon hast du mir nix gesagt. Im Gegenteil, du hast mir doch versichert, ich könnt' aus dem Vollen schöpfen, und die Schecks, die ich ausstell', würdest du bezahlen. Ich will dir gleich sagen, Vater, dass ich mit dem Melchior, den ich übrigens mit dem Jörgl zusammen als Hausbesorger eingestellt hab' für die ›Waldklause‹ die Kosten für den Umbau des Häusls auf dreitausend Euro berechnet hab'. Das ist ja wohl net weiter schlimm, denn so viel ich weiß, hat mein Mutterl mir rund fünfzigtausend Euro vererbt, die dir zur Verfügung standen. Meine Töpferausbildung hat diese Summe gewiss net verschlungen, und Zinsen kommen doch auch noch hinzu.«

»Freilich, gewiss« murmelte der Stanzinger-Clemens wieder in dieser nervösen Art, die er heute schon einmal an den Tag gelegt hatte, als von Walburgas Erbe die Rede gewesen war.

»Siehst du, dann ist ja alles gut.« Die Burgl lächelte und führte beruhigt einen Bissen zum Mund. Sie war nicht nachtragend und hatte den Zorn über die Luzie schon wieder vergessen.

Doch da sagte die Bäuerin mit boshafter Stimme: »Ich weiß gar net, Clemens, warum du in letzter Zeit so zum Sparen neigst! Beinahe fürcht' ich, dass du alt wirst. Ja mei, man sollt' sich halt wirklich sehr überlegen, ob man einen um so viele Jahre älteren Mann heiratet!«

Diese höhnische, boshafte Bemerkung brachte den Stanzinger-Bauern so außer sich, dass er Messer und Gabel auf den Tisch warf, aufsprang, dass sein Stuhl rückwärts rutschte, und aus der Wohnstube stürmte.

Erschrocken starrte ihm die Walburga nach. Dann sah sie die Luzie an.

In deren kalten grünen Augen war nichts als Spott. »Du kannst dir net früh genug klar machen, Burgl, dass net alles Gold ist, was glänzt!« sagte sie geheimnisvoll, stand auf und ging ebenfalls hinaus.

Die Burgl begriff gar nichts mehr. Was wurde hier eigentlich gespielt? Wer war hier gegen wen? Und was sollte die letzte bedeutungsvolle Bemerkung der Bäuerin?

Die Walburga fühlte sich unsicher und beklommen. Irgendetwas war hier auf dem Stanzinger-Hof, was sie nicht greifen konnte. Ein feiner Schauer rann ihr über den Rücken.

Nun hatte sie auch keinen Hunger mehr. Sie stand auf, räumte das benutzte Geschirr zusammen und brachte es in die Küche, wo sie der alten Kathi dann beim Abwasch half.

Dann hörte sie, wie ihr Vater und ihre Stiefmutter gemeinsam das Haus verließen und dem Wirtshaus zusteuerten. Es war also wieder alles in Ordnung zwischen ihnen.

Launen sind es und weiter nix! dachte die Burgl. Ich bin wohl zu einfach umso etwas zu verstehen!

Aber sie wurde das Gefühl nicht los, dass es nicht nur eine Laune gewesen war. Irgendetwas stimmte nicht auf dem Stanzinger-Hof, das spürte sie.

*

Ganz anders verlief das Leben auf dem Schörgen-Hof.

Dort drehte sich wirklich alles noch um den landwirtschaftlichen Betrieb, und wenn auch der Bauer durch seine Krankheit an den Rollstuhl gefesselt war, so war doch sein Sohn, der Mathias, an seine Stelle getreten, und löste die Aufgaben, die das Schicksal ihm stellte, so vorbildlich, dass daran gar nichts auszusetzen war.

Augenblicklich stand der Schörgen-Hof ganz im Zeichen der Heuernte, die dort im vollen Gange war. Wieder einmal waren der Mathias, der Veit und die junge Magd Marei auf der großen Wiese am Ufer des Hahnensees, die dem Schörgen-Bauern gehörte, und luden im Schweiße ihres Angesichts das getrocknete Gras auf den Leiterwagen, der hinter dem Traktor befestigt war.

Einen prüfenden Blick warf der Mathias zum Himmel und trieb die beiden anderen dann zur Eile an.

»Ein Wetter wird es geben!« prophezeite er. »Lang dauert es nimmer mit dem Sonnenschein. Heut' früh in den Nachrichten haben sie es angekündigt. Und da hinten überm See die graue Wolke, die macht wohl den Anfang damit.«

»Ja mei, schneller kann ich nimmer!« antwortete ihm die Magd Marei, die flink hinter ihm her arbeitete und mit dem Rechen das Heu zusammenharkte, das er mit der Gabel nicht zu fassen vermocht hatte.

Auf der anderen Seite des Leiterwagens arbeitete der Harlacher-Veit allein. Für ihn gab es zum Nachrechen keine Magd, denn mehr war an Hilfskräften auf dem Schörgen-Hof nicht vorhanden. Sie hielten es so, dass die Marei auf der anderen Seite mit dem Rechen entlangging, wenn der Mathias sich auf den Traktor schwang und den vollbeladenen Wagen zum Hof zurückbrachte.

Ein hübscher Bursche war der Harlacher-Veit, nur ein bissel düster wirkte sein Gesicht, in dem die Augen zu dicht beieinander lagen und die starken Augenbrauen über der Nasenwurzel zusammenstießen.

Er besaß beachtliche Kraft und Gewandtheit, dieser junge Bursche, aber den Verstand eines Kindes. Nicht einmal zum Besuch der Grundschule hatte es bei ihm gereicht. Man hatte ihn in die Sonderschule der Kreisstadt überweisen müssen, und mühsam genug hatten die dort tätigen Lehrer ihm die Anfangsgründe von Lesen, Schreiben und Rechnen beigebracht.

Im Waisenhaus hatte er seine Kinderzeit verbracht, der Harlacher-Veit, denn durch einen schweren Verkehrsunfall hatte er im Alter von sechs Jahren am gleichen Tag Vater und Mutter verloren.

Angehörige besaß er nicht mehr, dieser Bursche, nur sein Patenonkel, der Schörgen-Franz, kümmerte sich getreulich um ihn. Aber das schwierige Kind, das zum Lernen nicht fähig war, hatte man nicht auf dem Hof unterbringen können. Erst mit fünfzehn Jahren, als der Veit nicht mehr schulpflichtig war und als seine geringe Ausbildung als abgeschlossen angesehen werden musste, war er in das Bergdorf übergesiedelt, und seitdem hatte ihn die Schörgen-Therese unter ihre mütterlichen Fittiche genommen.

Fünf Jahre war das her, also beinahe so lange, wie die Erbin vom Stanzinger-Hof sich in der Fremde aufgehalten hatte. Darum waren zum Beispiel der Veit und die Walburga einander bisher nicht begegnet.

Er war nicht schwer zu lenken, dieser junge Mann mit dem kindlichen Gemüt. Von ganzem Herzen dankbar war er für die Bleibe auf dem Schörgen-Hof, und niemals kränkte er den Patenonkel durch Ungehorsam oder Aufsässigkeit.

Auch der Mathias kam gut mit ihm aus, und es verdross ihn nicht, dass er immer wieder die großen und kleinen Pannen ausbügeln musste, die der Veit durch seine Unwissenheit und Ungeschicktheit verursachte.

In der letzten Zeit aber war mit dem Harlacher-Veit eine Wandlung vor sich gegangen. Sein Wesen hatte sich deutlich verändert, und die Menschen in seiner Umgebung rätselten noch daran herum, woran es lag. Es konnte vorkommen, dass dar Veit völlig geistesabwesend im Hof stand oder in der Stube saß, in die Ferne starrte und es gar nicht wahrnahm, wenn man ihn rief.

Häufiger als sonst vergaß er die kleinen Aufträge, die ihm erteilt wurden, und in der Nachte hörte man in seiner Kammer das Bett knarren, weil er sich unruhig umherwälzte, und manchmal erklang auch ein Stöhnen, oder er stieß wirre Worte hervor, die niemand verstand, und von denen der Schlafende am nächsten Tag nichts mehr wusste, wenn man ihn danach fragte.

Gerade in diesem Augenblick hatte der Veit wieder einmal das, was der Mathias gutmütig spottend »seine Zustände« nannte. Mitten in der Arbeit hatte er die Heugabel sinken lassen, stützte sich jetzt auf ihren Stiel und starrte wie gebannt auf die Marei, deren braun gebrannte Arme so kräftig schafften und werkten, dass der pralle Busen auf und nieder wogte.

Ein Anblick war das, von dem der Harlacher-Veit sich nicht losreißen konnte. Er stand mit offenem Mund da wie ein Verdurstender und starrte die Marei an, und dann leckte er sich die Lippen und schluckte, weil ihm die Kehle trocken geworden war.

»He, Veit, was ist denn? Komm zu dir!« ermahnte der Mathias ihn. »Du musst dich sputen! Ein Wetter ist im Kommen. Wir wollen das Heu noch trocken in die Scheune bringen.«

Erschrocken fuhr Veit zusammen, schwang wieder die Gabel und lud mehr Heu auf als zuvor, weil er sein Versäumnis wettmachen wollte.

Wieder war ein Fuder zum Abtransport bereit. Der Mathias schwang sich auf den Sitz des Traktors, ließ den Motor an und ratterte davon.

Der Harlacher-Veit und die Magd Marei blieben auf der Wiese am See zurück.

Während die Marei auf der Seite, auf der der Veit bisher allein gearbeitet hatte, eifrig die Heureste zusammenzurechen begann, versank der Patensohn des Schörgen-Bauern wieder in Untätigkeit und Träumerei, stützte sich auf den Stiel der Gabel und sah dem Madel zu.

Und plötzlich überkam es den Veit, so dass er die Gabel zu Boden warf und mit zwei, drei gewaltigen Sprüngen der Marei nacheilte, sie umfasste und nach hinten beugte. Sein lechzender Mund, der wieder so durstig aussah, presste sich in einem wilden Kuss auf den ihren.

Auf diese Überrumpelung war die Marei nicht gefasst gewesen, und sie war ihr auch keineswegs willkommen. Erstens stand ihr jetzt der Sinn nicht nach einer solchen Narretei, denn bedrohlich rückte die Wolkenwand höher, und der Himmel nahm zusehends eine schiefergraue Färbung an. Die Arbeit drängte also, und die gewittrige Atmosphäre machte die Magd reizbar und kritisch. Darüber hinaus hatte sie sich niemals ausgerechnet den Harlacher-Veit, diesen Habenichts, der auf dem Hof Gnade und Barmherzigkeit genoss und der nicht viel mehr als seinen Namen schreiben konnte, zum Liebhaber ausgesucht, denn die Marei wusste sehr genau, was sie wollte. Sie wollte sich so verheiraten, dass ihr eines Tages ein Häusl gehörte, und dass die gesunden Kinder, die sie zu bekommen hoffte, unter dem eigenen Dach aufwuchsen.

»Bist du deppert?« fuhr sie darum den Veit an, als dieser ihr Luft zum Atmen ließ. »Geh du narrisches Mannsbild, lass mich aus! Was fällt dir denn ein? Ich will nix mit dir zu schaffen haben, verstehst du mich?«

»Nur ein Bussel, Marei!« flehte der Veit und versuchte von neuem, nach ihr zu haschen.

Doch sie griff jetzt nach dem Rechen und schwang diesen gegen ihn, so dass er zurückweichen musste.

»Ein für allemal sag' ich dir, lass mir mei Ruh« schrie sie ihn zornig an. »So einer, wie du es bist, kommt für mich net in Frage, merk dir das!« Und boshaft triumphierend fügte sie noch hinzu: »Ja, wenn es der Mathias wär, der was von mir wollt', dann würd' ich es mir überlegen.«

»Der Mathias!« keuchte Veit und ballte die Fäuste. »Warum ist er denn besser als ich? Was der Mathias kann, das kann ich auch!«

»Einen Schmarrn kannst du!« höhnte sie. »Du warst ja nur in der Hilfsschule und kannst net einmal den Trecker lenken! Mit solch einem lass ich mich net ein.«

Damit hatte sie eine tödliche Beleidigung ausgesprochen und ihn an der empfindlichsten Stelle getroffen, denn die Tatsache, dass der Schörgen-Franz ihm nicht einmal erlaubte, mit dem Trecker zu fahren, was doch sonst im Dorf jedes Kind konnte, regte ihn immer besonders auf.

Er schnaufte kurz und unwillig wie ein Pferd, das sich gegen die Zügel wehrt, griff dann seinerseits nach einem am Boden liegenden Rechen und begann wie besessen zu arbeiten. Finster waren die Blicke, mit denen er die Marei ab und zu bedachte.

Doch die machte sich nichts daraus und harkte ihre Seite ab, als wäre gar nichts vorgefallen.

Schon kam der Mathias auf dem Traktor zurückgerattert und hatte wieder einen leeren Leiterwagen angehängt.

»Wir schaffen es, Leut« rief er. »Nur schnell zugefasst! Da, seht nur den Himmel! Gleich bricht das Unwetter los.«

Sie mühten sich redlich und brachten wirklich das gesamte Heu auf dem letzten Wagen unter.

Die Sonne war völlig hinter der grauen Wolkenwand verschwunden, als die Fuhre voll war, und die

Marei ging zum Wiesenrain, um den leeren Korb, der die Verpflegung enthalten hatte, und den Krug mit dem Most aufzuheben und nach Hause zu tragen.

Da geschah etwas völlig Unerwartetes.

Während der Mathias noch um den hoch beladenen Leiterwagen herumging und die Gurte und Leinen festzurrte, die über die hoch getürmte Heulast geworfen wurden, schwang sich der Harlacher-Veit plötzlich auf den Treckersitz, ließ mit einer raschen Handbewegung den Motor an und ratterte davon.

Er fuhr in einem viel zu schnellen Tempo, und der erschrockene Mathias gab den Versuch, dem davonschaukelnden Gefährt zu Fuß nachzueilen, bald wieder auf.

»Was ist nur in ihn gefahren?« murmelte er vor sich hin. »Himmel, er wird doch net etwa einen Unfall bauen?«

Auch die Marei war erschrocken und blieb jetzt mit ihren Utensilien in der Hand neben dem jungen Bauern stehen.

»Ich weiß schon, wie das, kommt« gestand sie. »Er wollt' zudringlich werden, als wir vorhin allein waren, Bauer. Da hab' ich ihn abgewiesen und auch gesagt, er könnt' ja nix und wär' zu allem zu dumm. Net einmal einen Traktor könnt er lenken.«

»Ach, so ist das!« schmunzelte Mathias. »Nun will er sich und uns beweisen, dass er's kann.«

Am Wiesenrand lag auch das Fahrrad, mit dem der Veit hergekommen war. Dieses nahm der Schörgen-Mathias jetzt, schwang sich darauf und fuhr nach Hause, während ihm die Magd Marei langsamer zu Fuß folgte.

Aber alle Eile nützte dem Mathias nichts mehr. Er kam gerade nur noch zurecht, um das Malheur mitanzusehen, das der Harlacher-Veit angerichtet hatte.

Der hatte nämlich, weil er des Lenkens unkundig

war, den Bogen zu eng genommen, als er in das Hoftor hatte einfahren wollen, und krachend landete der Traktor vor dem einen der beiden gemauerten Pfosten, aus dem jetzt die Steine brachen und der sich bedenklich zur Seite neigte.

Der Ruck war so stark gewesen, dass das ganze hoch geladene Heufuder umkippte. Da lag es nun vor dem Hoftor und versperrte die Einfahrt, und das Unwetter, das sicher einen prasselnden Regen bringen würde, rückte unaufhaltsam näher.

Einen gotteslästerlichen Fluch aus tiefstem Herzensgrund stieß der Mathias aus, sprang vom Rad und lehnte es an die Hofmauer. Dann arbeitete er sich nach vorn zu dem Traktor, um den Schaden zu betrachten, der an der Maschine entstanden war. Konnte sie noch fahren, oder fiel sie bei allen künftigen Arbeiten aus?

Leider sah es schlecht aus, sehr schlecht. Die Nase des Traktors war eingedrückt, und der Motor gab, als der Mathias ihn jetzt zu starten versuchte, keinen Ton mehr von sich.

Drinnen im Hof stand der Veit mit unglücklichem Gesicht und starrte auf das, was er angerichtet hatte. Aus dem Hause konnte man die scheltende Stimme des Altbauern hören und dazwischen die zeternde und jammernde seiner Frau.

Sie hatten beide nur allzu Recht. In der Tat war es ja ein großer Schaden, den der Veit angerichtet hatte in dem Bestreben, sich selbst und der Marei zu beweisen, dass er doch ein ganzer Mann war.

Es blieb dem Mathias nichts anderes übrig, als so schnell wie möglich zum Stanzinger-Hof zu laufen, der nicht weit entfernt war. Er wusste, dass man dort zwei Trecker besaß, einen alten, der einen gewaltigen Lärm machte, aber seine Arbeit noch gut verrichtete, und einen kleinen, blitzenden neueren.

Hastig kam er zur Tür hereingestürzt und überfiel

Walburgas Vater mit seiner Frage, ob er sich einmal für kurze Zeit einen Traktor ausleihen könnte. In fliegenden Worten schilderte er den Streich, den der Harlacher-Veit ihm gespielt hatte.

»Freilich kannst du den Traktor haben« antwortete ihm der Stanzinger-Clemens und stand schon auf, um mit ihm in den Hof zu gehen und ihm das Fahrzeug zu übergeben.

»Nimm den Großen!« riet er ihm. »Du musst ja jetzt das umgefallene Fuder schieben oder vielleicht auch aufrichten, indem du es mit einer Kette hoch ziehst. Jedenfalls brauchst du ein starke Maschine, und ich glaub', der Große schafft es besser als der Kleine.«

Der Mathias saß schon auf dem Sitz, der Motor knatterte bereits, da glaubte der Bauer ihm noch die einzige Neuigkeit mitteilen zu müssen, die es zurzeit auf dem Stanzinger-Hof gab.

»Hast du es schon gehört im Dorf, Mathias? Das Madel ist heimgekommen, die Walburga!« schrie er ihm durch das Motorgeknatter zu.

»Nein, das hab' ich net gewusst!« schrie der Mathias zurück, machte eine grüßende Handbewegung und fuhr davon.

Er konnte sich nicht länger aufhalten lassen, denn das Unwetter wartete ja ebenfalls nicht.

Während er zum Stanzinger-Hof zurückfuhr, beschäftigten sich aber seine Gedanken für eine kurze Zeit mit dem Madel, das einst seine Spielgefährtin gewesen war und das er solange nicht mehr gesehen hatte.

Ein warmes Gefühl durchrieselte ihn, wenn er an die Walburga dachte. Er hatte sie immer gern gemocht. Sie war ein feiner Kerl, aufrichtig, tüchtig und zuverlässig. Wie mochte sie sich wohl entwickelt haben? Ob sie hübsch geworden war? In seiner Erinnerung war sie immer noch das lang aufgeschossene Madel mit den Zöpfen. Inzwischen musste eine junge Frau aus ihr geworden sein.

Öfters hab' ich im Scherz gesagt, dass aus uns beiden einmal ein Paar wird, dachte er. Freilich hab' ich es nie ernst gemeint. Aber gespannt bin ich doch darauf, wie sie jetzt ausschaut und wie sie mir begegnen wird.

Doch länger konnte der Erbe vom Schörgen-Hof sich den Gedanken an die Jugendfreundin nicht überlassen, denn das umgestürzte Heufuder forderte seine ganze Aufmerksamkeit.

Fieberhaft arbeitete der Mathias, von dem schuldbewussten Veit von der anderen Seite eifrig unterstützt, und ihren vereinten Bemühungen und dem Traktor vom Stanzinger-Hof gelang es sozusagen in letzter Minute, das Fuder zu der geöffneten Scheunentür hereinzuschieben, ehe mit Blitz und Donner und prasselnden Regengüssen das Gewitter sich über dem Hahnensee entlud.

*

Am nächsten Tag kam die Fanny.

Sie wurde drunten in der Stadt mit dem Auto des Bauern abgeholt, während zu Walburgas Empfang nur der alte Pankraz mit dem Kutschenwagen geschickt worden war.

Die Fanny hatte eine Menge Gepäck und war wirklich sehr aufgemacht. Sie wirkte älter und reifer als die manchmal so kindliche Burgl und musterte ihre Stiefschwester mit unverhohlen geringschätzigem Lächeln.

Rotblondes Haar hatte die Fanny, das zu einer modernen Frisur geschnitten war, und kalte grüne Augen wie ihre Mutter hatte die Fanny, die ohne ein freundliches Lächeln waren, als sie jetzt der Walburga gegenüberstand.

Die Stanzinger-Luzie war mit dem Knecht, der den Wagen fuhr, in die Stadt gefahren und stieg jetzt gemeinsam mit der Fanny aus.

»Das ist die Walburga, deine Schwester« sagte die Bäuerin jetzt, als sie alle drei auf dem gepflasterten Hof standen. Der Bauer war nicht da, er war auf den Feldern bei der Heuernte.

»Ich hoff', wir werden uns gut vertragen, Burgl« sagte die Fanny mit kühlem Lächeln. »Ich greif' niemanden an, der mir net in den Weg kommt.«

Gern hätte ihr die Walburga eine scharfe Antwort gegeben. Schließlich war es die Fanny, die ihr »in den Weg kam« denn zweifellos besaß die Burgl auf dem Stanzinger-Hof als Hoferbin die größeren Rechte.

An diesem Abend blieben der Stanzinger-Clemens und Frau Luzie daheim und luden auch nicht den Fendl-Anselm mit seiner Frau zu sich ein. Den ganzen Abend saßen sie mit der Fanny in der Wohnstube, tranken von dem Tiroler Landwein und erzählten und lachten.

Die Burgl aber saß allein in ihrer Kammer und dachte an ihren ersten Abend daheim, wo sich niemand um sie gekümmert hatte.

Am folgenden Tag war von der Fanny nicht viel zu sehen. Genau wie ihre Mutter hielt sie nicht viel davon, morgens aufzustehen und am Frühstückstisch zu erscheinen. Wie in den vergangenen Tagen saß die Walburga mit ihrem Vater allein am Tisch, und wie stets erfand der Bauer immer neue Ausreden für das Verhalten seiner Frau.

Viel Zeit verwandte die Fanny darauf, ihr Kleid für den Abend zu richten, und ihre übrige zahlreiche Garderobe in die Schränke in ihrer Kammer zu räumen. Die Magd Rosi musste ihr dabei helfen und wurde hin- und hergejagt.

Währenddessen richtete die alte Kathi mit dem

Pankraz die Wohnstube für das Fest am heutigen Abend her.

»Eine Schand' ist es!« murmelte sie dabei vor sich hin. »Die beiden Frauenzimmer liegen den ganzen Tag in den Federn und lassen den lieben Gott einen guten Mann sein. Und so etwas will Bäuerin sein! Die Stanzinger-Loni tät' sich im Grabe umdrehen, wenn sie es sehen würd'!«

»Lass das nur niemanden hören!« brummte der Pankraz und trug noch mehr Stühle herbei. »Du wirst dir eines Tages noch den Mund verbrennen, wenn du so weitermachst!«

Die Walburga ging derweil ins Dorf, suchte die Handwerker auf, die den Umbau der »Waldklause« vornehmen sollten, und erteilte Aufträge. Überall musste sie ein Weilchen bleiben und ein bissel schwatzen, denn die Leute kannten sie ja alle von Kindesbeinen an und wollten wissen, wie es ihr in den zurückliegenden Jahren ergangen war.

Doch die unbefangene Freude darüber, dass es nun mit ihrer Werkstatt vorwärts ging, war bei der Burgl dahin. Wird es dem Vater auch recht sein, was ich ausgab'? fragte sie sich bei jedem Auftrag. Eigentlich hab' ich es mir anders vorgestellt, das Ganze. Ich bin doch nicht arm und kann über mein Geld verfügen – oder etwa nicht?

Aber diese Gedanken traten alle in den Hintergrund, je näher der Abend kam. Nur ein Gedanke beherrschte die Walburga jetzt noch: In einer Stunde werd' ich den Mathias wiedersehen!

Kritisch betrachtete sich das junge Madel im Spiegel. Doch sie war mit dem zufrieden, was sie da sah.

Sie trug eine weiße, mit dekorativen Spitzen versehene Bluse und ihr bestes Dirndlkleid. Darüber bauschte sich eine Schürze aus schwarzer Seide. Die

Haare trug sie wie immer um den Kopf gelegt, und die blauen Augen darunter leuchteten.

Ob ich dem Mathias wohl gefalle? fragte sie sich.

Mit Herzklopfen ging sie dann hinunter und trat in die Wohnstube.

Sie kam ein wenig zu spät. Die Gäste, die die Stanzinger-Luzie eingeladen hatte, waren schon da, darunter auch die Schörgen-Therese mit ihrem Sohn, dem Mathias. Der schwer kranke Bauer musste ja daheim bleiben.

Dann war da noch der Bürgermeister von Oberhahn, der Bachmoser-Anton, ein vierschrötiger, rotgesichtiger Mann, und seine kleine, blasse Frau, die Maria.

Sie hatten ihren Sohn mitgebracht, den Ferdinand, einen schmächtigen, schmalbrüstigen jungen Mann.

Und natürlich durfte auch der Fendl-Anselm mit seiner Frau Zenzi nicht fehlen, der Saufkumpan vom Stanzinger-Bauern, mit dem er und die Luzie so oft zusammen waren.

Die Fanny war dem Schörgen-Mathias bereits von ihrer Mutter vorgestellt worden, stand jetzt bei ihm und schwatzte munter. Sie lachte perlend, genau wie ihre Mutter, und jede ihrer Bewegungen war ein bewusst kokettes Spiel.

Therese Schörgen saß neben der Stanzinger-Bäuerin, und die Burgl hörte sie sagen: »Ja mei, du hast ein reizendes Madel, Luzie!«

Der Mathias schien nicht dieser Ansicht zu sein. Er lauschte Fannys unablässigem Geplapper, als ob er Zahnschmerzen hätte. Über seiner Nasenwurzel zwischen den dichten dunklen Augenbrauen stand eine steile Falte. Ein leichtes Zucken der Mundwinkel verriet, wie lästig ihm dieses eifrige Madel war.

Die Walburga war froh, dass niemand es bemerkte, als sie in die Wohnstube trat. So blieben ihr doch einige Minuten, in denen sie den Mathias still für sich betrachten und mit dem jungen Burschen von früher vergleichen konnte.

Breiter war er geworden in den Schultern. Das Jugendlich-Unbefangene in seinem Gesicht war verschwunden. Von angestrengter Arbeit und unterdrückter Müdigkeit sprach der Ausdruck darin, und die scharfen Falten um den Mund gehörten noch nicht in dieses junge Gesicht.

Armer, lieber Mathias! dachte die Burgl und fühlte eine unbeschreibliche Zärtlichkeit für ihn. Sie hätte seinen müden Kopf in ihren Schoß zur Ruhe betten mögen.

Jetzt trat der Bürgermeisterssohn, der Bachmoser-Ferdl, mit seinem Glas, das mit rotem Landwein gefüllt war, zu der Fanny und krähte mit seiner hellen Stimme:

»Lass uns darauf trinken, Fanny, dass du zu uns nach Oberhahn gekommen bist! Du machst unser kleines Dorf wirklich reicher.«

»Halt, Ferdi!« warf da der Mathias ein, streckte die Hand aus und schob den Bürgermeisterssohn einfach beiseite. »Du hast Recht, unser Dorf hat die Fanny dazubekommen. Die Stanzinger-Walburga hat es aber zurückgewonnen. Wir wollen doch net vergessen, dass die Burgl auch in den letzten Tagen heimgekehrt ist.«

Und mit ausgestreckten Armen kam er auf die Walburga zu, die er just in diesem Augenblick entdeckt hatte.

»Burgl!« flüsterte er, dicht vor ihr stehen bleibend. »Ja mei, was bist du für ein hübsches Madel geworden! Da wag' ich es ja gar net mehr, dir einen Platz in meinem Baumhaus anzubieten!«

»Ich dank' dir, Mathias!« stammelte sie überwältigt von dieser Begrüßung und wurde ein bissel rot.

»Jessas, gibt es das denn überhaupt noch, unser Baumhaus?«

»Nein, Burgl, das gibt es net mehr. Der Sturm hat es heruntergefegt, die Jugendzeit ist vorbei. Willkommen in der Heimat, Madel! Ich hab' dich und die schöne Zeit, die wir gemeinsam verbracht haben, nie vergessen.«

Die Luzie war sehr rot geworden, als der Mathias auf Walburga zutrat. Seine Worte, die alle verstanden hatten, enthielten ja schließlich einen Vorwurf für sie. Niemand konnte nun mehr daran vorübersehen, dass sie ihre eigene Tochter ungebührlich in den Vordergrund geschoben und darüber die Rechte der Hoferbin vergessen hatte.

»Schade, Burgl, du kommst ein bissel spät!« rief sie darum mit süßsaurem Lächeln. »Ich hatte mir das so schön gedacht, euch Madeln gemeinsam anzukündigen, und nun warst du gar net da. Da hat dir die Fanny den Rang abgelaufen.«

Die Burgl hörte es, aber sie sah ihre Stiefmutter gar nicht an. Ihr Blick hing nur an Mathias.

Was war das, was aus seinen Augen sprach? Waren es nur die schönen Kindheitserinnerungen, die seinen Blick so weich auf ihr ruhen ließen? Wieder begann ihr Herz stürmisch zu klopfen. Sie fürchtete, dass er spürte, wie ihre Hand bebte, denn er hielt diese noch immer in seinen beiden Händen.

»Komm« sagte er dann leise, »setz dich mit mir auf die Ofenbank! Da können wir ungestört ein bissel reden. Wir haben uns ja so lang' net gesehen, Burgl!«

Er ließ ihre Hand nicht los und steuerte mit ihr auf die mit bunten Polstern bedeckte Ofenbank zu, die den grün glasierten Kachelofen in der Ecke der Wohnstube umgab.

Böse und voller Neid starrte die Fanny ihnen nach.

Das verzieh sie der Walburga nicht, dass sie ihr gleich am zweiten Tag ›in den Weg gekommen‹ war!

Doch dann trat der Bachmoser-Ferdl neben sie und wollte ihr unbedingt irgendeine Geschichte erzählen, und wohl oder übel musste sie ihm höflich zuhören.

Die Walburga hatte die bösen Blicke der Fanny nicht bemerkt, aber auch wenn sie es getan hätte, wäre es ihr gleichgültig gewesen. Sie war jetzt viel zu glücklich, um an die möglichen Folgen zu denken, die diese Bevorzugung ihr eintragen würde.

Dann saß sie neben dem Mathias auf der Bank, und immer noch hielt er ihre Hand fest in der seinen. Das war die Hand, die sie gehalten hatte, wenn sie auf der Strickleiter zum Baumhaus emporgeklettert war. Da auf seinem rechten Handrücken war noch die kleine Narbe von dem rostigen Nagel, der sich ihm eines Tages ins Fleisch gegraben hatte, als er das plötzlich abbrechende erste Brett des Bodens vom Hochstand im Wald unter Walburgas Gewicht festgehalten hatte, damit sie nicht stürzte. Sie lächelte, sah ihn von der Seite her an und strich mit einer liebkosenden Bewegung ganz leicht mit einem Finger darüber.

Er blickte nieder auf seine Hand. »Die Narbe!« nickte er, sie sogleich verstehend. »Ach, Burgl, gern hätt' ich mehr Narben für dich davongetragen, denn du warst ein prächtiger Kamerad! Jetzt steht jeder von uns allein. Nun erzähl aber mal, was wirst du jetzt anfangen? Hast du schon Pläne?«

»Ich mach' mir eine Werkstatt in der ›Waldklause‹«, begann die Walburga. »Das Häusl gehört ja mir. Freilich, eine Weile wird es dauern, bis es sich herumgesprochen hat, dass es in Oberhahn eine junge Hafnerin gibt, die etwas kann. Aber ich glaub' daran, dass ich Erfolg haben werd, und Gott sei Dank hab' ich für diese Zeit etwas Vermögen im Hintergrund.«

»Freilich, das hast du«, sagte er. »Tüchtig bist du, Madel, und vernünftig. Du wirst es schon schaffen. Grauslich find' ich's, wenn die Madeln nur auf ihre Reize bauen und einen geeigneten Mann abwarten.«

»Und du?« fragte sie. »Wie geht es dir?«

»Viel Arbeit hab' ich« erzählte er, »aber es macht mir Freud'. Du weißt ja, ich bin mit Leib und Seele Landwirt. Nur schad' ist es halt, dass der Vater ganz ausfällt, da fehlt eine Arbeitskraft. Und einen Knecht mehr können wir net einstellen, denn der kostet ja wieder Lohn. Da muss ich halt ein bissel mehr schaffen.«

»Wieso? Geht es denn dem Schörgen-Hof net gut?« fragte die Burgl besorgt.

»Nein, so mein' ich es net« schüttelte der Mathias den Kopf. »Freilich, wir hatten zwei schlechte Ernten in den letzten Jahren. Daher geht es ein bissel knapp bei uns zu. Aber so, dass man sich sorgen muss, ist es net.«

»Da muss man eigentlich sagen, Mathias, uns zweien geht es, recht gut« lächelte die Walburga.

»Recht hast du« nickte der junge Bauer und drückte ihre Hand fester. Ihre Blicke trafen sich, und einige Sekunden lang sahen sie sich stumm in die Augen. Dann sah ein jeder schnell wieder zur Seite.

Ich glaub', ich liebe ihn! dachte die Walburga erschrocken. Es ist, als wär' ich gar net fort gewesen. Wo kommt sie nur her, diese Vertrautheit, dieses Verstehen? Die gemeinsamen Erinnerungen, das ist es! Ich bild' mir was ein, ganz gewiss bild' ich mir was ein.

Und doch, irgendetwas war zwischen ihnen, etwas Unnennbares.

Vielleicht spürte das auch die Fanny über den Raum hinweg, der zwischen den beiden jungen Menschen auf der Ofenbank und ihr lag. Vielleicht sagte sie sich, dass es an der Zeit war, dem entgegenzutreten.

Jedenfalls ging sie auf die beiden zu und fragte: »Darf ich mich zu euch setzen? Du musst aufpassen, Mathias, du behandelst die beiden Töchter auf dem Stanzinger-Hof recht ungleichmäßig. Die ganze Zeit schwatzt du nur hier mit der Burgl. Ich mein', jetzt bin ich an der Reihe, net wahr? Und damit du es gleich weißt, Mathias, ich hab' grad mit deiner Mutter gesprochen, und sie hat mein Mutterl und mich für den nächster Sonntag zum Kaffee eingeladen. Da wirst du mir euren Hof zeigen, ja?«

Was sollte der Mathias da wohl sagen? Er konnte ja nicht gut unhöflich sein, und außerdem zwinkerte ihm seine Mutter mit den Augen zu und lächelte hoffnungsvoll.

O weh, wenn die Mutter mich doch bloß nicht mit dieser Fanny verheiraten wollt'! dachte er seufzend, Gar nicht gekannt hat sie das Madel und hat es mir doch schon dauernd angepriesen.

»Ein reizendes Madel!« hatte die Schörgen-Therese immer wieder zu ihrem Sohn gesagt. »Sieh dir mal die Fotos an, Bub! Und außerdem hat sie Geld. Du musst zwar kein reiches Madel heiraten, dem Schörgen-Hof geht es gut, aber schaden könnt es nix. Sie tät' wirklich gut zu dir zu passen, Mathias. Und ich wünsch' mir doch so sehr eine Schwiegertochter. Mach' mir bald die Freud', Bub!«

»Ich glaub' aber net, dass diese Fanny zu mir passt« hatte der Mathias widersprochen. »Mir liegen solche Madeln net, Mutter. Ich stell' mir meine Frau anders vor, so wie die Walburga zum Beispiel.«

»Nein, die Burgl ist nix für dich, glaub' mir« hatte seine Mutter energisch den Kopf geschüttelt. »Sie hat doch ihren Beruf, für den sie lange gelernt hat, und den wird sie jetzt net aufgeben wollen, um Bäuerin auf dem Schörgen-Hof zu werden. Und außerdem weißt du ja, was die Leut' im Dorf munkeln. Von ihrem Erbe soll net mehr viel da sein. Der Stanzinger-Clemens hat es durchgebracht, sagt man. Ich weiß ja net, ob es stimmt, aber möglich ist es schon. Wenn du aber ein reiches Madel heiraten tät'st, dann könntest du viele deiner Pläne von der Landwirtschaftsschule auf unserem Hof verwirklichen.«

Ja, so hatte Therese Schörgen gesprochen, und darum sagte der Mathias jetzt mit einer kleinen Grimasse: »Freilich, Fanny, ich würd' mich freuen, dir alles daheim auf dem Hof zu zeigen!«

Und im Stillen dachte er: Jessas, sie wird dabei die ganze Zeit schnattern! Kruzitürken, mir ist das Ganze zuwider! Ich mag solche Madeln wie die Fanny halt nicht!

Befriedigt von dieser Antwort drehte sich die Fanny um und ging zu ihrer Mutter und der Schörgen-Therese zurück. Sie hatte erreicht, was sie wollte.

Der Mathias wurde sich plötzlich bewusst, dass er starke Kopfschmerzen hatte. So war das oft gegen Abend. Er schlief in der letzten Zeit einfach zu wenig. Der Teufel soll all die Probleme holen! dachte er wütend. Ich will heim und ins Bett! Aber das durfte er nicht, ohne den Stanzinger-Bauern und seine Frau zu beleidigen.

Darum stand er auf und ging zum Bauern hinüber, um sich vom guten Tiroler Landwein nachschenken zu lassen, und hastig stürzte er den Inhalt seines Glases hinunter.

Traurig sah ihm die Walburga nach. Sie ahnte, was in ihm vorging, aber helfen konnte sie ihm nicht.

*

Am nächsten Vormittag saßen die Stanzinger-Luzie und ihre Tochter in der Wohnstube beisammen bei ihrem wie immer verspäteten Frühstück.

»Wir fahren natürlich ohne die Burgl zu diesem

Kaffeebesuch auf dem Schörgen-Hof« sagte die Bäuerin gerade.

»Freilich, das hab' ich mir auch so gedacht«, nickte die Fanny. »Sie würd' doch nur stören bei unserem Plan, die dumme Gans.«

Die Luzie runzelte die Stirn. »Hüt' deine Zunge, Madel!« mahnte sie. »Du darfst dich net daneben benehmen, sonst stößt du die Leut' hier in Oberhahn vor den Kopf! Niemand darf merken, dass deine Herkunft net so untadelig ist, wie ich erzählt hab'.«

»Freilich, Mutter«, nickte die Fanny gehorsam. »Ich werd' mir Mühe geben.«

»Also sei net so aufdringlich zum Mathias!« sprach die Bäuerin weiter. »Und red' net gar so dummes Zeug! Schweig lieber bedeutungsvoll! Wenn eine Frau nix sagt, vermutet man mehr dahinter, als wirklich da ist. Und im Übrigen denk' an unseren Plan!«

»Ja, Mutterl. das vergess ich net«, versprach die Fanny. »Wahrscheinlich wird es im Garten sein. Das Wetter ist ja wundervoll.«

»Und ich werd' dieser dummen Person, der Therese, vorschlagen, dass wir den Kaffeetisch draußen im Garten decken« meinte die Bäuerin und lächelte boshaft,

»Und du hältst dann die Augen offen?«

»Du kannst dich darauf verlassen, Madel. Mir ist es doch selber wichtig, dass es klappt. Spätestens in sechs Wochen musst du mit dem Schörgen-Mathias verlobt sein. Wenn es länger dauert, hat er Zeit, Schwierigkeiten zu machen. Und bis zum Jahresende müsst ihr zwei heiraten, dann kann uns nix mehr passieren.«

»Glaubst du, dass der Stanzinger-Clemens so lang' durchhält?« sorgte sich die Fanny.

»Ich hab' dir schon gesagt, der Jahresabschluss ist es, der die Katastrophe bringt« antwortete ihre Mutter. »Dann wird es offenbar, dass er den Hof zu hoch belastet hat und Kredite net mehr tilgen kann. Auch Walburgas Erbe hat er durchgebracht, das er für sie verwalten sollte. Also musst du bis zum Jahresende mit dem Mathias verheiratet sein, damit wir beide ein warmes Platzel auf dem Schörgen-Hof haben.«

»Und die Schörgen-Bäuerin rechnet mit dem Vermögen, das ich mit in die Ehe bringen soll! Jessas, ist das alles komisch!«

Die Fanny warf den Kopf hintenüber und lachte laut. Sie sah in diesem Augenblick gar nicht aus wie das Madel aus gutem Hause.

Die Bäuerin runzelte denn auch die Brauen und sagte tadelnd: »Madel, reiß dich zusammen! Du darfst dich net so gehen lassen. Denk immer an die Rolle, die du hier in Oberhahn spielst! Niemand darf deine wahre Herkunft ahnen, davon hängt alles ab. Und im Übrigen pass auf die Walburga auf! Sie könnt dir gefährlich werden.«

Wie ganz anders hätte sich wohl alles entwickelt, wenn der Schörgen-Mathias, die Burgl oder der Stanzinger-Bauer etwas von diesem Gespräch gewusst hätten!

Am nächsten Sonntag machten sich die Stanzinger-Luzie und die Fanny auf den Weg zum Schörgen-Hof.

Als sie durch das Hoftor auf den gepflasterten Hof traten, kam ihnen unter der Haustür die Schörgen-Bäuerin schon entgegen.

»Ja, grüß dich, Luzie!« rief sie herzlich und streckte der Bäuerin vom Stanzinger-Hof die Hand entgegen.« Das ist schön, dass du mich einmal besuchen kommst. Grüß Gott, Fanny! Bildhübsch schaust du heut' wieder aus, Madel!«

Liebevoll lächelte die Therese dem jungen Ding zu, das sie sich so sehr zur Schwiegertochter wünschte, und die Fanny brachte es wahrhaftig fertig, ein bissel zu erröten, und senkte den Blick, als brächte sie das Kompliment der Bäuerin in Verlegenheit.

»Mathias!« rief die Therese jetzt laut. »Komm her, unser Besuch ist da!«

»Ja, Mutter, ich komm ja schon!« ertönte die Antwort aus dem Haus, und von der Treppe, die ins Obergeschoss hinaufführte, war ein polternder Schritt zu vernehmen. Dann trat der junge Bauer auf den Hof hinaus.

Gut schaute er aus, wie er da so unter der Haustür stand, ein großer, breitschultriger junger Mann mit gut geschnittenem Gesicht, in dem die dunklen Augen blitzten und über dem sich das dunkle Haar eigenwillig weilte, von dem ihm eine Strähne immer ins Gesicht fiel.

Ein bunt kariertes Hemd trug der Mathias, dessen Ärmel er wegen der sommerlichen Wärme aufgekrempelt hatte und das am Hals offen stand und viel von der sonnengebräunten Brust sehen ließ.

»Grüß Gott, Stanzinger-Bäuerin« sagte er jetzt und trat auf die drei Frauen zu. »Grüß Gott, Fanny! Schön ist's, dass ihr gekommen seid.«

»Dann mach doch gleich jetzt mit der Fanny den Rundgang über den Hof, Bub« schlug seine Mutter vor, »und zeig ihr alles! Ich werd' derweil mit der Luzie den Kaffeetisch decken.«

Wär's net schön bei diesem herrlichen Wetter, Therese, wenn wir draußen den Kaffee trinken würden?« sagte die Luzie programmgemäß.

»Ja, freilich, das ist ein guter Gedanke« lobte die Schörgen-Bäuerin. »Ich werd' gleich den Xaver, unseren Knecht, rufen, damit er uns den Tisch unter die alte Kastanie trägt.«

»Das kann ich doch auch tun, Mutter« wandte der Mathias ein. »Der Xaver hat doch seinen freien Tag, den brauchen wir nicht stören.«

Nein, nein, geh du nur mit der Fanny!« wehrte seine Mutter ab. »Der Xaver macht das schon.«

Schulterzuckend ging der Mathias mit der Fanny davon.

»Wo sollen wir denn beginnen mit dem Rundgang?« fragte er sie. »Was interessiert dich denn am meisten, Fanny?«

»Oh, alles!« versicherte sie, »Ich will doch einmal eine gute Bäuerin werden, und das, was ich auf der Haushaltsschule gelernt hab, ist halt alles nur Theorie. Fang nur an, wo du willst, Mathias! Ich möcht' gern die Welt kennen lernen, in der du lebst und arbeitest.«

Der Mathias ließ sie vorangehen und verbiss sich ein Lächeln. Es gehörte nicht viel dazu, um zu merken, dass dies leeres Gerede war, das ihn beeindrucken sollte. Der Hof und die landwirtschaftliche Arbeit waren der Fanny im Grunde genommen herzlich gleichgültig.

Er dehnte darum den Rundgang auch nicht allzu sehr aus und zeigte ihr die Ställe, die Küche, die Vorrats- und Wäschekammer und die Wohnstube.

Ziemlich schnell liefen sie durch all diese Räume hindurch, und knapp und wortkarg erklärte der Mathias ihr alles. Die Fanny hingegen befolgte den Rat ihrer Mutter und schwieg, entgegen ihrer sonstigen Gewohnheit. Für dieses Schweigen war ihr der Mathias dankbar.

Vielleicht ist sie doch net so übel, dachte er am Ende des Rundgangs. Sie kann ja wirklich ab und zu den Mund halten. Und was sie hier auf dem Hof gesehen hat, scheint Eindruck auf sie zu machen.

In der Tat rechnete sich die Fanny aus, welches Geld in diesem großen, tadellos geführten Anwesen steckte. Die Mutter hatte Recht, es würde sich lohnen, Bäuerin auf dem Schörgen-Hof zu werden.

Immer inniger wurde darum Fannys Lächeln, mit dem sie den jungen Bauern bedachte. Und noch einen anderen Grund gab es, besonders freundlich zu Mathias zu sein. Er sprach jetzt nämlich von der Walburga, während sie nach dem beendeten Rundgang zum Garten gingen, wo der Kaffeetisch auf sie wartete.

»Ich hab gehört, dass die Burgl heut' mit den Arbeiten an der ›Waldklause‹ angefangen hat, Fanny« sagte er. »Ja mei, das Madel hat eine ganz schöne Energie! Und der alte Melchior und der Jörgl sind die richtigen Helfer bei einem solchen Unternehmen.«

Er sagte das beinahe grimmig, und die Fanny sah ihn von der Seite her an und dachte: Das klingt ja, als wär' er eifersüchtig!

Sie rümpfte die Nase. »Ein alter Gelegenheitsarbeiter und sein Sohn, der net der Klügste ist, nein, das wär' kein Umgang für mich! Aber die Burgl muss ja wissen, was sie tut.«

»Sie hält viel vom alten Melchior« versuchte der Mathias zu erklären. »Und der Jörgl – nun, die Walburga, er und ich waren einst Spielkameraden.«

»Ja mei, das gilt aber doch heut' net mehr!« meinte die Fanny kopfschüttelnd.

»Wie kann sich ein Madel mit solch einem Burschen abgeben!«

»So arg ist es ja gar net mit dem Jörgl« verteidigte der Mathias den einstigen Kameraden. »Er ist ein gutmütiger, freundlicher Kerl, ein Naturbursche, und für die Walburga geht er durchs Feuer.«

Also doch eifersüchtig! dachte die Fanny ärgerlich, Das ist net gut. Das bedeutet doch, dass er sich eine Menge aus ihr macht. Doch auf der anderen Seite gibt er mir mit diesem Jörgl selber eine Waffe gegen die Burgl in die Hand, der depperte Kerl! Man muss sie schüren, diese Eifersucht, und sein Vertrauen zu der Walburga zerstören.

Und laut sagte sie: »Vielleicht ist es besser, wenn öfters jemand vom Stanzinger-Hof zur ›Waldklause‹ hinüberfährt und nach ihr schaut. Ich werd' mal mit der Mutter darüber sprechen.«

Nun hatten sie den hölzernen Zaun erreicht, der den Garten gegen den Wirtschaftshof abgrenzte. Die schon etwas schräg stehende Sonne schien gerade auf den gemütlichen Sitzplatz hinten auf der Rasenfläche unter einer mächtigen alten Kastanie, wo der Kaffeetisch gedeckt war.

»Ich muss schon sagen, ihr habt es schön hier auf dem Schörgen-Hof. Dieser Rundgang hat mir sehr gefallen, Mathias« behauptete die Fanny. »Aber jetzt bin ich müd' und hungrig. Die Sonne meint es heut' gar zu gut. Du hast doch jetzt Zeit für eine gemütliche Kaffeestunde, net wahr?«

»Ja, freilich, bis zum Abendmelken« nickte der junge Bauer. »Das muss ich heut' allein machen, der Xaver ist gewiss zum Tanz im Gasthaus. Heut ist ja Sonntag.«

»Arg viel Arbeit hast du, Mathias« seufzte die Fanny. »Ich stell' es mir net leicht vor, kein bissel freie Zeit zu haben.«

»Es macht mir aber Spaß« versicherte der Mathias, »Ich bin mit Leib und Seele Bauer und bin mit dem Hof verwachsen, Mit keinem anderen Menschen möcht' ich tauschen.«

»Trotzdem wär' es gut, wenn du ein bissel mehr Ruh' hättest. Du schaust müd' und erschöpft aus«, sagte die Fanny und legte ihre Hand teilnahmsvoll auf seinen Arm.

Er konnte sie ja nicht abschütteln. Schweigend ging er neben ihr weiter auf dem Gartenweg. Sie näherten sich dem gedeckten Kaffeetisch mit den darum gruppierten Stühlen an dem bis jetzt nur die Stanziger-Bäuerin saß. Die Therese war ins Haus gegangen, um ihren Mann den Franz, in seinem Rollstuhl in den Garten zu fahren.

Jetzt war es Zeit für den vereinbarten Plan von Mutter und Tochter.

Die Fanny hielt Ausschau nach einem Stein auf dem Weg, einem kleinen Hindernis, das einen Vorwand bieten sollte zum Straucheln. Richtig, da war eine Rinne im Weg, die das Regenwasser in die Erde gegraben hatte!

Genau an der Rinne stolperte die Fanny. Das fiel ihr nicht schwer, bei den nicht gerade niedrigen Absätzen ihrer sommerlichen Sandaletten.

Hilfsbereit breitete der Mathias die Arme aus und fing sie auf. Sie klammerte sich an ihn. Da hielt er sie an seiner Brust, ohne es gewollt zu haben. Die Fanny hielt die Augen geschlossen und stöhnte leise.

»Hast du dich verletzt, Fanny?« fragte der Mathias besorgt und beugte sich tief über sie. »Tut dir was weh?«

Als sein Gesicht dem ihren ganz nahe war, schob sie schnell einen Arm um seinen Hals und zog seinen Kopf vollends zu sich herab. Ehe er sich's versah, hatte sie ihn geküsst.

Damit hatte der Mathias wirklich nicht gerechnet. Er besaß nicht viel Erfahrung mit Frauen. Dazu hatte ihm die viele Arbeit auf dem Hof bisher keine Zeit gelassen. Nun war er von der Fanny überrumpelt worden.

Er versuchte sich aus der Umklammerung durch ihre Arme zu befreien und sie von sich zu schieben. Schmiegsam wie eine Schlange löste sie sich von ihm und hakte sich dann bei ihm ein, als sei dies das Selbstverständlichste von der Welt.

Sie setzte sich wieder in Bewegung, und er musste mitgehen, ob er wollte oder nicht. Mit strahlenden Augen sah ihnen vom Kaffeetisch die Stanzinger-Luzie entgegen.

»Net wahr, morgen sehen wir uns wieder?« flüsterte die Fanny, kurz bevor sie den Tisch erreichten, und sah ihn lockend an.

»Ich weiß net«, stammelte der Mathias hilflos. »Ich hab' viel Arbeit.«

Nun standen sie vor der Bäuerin. Diese drohte scherzhaft mit dem Finger. »Jessas, net so stürmisch, Mathias! Du hast dich wohl Hals über Kopf in meine Fanny verliebt, wie? Ach ja, die Jugend!«

Was sollte er antworten? Er konnte doch nicht richtigstellen, dass er von der Fanny einfach überfallen worden war! Damit hätte er das Madel doch bloßgestellt. Behutsam versuchte er, seinen Arm an sich zu ziehen. Aber die Fanny hielt ihn fest, denn in diesem Augenblick kam die Schörgen-Therese und schob vor sich her den Rollstuhl mit dem kranken Altbauern.

Sie hatte die laut gesprochenen Worte der Luzie noch gehört. Nichts hätte ihr lieber sein können. Ihre Wünsche erfüllten sich.

»Nein, was für eine Freud', Kinder!« sagte sie herzlich.

Die Fanny strahlte, der Mathias sah hilflos an seiner Mutter vorbei.

»Schon gut, Bub«, glaubte der Schörgen-Franz ihm helfen zu müssen, »wir waren auch mal jung. Du brauchst net verlegen zu sein. Nun setzt euch und lasst uns zusammen Kaffee trinken! Schad' ist es, Fanny, dass der Mathias gleich fort muss zum Abendmelken, aber du wirst ja wiederkommen, net wahr?«

»Aber freilich« nickte die Fanny siegessicher.

Der Mathias war so von allen Seiten eingekreist, dass er gar nichts mehr sagen konnte. Er machte seinem geheimen Zorn Luft, indem er heftig in seiner Kaffeetasse rührte.

Was konnte er tun? Wie sollte er aus dieser Situation herauskommen, ohne die Stanzingers zu beleidigen?

*

Das war der Auftakt zu dem Spiel um den Schörgen-Mathias gewesen, und die Fanny und ihre Mutter konnten zufrieden sein, der Anfang war bestens gelungen.

Jeden zweiten oder dritten Tag kam das Madel jetzt nachmittags auf den Schörgen-Hof und ging dem Mathias sehr auf die Nerven. Wenn sie ihn daheim antraf und er nicht draußen auf den Feldern war, was leider meistens der Fall war, da die Fanny den Zeitpunkt seiner Heimkehr genau abpasste, dann folgte sie ihm in den Stall und sah ihm dort bei der Arbeit zu, oder schlüpfte in das so genannte »Büro«, das hinter der Wohnstube lag und wo der Mathias an dem alten Schreibschrank die Abrechnungen machte. Dort wanderte sie dann im Raum umher, stellte ihm törichte Fragen, hinderte ihn daran, sich auf die Bücher zu konzentrieren und erwartete Küsse und Liebesbeteuerungen.

Sie gab sich ganz so, als wären sie sich einig und sehr vertraut miteinander, und er konnte sie nicht daran hindern. Wie konnte er kalt und abweisend sein, ohne die Stanzinger-Luzie und ihre Tochter tödlich zu kränken und seine Eltern zu betrüben?

»Fanny, ich muss arbeiten!« wehrte er sich manchmal verzweifelt. »Geh in die Wohnstube zum Vater! Der ist dir dankbar, wenn du ihm Gesellschaft leistest.«

»Ja mei, ich glaub', du bist kein bissel verliebt, Mathias!« schmollte sie dann.

Das stimmte. Er war nicht verliebt, und sie war ihm lästig. Aber wie konnte er das einem Madel sagen, das ganz offenbar in ihn verliebt war?

Die Fanny ging also zum Schörgen-Franz, der sich

sehr gern mit ihr unterhielt. Am liebsten ließ er sich von ihrem verstorbenen Vater, dem reichen Holzhändler, erzählen, der seiner Tochter sein ganzes Vermögen vermacht hatte. Und die Fanny erging sich in fantasievollen Schilderungen, die alle geglaubt wurden.

Ihre Mutter und sie ergötzten sich sehr daran. »Man kann sich's kaum vorstellen« kicherte die Fanny, »wie gutgläubig diese Leut' doch sind! Sie sind doch erwachsen und haben schon viele Lebensjahre hinter sich, in denen sie eigentlich reichlich Erfahrungen gesammelt haben könnten! Dennoch sind sie so vertrauensselig, dass es zum Lachen ist.«

»Ja mei, manche Leut werden halt niemals klug!« nickte die Bäuerin. »Und das ist ganz gut so. Wie täten wir sonst vorwärts kommen in der Welt?«

Beim Schörgen-Franz und seiner Frau Therese hatte die Fanny jedenfalls einen großen Stein im Brett, und wenn der Mathias etwas gegen das Madel sagen wollte, wurde er gleich an die Wand geredet.

»Bub, mach uns nur keinen Ärger net!« bat der Vater. »Das Madel hat dich lieb und glaubt fest an eine Zukunft mit dir.«

Die raffinierte Fanny hatte es natürlich nicht versäumt, dem alten Mann diese Rolle vorzuspielen.

»Alle Leut' in Oberhahn täten reden über uns und würden uns über die Schulter ansehen!« jammerte die Schörgen-Therese. »Das hättest du dir halt früher überlegen müssen, Bub! Man küsst ein Madel net vor den Augen seiner Mutter, ohne dass man sich klar ist über die Folgen.«

Immer wieder hatte der Mathias versucht richtig zu stellen, was damals geschehen war, doch die Eltern glaubten ihm nicht. So ging er nach solchen Gesprächen meist schulterzuckend aus dem Zimmer. Er wollte den kranken Vater nicht aufregen, die Mutter nicht enttäuschen, die Fanny nicht blamieren. Also ließ er einstweilen alles so laufen, wie es eben lief. Noch war er ja nicht verlobt.

So gingen die Wochen dahin. Das Jahr brachte einen schönen Herbst mit viel wärmender Sonne, gelb und rot flammenden Wäldern und Marienfäden in der Luft, mit röhrenden Hirschen und dem Beginn der alljährlichen Jagden.

Die Erntezeit war vorüber, und der Mathias konnte ein bissel verschnaufen. Jetzt konnte er es auf dem Hof langsamer gehen lassen.

So oft es ging, stahl er sich fort und ging in den Wald, um die Walburga zu besuchen.

Die Umbauarbeiten an der »Waldklause« hatten gute Fortschritte gemacht. Die Werkstatt war schon fertig eingerichtet, und die Burgl konnte dort schon arbeiten. Auch die Stube für den Melchior und den Jörgl war fertig, und die beiden Männer wohnten bereits in dem Häusl. Nur in Walburgas Büro und der Wohnstube, die sie sich einrichten wollte, wirkten noch die Maler.

Manchesmal hatte der Mathias die Burgl nicht angetroffen und sich mit dem Jörgl begnügen müssen.

»Die Walburga ist drunten in der Stadt und besorgt einiges« hieß es dann, oder: »Die Walburga hat ja arg viel zu tun. Heut' ist sie wieder in der Stadt und holt die Prospekte. Sie muss ja auch Reklame machen.«

Der Jörgl wusste über alles Bescheid. Der Jörgl teilte Walburgas Leben und sprach von ihr in einem vertraulichen Ton, der den Mathias zur Weißglut brachte. Wie stand die Burgl eigentlich zu diesem Burschen?

Einmal kam der alte Melchior dazu und hörte die etwas großsprecherischen Worte seines Sohnes.

»Wie oft hab ich dir schon gesagt, Jörgl, du sollst net so vertraulich von der Walburga reden!« fuhr er ihn an. »Sie ist schließlich unsere Brotherrin!«

Der Jörgl grinste nur. »Ach, das macht doch nix, Vater! Die Burgl ist die Letzte, die mir das übel nehmen tät'. Wir sind halt als Kinder zu vertraut miteinander gewesen.«

Warum würde die Walburga ihm diesen vertraulichen Ton nicht übel nehmen? Weil ihr der Jörgl gleichgültig war oder weil sie ihn liebte? Der Mathias hielt das durchaus für möglich. Er liebte die Burgl, obwohl er sich dieser Liebe noch gar nicht bewusst war, und wie alle Liebenden sah er Gespenster,

Und dann traf er sie wirklich einmal an. Da freute sie sich so offensichtlich, dass er am liebsten über seine eigenen Bedenken gelacht hätte.

»Ja mei, Mathias, das ist eine Freud'. Lässt dich der Schörgen-Hof einmal los?«

»Ich bin schon öfters hier gewesen, hab aber nur den Jörgl angetroffen« entgegnete der Mathias ein bissel schroff.

»Ja, ich bin arg viel unterwegs« lächelte die Walburga und bemerkte diesen Unterton gar nicht. »Aber das ist nun vorbei. Jetzt fängt die Arbeit an.«

Sie gingen in ihre Werkstatt, die sie ihm mit kindlichem Stolz zeigte.

»Hier ist die Töpferscheibe, dort der Modelliertisch, und da in der Kammer sind die Reserven an Material. Ich hab mich ganz gut eingedeckt, net wahr? Schau mal, wie viele Farben ich gekauft hab! Arg teuer waren die. Ist der Brennofen net gut? Der hat das meiste Geld verschlungen, und auch die Installation war net grad billig. Der Vater rauft sich die Haare über meine Ausgaben. Aber von nix kommt halt nix.«

Er lehnte am Tisch und betrachtete sie nachdenklich. War sie wirklich noch ganz ahnungslos? Oder hatte ihr schon irgendjemand etwas von den Gerüchten zugeflüstert, nach denen es um den Stanzinger-Hof nicht zum Besten stand?

»Bist du denn sicher, Madel, dass du bald ins Geschäft kommst?« erkundigte er sich darum angelegentlich.

»Sicher kann man nie sein« schüttelte die Burgl den Kopf. »Aber zuerst werd' ich für die Weißner-Gundel arbeiten. Weißt du, das ist meine Lehrherrin in Landshut. Unter ihrem Namen gehen die Sachen gewiss gut. Erst allmählich muss sich mein eigener Name durchsetzen.«

»Ich muss dich bewundern, Burgl, deine Umsicht und deine Geschäftstüchtigkeit« sagte der Mathias lächelnd.

»Ich glaub', du machst dich lustig über mich« entgegnete die Walburga und sah ihn misstrauisch von der Seite her an.

»Nein, es ist mein Ernst« nickte er. »Echte Leistung imponiert mir. Du wirst deinen Weg im Leben schon machen, Madel.«

»Ich hoff's Mathias. Ich bin ja ganz allein.« Sie sah ihn ernst an.

»Du wirst es net bleiben, Burgl« lächelte er.« Eines Tag's kommt ein Mann und will dich zur Frau haben.«

»Ja mei, Mathias, woher sollt' der wohl kommen? Hier im Dorf gibt es keinen, den ich lieb haben könnt'. Ich geh' net auf den Tanzboden und mach' dort keine Bekanntschaften. Ich such' sie auch gar net. Lang' dauert's, bis mir einer gefällt. Ich entschließ' mich net so schnell.«

»Du gehörst also zu der Sorte von Madeln, die am liebsten beim ersten Spielgefährten aus dem Sandkasten bleiben?« fragte er lächelnd.

Ihr schien die Art und Weise, wie er über diese Dinge sprach, so oberflächlich und leichthin. Sie wandte sich unmutig ab und ging durch die Werkstatt, diesen und jenen Gegenstand gedankenlos berührend. »Du magst Recht haben. Was gibt's da zu spotten?«

»Dann müsstest du den Jörgl heiraten oder mich« fuhr der Mathias im gleichen Ton fort. »Er hat dir kleine Mooshäusl gebaut hier vor der ›Waldklause‹ bevor ich dich mit in mein Baumhaus nahm.«

»Mathias! Was soll das?« Sie fuhr herum und funkelte ihn zornig an. »Der Jörgl ist ein guter Kamerad, net mehr. Zieh das doch net in den Schmutz!«

»Bitte, Burgl, sei net bös!«

Er ärgerte sich über sich selbst. Da hatte er sie nach vielen vergeblichen Besuchen einmal erwischt, und gleich musste er sie verletzen. Ich bin wirklich dumm! dachte er wütend. Das ist doch Eifersucht. Dazu hab ich gar kein Recht. Ich bin so gut wie verlobt mit der Fanny.

Ausgerechnet in diesem Moment sprach die Burgl von der Fanny.

»Meine Stiefschwester, die Fanny, besucht dich ja recht oft, wie ich hör« sagte sie ein bissel spitz. Offensichtlich wollte sie ihm die Sache mit dem Jörgl jetzt heimzahlen. »Deine Eltern scheinen ja begeistert von ihr, und ihr zwei seid euch wohl einig, wie? Ich wünsch' dir viel Glück, Mathias.«

»Danke!« brummte er. »Jetzt muss ich gehen. Um drei Uhr kommt die Fanny zu Besuch.«

Damit wollte er sie wieder ärgern.

Geradezu kindisch war es, wie sie einander wehtaten. Aber so machen es oft gerade die Leute, die sich lieben.

Sehr kühl brachte sie ihn noch hinaus vor die Tür.

»Ich werd' mich immer freuen, wenn du bei mir hereinschaust, Mathias. Pfüet di Gott!«

»Mach's gut!« murmelte der Mathias. »Und viel Erfolg! Pfüet di Gott!«

Dann ging er mit raschen Schritten durch den Wald

davon, ohne sich noch einmal umzusehen. Er war unbeschreiblich wütend auf sich selbst.

Einige Minuten später war er daheim auf dem Schörgen-Hof und trat in die Wohnstube. Bald darauf erschien die Fanny und stürmte herein.

Als sie sich über ihn beugte und ihn küsste, fuhr er sie ärgerlich an:

»Kruzitürken, nun hab' ich wieder Flecken vom Lippenstift im Gesicht! Kannst du's denn net lassen, mich immer abzuküssen?«

»Jesus, Maria und Josef!« rief sie aus und machte erschreckt einen Schritt rückwärts. »Was hast du denn heut' für schlechte Laune? Hat es Ärger gegeben? Ich hab' gehört, das du in der ›Waldklause‹ warst.«

»Ich kann mich keinen Schritt mehr bewegen, ohne dass es Leut' gibt, die darüber reden!« rief er zornig aus.

»Ja mei, hast du etwa ein schlechtes Gewissen?« fragte die Fanny lauernd.

»Ich? Warum denn? Ich darf doch wohl noch die Burgl besuchen! Schließlich ist sie meine Jugendfreundin.«

»Und ich bin deine Braut!« entgegnete die Fanny scharf.

»Du bist dir ja sehr sicher, Madel!« Wütend stand er ihr gegenüber. »Du weißt genau, wie du ...«

»Halt!« rief sie mit blitzenden Augen. »Sprich's net aus, Mathias, ich warne dich! Du darfst mich net beleidigen. Ich könnt' sonst gefährlich werden.«

»Wie denn?« spottete er. »Spiel dich net auf, Fanny! Glaubst du, du kannst mich zu etwas zwingen, was ich net will?«

»Das wirst du ja sehen!« Mit flammenden Augen stand sie ihm in einigem Abstand auf den weißgescheuerten Dielen der Wohnstube gegenüber.

So hatten sie noch nie miteinander gesprochen. Die Fanny hatte die Maske fallen gelassen. Er wusste nun genau, wes' Geistes Kind sie war.

Plötzlich ekelte den Mathias die ganze Szene an. Sie war ja nur entstanden, weil er sich nicht mehr hatte beherrschen können. Die Begegnung mit der Burgl hatte ihn aus dem Gleichgewicht gebracht.

Er lenkte ein. »Verzeih mir!« sagte er ruhiger. »Wir wollen doch im Guten miteinander auskommen. Wie wär's, wenn du jetzt zum Vater in den Garten hinausgingest? Ich hab' jetzt keine Zeit, ich muss in den Stall. Der Vater wartet schon auf dich. Er hofft, du wärst so gut, ihn im Rollstuhl zum Forsthaus zum Förster Parchhuber zu schieben. Die beiden spielen doch so gern Schach miteinander.«

»Ich geh« sagte die Fanny, immer noch vor Wut bebend. »Aber bild dir nur net ein, ich würd' umsonst die Krankenpflegerin spielen!«

Die Tür der Wohnstube schlug hinter ihr zu. Er war allein. Seufzend ließ er sich auf der Ofenbank nieder und starrte vor sich hin. Wie sollte es bloß weitergehen?

*

Die Fanny schob den Altbauern wirklich im Rollstuhl zum Forsthaus. Allzu weit war es bis dorthin ja nicht, denn der Schörgen-Hof war der Letzte des Dorfes und lag dicht am Waldrand.

Da hörte sie Schritte hinter sich. Sie brauchte sich nicht umzusehen, sie wusste auch so, wer ihr da folgte. Es war Veit Harlacher, das Patenkind von Franz Schörgen, der Bursche, der keine Eltern mehr hatte und auf dem Hof lebte.

Die Fanny hatte ihn schon öfters bei ihren Besuchen auf dem Schörgen-Hof gesehen, und jedes Mal hatten die Blicke des jungen Mannes bewundernd auf ihr geruht. Wenn sie das Wort an ihn richtete, geriet er ins Stottern, und für jedes Lächeln von ihr war er denkbar.

Deppert ist der Kerl! hatte die Fanny gedacht. Mit dem kann ich machen, was ich will. Wer weiß, vielleicht kann ich ihn noch gebrauchen.

Das erste Mal hatte der Harlacher-Veit die Fanny bei jenem Kaffeebesuch gesehen, bei dem die Stanzinger-Bäuerin und ihre Tochter ihren Plan ausführten.

Der Veit war von einem Spaziergang im Wald zurückgekommen und über den Hof am Garten entlanggegangen, als er sah, wie die Fanny auf dem Gartenweg strauchelte.

Ganz genau hatte er gesehen, dass es nicht der Mathias gewesen war, der das Madel geküsst hatte, sondern die Fanny hatte den Mathias überrumpelt.

Was er da gesehen hatte, das hatte den Veit sehr erregt.

Nicht alle Madeln waren also kühl und abweisend. Nicht alle schickten die Männer mit einem spöttischen Lächeln fort, wenn sie sich ihnen näherten. Der Veit hatte noch nichts anderes erlebt. Noch niemals hatte ein Madel den schüchternen jungen Mann ernst genommen, der zu beben und zu stottern begann, sobald er mit einem Madel allein war. Er war von ihnen ausgelacht und verspottet worden.

Dieses Mädel hier aber war anders, bei ihr war es umgekehrt. Sie war es, die den Mann, den sie haben wollte, einfach überwältigte, ob er wollte oder nicht.

In Veit erwachten nun Hoffnungen. Seit er jene Szene mitangesehen hatte, glaubte er, bei der Fanny Chancen zu haben. Bei ihr würd' ich nicht zu zittern anfangen und nicht reden können, dachte er. Bei ihr hätt' ich den Mut, denn ich hab' ja gesehen, wie sie's selber macht.

Und seitdem hatte sich der Veit in seinen Träumen nur mit der Fanny beschäftigt, in die er sich verliebt hatte.

Bei jedem von Fannys Besuchen auf dem Schörgen-Hof vermied es der menschenscheue junge Mann, ihr zu begegnen, wenn sein Patenonkel und dessen Familie dabei waren. Doch er folgte ihr jedes Mal und suchte eine Gelegenheit zum Alleinsein.

Heute nun verließ die Fanny mit dem Altbauern im Rollstuhl das Haus und schob ihn in den Wald hinein bis zum Forsthaus.

Wird sie dort bleiben, wenn sie den Onkel hingebracht hat? fragte sich der Veit. Oder wird sie allein zurückkehren?

Die Fanny hatte mit dem Rollstuhl ihr Ziel erreicht und schob das Gefährt ins Haus. Dort wartete in der Wohnstube schon der Förster Parchhuber mit dem Schachbrett.

Die Begrüßung war herzlich wie immer. »Grüß Gott, du alter Waldgeist! Na, willst du heut einmal wieder mattgesetzt werden?«

»Geh her, nimm den Mund net zu voll, Franzl! Leicht könnt es passieren, dass du deine Dame verlierst!«

Förster Parchhuber schaute augenzwinkernd zwischen der Fanny und dem Altbauern im Rollstuhl hin und her.

»Die Zeiten sind vorbei« schmunzelte der Schörgen-Franz. »Das Madel muss ich schon dem Mathias überlassen. Ich dank' dir, Fanny. Was wirst du jetzt machen? Arg langweilig wär's doch für dich, uns beim Schachspiel zuzuschauen.«

»Ich geh' noch ein Stückerl weiter durch den Wald und besuch' die Walburga« sagte die Fanny... »In zwei Stunden komm ich wieder.«

Ehe noch die Försterin mit der Kaffeekanne erscheinen und sie zum Bleiben nötigen konnte, war sie verschwunden.

Sie hatte überhaupt nicht die Absicht, zur »Waldklause« zu gehen. Nein, die Fanny wollte endlich dem Harlacher-Veit näher kommen, der ihr auf Schritt und Tritt folgte. Sie witterte ein Abenteuer, und für Abenteuer war sie immer zu haben.

Sie trat also aus dem Garten des Forsthauses und sah den Veit in einigem Abstand an einem Baum lehnen. Nur einen Blick schenkte sie ihm, aber der sagte ihm genug. Die Fanny wartete nur darauf, angesprochen zu werden. Langsam schlenderte sie dahin und schlug einen Waldweg ein, der zu einer einsamen Schonung führte. Dort konnte man vor Überraschungen sicher sein.

Der Veit ging hinterher. Sein Herz klopfte rasend, sein Blick hing an dem Madel, das mit aufreizendem Hüftschwung vor ihm ging. Was würde nun geschehen? Würde ihn nun zum ersten Mal ein Madel nicht fortschicken?

Als sie außer Sicht vom Forsthaus her waren, beschleunigte er seinen Schritt und war bald an ihrer Seite.

»Ich ... « begann er und holte tief Luft, weil er unsagbare Angst hatte, vielleicht den nächsten Satz nicht vollenden zu können und wieder ins Stottern zu geraten. Aber siehe da, es ging » ... ich folg' dir schon lang', Fanny!«

»Das weiß ich« unterbrach ihn die Fanny und maß ihn mit einem tiefen verführerischen Blick. »Ich bin ja net blind, Veit. Du kannst von Glück sagen, dass die Schörgen-Bäuerin und der Mathias es noch net bemerkt haben, dass du's auf mich abgesehen hast. Du bist reichlich kühn.«

Das hatte noch kein Madel zu ihm gesagt. Im Gegenteil, sie hatten ihn immer feige und schwach genannt und ihn ausgelacht. Veits Selbstvertrauen wuchs. Außerdem war die Schonung schon ganz nahe.

»Weil ich dich lieb hab« sagte er leidenschaftlich und kam noch näher, »weil ich dich lieb hab', deswegen bin ich so kühn, Fanny! Ich weiß ja kaum noch was ich tu'. Halb narrisch bin ich schon, weil ich nur noch an dich denken tu', merkst du denn das net, Madel?«

Die Fanny antwortete gar nicht. Sie lächelte nur lockend. Veits Worte hatten ihrer Eitelkeit wohl getan.

Plötzlich fasste er nach ihrer Hand. »Lass uns hier hineingehen!« bat er heiser. Aus seinen dunklen Augen sah sie unverhohlene Leidenschaft an.

Die Fanny sagte nicht Nein. Sie war einfach neugierig. Scheu und Zurückhaltung kannte sie nicht. Was sie reizte, das musste sie haben. Die Wochen mit dem Mathias waren arg langweilig gewesen. Diese Stunde mit dem Veit sollte sie entschädigen.

Gemeinsam traten sie zwischen die jungen Fichten und das dichte Unterholz. Die Zweige schlugen zusammen hinter ihnen. Der Wald hütete ein Geheimnis.

*

Als die Fanny den kranken Schörgen-Bauern nach zwei Stunden im Forsthaus abholte, sah ihr niemand an, was sie inzwischen erlebt hatte. Ihr Gesicht war glatt und ausdruckslos und zeigte keine Spur der Erregung.

Vom Harlacher-Veit war nichts mehr zu sehen. Er war zum Schörgen-Hof zurückgekehrt, wo er beim Abendmelken helfen musste.

»Wenn du willst, dass wir uns öfter sehen, Veit, und du so glücklich bist wie heut« hatte die Fanny zu ihm gesagt, »dann darfst du dir nix anmerken lassen. Niemand darf etwas ahnen, denn du weißt, ich bin die Braut vom Mathias.«

»Musst du ihn heiraten, Fanny?« hatte der Veit gefragt und sie nicht loslassen wollen.

»Ja, das muss ich. Mein Stiefvater, der Stanzinger-Bauer, verlangt es« hatte sie geantwortet. »Ich bin abhängig von ihm und muss gehorchen.«

Mit diesem Tag begann der Harlacher-Veit den Mathias und den Stanzinger-Bauern zu hassen. Sie waren es, die seinem Glück im Wege standen.

Wahrscheinlich begriff die Fanny gar nicht, dass sie mit dem Feuer spielte. Die Leidenschaft, mit der der Veit dieses Madel begehrte, das das erste war, das ihn ernst nahm, schloss jede vernünftige Überlegung bei ihm aus.

Von nun an sahen sie sich oft. Nun brauchte der Veit der Fanny nicht mehr auf ihrem Heimweg vom Schörgen-Hof zu folgen. Nun verabredeten sie sich im Wald. Und die Fanny kam, denn das heimliche Spiel machte ihr großen Spaß.

Es kam ihr nicht ein einziges Mal in den Sinn, dass sie den Mathias hinterging und sein Vertrauen und seine Ritterlichkeit betrog. Er machte sich ja nichts aus ihr. Nur um sie nicht zu verletzen und seinen Eltern zu Willen zu sein, duldete er alles. Und sie dankte es ihm, indem sie heimlich über ihn lachte und sich mit dem Veit traf.

Dass der Mathias sie nicht liebte, wusste die Fanny. Und sie glaubte auch zu wissen, dass seine heimliche Neigung der Walburga, ihrer Stiefschwester, gehörte.

»Das macht mich fuchsig!« sagte die Stanzinger-Luzie böse, als ihre Tochter mit ihr darüber sprach. »Ausgerechnet dieses Gänschen soll dir diesen fetten Brocken, den Bauern vom Schörgen-Hof wegschnappen?«

»Er ist ja net der Einzige. Ich könnt' auch den Bachmoser-Ferdl, herumkriegen, Mutterl. Der ist auch net arm.«

»Aber das täten seine Eltern net erlauben« schüttelte die Bäuerin den Kopf. »Die Maria, dieses dumme Weibsbild, hat sich's doch in den Kopf gesetzt, dass ihr Bub was Besseres ist. Dich kennen sie net, du bist eine Zugereiste. Nie würden die einer Heirat mit dem Ferdl zustimmen. Die Walburga, die wär' ihnen recht, und wenn das Madel net so töricht wär', hätt' sie sich längst um den Ferdl bemüht.«

»Also bleibt es beim Mathias« nickte die Fanny.

»Ja, freilich, denn du willst doch wohl net diesen Veit Harlacher nehmen, der so hinter dir her ist, net wahr?« sagte die Luzie schroff. »Er ist ein Waise und hat nix und ist nix. Er ist bei seinem Patenonkel, dem Schörgen-Franz, untergekrochen und wird wohl niemals für sich selber sorgen können, dazu reicht es bei ihm net. Dass er ein bissel dumm ist, hast du gewiss auch schon gemerkt.«

»Ja. ich weiß« sagte ihre Tochter. »Ich hab' ja auch nix gegen den Mathias.«

»Dann ist es ja gut. Aber es muss etwas geschehen. Die Zeit vergeht.«

»Freilich« seufzte die Fanny. »In sechs Wochen sollt' ich Braut sein. Vier davon sind schon herum.«

»Wenn du wirklich glaubst, dass der Mathias an die Burgl denkt und sich darum net entschließen kann« überlegte die Stanzinger-Luzie, »dann muss etwas unternommen werden, um die Walburga in seinen Augen herabzusetzen.«

»Du meinst, er muss sie verachten?«

»Ja, genau. Wahrscheinlich sieht er in ihr das reine, unschuldige Madel mit dem untadeligen Charakter. Ich weiß net, warum, aber diese streng erzogenen Bauernsöhne haben alle solche übertriebenen Vorstellungen von der Moral« spottete die Bäuerin,

»Jessas, ich wüsst' schon was!« rief die Fanny mit funkelnden Augen aus.

»Sag's schon!« drängte die Mutter.

»Der Jörgl! Der Mathias ist eifersüchtig auf den Jörgl.«

»Ja mei, er glaubt wirklich, dass die Burgl mit diesem Burschen . . . ?« Die Luzie lachte lauthals.

»Man müßt' die Walburga in eine Lage bringen, die sehr verdächtig ausschaut« überlegte die Fanny weiter.

»Wie willst du das denn anstellen, Madel?« zweifelte die Bäuerin.

»Lass mich nur nachdenken, Mutter! Ich könnt' mit dem Mathias zur ›Waldklause‹ gehen. Freilich brauch' ich Hilfe . . .«

»Der Veit! Er tut doch alles, was du sagst!« rief ihre Mutter aus.

»Genau, Mutter, der Veit!« nickte die Fanny befriedigt.

»Du musst ihm freilich einreden, dass es zu seinem Nutzen geschieht. Das ist net ganz einfach. Aber der verliebte Trottel glaubt dir wahrscheinlich alles.«

So steckten die Stanzinger-Luzie und ihre Tochter die Köpfe zusammen und überlegten bis ins Kleinste ihren Plan, der die Fanny ihrem Ziel, der Verlobung mit dem Schörgen-Mathias, näher bringen und die Walburga ein für alle Mal aus seinem Herzen und Denken ausschließen sollte.

*

Am Dienstag der folgenden Woche besuchte die Walburga ein junger Mann. Er erklärte dem alten Melchior, der ihn empfing, er wäre Vertreter einer bekannten Firma für Töpfereibedarfsartikel und würde gern diese junge Töpferin kennen lernen, da seine Firma auch Tonware vertriebe und sie so vielleicht miteinander ins Geschäft kommen könnten.

Warum hätte die Burgl das nicht glauben sollen? Sie kannte den jungen Mann nicht und konnte nicht wissen, dass er Veit Harlacher hieß und das Patenkind von Franz Schörgen war. Der Veit war erst auf den Hof gekommen, als die Walburga von daheim fort war in ihrer Lehre in Landshut.

»Grüß Gott«, sagte sie freundlich, als sie dem Veit in ihrem kleinen Büro gegenüberstand. »Ich freu' mich, dass Sie sich für meine Arbeit interessieren. Was darf ich Ihnen denn zeigen?«

Der Veit warf einen Blick durch das Fenster. Die Leute, auf die er wartete, waren noch nicht da. Aber er hatte mit ihnen die Zeit um fünf Uhr nachmittags vereinbart. Da blieb noch eine halbe Stunde Zeit.

»Die Sach' ist die« begann der Veit mit dem, was ihm die Fanny mühsam eingehämmert hatte. »Das Geschäft, das ich Ihnen vorschlagen möcht', beruht auf Gegenseitigkeit. Sie kaufen Ihren ganzen Töpfereibedarf bei unserer Firma, und wir vertreiben Ihre Produkte, da Sie ja noch unbekannt sind, und verschaffen Ihnen so allmählich einen Namen. Darum würd' ich meinen, Sie zeigen mir einmal einen Querschnitt durch ihr bisheriges Schaffen!«

Stolz war der Veit auf diese gebildet klingenden Worte. Lange hatte es gedauert, bis diese Rede saß, die die Fanny mit ihm eingeübt hatte.

»Aber freilich, gern, Herr Mayer!« nickte die Burgl und schritt voran zur Werkstatt. Mit dem oft vorkommenden Namen Mayer hatte sich der Veit vorgestellt. Der Name der bekannten Firma, die er angeblich vertrat, hatte die Walburga so beeindruckt, dass sie gar keinen Ausweis verlangte.

Sie wanderten also durch die Werkstatt, und der Veit nahm ohne wirkliches Interesse Walburgas Arbeiten in Augenschein.

Da er aber etwas Fachliches sagen musste, meinte er schließlich:

»Diese kleinen Schalen, die man als Aschenbecher, Obstschälchen oder für Konfekt nehmen kann, kurz, eigentlich für jeden Zweck, die könnten ein Verkaufsschlager werden.«

»Diese Schälchen meinen Sie?« vergewisserte sich die Burgl und hob eines davon hoch.

»Ja, ganz recht.«

»Und wünschen Sie davon eine Serie?« erkundigte sich die junge Hafnerin gespannt.

»Bitte, geben Sie mir doch ein oder zwei Probeexemplare mit. Ich werd' sie meiner Firma vorlegen und warm empfehlen. Wären Sie unter Umständen in der Lage, innerhalb von vier Wochen fünfhundert Stück zu liefern?«

»Wenn ich eine Hilfskraft einstellen tät' ...« Mit heißen Wangen begann die Walburga zu rechnen.

Sie kehrten ins Büro zurück.

»Könnt' jener junge Mann dort draußen net Handlangerdienste für Sie erledigen?« fragte der Veit. »Er scheint recht geschickt.«

»Der Jörgl? Ja, vielleicht ...«

»Freilich, eine weibliche Mitarbeiterin wär' natürlich besser.«

»Das glaub' ich auch. Ich muss mich noch ein bissel umschauen.«

Der Veit rauchte noch eine Zigarette im Büro und war eifrig bemüht, das Gespräch auf Allgemeines zu beschränken, damit ihn die Burgl nicht bei irgendeinem Fehler ertappte, wenn sie über keramische Dinge sprachen.

Aber das junge Madel war viel zu wenig raffiniert, um an solche Dinge auch nur zu denken.

Veits scharf lauschende Ohren hörten den Wagen vom Schörgen-Hof, den der Mathias fuhr, auf dem Waldweg halten. Der verabredete Zeitpunkt war da.

Ehe die Walburga noch auf das sich nähernde Auto aufmerksam geworden war, stand er auf und verabschiedete sich. Die Burgl machte Anstalten, ihn zur Tür zu begleiten, aber er hatte es plötzlich eilig.

»Nein, lassen Sie nur, ich find' meinen Weg schon allein! Mein Wagen steht weiter weg am Waldrand. Übrigens wollt' der junge Bursche, der im Hof arbeitet, irgendetwas von Ihnen. Ich schick' ihn herein.«

Ahnungslos nickte die Walburga.

Sie hatte nicht beobachtet, dass der Schlüssel außen in der Bürotür steckte. Da saß er immer, denn wenn sie ab und zu hinauslief und das Büro allein ließ, schloss sie schnell ab. Es konnte ja einmal jemand von draußen hereinkommen und dann alles offen finden.

Der Veit trat im Hof zu dem Jörgl und sagte: »Deine Chefin möcht' dich sprechen! Sie wartet auf dich.«

»Ist recht« nickte der Jörgl. »Dank' schön!«

Er wischte die schmutzigen Hände an den Hosen ab und ging eilig ins Haus.

Kaum war er drinnen, folgte ihm der Veit auf den Zehenspitzen. Der Jörgl bemerkte es nicht.

Der Veit wartete, bis Jörgl das Büro betreten hatte. Dann huschte er lautlos näher und drehte den Schlüssel im Schloss. Er zog ihn ab und ging wieder zur Haustür, wo er ihn neben der steinernen Stufe niederlegte. Dann erst verließ er den Hof und strebte dem Waldrand zu, wo sein Fahrrad stand. Von Mathias' Wagen, der in diesem Augenblick vor der »Waldklause« hielt, nahm er keine Notiz.

Der Mathias saß da drinnen und Fanny mit ihrer Mutter, die beide wieder einmal zu einem Kaffeebesuch auf dem Schörgen-Hof gewesen waren. Dann hatte die Stanzinger-Bäuerin den Vorschlag gemacht, gemeinsam hinaus in den Wald zu fahren und die Walburga zu besuchen.

Der alte Melchior eilte herbei zur Begrüßung.

»Das ist aber schön, dass du die Walburga besuchen kommst, Mathias!« sagte er erfreut, denn seiner Meinung nach führte die Burgl ein zu einsames und eintöniges Leben für ein junges Madel.

Dann sah er die Stanzinger-Luzie, die als Letzte aus dem Wagen stieg. Er verstummte und kniff die Lippen zusammen. Die Luzie streifte ihn mit einem kurzen Blick voller Hochmut, aber sie war um einen Schein blasser geworden.

»Komm, Bäuerin!« rief der Mathias, der schon auf die Haustür zuging. »Die Walburga wird sich freuen, dass du einmal hierher kommst. Du kennst das alles ja noch net.«

Der Melchior, der die zweite Frau des Stanzinger-Bauern bisher noch niemals zu Gesicht bekommen hatte, wusste also nun, mit wem er es zu tun hatte.

Doch er sagte nichts und folgte den Besuchern schweigend.

Sie traten alle durch die Haustür, und als sie im Flur standen, klagte die Stanzinger-Bäuerin: »Ich hab' ein Steinchen im Schuh! Geht schon voraus, Kinder! Ich will's herausholen.« Und sie ging wieder vor die Tür.

Niemand sah, dass sie sich blitzschnell bückte und den Schlüssel an sich nahm, der von keinem bemerkt neben der Stufe lag.

Drinnen waren der Mathias, die Fanny und der alte Melchior inzwischen an der Tür zum Büro angekommen und klopften an.

»Kommt herein! rief die Walburga, die längst die Stimmen gehört hatte.

Doch die Tür ließ sich nicht öffnen, so viel sie auch auf die Klinke drückten und rüttelten. Sie gab nicht nach.

»Jessas, was ist das denn?« rief die Burgl erstaunt von drinnen. »Jemand muss uns eingeschlossen haben!«

»Wer ist denn dort bei dir?« fragte der Mathias argwöhnisch, dessen Eifersucht sofort hoch emporflammte.

»Der Jörgl«, lautete Walburgas unbefangene Antwort.

Der Mathias biss sich auf die Lippen und trat beiseite. Er fand die Sache recht merkwürdig. Da kam man unangemeldet, um die Burgl zu besuchen, und man fand sie und den Jörgl angeblich eingeschlossen in einem Zimmer.

»Ich bitt' dich, Melchior, such' doch den Zweitschlüssel!« rief die Walburga ärgerlich. »Wer hat sich nur diesen dummen Scherz erlaubt?«

Jetzt wird sie nervös! dachte der Mathias. Die ganze Sach' ist ja auch arg peinlich für sie.

Wütend wandte er sich ab und trat in den Hof hinaus. Die Fanny folgte ihm, während der Melchior in seine Stube ging, um nach dem zweiten Schlüssel zu suchen.

»Ja mei, wie findest du denn das?« fragte die Fanny spöttisch. »Die tugendhafte Burgl!«

Der Mathias zuckte nur mit den Schultern und schwieg.

Die Stanzinger-Luzie trat zu ihnen. »Ich kann's noch net glauben!« entrüstete sie sich. »Die Walburga mit diesem jungen Burschen in einem Zimmer eingeschlossen? Ich glaub's net so recht, dass die beiden keinen Schlüssel haben. Eine Ausrede wird es sein!«

»Ich bitt' dich, sei still, Mutter!« flehte die Fanny heuchlerisch. Dabei zwinkerten sie sich hinter Mathias' Rücken zu.

Der junge Bauer wanderte auf und ab, die Hände in die Taschen seiner Joppe gebohrt, den Unterkiefer vorgeschoben.

»Ich versteh' das net!« brummte er.

Der Melchior hatte den Zweitschlüssel gefunden, stand jetzt vor der Tür und schloss auf.

Mit rotem Gesicht erschien die Walburga. Ihr war vollkommen klar, was man von ihr dachte, und sie konnte sich gegen diesen Verdacht nicht wehren.

»Das war gewiss der Vertreter!« schnaubte der Jörgl und stob mit einem verlegenen »Grüß Gott!« an ihnen vorbei ins Freie.

»Vertreter? Hat dich jemand besucht, Burgl? Ja, freilich, wir haben einen jungen Mann weggehen sehen. Er hat aber eigentlich einen guten Eindruck gemacht. Die Leut', die Geschäfte machen wollen, leisten sich net solche dummen Scherze« sagte die Bäuerin kopfschüttelnd.

Dann trat sie über die Schwelle und schaute sich suchend um, als hoffte sie, im Büro Spuren von irgendwelchen verbotenen Dingen zu finden.

»Hübsch hast du's dir eingerichtet!« sagte sie. »Komm doch herein, Mathias! Und du auch, Fanny! Es wird dich interessieren, wie die Walburga lebt!«

Der Doppelsinn dieser Worte konnte keinem entgehen und war demütigend für die Walburga.

Während der Melchior mit zusammengepressten Lippen das Büro verließ, um den Jörgl ins Gebet zu nehmen, legte die Luzie unbemerkt den Schlüssel, den sie neben der Stufe aufgehoben hatte, auf den Schreibtisch, wo ihn jeder sehen konnte.

Die Burgl gab sich große Mühe, ihre Verlegenheit zu verbergen. Sie spürte ja deutlich in den Worten und eisigen Blicken, was man vor ihr dachte.

»Wollt ihr euch net setzen?« fragte sie. »Wir können auch in die Wohnstube hinübergehen, dort ist's gewiss gemütlicher.«

»Viel Zeit haben wir net«, entgegnete ihre Stiefmutter kühl.

»Nein« sagte auch der Mathias schroff, »wir müssen gleich wieder fort. Ich hab' der Bäuerin und der Fanny versprochen, sie mit meinem Wagen hinunter in die Stadt zu bringen. Sie wollen Verschiedenes einkaufen. Wir haben ja nur sehen wollen, was du – hm – so machst,«

»Und wie wir gesehen haben, geht's dir hier ja wirklich sehr gut!« setzte die Stanzinger-Luzie boshaft hinzu.

Dann schlug sie die Hände zusammen und rief aus. »Ja mei, schaut nur, da liegt ja der Schlüssel! Net wahr, Walburga, das ist doch der Schlüssel von dieser Tür, den du net hast finden können? Du hattest ihn gewiss verlegt.«

Ehe sie jemand hindern konnte, nahm sie den Schlüssel vom Schreibtisch, den sie soeben selber unbemerkt dorthin gelegt hatte, ging zur Tür und probierte. Er passte. Mit glitzernden Augen sah sie in die Runde.

»Vorher hat er gewiss net dort gelegen« brachte die Burgl mit erstickter Stimme heraus.

»Ach so, seltsame Zufälle gibt es!« spottete die Fanny und fasste Mathias' Arm, um sich vertraulich dort einzuhängen. »Ich glaub', wir müssen nun gehen. Zeit ist's, denn wir haben ja noch arg viel zu tun drunten im Städtchen.«

»Ja, ich dank' dir für den netten Empfang!« sagte der Mathias kalt. »Wir müssen jetzt wirklich gehen. Der kurze Besuch hat ja auch genügt. Nun haben wir einen Eindruck von deinem Leben hier draußen.«

Die Walburga las in seinem Blick, wie er das meinte. Das Herz tat ihr weh. Aber jedes Wort war überflüssig, niemand hätte ihr geglaubt. Stumm begleitete sie die drei hinaus und sah zu, wie sie in Mathias' Wagen stiegen. Dann fuhr der junge Bauer in hohem Tempo davon.

Für immer! dachte das junge Madel. Ich werd' ihn ihn nie wiedersehen, denn ich bin für ihn erledigt.

Ihre Lippen zuckten. Langsam ging sie ins Haus zurück.

Wie konnte das nur geschehen? fragte sie sich. Wer hat mir das eingebrockt?

Wer kann mich so hassen, und wer hat es mit mir gespielt, dieses üble Spiel? Das war's doch, eine Intrige, eine Falle! Vater im Himmel, und ich bin hineingestolpert! Und nun ist alles aus, Mathias, oh, Mathias!

Als sie die Wohnstube erreicht hatte, war es mit ihrer Beherrschung vorbei. Sie konnte gerade noch die Tür hinter sich zumachen. Dann sank sie weinend auf einen Stuhl und legte den Kopf auf den Tisch.

*

Schweigend fuhr der Mathias die beiden Frauen in die Stadt hinab und wartete im Wagen, bis sie ihre Einkäufe erledigt hatten. Ebenso schweigend fuhren sie dann nach Oberhahn zurück. Nur die Stanzinger-Bäuerin konnte es nicht lassen, zu reden.

»Nein, die Burgl! Wer hätt' das gedacht? Sie hat immer so zurückhaltend und scheu getan, und in Wirklichkeit hat sie ein Gspusi mit dem Jörgl! Ich will ja net sagen, dass der Jörgl ein übler Kerl ist, bei Gott net! Ein Tagelöhnersohn ist er, weiter nix. Für die Erbin vom Stanzinger-Hof ist das ein bissel wenig, findest du net auch, Mathias?«

Der junge Bauer schwieg. Die Fanny legte ihre Hand auf sein Knie mit sanftem Druck. Sie saß neben ihm und bemühte sich, mit jeder Geste Zärtlichkeit und Anteilnahme auszudrücken.

»Ich bitt' dich, sei still, Mutter!« bat sie jetzt leise. »Du kannst dir doch denken, dass es den Mathias schwer getroffen hat. Schließlich waren die Walburga und er Jugendfreunde, und er hat viel von ihr gehalten.«

»Freilich, das versteh' ich« pflichtete ihr ihre Mutter bei. »Für mich war's auch eine große Enttäuschung. Die Walburga ist ja immerhin meine Stieftochter, und ich hab' was anderes von ihr erwartet.«

Immer noch sagte der Mathias nichts.

»Ich hoff', Mathias, dass du mit dieser Enttäuschung bald fertig wirst« bohrte die Stanzinger-Luzie weiter. Vielleicht hat es auch so kommen sollen. Manchmal muss erst etwas geschehen, was einem die Augen für die Werte anderer öffnet.«

Aber sie erreichte nicht, dass der Mathias ein Wort gegen die Walburga sagte. Hartnäckig schwieg er, bis der Wagen den Stanzinger-Hof erreicht hatte und hielt.

»Fahr' doch net gleich heim, Mathias!« bettelte die Fanny mit kindlichem Lächeln, das sie gut vorzutäuschen verstand. »Trink erst eine Tasse Kaffee mit uns und iss ein Stückerl Guglhupf! Das wird dir gut tun,«

»Ich werd gleich der Kathi Bescheid sagen, dass sie Kaffee kocht! rief die Luzie und eilte in die Küche, nachdem sie die eingekauften Sachen ins Haus gebracht hatte. Sie wusste, dass es jetzt klug war, die beiden jungen Leute sich selbst zu überlassen. Die Fanny wird ihre Sach' schon richtig machen! dachte sie.

Die Fanny führte den Mathias in die Wohnstube, wo es ruhig war – der richtige Ort für ein wichtiges Gespräch.

Man muss das Eisen schmieden, so lang' es heiß ist! dachte sie sich.

Der junge Bauer setzte sich auf einen der Stühle, die den Tisch umstanden, und stützte den schmerzenden Kopf in die Hände. Die Fanny kniete bei ihm nieder und legte beide Hände auf seinen Schoß. Mit zärtlicher Miene sah sie ihm ins Gesicht.

»Mathias, Schatzl« flüsterte sie, »das hat dir sehr wehgetan, ich weiß. Die Walburga hat dir viel bedeutet.«

Er fuhr unwillig auf, doch sie strich besänftigend mit der Hand über sein dunkles Haar. »Still, widersprich net! Ein liebendes Madel spürt so etwas. Ich hab' immer gewusst, dass du mir noch net ganz gehörst, dass du mit deinen Gedanken bei der Burgl warst. Das hat mir manches Mal wehgetan, so weh, wie diese Erkenntnis jetzt dir, die Erkenntnis, dass die Walburga nix taugt!«

Diesmal fuhr er nicht auf. Sie sprach nur das aus, was er selber dachte. Er stieß einen schweren Seufzer aus.

War es nicht wirklich ganz eindeutig gewesen? Die Walburga und der Jörgl in einem Zimmer hinter verschlossener Tür! Unangemeldet waren sie gekommen und hatten sie überrascht! Bitterkeit stieg in Mathias empor. Jedenfalls brauchte sie erst einmal Zeit, um sich zu fassen, die Burgl, grübelte er weiter. Deswegen kam sie auf den Einfall mit dem Schlüssel, der angeblich net da war. Hinterher lag er auf dem Schreibtisch.

Ihm schmerzte der Kopf von den immer um den gleichen Punkt kreisenden Gedanken, und auch sein Herz tat weh.

Was wollte dagegen die kleine Täuschung bedeuten, mit der die Fanny ihn gewonnen hatte, dieser erzwungene Kuss? Sie hatte es schließlich getan, weil sie ihn liebte und ihn unter allen Umständen haben wollte. Weibliche List war's gewesen, weiter nichts.

Was dagegen die Walburga tat, war unanständig. Nun musste man ihren Charakter in einem ganz anderen Licht sehen.

»Aber nun bist du mit ihr fertig, Schatzl, net wahr?« drang die Fanny weiter in ihn. »Nun wirst du keinen Gedanken mehr an sie verschwenden und endlich erkennen, wie lieb ich dich hab', ja?«

»Freilich« nickte er dumpf. Ihm war jetzt alles gleichgültig.

»Oh, Mathias, wie glücklich du mich machst!« Sie umarmte ihn stürmisch und erhob sich. Eng schmiegte sie sich an ihn.

»Lass mich net länger warten, Schatzl!« flehte sie.

»Zeit ist es, dass du dich vor allen Leuten zu mir bekennst. Wann wollen wir Verlobung feiern?«

»Bald« murmelte er überwunden.

»Wie wär' es mit dem 15. Oktober?« schlug die Fanny vor. Nur noch zehn Tage waren es bis dahin.

»Meinetwegen, am 15. Oktober!« nickte der Mathias ergeben.

»Jessas, wie freu' ich mich!« Sie jubelte wie ein Kind und klatschte in die Hände. »Gleich morgen müssen wir die Ringe kaufen! Wir machen doch eine große Feier, net wahr, Schatzl? Das ganze Dorf laden wir dazu ein!«

Er teilte ihre Freude nicht. Aber ihr Eifer rührte ihn. Sie ist ein harmloses Kind, dachte er. Wie glücklich sie ist! Vielleicht wird sich's doch ganz gut mit ihr leben lassen.

Als er nach einer guten Stunde den Stanzinger-Hof verließ, hatte die Fanny es bereits ihrer Mutter gesagt.

»Gewiss ist's net mehr nötig, Bub« lächelte die Luzie, »dass du nun noch ganz offiziell um Fannys Hand bei meinem Mann anhältst. Ich weiß ja eh, dass er ja sagt.«

Das Schicksal des jungen Bauern war entschieden. Er konnte nicht mehr zurück.

Ob sich alle Brautleut' so kreuzunglücklich fühlen wie ich? fragte er sich voller Galgenhumor, als er in seinen Wagen stieg und zum Schörgen-Hof zurückfuhr.

*

Während dieser Stunde, die für den Mathias so entscheidend war, geschahen auch in der »Waldklause« bedeutungsvolle Dinge.

Lange hatte der alte Melchior mit seinem Sohn gesprochen und den Jörgl energisch ins Gebet genommen. Nun war er fest davon überzeugt, dass hier mit der Walburga ein hässliches Spiel gespielt worden war.

»Wenn ich dir doch sag', Vater, dass ich ganz ahnungslos zu der Burgl ins Büro trat . . . !« beteuerte der Jörgl. »Dieser Vertreter hat mir gesagt, sie hätt' mich sprechen wollen, und als ich dann kam, hat sie von nix gewusst.«

»Kam euch das denn net schon merkwürdig vor?« forschte der Alte.

»Freilich« nickte sein Sohn. »Grad haben wir darüber geredet, was das wohl zu bedeuten hat, da fuhr der Wagen vom Schörgen-Hof vor. Ich schlug der Burgl vor, dass ich mein Motorrad nehmen und diesem Kerl nachfahren wollt', um ihn zu stellen, und die Walburga war einverstanden. Eh' ich aber an der Tür war, habt ihr schon geklopft und festgestellt, dass zugeschlossen war. Na, und da hatten wir dann das Malheur!«

»Dieser Vertreter war also mit im Spiel! Der war net echt, Bub, bestimmt net!« überlegte der Melchior.

»Freilich war der net echt!« erregte sich der Jörgl. »Der Schlüssel steckte draußen. Er hat uns eingeschlossen.«

»Und wie kam der Schlüssel dann plötzlich auf den Schreibtisch?« überlegte der Alte weiter.

»Weil ihn einer von den dreien dorthin gelegt hat!« sagte der Jörgl überzeugt. »Vielleicht war es dieses Weibsbild, das so herausgeputzt war, die Stiefmutter von der Burgl. Ich find', sie hatte böse Augen.«

Der Melchior sah seinen Sohn lange an.

»Recht hast du, Bub« sagte er dann. »Die war's! Sie ging noch einmal hinaus, weil sie angeblich einen Stein im Schuh hatte. Da wird sie den Schlüssel gefunden haben. Das war verabredet.«

»Eine Gemeinheit ist's« schnaufte der Jörgl zornig und ballte die Fäuste.

»Ja, niederträchtig war's! Die andere, das junge, freche Madel, will den Mathias für sich haben. Deswegen brachten sie und ihre Mutter die Walburga in Verdacht« folgerte der Alte.

Dann stand er vom Stuhl auf und ging zur Tür. Entschlossen öffnete er sie.

»Und jetzt geh' ich zu ihr und sag' ihr alles!« erklärte er. »Eine solche Schändlichkeit kann man net stillschweigend hinnehmen.«

»Was willst du ihr denn sagen, Vater?« wunderte sich der Jörgl. »Du hast doch keine Beweise net!«

»Ich weiß mehr, als du denkst, Bub!« tat der Melchior geheimnisvoll. »Schließ die Geräte weg und geh in die Küche! Die Burgl braucht einen starken Kaffee.«

Nachdem der Melchior so dafür gesorgt hatte, dass der Jörgl beschäftigt wer, ging er zur Wohnstube. Ehe er klopfte, horchte er ein Weilchen auf das Schluchzen, das von drinnen klang.

Bekümmert nickte er vor sich hin und murmelte: »Armes Hascherl! Das alles ist net einfach für dich.«

Dann pochte er so zart wie möglich an und trat ein. Die Walburga richtete sich sofort beschämt auf und trocknete ihre Tränen.

»Du, Melchior? Verzeih, ich bin ein bissel durcheinander! Das war eine hässliche Sache vorhin.«

»Ja, freilich. Madel, arg hässlich« sagte der Alte gütig. »Grad darüber will ich mit dir reden, Burgl.« Er setzte sich auf einen der Stühle, die um einen kleinen Tisch standen.

Die Walburga starrte ihn erwartungsvoll an. Ob der Melchior wohl eine Lösung des Rätsels bereit hatte?

»Also, ich denk' mir, das ist so gewesen« begann er. Umständlich setzte der alte Mann, der die weite Welt gesehen hatte, dem jungen Madel auseinander, wie sich das Ganze seiner Meinung nach zugetragen hatte.

Die Burgl lauschte und nickte, als er geendet hatte. Das klang alles vernünftig und logisch.

»Aber warum sollt sich die Luzie, meine Stiefmutter, zu diesem Spiel hergegeben haben?« fragte sie schließlich kopfschüttelnd. »Und die Fanny, ob sie auch mitgespielt hat?«

Das weiß ich net, Madel. Aber was deine Stiefmutter angeht, so hat sie ihre Finger schon in mehr solch üblen Geschichten gehabt.«

Gespannt sah der Melchior nach dieser Eröffnung die Walburga an.

»Ja mei, woher willst du das denn wissen?« wunderte sie sich. »Du kennst sie doch gar net, die Luzie!«

»Doch, ich kenn' sie« nickte der Alte bedeutungsvoll.

»Du willst die Luzie kennen, die zweite Frau meines Vaters? Woher denn?« Ungläubig betrachtete die Walburga den alten Mann.

»Wie sie's geschafft hat, deinen Vater zu angeln, Burgl, ist mir ein Rätsel« nickte der Melchior, »die Luzie aus der ›Flamingo-Bar‹ auf der Reeperbahn!«

»Jesus, Maria und Josef!« Entgeistert starrte Walburga den alten Getreuen an.

»Sie war Bardame in dieser Bar« begann der Melchior zu erzählen. »Damals, als meine Marie noch lebte, bin ich ja zur See gefahren einige Jahre lang, und immer wenn wir in Hamburg im Hafen lagen, gingen wir alle in diese Bar. Nun ja, und dort stand die Luzie hinter der Theke und animierte die Matrosen zum Trinken.«

»Und das weißt du gewiss?« Die Burgl konnte es immer noch nicht glauben.

»Ja, freilich, ich war doch oft genug dort« nickte der Melchior.

Die Walburga sprang von ihrem Stuhl empor, stützte die Hände auf die Tischkante und starrte den Alten überwältigt an.

»Melchior, wenn das mein Vater wüsst'!« sagte sie leise.

»Der Stanzinger-Bauer weiß es ganz gewiss net« schüttelte der alte Mann mit Bestimmtheit den Kopf.

»Das glaub' ich auch« murmelte die Burgl. »Mir hat er erzählt, sie wär' die Witwe eines reichen Holzhändlers aus den Bergen.«

»Pah, Witwe!« Verächtlich schnaubte der Melchior. »Die Luzie war nie verheiratet. Jedermann auf der Reeperbahn wusste, wie sie hinter dem Wenninger-Vinzenz her war. Aber der hat sich nur mit ihr amüsiert. Nie hätte' der eine Bardame zur Frau genommen. Der war auf der Reeperbahn gut bekannt. Tatsächlich war er ein reicher Holzhändler aus Berchtesgaden. Alle paar Monate fuhr er nach Hamburg, um sich ein paar schöne Tage zu machen. Aber geheiratet hat der die Luzie nie.«

»Und die Fanny – meine Stiefschwester?« fragte die Walburga erregt. »Ist sie am End' gar net das Kind von der Luzie?«

»Als ich zur See fuhr« rechnete der Melchior, »das war vor fünfzehn Jahren – da hatte sie eine Tochter – unehelich, versteht sich. Fünf Jahre war das Madel alt, und sie nannte es Fanny, denn die Luzie stammte ja auch aus Bayern. Die Luzie wohnte in dem Haus, wo unten die Bar drin war. Die Spülfrau sorgte für die Kleine, wenn die Mutter arbeitete.«

»Aber dann ist die Fanny ja gar net reich!« rief die Walburga aus. »Sie hat ja gar keinen Vater, der ihr sein Geld hinterlassen hat.«

»Freilich net« bestätigte der Melchior.

»Und mein Vater ist betrogen worden, ganz furchtbar hintergangen von einem raffinierten, durchtriebenen Frauenzimmer!« erregte sich die Burgl.

»So wird's wohl sein, Madel« nickte der Alte bekümmert. »Und deswegen trau' ich der Luzie auch diese Gemeinheit mit dem Schlüssel zu, denn sie will doch unbedingt den Schörgen-Mathias haben, diese Fanny, ihre Tochter. Es ist ja auch etwas. Bäuerin auf dem Schörgen-Hof zu werden, und da muss man schon was tun, damit nix dazwischenkommt! Und ein Blinder hatt' es doch sehen können, Burgl, wie er an dir hängt, der Mathias. Der hat dich gern, verlass dich drauf!«

Walburga sank zurück auf ihren Stuhl und verschränkte die Hände im Schoß. Sie seufzte tief.

Sie sah den Melchior an. Ihr Gesicht war blass, aber entschlossen. Sie schien von neuer Energie erfüllt.

»Ich dank' dir, Melchior, dass du mir alles gesagt hast« sagte sie. Ich werd' zu meinem Vater gehen und mit ihm reden. Er muss mich anhören. Alles muss aufgeklärt werden, auch diese Sach' von heut' nachmittag, restlos! Ich kann das net für mich behalten und resignieren.«

»Sollst du ja auch net, Madel« lächelte der Alte väterlich. »Ich werd' jederzeit alles bezeugen, was ich dir erzählt hab'. Ich steh' zu meinem Wort. Wehr dich nur, Burgl, wehr dich tüchtig, du darfst das net auf dir sitzen lassen. Man hat dir übel mitgespielt und will dich um dein Glück bringen. Aber der alte Melchior hat Augen im Kopf und passt auf.«

Er stand auf und tätschelte ihr unbeholfen den Arm. Dann nickte er ihr noch einmal zu und verließ die Wohnstube.

Sehr nachdenklich blieb die Walburga zurück. Keineswegs waren jetzt alle Probleme gelöst. Im Gegenteil, sie fingen erst an. Wie schwer würde es sein, den Vater zu überzeugen! Er war doch ganz im Bann von diesem Frauenzimmer! Aber die Burgl war entschlossen, den Kampf durchzufechten. Es ging um ihre Ehre und ihr Glück.

*

Draußen dämmerte es. Um diese Jahreszeit wurde es früh dunkel. Es wurde Zeit für die Walburga, zum Stanzinger-Hof zurückzukehren.

Widerwilliger denn je schloss sie das Büro und die Werkstatt ab und griff noch ihrem Mantel. Leider würde sie auf dem Stanzinger-Hof der Luzie und der Fanny begegnen. Das war jedoch nicht zu vermeiden. Man erwartete, dass sie in ihrer Kammer droben schlief. Niemals war sie bisher über Nacht draußen in der »Waldklause« geblieben.

Sie gab dem Melchior die Schlüssel, setzte sich in ihren Wagen und fuhr gemächlich ins Dorf zurück.

Dort öffnete ihr die alte Kathi die Tür und sagte: »Weißt du's schon, Burgl, dass am fünfzehnten Oktober Verlobung gefeiert wird? Die Fanny hat sich mit dem Schörgen-Mathias verlobt.«

Es gab der Walburga einen feinen Stich. Noch zehn Tage! dachte sie verzweifelt. Ich darf keine Zeit net mehr verlieren! So bald wie möglich muss ich mit dem Vater sprechen.

Der Bauer und die Bäuerin saßen mit der Fanny in der Wohnstube und überlegten, wen sie alles zur Verlobung einladen sollten, die groß gefeiert werden sollte.

Eine stattliche Anzahl hatten sie schon zusammen, denn außer den Verwandten der Stanzingers mussten sie selbstverständlich die Honoratioren von Oberhahn einladen, sowie all die anderen Bauernfamilien.

»Was hältst du davon, Clemens, wenn wir am Vorabend der Verlobung eine Treibjagd veranstalten?« schlug die Luzie vor. »Es ist grad die Zeit der großen

Jagden, und vor allem die Burschen und Männer werden ihren Spaß daran haben.«

»O ja, bitte, Vater!« rief die Fanny freudig. »Am Samstag ist die Treibjagd mit einem großen Jagdessen zum Abschluss, und am Sonntag feiern wir dann Verlobung. Das wird ein Fest, von dem Oberhahn noch lang' sprechen wird!«

Die Tochter der Bardame wusste sich durchaus zu benehmen, und man merkte ihr nicht an, dass sie im Hamburger Vergnügungsviertel aufgewachsen war. Die Luzie hatte sie gut geschult.

Daran musste die Walburga jetzt denken, als sie unbemerkt in die Wohnstube getreten war und die letzten Worte gehört hatte. Jetzt, wo sie Bescheid wusste, war ihr Blick geschärft, und sie konnte die Luzie und ihre Tochter nur bewundern, mit welcher Sicherheit sie ihre Rollen spielten.

»Grüß Gott!« sagte sie leise.

»Ach, da bist du ja!« nickte der Stanzinger-Clemens gleichgültig. »Wir überlegen grad, wen wir alles zu Fannys Verlobung einladen, und wie wir diesen Tag feiern. Weißt du's überhaupt schon? Die Fanny und Mathias Schörgen wollen sich am fünfzehnten Oktober verloben.«

»Ich hab' es schon gehört« murmelte die Burgl, und mit einem Blick auf die Fanny sagte sie: »Herzlichen Glückwunsch!«

»Danke!« Spöttisch sah die Fanny ihre Stiefschwester an, und ein boshaftes Lächeln lag um ihren Mund.

Wie weh das tat! Die Walburga dachte an die Demütigung, die ihr heute in der »Waldklause« bereitet worden war.

»Wann hast du einmal Zeit für mich, Vater?« fragte sie mit gepresster Stimme. »Ich hätt' was Wichtiges mit dir zu reden.«

»So wichtig wird es ja wohl net sein, dass wir deswegen unsere Beratung hier unterbrechen müssen!« sagte der Stanzinger-Clemens schroff.

»Es tut mir Leid, Vater, aber die Sache eilt!« drängte die Burgl.

»Kruzitürken! Nun gut, morgen Vormittag!« rief er ungeduldig aus. »Was soll das schon Wichtiges sein! Wirst wohl wieder Geld brauchen, net wahr?«

»Nein, Vater, es geht um persönliche Dinge« antwortete Walburga leise.

Die Stanzinger-Bäuerin und ihre Tochter betrachteten sie kalt forschend. Der Ernst ihres Gesichtes ließ nichts Gutes vermuten. Ob sie wohl Verdacht geschöpft hatte? Aber es fehlten doch alle Beweise. Was konnte sie schon ausrichten?

»Lass deinen Vater jetzt in Frieden, Burgl!« wies die Luzie sie zurecht. »Du siehst, er hat viel zu tun und zu überlegen.«

»Du störst uns« setzte die Fanny spitz hinzu.

Das junge Madel wandte sich zur Tür. Ihre Lippen zuckten. Sie war dem Weinen nahe. Was hatte sie heute schon aushalten müssen! Aber sie war ganz allein damit. Niemand nahm Anteil an ihrem Kummer.

Sie hatte schon die Hand auf der Türklinke liegen, da wandte sie sich noch einmal zurück.

»Bitte, Vater, sei so gut und lad' meine Patentante, die Fengler-Appolonia aus Mühlfelden, ein. Ich würd' sie gern einmal wiedersehen« bat sie.

»Ja, freilich, die gute, alte Loni, warum denn net?« rief der Bauer aus. »Die Treibjagd wird sie ja net interessieren, aber um deinetwillen kommt sie gewiss gern.«

Dann ging die Walburga endgültig hinaus.

Schlecht schlief das junge Madel in dieser Nacht, denn sie fürchtete sich vor der bevorstehenden Unterredung mit dem Vater.

Sie wusste, dass der Vormittag keine günstige Zeit war, um mit dem Stanzinger-Clemens zu reden. Er schlief ja viel zu wenig, trank viel und war morgens meist schlechter Laune. Aber was sollte sie machen? Sie musste ja froh sein, dass er überhaupt bereit war, mit ihr zu sprechen. Bisher war er ihr möglichst ausgewichen.

Am nächsten Morgen, einem grauen, nebligen Herbstmorgen, fuhren die Bäuerin und die Fanny in die Stadt hinunter, um dort für die Verlobungsfeier einzukaufen: Sie wollten sich dort später mit dem Mathias treffen, um die Ringe auszusuchen.

Nachdem er gefrühstück hatte, ging der Bauer mit der Walburga in sein Arbeitszimmer hinter der Wohnstube und schloss die Tür.

»Ich bitt' dich, mach's kurz, Madel!« forderte er sie mürrisch auf. »Und mach's net gar so anstrengend! Ich fühl' mich net gut.«

»Das kann ich dir leider net ersparen, Vater, anstrengend wird es schon« begann die Burgl schon eingeschüchtert von diesen wenig freundlichen Worten. »Gestern haben sich seltsame Dinge in der ›Waldklause‹ zugetragen.«

Und sie erzählte zunächst die Geschichte mit der so rätselhaft verschlossenen Tür. Doch auf ihren Vater machte sie gar keinen Eindruck.

»Jessas, das ist alles? Hast du irgendwelche Beweise dafür, dass dir jemand einen Streich gespielt hat? Das sind alles nur Vermutungen, Burgl! Man müsst' diesen merkwürdigen Vertreter finden, aber da führt wahrscheinlich zu gar nix.« Das war alles, was der Bauer dazu sagte.

»Aber Vater, wenn ein Schlüssel plötzlich wieder auf dem Tisch liegt, der vorher net da war, dann gibt es keinen Zweifel mehr, dass von den drei anwesenden Menschen einer ein falsches Spiel spielt!« wandte die Walburga erregt ein. »Ich lüg' doch net! Ich bild mir auch nix ein! So wars halt.«

»Warum hast du deine Stiefmutter in Verdacht, die Fanny oder den Mathias?« wollte ihr Vater ärgerlich wissen. »So ist es doch, net wahr? Die drei verdächtigst du. Warum aber net den Melchior? Er war doch auch im Haus.«

»Warum sollt' er das tun?« schüttelte die Walburga den Kopf. »Er ist treu wie Gold und hängt an mir.«

»Vielleicht hat er gehofft, seinem Sohn auf diese Weise eine Zukunft zu sichern!« entgegnete der Stanzinger-Clemens zynisch.

»Vater – der Jörgl und ich – nein, da ist doch Unsinn!« rief die Burgl entrüstet aus. »Nie käm' der Melchior ein solcher Gedanke!«

»Und warum sollt' er einem von den dreien kommen?« brummte der Bauer und trommelte ungeduldig mit den Fingern auf der Schreibplatte des alten Sekretärs.

»Weil die Fanny unbedingt den Mathias haben will!« platzte die Walburga heraus.

»Da schau her, und sie hat dich wohl als Rivalin gefürchtet?» spottete er.

»Vater, ich bitt' dich!« flehte das junge Madel um ein klein wenig Verständnis.

»Deine Gründe, die Fanny zu verdächtigen, sind ja wohl net uneigennützig, net wahr, Burgl?« sprach der Bauer ungerührt weiter. »Du hätt'st den Mathias wohl selber gern, wie? Er ist ja dein Jugendfreund, Wahrscheinlich bist du neidisch, dass er sich von dir abwandte und in die Fanny verliebte.«

»Ich weiß net, ob die Fanny überhaupt mitgespielt hat bei diesem Spiel« sagte die Burgl, sich zur Ruhe zwingend. »Die Triebfeder ist jedenfalls meine Stiefmutter.«

Der Stanzinger-Clemens schlug auf die Armlehne des alten Ohrensessels, in dem er saß. »Wie kannst du es wagen, Mädel, so etwas zu behaupten?« rief er wütend.

»Kennst du die Vergangenheit von der Luzie genau, Vater?« fragte die Walburga und sah dem alten Mann fest in die Augen.

»Freilich« nickte der Bauer etwas unbehaglich. »Sie ist die Witwe eines reichen Holzhändlers und ...

». . . mit dem die Luzie nie verheiratet gewesen war!« fiel Walburga ein.

Nun erzählte sie in kurzen Worten, was sie vom alten Melchior erfahren hatte. Immer fürchtete sie, der Vater werde sie unterbrechen, denn er holte mehrmals tief Luft und setzte zum Sprechen an. Sein Gesicht hatte sich gerötet. Zum Schluss sprang er aus seinem Ohrensessel auf und begann heftig auf und ab zu laufen.

»Und dieses Geschwätz glaubst du?« donnerte er. »Was ein alter Tagelöhner, der seine fünf Sinne vielleicht net ganz beisammen hat, dir erzählt, das nimmst du als Wahrheit hin? Ja mei, Madel, bist du denn so narnisch und erwartest, dass ich dir das glaub'?«

»Ich hab' erwartet, Vater, dass du Nachforschungen anstellst« sagte die Burgl leise. »Ich mein', das bist du mir schuldig.«

»Nein! Net einmal das!« schrie der Stanzinger-Bauer außer sich. »Die Luzie ist eine ordentliche Frau, und ich brauch' sie net durch Schnüffeleien in ihrer Vergangenheit zu beleidigen. Vielmehr verlang' ich von dir, dass du den Melchior und den Jörgl sofort entlässt. Diese Burschen, die solche Dinge über meine Frau und die Fanny verbreiten, dürfen net mehr unter deinem Dach wohnen!«

Die Walburga stand ebenfalls auf. Hoch aufgerichtet stand sie neben ihrem Stuhl.

»Ich werd' den Melchior und den Jörgl net entlassen, entgegnete sie ruhig. »Sie sind ehrlich und treu, und ich glaub‹, dass der Melchior die Wahrheit sagt.«

»Sie gelten dir also mehr als deine Familie?« erregte sich der Bauer.

»Meine Stiefmutter und die Fanny sind net meine Familie«, stellte Walburga richtig. »Mein totes Mutterl tät' sich im Grab herumdrehen, wenn sie wüsst', wie du mich im Stich lässt!«

»Red doch net so dummes Zeug, Madel!« brauste ihr Vater auf. »Ich merk' doch, worum es dir geht. Du willst selber den Mathias heiraten und versuchst nun mit allen Mitteln, die Fanny auszuschalten. Es tut mir Leid, Burgl, aber das mach' ich net mit! Und jetzt geh! Wir zwei haben uns nix mehr zu sagen.«

»Ist das dein letztes Wort, Vater?« fragte die Burgl bebend,

»Ja!«

»Dann bitt' ich dich, mir mein restliches Erbe auszuzahlen. Ich werd' ganz für mich in der ›Waldklause‹ wohnen und den Stanzinger-Hof verlassen.«

Clemens Stanzinger trat einen Schritt zurück. Ein gehetzter Ausdruck war in seinen Augen, und er wurde blass.

»Das – das ich bitt' dich, wart' noch bis zum Jahresende! Früher geht's net. Ich kann dem Hof net so plötzlich so viel Geld entziehen, das musst du verstehen. Es ist ja net mehr lang' bis zum Jahresschluss.«

»Gut, Vater, ich werd' warten!« nickte die Walburga. »Aber länger net! Und von heut' an werd' ich in meinem Häusel im Wald schlafen. Das macht ja wohl nix mehr, net wahr?«

Sie ging zur Tür, öffnete sie und trat hinaus. Auf der Schwelle zögerte sie noch einen Augenblick.

Rief der Vater sie nicht zurück? Bedauerte er es

nicht, so hart zu seinem eigenen Fleisch und Blut gewesen zu sein, so ungerecht, indem er den Fremden alles Recht zuerkannte und seiner Tochter nichts?

Der Stanzinger-Bauer schwieg jedoch, und resigniert ließ die Walburga die Tür ins Schloss fallen. Mit gesenktem Kopf ging sie zur Haustür hinaus, setzte sich in ihren Wagen und fuhr in den Wald hinaus, ihr tat das Herz weh vor Kummer.

Währenddessen stand der Bauer in seinem Arbeitszimmer und grub die Fingernägel in die Handflächen.

Jedes Wort von der Burgl war für ihn wie ein Keulenschlag gewesen. Er glaubte alles. Natürlich irrte sich der alte Melchior nicht. Er hatte ja scharfe Augen und einen klaren Verstand. Ganz bestimmt hatte er in der Luzie die Bardame aus der »Flamingo-Bar« wiedererkannt.

Aber wie konnte der Bauer etwas gegen diese Frau unternehmen, die ihn vollkommen in der Hand hatte?

Sie wusste, dass von Walburgas Erbe nichts mehr vorhanden wer. Alles hatten der Bauer und sie durchgebracht. Zu vielen teuren Anschaffungen hatte die Luzie ihn animiert, die er abzahlen musste. Und dann waren zwei schlechte Ernten gekommen, die ihn in arge Bedrängnis brachten.

Ebenso hatte ihn Walburgas Umbau in große Verlegenheit gebracht und die Anschaffungen, die sie gemacht hatte. Nichts davon war bisher bezahlt. Der Bauer hatte eine Stundung bis zum neuen Jahr erreicht.

Nun kam die Verlobungsfeier von der Fanny, die viel kostete. Aber es musste sein. Wenn die zwei dann zu Weihnachten heirateten, würde der Mathias seine Rettung sein. Mit dem Geld vom Schörgen-Hof hoffte er den Stanzinger-Hof zu retten, denn sonst gab ihm keiner Kredit. Er ahnte nicht, dass seine

Frau, die Luzie, ganz andere Pläne mit dieser Heirat verband, dass mit dem zu erwartenden finanziellen Zusammenbruch zum Jahresende sie ihn verlassen und mit der bis dahin hoffentlich verheirateten Tochter auf den Schörgen-Hof ziehen würde.

Der Stanzinger-Clemens stöhnte auf und presste die Hände gegen den schmerzenden Kopf. Eine Bardame war die Luzie, eine Betrügerin! Aber was war er selber denn? Auch ein Betrüger, ein Dieb am Vermögen seines Kindes, das ihm anvertraut worden war.

Arme Burgl! dachte er in einem Anflug von Reue. Aber das war auch alles.

Er war zu tief in das Netz der eigenen Schuld verstrickt, um noch einen anderen Ausweg zu finden als den der Lüge und Heuchelei. Das Spiel musste zu Ende gespielt werden.

*

»Hast es schon gehört, Veit? Der junge Bauer verlobt sich. Die Fanny vom Stanzinger-Hof ist es, die ihn kriegt. Am fünfzehnten Oktober ist es so weit. Der Stanzinger will dazu ein großes Fest veranstalten.

Der Veit hielt in seiner Arbeit inne und starrte die Marei, die Magd vom Schörgen-Hof entgeistert an.

Er war gerade beim Stallausmisten, als die Marei über den Hof ging und für einen Schwatz in der Stalltür stehen blieb.

Nun wusste er also, dass die Fanny für ihn verloren war. Jetzt war es so weit, sie verlobte sich mit dem Mathias.

Hatte er nicht vielleicht durch diese Intrige in der »Waldklause«, bei der er mitgespielt hatte, die Dinge noch beschleunigt? Die Fanny hatte ihn dazu überredet. Ganz geschickt hatte sie das gemacht.

»Die Walburga muss irgendetwas von unserem Verhältnis gemerkt haben« hatte sie zu ihm gesagt. »Sie kennt dich zwar net, Veit, aber vielleicht hat uns jemand im Wald verschwinden sehen und es ihr erzählt.«

»Jessas! Und was hat die Burgl gemacht?« hatte er ängstlich gefragt.

»Nun, sie hat mich ins Gerede gebracht! Böse Zungen flüsterten schon, ich hätt' ein Gspusi mit einem Unbekannten, mit dem ich mich immer im Wald treff'. Man schaut mir im Dorf spöttisch hinterher und wispert hinter meinem Rücken.«

»Verdammt! Das ist freilich net schön für dich!« hatte er genickt.

Da es draußen schon sehr unwirtlich war, trafen sie sich jetzt im Wald in einer Futterhütte, wo für die Rehe das Heu aufbewahrt wurde.

Sie schmiegte sich an ihn und flüsterte: »Aber nein, du Dummer, das könnt' ich doch gar net ertragen! Wir müssen uns nur wehren und zurückschlagen.«

»Wir?« fragte er verwundert. »Was kann ich denn dabei tun? Niemand darf doch wissen, dass wir uns kennen!«

»Freilich, dabei soll's auch bleiben« nickte sie. »Aber doch kannst du mir helfen. Was sie mir angehängt hat, das müssen wir auch ihr anhängen. Wir müssen sie in Verruf bringen, dann wird sie schon aufhören, über andere Leut' zu reden. Und du kannst dabei helfen, denn dich kennt sie ja net.«

Dann hatte die Fanny ihm erzählt, wie sie sich das dachte. Der Plan mit dem Schlüssel gefiel dem Veit zwar nicht, aber da er der Fanny ja blind ergeben war, tat er alles, was sie wünschte. Der Veit trat also bei der Walburga als Vertreter auf.

Und nun verlobte sich die Fanny mit dem Mathias.

Der Veit war in einer schrecklichen Verfassung. Er vermochte nichts anderes zu denken, als dass das geliebte Madel nun für ihn verloren war.

Wieder trafen sie sich im Wald in der Futterhütte.

Er stand vor ihr und stieß heiser hervor: »Am fünfzehnten Oktober verlobst du dich mit dem Mathias, net wahr?«

»Ja« sagte sie träge. »Das hast du doch immer gewusst. Mein Stiefvater hat es so bestimmt.«

»Aber du hast mir oft genug gesagt, dass es noch lang' net so weit ist!« wandte der Veit erregt ein.

»Nun ist es halt schneller gekommen, als ich gedacht hab'. Komm, Veit, sei lieb und red' net mehr davon!«

»Und du bist gar net traurig darüber?« bohrte er weiter.

»Ja mei, ich hab' ja schließlich lang' genug Zeit gehabt, mich an den Gedanken zu gewöhnen. Der Mathias ist net der schlechteste und gewiss ein bequemer Ehemann, denn er hat ja immer so viel zu tun. Viel Zeit werd' ich für mich haben, wenn ich seine Frau bin.«

»Was heißt das?«

»Dass wir uns oft sehen können, Veit!«

Er beugte sich zu ihr nieder, fasste sie bei den Schultern und rüttelte sie.

»Ich will dich aber net mit jemandem teilen, hörst du, Fanny! Du sollst mir allein gehören!«

»Das geht net!« Heftig schüttelte die Fanny den Kopf.

»Doch! Das geht! Du kannst dich weigern, den Mathias zu heiraten! Und dann nimmst du mich.«

»Du hast aber kein Geld, Veit, rief die Fanny unmutig. »Du musst doch einsehen, dass das net geht.«

Das hätte sie nicht sagen sollen, denn mit einem Schlage wurde ihm klar, dass sie eiskalt rechnete, und daß er für sie nur ein Spielzeug war.

»So ist das also!« stieß er hervor. »Ein Zeitvertreib war ich für dich, ein Spielzeug! Und nimmst mich wohl auch net für voll, wie?«

»Komm, sei ein lieber Bub, Veit!« antwortete die Fanny ausweichend. »Nun setz' dich zu mir und nimm mich in deine Arme! Hast du denn heut' gar keine Sehnsucht nach mir?«

»Ein Bub bin ich, aber kein Mann! Der Mathias ist wohl deiner Meinung nach ein Mann, den man ernst nehmen muss, wie?«

»Ja, freilich, das ist er!« nickte die Fanny verständnislos.

»Nun, du wirst ihn aber net bekommen! Ich werd' jetzt zu deinem Vater gehen und ihm alles erzählen!« sagte der Veit entschlossen und ging zur Tür.

»Veit!« rief sie.« Komm zurück, Veit!«

Aber es war zwecklos. Er hörte nicht. Sie hatte ihre Macht über ihn verloren.

Sie stand mitten in der Hütte. Der Wind fuhr zu der geöffneten Tür herein und zerrte an ihren Kleidern. Mechanisch begann sie, die Heuhalme vom Rock zu lesen.

Was war jetzt zu tun? Nur eines: Sie musste vor dem Veit beim Stanzinger-Bauern sein und ihm ihre Geschichte erzählen.

Oh, schwer wird's net sein, dachte sie, dem Bauern von Veits Nachstellungen zu erzählen, gegen die ich mich kaum wehren konnte! Der Bauer wird mir mehr glauben als ihm.

Sie verließ die Hütte, warf die Tür zu und schritt eilig zum Stanzinger-Hof zurück. In ihren Augen glitzerte ein boshaftes Lächeln,

Der Veit war nicht sofort zum Stanzinger-Hof gestürzt. Er wollte bis zum Abend warten, wo er sicher sein konnte, den Bauern anzutreffen.

Die Fanny aber kam heim und traf den Bauern an, der gerade vom Feld zurückgekommen war und nun in seinem Arbeitszimmer saß, um die Abrechnungen zu machen.

Nach einem kurzen Anklopfen trat die Fanny ein und setzte schon beim Überschreiten der Schwelle die Miene der Gekränkten und Empörten auf. Ja, es gelang ihr sogar, einen kleinen Schluchzer hervorzustoßen.

»Was hast du denn, Madel?« fragte der Stanzinger-Clemens verwundert und wandte sich ihr zu. »Du bist ja so erregt.«

»Ich bin es auch« schluchzte die Fanny. »Eine Gemeinheit ist es! Nein, Vater, das geht wirklich zu weit!«

»Was geht zu weit?« Verständnislos sah der Bauer sie an.

»Ich hab' dir ja nix davon sagen wollen, um dich net zu erregen. Du hast doch genug Sorgen am Hals . . .«

»Nun sag' doch schon, Mädel, worum es geht!« unterbrach sie ihr Stiefvater ungeduldig.

»Um den Harlacher-Veit!«

»Um das Patenkind vom Schörgen-Franz?« fragte der Bauer verwundert. »Das versteh' ich net.«

»Ja, der ist es« bestätigte die Fanny. »Ich glaub', Vater, der ist net ganz richtig im Kopf. Er weiß wohl net mehr, was er tut. Gewiss darf man die Sach' wohl net so ernst nehmen wie bei einem anderen Menschen.«

»Du hast Recht, ein bissel deppert scheint mir der Veit auch zu sein« nickte der Bauer. »Aber nun heraus mit der Sprache! Was hat er dir zugefügt?«

»Er stellt mir nach. Ich kann net durchs Dorf oder den Wald gehen oder einen Besuch auf dem Schörgen-Hof machen, ohne dass er mich verfolgt, irgendwo dann aus einem Gebüsch tritt und mich mit Liebeserklärungen belästigt. Er behauptet, mich wahnsinnig zu lieben . . .«

»Wie lang geht das schon so?« wollte der Bauer wissen, dessen Stirnadern bedenklich anschwollen.

»Ein paar Wochen, Vater! Und jetzt wird er sogar tätlich.«

»Kruzitürken, was heißt denn das?« Das Gesicht des Bauern rötete sich vor Zorn.

»Er – nun, er hat mich überfallen und ins Gebüsch gezerrt« stammelte die Fanny und senkte den Kopf. »Dann hat er mich geküsst.«

»Dieser verdammte Lackl!« fluchte der Stanzinger-Clemens.

»Du hast ja Recht, Vater, aber bedenk' doch, er ist halt ein bissel dumm und weiß wohl net, was er da tut.«

»Das weiß ich ja«, unterbrach sie ihr Stiefvater. »Trotzdem werd' ich mal ein ernstes Wörtel mit diesem Burschen reden. Das geht doch net an, dass er dich belästigt.«

»Ich dank' dir, Vater« sagte die Fanny leise und ging zur Tür.

»Dummes Madel, das ist doch meine Pflicht!« Der Bauer wandte sich seinen Büchern zu.

Hinter seinem Rücken lächelte die Fanny befriedigt. Jetzt konnte der Veit erzählen, was er wollte, der Stanzinger-Bauer würde ihm kein Wort glauben.

Am Abend klopfte es denn an die Haustür vom Stanzinger-Hof, und vor der alten Kathi, die öffnete, stand Veit Harlacher und wollte den Bauern sprechen.

»Freilich, er ist daheim« nickte die Alte. »Geh nur in die Wohnstube, Veit, ich muss ihn erst einmal suchen.«

Der Veit dankte ihr und trat über die Schwelle. Lange brauchte er aber in der Wohnstube nicht zu warten, da kam der Bauer mit eiligen Schritten ins Zimmer.

Mitten auf den gescheuerten Dielen blieb er stehen und donnerte: »Mir sind schlimme Dinge über dich zu Ohren gekommen, Veit! Merk es dir gut, ich werd' es net dulden, dass du meine Stieftochter, die Fanny, belästigst!«

»Ich – ich . . .« stotterte der Veit völlig verwirrt, »ich – hab sie doch so lieb . . .«

Das war das Dümmste, was er hatte sagen können, denn nun glaubte der Bauer erst recht, dass sich alles so verhielt, wie es ihm die Fanny geschildert hatte.

»Wie kannst du's nur wagen, ihr nachzustellen« rief er aufgebracht. »Sie ist doch mit dem Mathias verlobt, dem Sohn deines Patenonkels, dem du zu großem Dank verpflichtet bist! Schändlich ist es, was du getan hast! Die Fanny hat mir erzählt, dass du ihr aufgelauert und sie ins Gebüsch gezerrt hast . . .«

»Ins Gebüsch?« wiederholte der Veit töricht und fasste sich an den Kopf.

Er konnte nicht so schnell begreifen, was geschehen war. Die Fanny hatte ihn also ohne weiteres fallen gelassen und den Spieß umgedreht. Nicht er konnte sie anklagen, sondern sie hatte sich über ihn beschwert.

Der Veit ließ den Bauern toben und sagte gar nichts mehr. Er wusste, dass es zwecklos war. Die Fanny hatte ihn gewiss so geschickt einzuwickeln gewusst, dass er ihm kein Wort mehr glauben würde.

Hass gegen den Stanzinger-Bauern stieg in ihm empor. Es stimmte also, er war es, der die Heirat mit dem Schörgen-Mathias befahl. Er war das Hindernis, das Veits Glück mit der Fanny im Wege stand.

Ich werd' ihn aus dem Weg räumen! dachte er wild. Er ist an allem schuld!

Aber jetzt musste er erst einmal mit dem wütenden Bauern fertig werden. Da es ja keinen Sinn hatte, die Geschichte, die die Fanny erzählt hatte, abzustreiten, heuchelte er den reuigen Sünder.

Er senkte den Blick und murmelte: »Das tut mir alles sehr Leid, Bauer! Ich weiß auch net, was über mich gekommen ist. Ich versprech' dir, es wird net wieder vorkommen, glaub' mir das!«

Der Stanzinger-Clemens, der glaubte, dass seine Worte Eindruck auf den Veit gemacht hatten, nickte befriedigt.

»Gut, Veit, ich glaub' dir! Aber noch einmal will ich so etwas net hören, sonst muss ich mit deinem Patenonkel reden.«

Der Veit nickte nur. »Gut' Nacht!« murmelte er und ging zur Tür. Dann klappte die Haustür hinter ihm zu.

Auch der Bauer verließ die Wohnstube und ging in sein Arbeitszimmer zurück, ohne zu ahnen, dass dies der Auftakt zu einer Tragödie gewesen war.

*

Dann war der Tag der Treibjagd, die der Verlobung der Fanny mit dem Schörgen-Mathias vorangehen sollte gekommen.

Auch der Veit hatte davon erfahren und sich befriedigt die Hände gerieben. Das ist gut! dachte er. Bei der Jagd bietet sich mir gewiss eine Gelegenheit, meinen Plan auszuführen. Und dann fällt die Verlobung ins Wasser, und die Fanny ist wieder frei, frei für mich!

Er hasste sie jetzt glühend und hatte keinen anderen Wunsch mehr, als sie demütig am Boden liegen zu sehen, überwunden und besiegt, von ihm, dem Veit. Dann aber wollte er es sein, der sie tröstete.

Alle, die der Bauer zu dieser Jagd eingeladen hatte, waren gekommen, und das ganze Dorf nahm außerdem daran teil.

Die Stanzinger-Luzie blieb während der Jagd daheim und bereitete alles für das große Jagdessen vor. Die Fanny aber, ihre Tochter, ritt die Jagd mit.

Auch die Fengler-Appolonia, Walburgas Patentante, war gekommen und ließ sich von dem Bauern zur »Waldklause« hinausbringen, um die Burgl zu besuchen. Gewiss hatte das Madel ihr viel zu erzählen.

Unweit von der »Waldklause« wollten sich alle Teilnehmer an der Jagd treffen. Die Treiber und die Hunde warteten in der Nähe der Futterhütte auf das Zeichen zum Beginn, das der Stanzinger-Bauer geben sollte.

Auch der Jörgl war unter den Treibern. Förster Parchhuber hatte ihn dazu angestellt und in einen prächtigen Rock gesteckt.

Der alte Melchior hatte vor der Tür gestanden und die Apollonia willkommen geheißen. Nachdem er sie zu der Walburga in die Wohnstube geführt hatte, ging er wieder nach draußen, um dem bunten Treiben zuzusehen.

Jetzt kam der Mathias des Weges. Er war einer der Letzten. Er schien es nicht besonders eilig zu haben, sich den anderen anzuschließen. Vielmehr trat er, sein Gewehr in der Hand tragend, auf den Melchior zu und begrüßte ihn freundlich.

»Grüß Gott, Melchior, wie geht's? Du scheinst net grad gute Laune zu haben. Richtig grimmig schaust du aus.«

»Freilich, Mathias« nickte der Alte seufzend. »Mir will so Verschiedenes net gefallen, was hier geschieht. Aber unsereiner ist machtlos, muss zusehen und kann es net ändern.«

Der Mathias betrachtete den Alten einen Augenblick forschend. Dann trat er beiseite und lehnte sein Gewehr an die Hauswand. Danach kehrte er zum Melchior zurück und bot ihm eine dicke Zigarre an.

»Nun schieß los, Melchior!« ermunterte er ihn. »Was liegt dir denn auf der Seele?«

»Die Walburga sitzt drinnen und weint«, stieß der Alte hervor.

»Hm!« Der Mathias wusste nur zu gut, was dem

treuen Alten die Walburga bedeutete. Wenn sie weinte, drehte sich ihm das Herz um.

»Warum weint sie denn?« fragte er und gab sich Mühe, seine Stimme möglichst unbewegt klingen zu lassen.

»Das müsstest du doch eigentlich wissen, Mathias!« sagte der Melchior und sah den jungen Bauern aus seinen leuchtend blauen Augen ernst an. »Morgen verlobst du dich mit diesem vermaledeiten Madel, der Fanny, und die Walburga weint um dich!«

Eine so offene Sprache hatte der Mathias nicht erwartet. Es fiel ihm nicht ganz leicht, dem Alten in der gleichen Weise zu antworten.

»Nun mal langsam, Melchior!« bat er. »Neulich als die Sache mit dem Schlüssel passierte ...«

»Das war eine verdammte Schweinerei! Und schuld daran ist nur dieses Frauenzimmer, die Luzie!« fuhr es dem Melchior heraus.

»Was sagst du da?« Verblüfft starrte der Mathias den Alten an. In welchem Ton sprach der denn von der Stanzinger-Bäuerin? Kannte er sie etwa näher?

»Ja, ja, wundere dich nur, Mathias!« nickte der Alte. »Die Luzie ist Bardame gewesen in der ›Flamingo-Bar‹ auf der Reeperbahn. Damals, als ich zur See fuhr, hab' ich oft bei ihr an der Theke getrunken. Ich hab' sie wiedererkannt, wenn sie auch jetzt so hochmütig tut. Ich versteh' nur net, warum der Bauer die ganze Sache totschweigt, obwohl ihm doch die Burgl die volle Wahrheit gesagt hat? Was hat das wohl zu bedeuten?«

»Hör mal zu, Melchior!« schlug er vor. »So etwas kann man net hier draußen bereden! Lass uns in deine Stube gehen. Die Jagd interessiert mich eh' net. Und dann, dann erzählst du mir alles der Reihe nach! Es ist sehr wichtig für mich.«

»Denk' dabei auch ein bissel an die Burgl!« mahnte der Alte, und dann gingen sie ins Haus.

Es war ein recht langes Gespräch, das der junge Schörgen-Bauer und der alte Melchior miteinander führten, und als es zu Ende war, da war der Mathias restlos von Walburgas Unschuld überzeugt.

Nein, sie hatte wirklich nichts mit dem Jörgl! Und er war ein eifersüchtiger, blinder Narr gewesen, dass er das so einfach geglaubt hatte und der Fanny in das fein gesponnene Netz gegangen war.

Aber wenn das stimmte, was der Melchior über die Luzie und ihre Tochter sagte, dann fiel ja auch der Hauptgrund weg, den seine Eltern immer für diese Heirat mit der Fanny ins Treffen geführt hatten: Die Fanny war nicht reich und erbte nicht das Vermögen ihres Vaters, des angeblichen Holzhändlers. Niemals würde ihr Geld dem Schörgen-Hof zugute kommen.

Ganz abgesehen davon, dass diese Intrige gegen die Burgl hässlich war und Fannys Charakter enthüllte, ganz abgesehen davon, dass sie und ihre Mutter Lügnerinnen waren, war sie also ein armes Madel und besaß kein Vermögen, auf das der Schörgen-Franz und seine Frau Therese so sehr gehofft hatten, um die Einbußen, die auch ihnen durch die zwei schlechten Ernten entstanden waren, auszugleichen und den landwirtschaftlichen Betrieb zu rationalisieren.

Der Mathias glaubte zu wissen, warum der Bauer nichts unternommen hatte, nachdem ihm die Walburga alles gesagt hatte. Man munkelte doch in ganz Oberhahn, dass der Stanzinger-Bauer am Ende war. Wahrscheinlich hatte er es sich nicht leisten können, der Luzie die Stirn zu bieten. Vielleicht rechnete er gar schon damit, nach der Verlobung der Fanny mit dem Mathias Geld vom Schörgen-Hof zu bekommen.

Doch diese Dinge konnte der Mathias nur in einem

Gespräch unter vier Augen mit dem Bauern klären. Er, der Mathias, würde Stillschweigen bewahren über alles, was er wusste. Was Clemens Stanzinger dann tat, war seine Sache.

Nur eines wusste der Mathias noch nicht: Wie dachte und fühlte die Burgl? Liebte sie ihn wirklich? Hatte sie es jemals getan?

»Nein, das hat mir das Madel freilich auch net gesagt« schmunzelte der Melchior, als ihm der Mathias diese Fragen stellte. »Aber wir können ja mal ein bissel am Fenster horchen, net wahr? Gewiss reden die beiden Frauen darüber.«

Richtig, das Fenster der Wohnstube war nur angelehnt! Der Mathias konnte ums Haus herumschleichen und sich an die Hauswand pressen, um zu lauschen, während der Melchior wartend in der Haustür stehen blieb. Aber das Gewehr, das er an einem Riemen über der Schulter hängen hatte, war dem Mathias im Weg dabei, und er nahm es ab und lehnte es neben sich an einen Baumstamm.

Er merkte es nicht, dass eine Hand hinter dem Stamm hervorkam und nach dem Gewehr griff. Er ahnte nicht, dass dort im Unterholz jemand verborgen gewesen war, der ihn mit brennenden Augen beobachtet hatte und der sich jetzt mit dem Gewehr lautlos entfernte.

»Ist's net richtig, liebe Tante«, sagte die Walburga gerade drinnen in der Stube mit tränenerstickter Stimme, »wenn ich sag', dass mich niemand lieb hat? Niemand hängt an mir, niemand macht sich was aus mir. Einsam und ohne Liebe muss ich meine Tage hier draußen im Wald verbringen ja, seit dieser Intrige sogar noch bespöttelt und verachtet!«

»Madel, das ist net wahr! Ich steh' zu dir, komme, was da wolle!« erwiderte die Apollonia herzlich.

»Liebe Tante, auch du kannst mir den Mathias net

zurückbringen« schüttelte die Burgl traurig den Kopf. »Morgen verlobt er sich mit der Fanny.«

»Eine Verlobung ist noch keine Heirat« beruhigte die Tante sie. »Sie kann noch gelöst werden.«

»Warum sollt' er das tun? Er glaubt mir ja net. Und weiß ich denn wirklich, ob er mich liebt?«

»Ja mei, Madel, das fühlt man doch! Sagt dir dein Gefühl das net?«

»Doch, mein Herz glaubt an den Mathias und an seine Zuneigung.«

»Na also! Nun lass das Weinen und das Zweifeln! Sehr gut ist es, dass ich gekommen bin. Heut' abend noch werd' ich die Dinge in die Hand nehmen. Ich muss mit dem Mathias sprechen ...«

»Jesus, Maria und Josef, nein!« rief die Walburga aus. »Das sieht ja so aus, als wollt' ich mich ihm aufdrängen!«

»Unsinn!« sagte die Tante energisch. »Er muss alles wissen, was dein Vater vor ihm verbirgt. Net nur um deinetwillen, sondern auch um seinetwillen. Soll er denn blind in diese Ehe mit einer Betrügerin hineintappen? Das sind wir dem Mathias schuldig. Überlass die Sach' nur mir! Ich werd' es schon richtig machen.«

Wieder seufzte die Walburga. »Ach, mach' mir keine Hoffnungen, Tante! Ich hab' ihn doch so viel lieb, und ich tät's net ertragen, wenn alles umsonst gewesen wär'!«

Was wollte der Mathias noch mehr? Er hatte alles gehört, was für ihn wichtig gewesen war. Mit leuchtenden Augen richtete er sich aus seiner gebückten Haltung auf und kehrte zu dem Melchior glücklich zurück.

»Alles in Ordnung, Alter!« flüsterte er und drückte Melchiors Hand, dass es schmerzte. »Ich bin dir viel Dank schuldig. Jetzt muss ich hineingehen und mit der Burgl sprechen. Sie soll sich net länger quälen.«

Der junge Bauer dachte nicht mehr an sein Gewehr. Was bedeutete ihm denn die Jagd, wenn es um sein Lebensglück ging? Und auch der Melchior dachte nicht mehr an das vergessene Gewehr. Er stand unter der Haustür und schmunzelte vor sich hin. Es würde sich alles doch noch zum Besten wenden.

Gerade als der Melchior in diese angenehmen Gedanken versunken war und der Mathias die Hand auf die Türklinke der Wohnstubentür gelegt hatte, kam der Jagdgehilfe des Försters aus dem Wald gestürzt.

Er lief auf das Häusel zu und schrie: »Walburga! Wo ist die Burgl? Jessas, er verblutet! Der Bauer ist angeschossen worden!«

*

Was war geschehen?

Die Fengler-Loni fuhr entsetzt von ihrem Stuhl hoch. »Der Vater angeschossen?« fragte die Walburga fassungslos, als der Jagdgehilfe ins Zimmer stürmte. »Wie ist denn das geschehen?«

»Habt ihr denn net den Schuss gehört und den grässlichen Schrei?« fragte der junge Mann atemlos.

»Nein. Heut' ist ja Treibjagd, da achtet man net so darauf.«

»Du musst mitkommen, Burgl«, stieß der Gehilfe hervor. »Und du auch, Loni! Der Förster sagt, du tätest was verstehen von erster Hilfe.«

In fliegender Hast streiften die beiden Frauen sich ihre Mäntel über, denn draußen war es empfindlich kühl. Dann gingen sie aus dem Haus.

Dort stand der Melchior mit dem Mathias, und beide waren genauso entsetzt wie die Frauen. Ohne ein Wort schlossen sie sich ihnen an.

»Wo liegt er denn, der Vater?« fragte die Walburga keuchend, die kaum Schritt halten konnte mit dem Jagdgehilfen.

»Am Hahnenbach. Wir haben es gleich geschafft, noch etwa hundert Meter. Die Kugel scheint die Lunge getroffen zu haben. Er hustet Blut.«

Das klang ja sehr bedrohlich. Die Walburga und ihre Tante beschleunigten ihre Schritte, und die Fengler-Apollonia überlegte fieberhaft, was jetzt als Nächstes zu tun wäre.

»Lauf sofort zurück zur ›Waldklause‹« befahl sie dem Gehilfen energisch. »Bestell einen Krankenwagen. Und dann wartest du im Häusel, bis die Leute da sind. Dann zeigst du ihnen den Weg!«

»Gut!« nickte der junge Mann und setzte sich in Bewegung.

Die beiden Frauen und die beiden Männer hatten den Bach erreicht. Von Buschwerk halb verdeckt lag eine Gestalt am Boden. Die Burgl bog die Zweige beiseite.

Der Stanzinger-Clemens war ohne Bewusstsein. Er atmete flach, und sein Gesicht war leichenblass. An der linken Brustseite zeigte sich ein dunkler Fleck.

Die Appolonia beugte sich nieder und fühlte den Puls.

»Wir müssen den Oberkörper höher legen« sagte sie. »Es besteht Erstickungsgefahr. Hilf mir, Melchior, ihm die Jacke auszuziehen!«

Stumm griff der Alte zu. Durch diese Bewegung begann die Wunde von neuem zu bluten. Die Fengler-Loni legte einen Notverband an. Der Bauer begann zu röcheln. Nur schwer bekam er Luft. Gemeinsam mit dem Melchior richtete die Apollonia ihn ein wenig auf.

»Grüß Gott, Loni!« sagte da eine Stimme.

Erschreckt blickte Burgls Patentante auf.

»Du bist's, Sepp? Gut, dass du da bist!«

Sepp Parchhuber, der Förster, der Walburgas Patentante aus dem Nachbardorf gut kannte, kniete neben dem Verletzten nieder.

»Jessas, den Stanzinger-Bauern hat's erwischt! Wie konnt' das nur passieren?« murmelte er.

»Das weiß ich auch net« zuckte die Apollonia die Schultern. »Es sieht bös aus. Ich hab' deinen Gehilfen wieder zur ›Waldklause‹ zurückgeschickt, damit er einen Krankenwagen bestellt.«

Einen prüfenden Blick warf der Förster auf die Walburga. Wie nahm das Madel die Sache auf?

Doch die Burgl blieb ruhig, obwohl ihre Hände bebten und ihre Augen vor Schreck weit geöffnet waren.

»Merkwürdig ist es!« schüttelte der Parchhuber-Sepp den Kopf. »Ich hab' nur einen einzigen Schuss gehört. Die Jagd hat aber eigentlich noch gar net angefangen. Wer kann es nur gewesen sein?«

Die vier Menschen, die ihn umstanden, schüttelten alle nur den Kopf. Sie wussten es auch nicht, wer da geschossen hatte.

»Ist dir bewusst, Burgl, dass ich nun die Polizei verständigen muss?« sagte der Förster behutsam zu dem jungen Madel.

Erschrocken schaute Walburga auf. Sie hatte es sich noch gar nicht klar gemacht, dass dies ein Fall für die Kriminalpolizei war. Sie hatte bisher nur an einen Unfall gedacht.

»Polizei?« stammelte in diesem Augenblick eine andere Stimme.

Sie gehörte der Fanny, die mit dem Bachmoser-Ferdl, dem Bürgermeisterssohn dem Förster gefolgt war.

Der Parchhuber-Sepp wandte sich unmutig um.

»Freilich, die Polizei!« brummte er. »Sobald der Krankenwagen den Bauern fortgebracht hat, muss ich dem Gendarm Meldung machen. Und dieser wiederum benachrichtigt die Kriminalpolizei drunten in der Stadt.«

Die Fanny sagte gar nichts. Sie blickte nur, wie es schien, beunruhigt zu Boden.

»Du glaubst also net, Sepp, dass es ein Unfall oder ein Versehen war?« vergewisserte sich die Fengler-Loni.

Grimmig blickte der Förster sie an. »Da drüben unter der Buche liegt ein Jagdgewehr. Ich glaub, ich kenn's, und ich will mich hängen lassen, wenn net daraus dieser verhängnisvolle Schuss abgefeuert worden ist. Die Richtung stimmt. Wenn der Clemens hier am Hahnenbach entlangging, konnte ihn der Schütze von dort aus genau aufs Korn nehmen und in die Brust treffen. Ich frag' mich nur, wie das Gewehr dorthin kommt?«

Dabei durchbohrte er den Mathias mit seinen Blicken.

»Wem gehört es?« fragte die Walburga leise. Angst stieg in ihr empor.

»Wenn mich net alles täuscht, ist's das Gewehr vom Mathias«, antwortete der Förster mit harter Stimme.

Der Mathias zuckte zusammen. Erst jetzt begriff er die Tragweite der Worte, die der Parchhuber-Sepp gesprochen hatte.

Der Förster ging zu der Buche, um mit einem Taschentuch das Gewehr vorsichtig aufzuheben und sicherzustellen.

Die Fanny stand dabei, blickte nachdenklich auf ihren Verlobten und nagte an der Unterlippe.

Morgen sollte ihre Verlobungsfeier sein. Doch nun lag der Stanzinger-Bauer schwer verletzt hier am Boden, und es war höchst zweifelhaft, ob er die kommende Nacht überstehen würde.

»Da!« rief der Bachmoser-Ferdl und wies zum Waldweg. »Der Krankenwagen, kommt!«

Tatsächlich näherte sich der Wagen. Gleichzeitig kamen noch andere Teilnehmer der Treibjagd, die auch den Schuss vernommen hatten.

Wichtigtuerisch berichtete der Ferdi ihnen, was sich hier zugetragen hatte, und ließ auch den Fund des Försters nicht aus.

Stumm stand der Mathias zwischen ihnen und fühlte alle Blicke auf sich ruhen. Man hielt ihn für den Mordschützen.

Auch die Burgl musste ihn ansehen, denn ihr Herz zog sich in unsagbarer Angst zusammen. Hatte der Mathias vielleicht die Beherrschung verloren und diesen Schuss abgegeben? Aber warum hätte er das tun sollen? Doch nein, so sah kein Mörder aus! Nicht einmal in der größten Erregung war der Mathias zu solchen Dingen fähig. Aber wie kam sein Gewehr hierher? Und wo hatte er sich während der ganzen Zeit aufgehalten?

Die Fanny hatte ihn nicht angesehen, und auch er hatte keinen Blick für sie. Ihre Meinung über ihn war ihm jetzt gleichgültig.

Der Wagen hielt. Zwei Sanitäter sprangen heraus, hoben die Trage heraus und kamen zu dem Gebüsch.

Vorsichtig hoben die Männer den Stanzinger-Bauern auf die Bahre, deren Oberteil gleich höher gestellt wurde, um ihm das Atmen zu erleichtern. Dann schoben sie sie in den Wagen, klappten die Türen zu und fuhren vorsichtig davon.

Wie erstarrt blieben alle auf der Waldwiese stehen und sahen zu Boden. Das schreckliche Erlebnis hatte sie tief erschüttert.

In diesem Augenblick hörten sie ein Rauschen und Knacken in den Büschen, und eine Stimme rief immer wieder: »Ich hab' geschossen – totgeschossen hab ich ihn!«

Eine Gestalt stolperte auf die Wiese zu, das Haar verwirrt, die Kleidung zerrissen. Der Veit war es, der völlig verstört durch den Wald irrte.

Behutsam trat der Förster auf ihn zu und fragte: »Wen hast du erschossen, Veit?«

Der junge Mann stierte ihn an mit einem Blick, der völlig leer war. »Ich hab' geschossen – totgeschossen hab ich ihn!« stammelte er nur.

»Er hat den Verstand verloren!« flüsterte der Mathias entsetzt.

Sanft nahm der Parchhuber-Sepp den Veit jetzt beim Arm und sagte beruhigend: »Komm, Veit, wir gehen jetzt heim! Du musst dich erst einmal ausruhen.«

Es war zweifelhaft, ob ihn der Harlacher-Veit überhaupt verstanden hatte, aber er ließ sich willig vom Förster zum Waldweg führen, auf dem man ins Dorf gelangte.

Dort brachte ihn der Sepp zunächst einmal zum Murch-Xaver, dem Gendarm, und machte seine Meldung über die Geschehnisse im Wald. Dann telefonierte er mit dem Krankenhaus drunten in der Stadt und bat darum, den Kranken abzuholen.

Nun musste er zum Stanzinger-Hof gehen, um die Bäuerin von dem Anschlag auf ihren Mann zu benachrichtigen. Die Luzie war ja noch immer ahnungslos.

Alle, die mit dem Fall zu tun hatten, würden sich mit der Zeit hier auf dem Stanzinger-Hof einfinden, wo sie dann der Kommissar, den man aus der Stadt schicken würde, vernehmen konnte.

Völlig überrascht, aber ohne eine Spur von Entsetzen oder Mitgefühl nahm die Luzie den Bericht des Försters entgegen. Geliebt hatte sie den Clemens nie. Sie interessierte es jetzt nur, was dieses Ereignis für ihre Pläne bedeutete.

»Gut wär' es, wenn du das Arbeitszimmer vom Clemens herrichten tätest, Bäuerin!« schlug ihr der Sepp vor. »Der Kommissar wird gleich kommen und braucht dann einen Raum, wo er die Zeugen vernehmen kann.«

Stumm nickte die Stanzinger-Luzie und machte sich daran, die kleine Stube für den Kommissar in Ordnung zu bringen.

Nach und nach kamen jetzt alle durch das Hoftor, die auf der Waldwiese den schwer verletzten Bauern umstanden hatten: Die Walburga mit ihrer Patentante, der Fengler-Apollonia. Der Mathias mit dem alten Melchior. Die Fanny mit dem Bachmoser-Ferdl. Die anderen Dörfler, die an der Jagd teilgenommen hatten, waren heimgegangen. Der Kommissar konnte sie ja, wenn er sie vernehmen wollte, jederzeit zu Hause erreichen.

Dieser traf denn auch wenige Minuten später ein. Hoibl hieß er und war ein großer, breitschultriger Mann mit rotem Gesicht, in dem die Augen listig funkelten.

Er ließ sich zuerst einmal vom Parchhuber-Sepp alles erzählen, was sich im Wald ereignet hatte. Dann nickte er.

»Wahrscheinlich ist Veit Harlacher der Täter«, sagte er nachdenklich. »Aber ganz sicher ist es noch net. Ich werd' mir vor allem diesen Mathias Schörgen vornehmen, denn immerhin ist mit seinem Gewehr geschossen worden.«

Das tat er denn auch, und der Mathias sagte aus, dass er die ganze Zeit über in der »Waldklause« gewesen war, und nannte den Melchior als Zeugen.

Auch ihn vernahm der Kommissar, und der Alte bestätigte alles.

»Freilich stimmt das, was der Mathias sagt« nickte er. »Über eine Stunde ist er in meiner Stube gewesen, und wir haben miteinander geschwatzt. Hernach hat er das Gewehr draußen an der Wand stehen lassen und hat es vollkommen vergessen. Und ich hab' auch net daran gedacht. Aber lang' war's net, nur für ein paar Minuten.«

Damit war der Mathias vollkommen entlastet, denn zurzeit der Tat war er gar nicht im Wald, sondern bei der »Waldklause« gewesen.

Alles Übrige musste sich der Kommissar zusammenreimen: Der Veit hatte also offenbar das Gewehr genommen und den Stanzinger-Bauern angeschossen. Auch fanden sich seine Fingerabdrücke auf der Waffe.

Aber warum hatte der Veit geschossen?

Darauf hätten die Fanny und ihre Mutter, die Stanzinger-Luzie, antworten können, aber als der Kommissar die beiden vernehmen wollte, waren sie verschwunden.

Sie hatten wohl gemerkt, dass für sie auf dem Stanzinger-Hof und in Oberhahn nichts mehr zu holen war, und hatten unbemerkt ihre Koffer gepackt. Mit dem alten Wagen des Bauern waren sie davongefahren.

»Tja, sie sind nirgends zu finden« sagte Kommissar Hoibl zu den anderen, die in der Wohnstube versammelt waren. »Fort sind sie, die Bäuerin und ihre Tochter.«

In diesem Augenblick schrillte das Telefon nebenan auf dem Sekretär des Bauern im Arbeitszimmer.

Der Kommissar ging hinüber und nahm den Hörer ab, »Herr Stanzinger liegt im Sterben«, teilte ihm eine sachliche Schwesternstimme mit. »Es wäre das Beste, wenn Sie seine Tochter herschicken würden. Er will sonst niemanden sehen.«

Kommissar Hoibl konnte sich vorstellen, warum Clemens Stanzinger weder seine zweite Frau noch seine Stieftochter in seiner letzten Stunde sehen wollte.

Manchmal kommen Reue und Einsicht erst in der allerletzten Minute, dachte er, der wie kein anderer die Abgründe des Menschenherzens kennen lernte.

Aber es war nicht gut, die Walburga allein zu schicken. Vielleicht war das junge Madel dem nicht gewachsen, was am Sterbebett des Vaters auf sie einstürmen würde.

Kommissar Hoibl erwies sich nicht nur als ein Kenner der Menschen, sondern auch als ein fähiger Lenker.

Er ging hinüber in die Wohnstube und sagte: »Ich möcht' Sie bitten, Fräulein Stanzinger, in die Stadt zum Krankenhaus zu fahren. Ihr Vater verlangt nach Ihnen.«

Die Walburga ahnte, was das zu bedeuten hatte. Sie wurde blass und sprang von ihrem Stuhl empor.

»Ich werd' mich beeilen« sagte sie mit gepresster Stimme. »Es könnt' sonst zu spät sein!«

»Ich möcht' net, dass Sie allein fahren!« setzte der Kommissar hinzu. »Wie wär's, Herr Schörgen, wenn Sie das Fräulein begleiten würden?«

»Ja, freilich, gern« nickte der Mathias und stand schon auf.

So kam es, dass die Walburga und der Mathias gemeinsam hinunter zum Krankenhaus fuhren. Behutsam traten sie in das Krankenzimmer, in dem der Stanzinger-Clemens vor sich hindämmerte.

Die Burgl beugte sich über ihn und rief leise: »Da bin ich, Vater! Hörst du mich?«

Ganz langsam öffnete er die Augen. Die blutleeren Lippen formten mühsam einige Sätze.

»Dank' dir – schlecht an dir gehandelt, Madel! – Weiß alles ... Der Veit hat auf mich geschossen, der Veit war's ...«

»Das wissen wir, Vater« beruhigte die Burgl ihn. »Er ist schon in sicherem Gewahrsam.«

»Er hat die – Fanny geliebt ...« murmelte der Sterbende und richtete den Blick auf den Mathias. »Sie – hat – dich betrogen, Bub ... Sie ist auch gar net ...«

»Ich weiß«, unterbrach der Mathias ihn. »Streng

dich net unnötig an, Bauer! Ich weiß alles. Ich werd' die Fanny net heiraten.«

Die Walburga starrte ihn aus großen Augen an. Woher wusste er alles? Wie kam er zu diesem plötzlichen Entschluss?

Der Mathias lächelte ihr zärtlich zu.

Er tastete nach ihrer Hand, die ihm entgegenkam. So standen sie Hand in Hand vor dem Sterbenden.

Der Bauer sah das und verzog den Mund zu einem mühseligen Lächeln.

»Liebst du sie, Bub?« stammelte er.

»Ja, Vater«, sagte der Mathias fest.

Aus Walburgas Augen perlten die Tränen. Ein zitternder Seufzer hob ihre Brust.

Aber der Stanzinger-Bauer war noch nicht am Ende seiner Beichte.

»Sie – sie hat nix ...« stieß er röchelnd hervor. »Sie ist – arm wie eine Kirchenmaus. Ich – ich hab' sie um alles gebracht, Mathias. Das musst du wissen ...«

»Aber das weiß ich doch längst!« sagte der Mathias begütigend. »Und es ist mir vollkommen gleichgültig. Der Schörgen-Hof wird sie schon ernähren.«

Der Bauer versuchte die Hände zusammenzulegen. Es sollte wohl eine Geste des Dankes sein, ein kleines, letztes Gebet. Aber die Finger gehorchten ihm nicht mehr.

Da trat die Walburga ans Bett und half ihm, und während sie die Finger ineinander fügte, kam es wie ein Hauch von seinen Lippen: »Gut, gut – verzeiht! Ich geh' – in Frieden ...«

Ein letzter, röchelnder Atemzug, dann sank sein Kopf zur Seite. Er war tot.

Die Burgl schluchzte auf. Tröstend zog der Mathias sie an seine Brust und ließ sie weinen.

Langsam versiegten die Tränen, und da küsste er zart ihren bebenden Mund. Die Lippen, die er so liebte, öffneten sich ihm willig, und sie versanken in einen inbrünstigen Kuss. Endlich hatten sie das Glück gefunden.

ENDE

Hanna Staller

Der Hof ohne Männer

Heimatroman nach einer
wahren Begebenheit

Um Gottes willen! Das ist das Ende! Das war das Letzte, was Johann Ferner, der Bauer vom Ferner-Hof denken konnte. Seine Frau Josepha an seiner Seite flüsterte noch: »Gelobt sei Jesus Christus!« dann raste das Flugzeug in die Bergflanke hinein. Ein ohrenbetäubendes Krachen, ein Bersten und eine Stichflamme!

Dann war das Leben der beiden Bauersleute ausgelöscht. Ein sinnloser Tod, denn er hätte verhindert werden können, wenn Josepha Ferner nicht schon lange von einem Flug geträumt hätte. Sie hatte so oft kleine Flugzeuge über ihren Hof hinwegfliegen gesehen und sich immer gewünscht, ihren Hof auch einmal von oben anschauen zu können. Obwohl sich das Ehepaar Ferner dieses Vergnügen längst hätte leisten können, denn der Ferner-Hof zählte zu den reichsten und schönsten Anwesen in ganz St. Konrad bei Gmunden, konnte sich Johann Ferner nie dazu entschließen, seiner Frau diese Freude zu machen, zumal er glaubte, Angst vorm Fliegen zu haben.

Doch dann war der Namenstag seiner Frau gekommen, der 19. März, und da hatte der Sohn der beiden Eheleute, der Markus, die Idee, seinen Eltern, vor allem aber seiner Mutter einen Rundflug zu schenken, und ihr damit einen lang gehegten Wunsch zu erfüllen.

Er war es auch, der die Eltern mit dem Wagen zu dem kleinen Flugplatz in Kirchham fuhr, wo er sich bereits vorher nach den Möglichkeiten eines Rundfluges erkundigt hatte. Es ging alles reibungslos.

Eine einmotorige Sportmaschine stand bereit, als Markus mit seinen Eltern am Flugplatz ankam. Er brachte Vater und Mutter ans Flugzeug, wo der junge Pilot bereits am Steuer saß. Auch der Motor lief schon. Der Flieger erkundigte sich, wo es denn hingehen solle, er kannte die Gegend wie seine Westentasche, natürlich auch St. Konrad, darum war es für ihn mit keinen Schwierigkeiten verbunden, den Ferner-Hof zu finden und zu überfliegen. Mutter Josepha jauchzte vor Begeisterung und bat den Piloten, den Hof noch einmal zu umkreisen.

Der tat es gerne, um der Frau eine Freude zu machen. Dabei verlor das Flugzeug aber zu sehr an Höhe, und als der Pilot seinen Fehler korrigieren wollte was es bereits zu spät.

Vor ihm wuchs ein Berg' in die Höhe, dem er nicht mehr ausweichen konnte. Er versuchte zwar die Maschine in eine Steilkurve zu legen, doch diese Aktion kam zu spät, der Aufprall war unausweichlich.

Minuten später war das kleine Flugzeug ein Wrack, das rauchte und in dem drei Tote eingeklemmt waren. Als man die Leichen geborgen hatte, wurden sie ins Tal gebracht. Johann und Josepha Ferner wurden natürlich in ihrem Hof aufgebahrt, wie es hier noch der Brauch war, und der junge Pilot wurde in seine Heimatgemeinde, nach Kirchham übergeführt.

Vier Tage später wurden die Eheleute vom Ferner-Hof unter größter Anteilnahme der Bevölkerung zu Grabe getragen.

»Und der Herr gebe ihnen die ewige Ruhe!« betete der Pfarrer.

»Und das ewige Licht leuchte ihnen!« antwortete die Gemeinde.

Dann wandte sich die allgemeine Anteilnahme dem Sohn der Verunglückten, dem Markus Ferner, zu. Markus stand am offenen Grab und nahm die Beileidsbezeichnungen entgegen, mit starrem Gesicht und gesenkten Blicken.

Markus war ein fescher Bursch. Groß, breitschultrig mit schlanken Hüften und einem kühn geschnittenem Gesicht, in dem zwei wasserhelle Augen das auffälligste Merkmal waren. Er bedankte sich für die

Teilnahme, und als der Letzte der Trauergäste den Gottesacker verlassen hatte, wandte sich auch Markus ab und verließ den Friedhof, ohne nach rechts oder links zu schauen. Es gab auch keinen Leichenschmaus, wie das hier sonst üblich war, nein, Markus ging schnurstracks auf den Hof zurück, der nun sein eigener war. Stolz überkam Markus, als er sich dem Hof näherte, der schon seit vielen Generationen im Familienbesitz der Ferners war.

Auf einer Anhöhe hatte man vor langer Zeit das behäbige Wohnhaus errichtet. Sein breit überstehendes Dach gab Geborgenheit, und die altersgrauen Holzstämme, aus denen der Oberbau gefügt war, machten das Wohnhaus zu einer wahren Zuflucht.

Und als Zuflucht hatte Markus auch sein Elternhaus stets angesehen. Er war sich vollkommen klar, als er jetzt auf seinen Besitz zuschritt, dass er seinen Eltern in letzter Zeit wenig Freude gemacht hatte. Er hatte nicht viel für die bäuerliche Arbeit übrig. Er wäre mit Freuden Techniker geworden, am liebsten Maschinenbauingenieur, denn Maschinen waren sein Ein und Alles.

Doch Markus war der einzige Sohn der Ferner-Leute und so war es selbstverständlich, dass nicht nach seinem Berufswunsch gefragt wurde. Er war der Hoferbe und als solcher konnte er nur die Landwirtschaftliche Schule besuchen, die er auch mit gutem Erfolg absolviert hatte. Nun also war er Bauer. Nun konnte er über den Hof und über alles verfügen, was dazugehörte. Und es gehörte viel zum Ferner-Hof. Eines allerdings war nicht in rauen Mengen vorhanden. und das war Bargeld!

Markus hatte es nämlich verstanden, seinen Vater immer zu neuen Maschinenkäufen zu überreden, obwohl diese zum Teil gar nicht verwendet werden konnten, weil der größte Teil der Felder und Wiesen, die zum Ferner-Hof gehörten, mit Maschinen nicht bearbeitet werden konnten. Das Gelände war dazu einfach zu uneben und zu steil.

Trotzdem hatte Johann Ferner den Wünschen seines Einzigen entsprochen, um ihn bei guter Laune zu erhalten, weil er ja nur zu gut wusste, dass Markus lieber nicht Bauer geworden wäre. An den Maschinen aber konnte Markus Freude haben, und darum kam er auch immer wieder nach Hause, obwohl es in der Stadt, wo Markus zur Schule ging, manches Mädel gegeben hätte, bei dem er gerne seine Freizeit verbracht haben würde.

Es war also kein Wunder, wenn das Verhältnis zwischen Eltern und Sohn nicht das Allerbeste war. Und nun waren die Eltern tot, und Markus stand nun auf sich allein gestellt, das heißt, er hatte treue Dienstboten zur Seite.

Da war vor allem die Burgl Wettstein, die Wirtschafterin, die schon auf dem Ferner-Hof war, als Markus geboren wurde. Sie, die Burgl, war nämlich schon seit der Schulzeit mit der späteren Bäuerin, der Josepha Ferner, befreundet, und als diese dann den Johann Ferner geheiratet hatte, holte sie die Freundin Burgl auf den Hof. Sie musste diesen Entschluss nie bereuen, denn die Burgl wurde so etwas wie der gute Geist vom Ferner-Hof. Die Bäuerin konnte sich blindlings auf die treue Magd verlassen, die im Laufe der Jahrzehnte zur Wirtschafterin aufstieg und sich um alles kümmerte, was den Haushalt des großen Hofes betraf. Dadurch konnte sich die Bäuerin völlig auf ihre Arbeit konzentrieren und dafür war sie der Burgl von Herzen dankbar.

Als Markus das Haus betrat, war er allerdings allein. Die Dienstboten, zu denen außer der Burgl noch zwei Knechte gehörten, der Maxl und der Pauli, und weiter noch zwei Mägde, die Vreni und die Liesl, waren nach dem Begräbnis noch zu einem Umtrunk ins Dorfwirtshaus gegangen, und sie hatten murrend vermerkt, dass sich der junge Bauer diesem schönen Brauch widersetzt hatte.

Markus aber hatte das mit voller Absicht getan, denn er hätte einen Leichenschmaus, wie ihn seine Eltern und das Ansehen des Hofes erfordert hätten, leicht finanzieren können. Doch er wollte den Leuten im Dorf beweisen, dass er von den alten Bräuchen nicht viel hielt und so leben wollte, wie er es für richtig hielt, ohne auf die Nachbarn und auf die Dorfgemeinschaft Rücksicht zu nehmen.

Das aber gefiel der alten Burgl gar nicht, und das sagte sie dem Jungbauern auch, als sie auf den Hof zurückkehrte.

»Es hätte sich gehört, Markus«, begann sie, »dass du mit uns gegangen wärst. Man hat auf dich gewartet im Wirtshaus.«

»Das ist mir wurscht«, entgegnete Markus unfreundlich. »Was soll ich denn mit denen reden? Das sind doch lauter Depperte!«

»Versündige dich nicht, Markus«, mahnte die alte Frau. Sie liebte Markus wie einen eigenen Sohn und darum traf sie sein schroffes Tun ganz besonders. Er stand auf und ging aus der Stube.

»Ich fürchte, es werden schwere Zeiten kommen«, seufzte die Burgl und begab sich an die Arbeit. Und bald schaute es aus, als würde die Frau mit ihrer Ahnung Recht behalten. Markus veränderte sich sehr zu seinem Nachteil. Er kümmerte sich kaum um die Belange des großen Hofes, ließ seine Leute bei der Arbeit meist allein und vertrieb sich die Zeit auf seine Weise.

Der verstorbene Bauer hatte stets drei Rösser im Stall stehen, zwei schwere Ackergäule und ein Laufpferd, das er vor den Landauer spannte, wenn er ausfahren wollte. Markus verkaufte die drei Rösser. Dafür kaufte er für sich selbst einen teuren Sportwagen und für den Hof einen geländegängigen Transporter. Auch ein neuer Traktor wurde angeschafft, obwohl der bisher benutzte noch ganz in Ordnung war.

Auf Burgls Vorhaltungen, meinte Markus, das ein Bauernhof in unserer Zeit vor allem davon abhinge, wie sein Maschinenpark sei. Mit veralteten Gerätschaften konnte man keinen Blumentopf mehr gewinnen. Die Zeiten der schweren Handarbeit seien vorbei und er, Markus, werde es den anderen schon zeigen, wie man sich einzurichten habe. Nun, dazu sollte es in nächster Zeit allerdings nicht kommen.

Für Markus begann nämlich eine Zeit der Rückschläge. Die erste Ernte, die er einbringen konnte, erfüllte keineswegs die Erwartungen. Das Testament der Eltern verpflichtete Markus zur Zahlung einiger größerer Summen an entfernte Verwandte, und bald war der große Hof schwer verschuldet. Natürlich bekam Markus von den Banken noch immer bereitwillig Geld, doch die Last der Zinsen wurde immer erdrückender. Von seinem Lebensstil aber machte Markus keine Abstriche. Es verging kein Wochenende, an dem der junge Bauer nicht in die Stadt gefahren wäre und dort mit diversen Freundinnen die Bars besucht hätte. Auch das kostete einen Haufen Geld.

Aber dafür musste eben Geld vorhanden sein, und wenn er es nicht hatte, so ging er, um sich wieder neues zu leihen. Was sein Vater ein Leben lang zu verhindern wusste, dass gelang Markus innerhalb eines Jahres. Der Ferner-Hof war am Rande des Ruins! Und das wusste natürlich jedermann in dem kleinen Dorf. Als Markus dann auch noch begann, den größten Teil des Waldes abzuholzen, der zum Hof gehörte, da wurde nicht nur hinter vorgehaltener Hand gemunkelt, dass der Markus ein Versager sei, der den alten Hof auf dem Gewissen hatte.

Burgl Wettstein, die Getreue, versuchte einige Male, das Ärgste abzuwenden, redete dem Markus ins Gewissen, doch es half nichts. Zuletzt wäre es beinahe noch so weit gekommen, dass sie der jähzornige Markus vom Hof verwiesen hätte. Da nahm sich die Burgl vor, in Zukunft zu schweigen und abzuwarten. Eines Sonntags, nach der Messe, traf die Burgl eine Schulfreundin, die mit ihr und der verstorbenen Bäuerin vom Ferner-Hof ein unzertrennliches Kleeblatt gebildet hatte.

»Grüß dich Gott, Burgl!« kam sie freudestrahlend auf sie zu. Nach der herzlichen und lauten Begrüßung unterhielten sich die beiden Frauen über die Vergangenheit, über gute und böse Erinnerungen und schließlich langte man bei der Gegenwart an, und Burgl konnte ihrer Freundin ihr Herz ausschütten, weil sie sicher sein konnte, dass diese das Wissen um den Ferner-Hof für sich behalten würde.

»Es ist ein Kreuz«, schloss die Burgl ihren Bericht, »ein furchtbares Kreuz und wenn nicht bald ein Wunder geschieht, dann sehe ich schwarz für unseren schönen Hof.

»Er müsste halt heiraten«, meinte die Freundin. »Ein rechtes Weib hat schon so manchen Mann auf den rechten Weg zurückgeführt«, erklärte sie weise.

»Ein rechtes Weib würde nicht langen« warf die Burgl ein. »Es müsste auch ein reiches Weib sein, das erst einmal seine Schulden bezahlen könnte.«

»Das ist doch selbstverständlich. Wer auf den Ferner-Hof heiratet, muss selbst auch von einem großen Hof kommen und eine entsprechende Mitgift aufweisen können.« Es entstand eine kleine Pause, in der Burgls Freundin heftig nachzudenken schien.

»Da fällt mir grade etwas ein«, begann sie dann. »Eine von meinen Schwestern hat doch seinerzeit auf den Fallmann-Hof in Pettenbach geheiratet. Sie hat nur zwei Kinder gehabt, einen Buben, der den elterlichen Hof bekommen wird, und dann noch eine Tochter, die Monika, die langsam Zeit hätte, unter die Haube zu kommen, denn sie geht schon auf die dreißig zu. Sie ist ein fleißiges vernünftiges Madl, die gut zu einem Bauern passen täte. Und Geld täte sie sicher auch genug mitbringen, um eueren Hof sanieren zu können. Was meinst du, Burgl, wäre das nichts für euren Markus?«

»Das ist schwer zu sagen, denn der Markus macht sich nichts aus Bauernmadeln. Seine Liebschaften hat er drinnen in der Stadt, und das darunter keine ist, die für ihn zum Heiraten wäre, das kannst du dir ja leicht denken. Ich glaube, es wäre schwer, ihm zu einem Madl zuzureden, wenn es ihm nicht gefällt, wenn sie keine angemalte Städtische ist!« sagte Burgl wegwerfend.

»Aber reden könnte man doch einmal darüber« ließ die Freundin nicht locker. Ihr schien sehr daran gelegen zu sein, ihre Nichte unter die Haube zu bringen. Die beiden Freundinnen tuschelten noch eine ganze Weile und dann schien der Freundin eine glänzende Idee gekommen zu sein. »So machen wir's« meinte sie triumphierend, ehe sie der Burgl die Hand zum Abschied schüttelte.

Rosi Fürlinger, so schrieb sich Burgls Freundin, begann noch am selben Sonntag zu wirken, denn ihre größte Freude hatte sie daran, Menschen zusammen oder auch auseinander zu bringen. Die gute Rosl fuhr also mit dem Postauto nach Pettenbach, um dort ihre verheiratete Schwester zu besuchen. Sie kam gerade recht zum Mittagessen, wurde natürlich eingeladen und ließ sich das Schweinerne, die Knödel und den warmen Krautsalat gut schmecken, ehe sie zu erzählen begann.

Und da begann sie gleich mit ihrer Begegnung mit der Burgl in St. Konrad, die auf dem Ferner-Hof Wirtschafterin sei. Nun erwähnte sie so beiläufig wie möglich, dass der dortige Jungbauer ein Mann im heiratsfähigen Alter sei, der eine rechtschaffene Bauerntochter mit entsprechender Mitgift suche. Dass davon kein Wort wahr war, das brauchte ja Rosis Schwester und auch ihr Mann nicht zu wissen.

Das Ehepaar Fallmann war grundverschieden. Er, ein kleines zartes Männchen mit klugen Augen und wieselflinken Bewegungen, sie dagegen eine große Bäuerin mit beträchtlichem Leibesumfang.

Was sie an Kraft besaß, nannte er an Schlauheit sein Eigen. Er war es auch, der Rosis Hinweis sofort verstand und begriff.

»Wie heißt der Hof, auf dem deine Freundin Wirtschafterin ist?« fragte er darum auch gleich.

»Der Ferner-Hof in St. Konrad.« Obwohl die beiden Orte St. Konrad und Pettenbach doch viele Kilometer weit auseinander lagen, so wusste man da wie dort über die größten Höfe Bescheid. So kannte auch der Fallinger den Ferner-Hof wenigstens von Erzählungen her.

»Ist das der Ferner-Hof, wo die Bauers-Leute bei einem Flugzeugabsturz ums Leben gekommen sind?« fragte er deshalb die Rosl.

»Ja, das waren die Eltern vom heutigen Bauern« bekam er zur Antwort. Und nun begann der Fallmann zu überlegen. Er erinnerte sich, dass damals in der Zeitung gestanden hatte, dass die Ferners die Besitzer des größten Hofes in St. Konrad waren, die durch dieses tragische Unglück hinweggerafft worden waren. Und schon schoss ihm ein Gedanke durch den Kopf, der ihn in letzter Zeit gar nicht mehr verlassen hatte. Der Gedanke an seine Tochter, die heiraten sollte, damit ihr Bruder, der Hubert, den elterlichen Hof übernehmen konnte. Denn das wollte der nur tun, sobald die Schwester aus dem Haus war. Und da der Bauer die Bürde des Hofes abgeben wollte, weil er ein schlauer Mann war und noch einige Jahre im Austrag verbringen wollte, kam ihm die Nachricht von seiner Schwägerin Rosl, die er sonst gar nicht besonders mochte, recht gelegen.

»Wie heißt der junge Bauer?« fragte er.

»Markus heißt er, und er soll ein fescher Bursch sein. Die Madln fliegen nur so auf ihn, aber er schaut keine an, weil er auf die warten will, die er einmal als seine Bäuerin auf den Hof bringen wird.« Rosl hatte damit zwar maßlos übertrieben, doch das machte ihr nichts aus.

»Sind noch andere Geschwister da?« wollte Fallmann wissen.

»Nein, der Markus war der Einzige.«

»Und der Hof ist schön und auch gut in Schuss?«

»Alles bestens, nach dem, wie ihn mir die Burgl geschildert hat.«

»Und dieser Markus ist noch ledig und frei, hat keine ledigen Kinder?«

»Ledig und frei! Und von ledigen Kindern hat die Burgl mir auch nichts erzählt.«

»Und der Hof ist schuldenfrei?« Nun schluckte die gute Rosl doch einige Male, weil es ihr schwer fiel die Wahrheit zu sagen.

»Das kann ich natürlich nicht so genau sagen. Aber wenn auch ein bissl Schulden da sein sollten, das spielt doch bei einem Hof von dieser Größenordnung wirklich keine Rolle.«

»Ich möchte aber wissen, wie hoch die Schulden sind« bohrte Herr Fallmann.

»Das kann ich dir auch nicht sagen, Schwager. Aber natürlich müsstest du schon einiges springen, lassen, wenn du eure Monika an diesen Markus Ferner verheiraten möchtest!«

So, nun war die Katze aus dem Sack! Nun wusste auch der Fallmann, dass die Rosi seine Absicht kannte und wusste, dass er es sich viel kosten lassen würde, wenn er die Monika unter die Haube bringen könnte. In diesem Augenblick kam die Monika zur Tür herein. Sie begrüßte die Tante herzlich, aber ohne Überschwang. Dann setzte sie sich mit an den Tisch.

Das Gespräch über den Ferner-Hof in St. Konrad war damit abgebrochen, denn in Anwesenheit der Monika konnte man ja doch nicht so offen über die Kuppelei reden wie vorher. Und dass eine Kuppelei geplant war, das lag klar auf der Hand. Dabei sah die Monika ganz gut aus, wenn sie auch mehr der Mutter ähnlich schaute, als dem Vater. Sie war groß gewachsene etwas derbknochig, aber ihre Figur konnte sich durchaus sehen lassen. Das schönste an Monika waren die Augen, die von einem dunklen Blau waren und die freundlich und offen in die Welt schauten.

Es wäre für Monika ein Leichtes gewesen, einen Mann zu bekommen, doch da sie selber von einem großen Hof abstammte, bestimmte ein ungeschriebenes Gesetz, dass auch sie auf einen großen Hof einheiraten musste. Und so viele große Höfe gab es eben nicht, und darum war Monikas Situation im Augenblick nicht sehr glücklich.

Dass sie verheiratet werden sollte, ehe ihr Bruder den Hof übernahm, das war Monika klar, aber noch zeigte sich nicht der geeignete Hochzeiter. Darum war ihr Vater auch so interessiert den Schilderungen der Rosl gefolgt. Da er ein schlauer Kopf war, redete er aber an diesem Sonntag nicht mehr vom Ferner-Hof in St. Konrad, sondern stand auf und ging ins Wirtshaus hinüber, wo er bestimmt jemand treffen würde, der sich in St. Konrad ebenso gut auskannte wie die Schwägerin Rosi. Der Fallmann hatte Glück. Am Stammtisch saß die Sauschneider-Runde! Drei Männer, die von Hof zu Hof zogen und dort die kleinen Schweine an Ort und Stelle kastrierten. Das dies eine unerhörte Tierquälerei war, darüber sprach niemand. Aber diese Männer kamen viel herum, weil sie auch von Ort zu Ort zogen und meistens Einblick in die Höfe hatten, auf denen sie zu tun hatten. Und das war der Grund, warum sich der Fallmann zu den dreien an den Tisch setzte und gleich eine Runde spendierte.

Wie zufällig lenkte er das Gespräch dann auf St. Konrad, und gleich darauf war man beim Ferner-Hof und seinem jungen Bauern. Was der Fallmann da hören musste, das war nicht gerade verlockend, aber da Monika verheiratet werden musste, schaute Fallmann großzügig über die Fehler hinweg, die ihm die Sauschneider-Runde schilderte.

Als sich Fallmann schließlich verabschiedete, wusste er mehr über Markus Ferner, als über seinen eigenen Sohn. Eines interessierte den schlauen Bauern ganz besonders: dass Markus ein richtiger Maschinennarr war, und dass er gerne Ingenieur geworden wäre. Darauf baute Fallmann seinen Plan auf, den er schon entwarf, als er jetzt auf seinen Hof zurückkehrte.

Wieder einmal stieg Stolz in ihm auf, als er jetzt sein Anwesen vor sich liegen sah. Der mächtige Vierkanthof war erst im letzten Jahr neu bemalt worden, die Fensterläden und Rahmen leuchteten in saftigem Grün, während die Mauern in Kaisergelb gehalten waren. Blumenkästen mit blühenden Topfpflanzen gaben dem ganzen eine besondere fröhliche Note. Ja, er konnte sich sehen lassen, der Fallmann-Hof in Pettenbach!

Außerdem hatte es sein jetziger Besitzer zeit seines

Lebens verstanden, höchst sparsam und höchst gewinnbringend zu wirtschaften, kein Wunder, dass er über ein großes Kapital verfügte, das er nun einsetzen wollte, um seine Tochter an den Mann zu bringen. Und dieser Mann könnte der Markus vom Ferner-Hof in St. Konrad sein. So dachte zu diesem Zeitpunkt der Fallmann und machte sich einen kühnen Plan zurecht.

✿

Schon am nächsten Morgen fuhr Karl Fallmann mit dem Postautobus nach St. Konrad. Da er ein sparsamer Mensch war, löste er die Karte nur bis eine Station vor seinem Ziel, und das hatte zwei Gründe. Erstens konnte er damit ein paar Schillinge an Fahrgeld sparen und zweitens konnte er auf den letzten Kilometern, die er zu Fuß zurücklegen wollte, noch Erkundigungen einziehen über den Burschen, den er als Mann für seine Tochter auserkoren hatte. Der Tag war schön, und Karl Fallmann war guter Dinge als er in Kirchham aus dem Postauto stieg und zu Fuß weiter wanderte.

Als echter Bauer interessierten ihn natürlich alle Dinge, die mit der Landwirtschaft zusammenhingen, und er schaute sich gründlich um, während er so dahintrabte. Hie und da kam er mit Leuten ins Gespräch, die in der Nähe der Straße am arbeiten waren. Und irgendwie brachte Fallmann schließlich stets das Gespräch auf den Ferner-Hof und auf den jungen Bauern.

Und was er dann zu hören bekam, das war fast immer das Gleiche: Ein wunderschöner Hof, der bis zum Tod seiner Eltern auch der reichste in der ganzen Gemeinde war, doch seit der Markus die Zügel in die Hand genommen hatte, sei es sehr bergab gegangen! Hohe Schulden hätte er, wie man so hört. Es war das, was der Fallmann schon in der Runde der Sauschneider zu hören bekommen hatte.

Nicht sehr ermutigend für einen Bauern, der seine Tochter an den richtigen Mann bringen will. Eines aber betonte man überall, wo Fallmann nach dem Markus Ferner fragte: Er sei ein großartiger Fachmann auf dem Gebiet von Landmaschinen.

Es gäbe nichts, was er nicht reparieren konnte, hieß es anerkennend. Und darauf stützte sich auch Fallmanns Plan. Es war schon gegen Mittag, bis der Bauer aus Pettenbach St. Konrad erreichte.

Er schaute sich kurz im Dorf um, fand es hier auch nicht anders als bei ihm daheim und dann fragte er nach dem Ferner-Hof. Man beschrieb ihm bereitwillig den Weg, und bald schon konnte Fallmann den großen Hof vor sich liegen sehen. Er blieb stehen und zog anerkennend die Luft ein.

Ein wunderschönes Anwesen, das musste man zugeben, und von weitem machte alles einen sehr gepflegten Eindruck. Doch, das wäre schon der Richtige Hof für meine Monika, dachte der schlaue Bauer, Während er nun seinen Weg fortsetzte, sah er auf der rechten Seite des Weges einen Mann, der dabei war, einen Weidezaun aufzustellen. Mit wuchtigen Schlägen eines schweren Hammers trieb der Mann Pfähle in den Boden.

Er war groß und schlank. Seine sichtbare Kraft imponierte dem Bauern, und er blieb stehen, grüßte freundlich und wollte offensichtlich ein Gespräch beginnen. Doch dazu schien der Mann an dem Zaun keine Lust zu haben. Er erwiderte den Gruß nicht gerade freundlich, schaute den anderen kurz an und wandte sich wieder seiner Arbeit zu.

Karl Fallmann aber blieb stehen und schaute dem jungen Mann bei der Arbeit zu. Nach einer längeren Pause und nachdem der arbeitende Mann seinen Hut abgenommen hatte, um sich die Schweißtropfen von der Stirn zu wischen, versuchte es Fallmann wieder mit einem Gesprächsbeginn:

»Bist du von da?« fragte er. Der andere nickte.

»Kannst du mir eine Auskunft geben?«

»Vielleicht«, kann es kurz angebunden zurück.

»Ist das der Ferner-Hof?«

»Ja!«

»Kennst du vielleicht den Bauern?«

»Ja!«

Nun folgte wieder eine Pause. Fallmann hätte so gerne eine Bestätigung dessen gehabt, was er schon die ganze Zeit über vermutete, dass nämlich der Arbeiter am Weidezaun selbst der Bauer vom Ferner-Hof sei.

Seine Unfreundlichkeit und seine Wortkargheit passte genau ins Bild, das gestern die Schwägerin Rosl vom Markus Ferner gezeichnet hatte. Jeder andere hätte nämlich mit dem des Weges kommenden Bauern ein Gespräch begonnen, ja man hätte ihn, den Fallmann, sicherlich zu einer Pause ins Haus gebeten, wenn man erfahren hatte, dass er schon von Pettenbach hierher gekommen war.

Das war einfach der Brauch und ein Gesetz der Gastfreundschaft, die unter Bauern hoch gehalten wurde. Markus Ferner aber machte keine Anstalten, mit dem Wanderer ins Gespräch zu kommen. Darum fuhr Fallmann nun sein schwerstes Geschütz auf:

»Ich hab' gehört« begann er von neuem, »dass der Bauer vom Ferner-Hof der beste Fachmann auf dem Gebiet der Landmaschinen ist. Stimmt das?«

»Ja!«

Wieder wusste Fallmann nicht recht weiter. Vielleicht war der junge Mann hier doch nicht der Bauer vom Ferner-Hof, denn wäre er es gewesen, dann hätte er doch sicher auf die Schmeichelei mit dem »besten Fachmann auf dem Gebiet der Landmaschinen« reagieren müssen. Nun, er reagierte auch, der Markus Ferner. Er kam nämlich näher.

»Ich bin selber der Bauer vom Ferner-Hof. Markus Ferner schreib' ich mich. Und wer bist du?« Es war hier ganz selbstverständlich, dass man sich mit dem du anredete, wenn man merkte, dass der andere auch dem Bauernstand angehörte.

»Ich bin der Karl Fallmann vom Fallmann-Hof in Pettenbach.«

»So, von Pettenbach bist du. Da hast du ja schon einen weiten Weg hinter dir. Und warum hast du nach mir gefragt?«

»Das ist nämlich so: Ich hab' auf meinem Hof ziemlich viele Maschinen, darunter einen Mähdrescher, den ich im Vorjahr auf der Messe in Wels gekauft habe. Es ist ein sehr gutes Gerät, aber es hat einen Haken. Unser Landmaschinenmechaniker kann damit nicht umgehen, weil er dieses Modell nicht kennt, sagt er. Darum traut er sich nicht daran. Und jetzt steht der Kasten bei mir herum, und ich kann ihn nicht einsetzen, wo bei den nächsten schönen Tagen die Ernte losgehen soll. Und da hat mir gestern ein Bekannter im Wirtshaus erzählt, dass du einfach noch eine jede Maschine hast reparieren können, ganz gleich, welches Fabrikat.«

»Da ist doch eh nix dabei« sagte Markus bescheiden. »Man braucht ja doch nur die Betriebsanleitung aufmerksam lesen, dann kann man jede Maschine wieder in Gang bringen.«

»Ja, du vielleicht, Ferner, aber unser Landmaschinenmechaniker kann das leider nicht, wie schon gesagt.«

»Dann ist er ein Depp!«

»Das wär schon möglich. Ich hab sogar die Betriebsanleitung, oder wie das Zeug heißt, zufällig dabei.« Das war durchaus kein Zufall, denn er hatte die Unterlagen für seinen Mähdrescher, der im Übrigen tadellos funktionierte, absichtlich mitgenommen, um einen Vorwand zu haben mit dem er dem jungen Ferner imponieren konnte. Der zeigte nun auch echtes Interesse.

»Komm« sagte er jetzt, »gehen wir ins Haus, dann kann ich mir die Geschichte ja einmal anschauen.« Und schon stapfte er los. Der kleine Karl Fallmann hatte Mühe, ihm zu folgen. Als die beiden Männer in die Stube traten, kam auch die Burgl von der Kuchl herein. Markus machte die beiden kurz bekannt:

»Das ist der Fallmann, er braucht mich wegen einer Maschine.«

»Und das ist die Burgl, meine Hauserin.«

Die beiden schüttelten sich die Hand, dann fragte Burgl:

»Fallmann? Bist du aus Pettenbach?«

»Ja, aus Pettenbach.«

»Hast du eine Schwägerin, die Rosl Fürlinger hießt?«

»Ja, die Rosl ist die Schwester von meiner Frau.«

»Aha!« machte die Burgl. Das war ihr ganzer Kommentar. Sie wusste, dass sich die Rosl einen Kuppelpelz verdienen wollte. Nun, der Burgl konnte das nur recht sein, denn eine Bäuerin musste auf den Hof, das war klar, und was man so hörte, war der Fallmann ein reicher Bauer und seine Tochter würde eine große Mitgift bekommen, mit dem sie den Ferner-Hof sanieren konnte. Also musste man freundlich sein zu diesem Fallmann, und Burgl beschloss, damit sofort anzufangen.

»Magst du eine Jause?« fragte sie.

»Ja, gern. Seit dem Frühstück habe ich nichts mehr

gegessen, da könnte ich schon einen Bissen vertragen.«

Nun, was die gute Burgl dann auftrug, das war bei Gott mehr als ein Bissen. Es war so viel, dass drei Männer damit hätten satt werden können. Burgl bemerkte, dass der Fallmann anerkennend grinste als sie das Tablett vor ihn hinstellte. Er griff auch gleich mit gutem Hunger zu. Inzwischen schaute sich Markus die Papiere an, die ihm Fallmann übergeben hatte.

»Da ist doch gar nichts dabei« meinte er dann lässig. »Da kann es gar nicht weit fehlen. Das ist ein erstklassiges Fabrikat und auch leicht zu reparieren.«

»Könntest du das übernehmen, Ferner? Ich wäre dir sehr dankbar, und ich täte dir auch zahlen, was du verlangst. Hauptsache ist mir, dass ich den Mähdrescher einsetzen kann, wenn das Wetter besser wird.«

»Ich tät dir gerne helfen, Fallmann, aber ich darf nicht. Ich bin Bauer und kein Landmaschinenmechaniker. Wenn mich jemand anzeigen würde, weil ich dir deine Maschine gerichtet habe, da könnt ich schön draufzahlen.«

»Kein Mensch tät' etwas erfahren, Ferner, bestimmt! Mein Hof liegt ein bissl außerhalb vom Dorf, wo kein Mensch sehen kann, wenn du an meinem Mähdrescher arbeitest. Da brauchst du keine Angst zu haben, Ferner, unter Garantie! Außerdem kennt dich ja niemand in Pettenbach, also, könnt' dich auch niemand anzeigen.«

Markus Ferner war schon entschlossen, seinem Gast zu helfen.

»Weißt du, Fallmann, die Sache tät mich schon interessieren. Weil ich dieses Fabrikat noch nie in Arbeit gehabt habe. Wenn du mir versprechen kannst, dass mich niemand verraten wird, dann fahre ich mit dir und richte den Kasten her.«

Fallmann streckte ihm beide Hände entgegen.

»Das nenne ich Nachbarschaftshilfe, Ferner!« sagte er strahlend. »Das werde ich dir nicht vergessen. Wann könntest du denn kommen?«

»Wenn du noch eine halbe Stunde Zeit hast zum Warten. Ich muss den Weidezaun noch fertig machen, weil das Vieh heute noch ausgetrieben werden muss. Wenn du also wartest, dann könnte ich gleich anschließend mit dir fahren.«

»Ich dank dir, Ferner! Ich warte von Herzen gern, bis du mit deinem Zaun fertig bist.«

»Du kannst ja da in der Stube bleiben. Da sind ein paar Zeitungen, die du anschauen kannst, damit dir die Zeit nicht lange wird,« Markus Ferner war plötzlich sehr liebenswürdig und dem Fallmann gefiel er jetzt schon viel besser.

»Nein«, sagte er jetzt. »Ich werde nicht da warten, denn ich habe noch etwas auf der Post zu erledigen, das könnte ich inzwischen tun. Dann tät ich beim Kirchenwirt auf dich warten, wenn es dir recht ist, Ferner?«

»Gut, in etwa einer halben Stunde bin ich beim Kirchenwirt und dann können wir fahren.«

»Prima!« Fallmann bedankte sich auch bei der Burgl für die gute Jause, dann verließ er höchst zufrieden den Ferner-Hof. Bisher hatte er erreicht, was er sich vorgenommen hatte. Vergnügt ging er den Weg ins Dorf hinunter. Dort suchte er das Postamt auf und rief bei sich daheim an. Seine Frau, die über seine Mission natürlich Bescheid wusste, nahm den Hörer ab und meldete sich.

»Du« fing der Bauer aufgeregt an, »er hat angebissen! Er kommt mit mir zu uns. Richte alles entsprechend her und sag der Monika, dass ich ihr vielleicht ihren zukünftigen Hochzeiter ins Haus bringe. Sie soll sich auch entsprechend herrichten und sag ihr, dass sie ja freundlich sein soll. Er interessiert sich hauptsächlich für Maschinen, sie soll sich darauf einrichten.«

»Das geht schon alles in Ordnung!« sagte die Bäuerin zuversichtlich, dann legte sie den Hörer auf, denn nun hatte sie noch viel vor. Während der Bauer sein Gespräch am Schalter bezahlte und dann zum Kirchenwirt hinüberging, um dort auf den Markus Ferner zu warten, begann in Pettenbach das große Saubermachen. Die Bäuerin teilte den drei Mägden ihre Arbeit zu: Die Böden mussten schnellstens geschrubbt werden, die Vorhänge gewechselt, ebenso die Tischdecken gegen neue umgetauscht werden.

»Heute, am Montag?« wunderte sich die Altdirn.

»Jawohl, heute am Montag! Weil ein ganz wichtiger Besuch kommt!« erklärte die Bäuerin resolut, und keine der Mägde stellte eine weitere Frage. Als diese Arbeit eingeteilt war, rief die Bäuerin nach der Monika und sagte ihr Bescheid.

»Der Vater hat vorhin angerufen. Er kommt mit einem jungen Bauern aus St. Konrad, der unseren Mähdrescher reparieren will.«

»Ist denn der kaputt?« fragte Monika naiv. Die Bäuerin ging gar nicht auf diese Frage ein.

»Der Ferner – so heißt der junge Bauer – ist noch ledig, und es könnte sein, dass du ihm so gut gefällst, dass er dich heiraten möchte, verstehst?«

Monika nickte mit glänzenden Augen, denn ihr war natürlich längst bekannt, dass sie aus dem Haus sollte, und darum ein geeigneter Bräutigam gesucht wurde. Und wenn ein solcher heute ins Haus kam, so musste man entsprechend darauf vorbereitet sein, das war der guten Monika vollkommen klar,

»Aber richte dich nicht zusammen wie ein Pfingstochse«, warnte die Mutter. »Er soll ja nicht merken, dass du dich seinetwegen so aufganserlst! Es muss so ausschauen als ob du immer so herumrennen würdest, und nicht nur, wenn ein Besuch kommt, verstehst?«

Nun, Monika verstand und verschwand in ihre Kammer. Sie zog dort ihre engen blue jeans an und dazu eine gestreifte Bluse. Beides brachte ihre kräftige Figur und die vorhandenen Rundungen vorteilhaft zur Geltung. Die Mutter, die viel von Männerwünschen zu verstehen schien, war mit dem Aussehen ihrer Tochter durchaus zufrieden. Sie knöpfte sogar eigenhändig noch einen Knopf an der Bluse auf, damit die Einsicht in das, was darunter verborgen war, noch tiefer sein konnte.

»Der Ferner-Markus« sagte die Mutter dann, »der schwärmt nur für Maschinen. Tu so, als wenn du dich auch dafür interessieren tätest, verstehst?«

»Ja«, auch das verstand die Monika, und ihr machte die Aussicht auf den Besuch ihres Zukünftigen immer mehr Spaß. Und dass er von wo anders herkam, dass sie ihn noch nie gesehen hatte, das machte sie besonders neugierig.

Das ist doch ganz etwas anderes, dachte sie, als wenn nur ein Bursch aus dem eigenen Dorf käme, den man eh schon lange kennt.

Die Mägde hatten inzwischen ihr Werk vollendet.

Die Stube war so sauber, dass man auf dem Fußboden hätte essen können. Die Bäuerin kontrollierte mit strengem Blick, doch auch ihr gelang es nicht, etwas auszusetzen. In dieser Zeit fuhren Markus Ferner und Karl Fallmann bereits in Richtung Pettenbach. Markus freute sich darüber, dass dem Bauern aus Pettenbach sein Wagen so imponierte.

»Der wird sündteuer gewesen sein« meinte Fallmann.«

»Ja, billig war er nicht« gab Markus zu.

»Dafür ist man aber auch schnell dort, wo man hin

will«, meinte Fallmann beifällig, worauf Markus sich ein bissl mehr aufs Gas stieg.

Daheim auf dem Fallmann-Hof fiel der Bäuerin grad noch etwas ein. Sie rief den Hubert, den Sohn und Hoferben zu sich, der den Auftrag bekommen hatte, den Stall auf Hochglanz zu bringen, und der das auch gerne getan hatte, weil er wusste, dass Monikas Zukünftiger kommen würde. Er wollte natürlich auch, dass seine Schwester bald unter die Haube käme, darum war er ganz schnell bereit, Mutters Wunsch zu erfüllen.

»Du, Hubert« begann die Mutter jetzt, »der Vater hat dem Ferner gesagt, dass unser Mähdrescher kaputt ist, weil er sonst nicht gewusst hätte, wie er ihn zu uns herlocken sollte. Wenn der dann sieht, dass der Mähdrescher ganz in Ordnung ist, glaubt er sicher, wir sind lauter Depperte.«

Hubert verstand sofort. Er eilte in den großen Schuppen, wo der fast neue Mähdrescher den kommenden Ernten entgegenrostete. Hubert stieg auf den Fahrersitz, startete, und schon brummte der Motor. Er stellte ihn wieder ab, dann nahm er einen Schraubenschlüssel und machte sich am Motor zu schaffen. Löste dort einen Schraube und da einen Anschluss. Dann versuchte er wieder zu starten, und siehe da, nun gab der Motor keinen Mucks mehr von sich. Zufrieden stieg Hubert vom Sitz und ging zum Brunnen, um sich die Hände zu waschen.

In diesem Augenblick kam ein schnittiger Sportflitzer elegant in die Hofeinfahrt gebogen und hielt vorm Hauseingang. Mit zitternden Knien stieg der Fallmann aus dem schnellen Gefährt. Bei der Fahrt durch das Dorf hatte der Bauer dahin gegrüßt und dorthin gewinkt, damit ihn nur ja alle sahen, wenn er mit so einem schneidigen Gefährt angefahren kam, aber nun war er doch sehr froh, dass er aus dieser Rakete kriechen konnte.

Auch Markus schob sich aus dem engen Fahrersitz. Als er heraußen war, schaute er sich mit Kennerblick um. Er war Bauer genug, um sofort zu erkennen, dass er sich auf einem Hof befand, der sich sehen lassen konnte. Der stand seinem eigenen nicht nach, nur das dieser sicher schuldenfrei war, dem listigen Bauern nach zu schließen.

»Sauber, sauber!« sagte er zum Fallmann, der neben ihn getreten war, um sein Gesicht zu sehen, wenn er sich umgeschaut hatte.

Und: »Sauber, sauber!« sagte Markus noch einmal, als er das Madl anschaute, das zu ihm getreten war. Es schien für ihn gar keinen Blick übrig zu haben, es starrte nur auf den Wagen von Markus. So hatte der wenigstens Zeit, sie in aller Ruhe zu mustern,

Ja, das Dirndl war ganz nach dem Geschmack von Markus. Er mochte kraftvolle dralle Mädchen. Für ihn musste an einer Frau etwas dran sein, sie musste »Holz vor der Hütten« haben, und dieses Mädchen hatte das in hohem Ausmaß und auch sonst schöne runde Platzerl, auf denen sich müde Bauernhände ausruhen konnten. Als er genug gesehen hatte, begrüßte Markus dieses fleischige weibliche Wesen.

»Grüß dich Gott, Dirndl! Ich bin der Ferner-Markus aus St. Konrad. Und wer bist du?«

»Grüß dich Gott! Ich bin die Monika, die Tochter vom Haus« sagte sie und reichte ihm ihre feste Hand, die er mit Freuden ergriff und lange drückte. Der Bauer und die Bäuerin registrierten diese Begrüßung und die Blicke, mit denen Markus die Monika zu verschlingen schien, mit größter Genugtuung. Endlich riss sich Markus los, begrüßte nun die Bäuerin, auf die er sofort einen sehr guten Eindruck machte, dann gab er auch Monikas Bruder die Hand. Der war einige Jahre jünger als Markus, aber ebenso groß und breitschultrig.

»Na, wo steht denn der Marode?« fragte Markus dann lustig. Hubert führte ihn in den Schuppen. Markus sprang auf den Sitz, machte einen Startversuch, der misslang. Er sprang wieder vom Sitz, nahm einen Schraubenschlüssel, schraubte dort eine Schraube fest und da einen Anschluss, dann versuchte er einen zweiten Startversuch, der auch sofort gelang.

»So, das wär' es« sagte er ziemlich großartig. »Wegen dem hätte ich nicht von St. Konrad hierher fahren müssen?«

Hubert, der die Blicke von dem Fremden gesehen, die er seiner Schwester zugeworfen hatte, versuchte zu scherzen:

»Könntest ja einen Ausflug gemacht haben.«

»Heute am Montag?« fragte Markus,

»Bei einem Bauern ist doch der Tag nicht so wichtig, sondern das Wetter« meinte nun Monika, die näher getreten war.

»Da hast du auch wieder Recht«, gab Markus zu. »Und wenn ich in St. Konrad geblieben wäre, hätte ich das sauberste Madl von Pettenbach nicht kennen gelernt.« Dabei schaute er der Monika tief in die Augen, und in diesem Augenblick wussten sie beide, dass sie unrettbar aneinander gekettet waren.

Es war keine himmelhoch jauchzende Liebe, die ihre Augen signalisierten, nein, aber ein körperliches Verlangen, das beide füreinander empfanden. Das war ein Werben um körperliche Nähe und ein Versprechen höchsten Glückes. Markus ging zu seinem Wagen zurück, und Monika folgte ihm.

»Du wirst doch nicht schon wieder fahren wollen?« fragte sie und schob dabei ihren Busen ein bissl vor. Eigentümlich, kein Mensch hatte ihr je gezeigt, wie man einem Mann wie diesem Markus als Frau begehrenswert erscheinen kann, und doch tat Monika das genau Richtige. Markus starrte auf den weiten

Ausschnitt der Bluse und schüttelte verneinend den Kopf. Jetzt schaute Monika ganz verzückt auf das Auto. Und wieder traf sie ins Schwarze.

»Möchtest du leicht ein Stückl mitfahren?« fragte Markus, und sie bejahte mit einem Kopfnicken. Markus half ihr einsteigen, wobei sie sich wie zufällig an ihm vorbeischob. Markus wurde heiß und kalt, darum fuhr er auch wie ein Verrückter aus dem Hof, dass nur der Schotter so wegspritzte.

Vater und Mutter Fallmann schauten sich an und lächelten. Auch Hubert grinste als wollte er sagen:

»Die Kuh ist so gut wie verkauft!« Ein altes Bauernsprichwort in dieser und in ähnlichen Situationen.

✿

Auf halbem Weg vom Hof zum Dorf führte ein Feldweg zum Wald hinauf, und in den bog Markus nun ein. Der schwere Wagen schoss den steilen Weg hinauf als wäre er die Autobahn. Monika schaute Markus bewundernd an. Kaum tauchte das Gefährt in das Dämmerlicht des Waldes, da stoppte Markus.

»Na, was sagst du?« fragte er Monika.

»Toll!« meinte die. »Und schöne Sitze hat das Auto.«

In diesem Augenblick drückte Markus auf zwei kleine Hebel, und die Sitze kippten in Liegeposition. Monika schrie ein bissl auf, tat erschrocken, doch als sich Markus nun über sie beugte, da wurde sie ganz still. Er presste seine Lippen auf ihren Mund, der sich bereitwillig öffnete, seine Hand tastete zu ihrer offenen Bluse, und Monika wehrte ihn nicht ab, im Gegenteil, sie drückte ihren Körper begehrend an seinen.

»Madl, du machst mich narrisch« stellte Markus fest.

»Das ist doch nicht schlimm«, meinte Monika verstehend. »Ich finde dich ja auch toll!« Noch ein paar

Bussl, ein Aneinanderdrücken, dann fuhr Markus den Weg zurück zum Hof. Mit roten Wangen stieg Monika aus. Hubert nahm das grinsend zur Kenntnis, er konnte sich gut vorstellen, was sich im Wagen abgespielt hatte, auch die Mutter schien es zu wissen, nur der Vater glaubte, dass Monikas rote Wangen vom Fahrtwind kamen. Man begab sich in die Stube, wo der Tisch schon festlich gedeckt war. Markus erriet jetzt endlich, wozu man ihn auf den Hof geholt hatte. Und es war ihm durchaus nicht unangenehm als Hochzeiter für die Hoftochter auserkoren worden zu sein. Denn dass es darauf hinauslief, das war dem Markus jetzt klar. Aber bei der Monika brauchte er nicht lange zu überlegen. Mit der würde er noch viel Spaß haben und Mitgift würde sie bestimmt auch genug mitbringen, um den eigenen Hof schuldenfrei zu machen.

»Was eurem Mähdrescher gefehlt hat, das schaut ganz nach Sabotage aus«, sagte Markus. Hubert griff diesen Ball sofort auf.

»Das wäre schon möglich« sagte er sofort. »Wir haben einen Knecht entlassen müssen, weil er der Monika zu nahe getreten wäre, vielleicht hat der aus Wut an der Maschine was kaputt gemacht.«

»Möglich« sagte Markus und schaute dabei die Monika an. Die füllte seinen Teller mit den besten Stücken, die auf der Tafel angerichtet waren, und er aß mit vollen Backen.

»Das tut mir Leid, Ferner« sagte der Bauer, »weil ich dich fast vergebens geholt habe.«

»Das macht nichts, Fallmann! Ich hab' den Ausflug gern gemacht. Aber jetzt muss ich wieder fahren, damit ich noch vorm Finsterwerden daheim bin.« Monika tat sehr betroffen, auch die Mutter, der Hubert ging in den Stall, und der Vater tat das, was Väter in so einem Fall in seiner Jugend zu tun pflegten: Er ging und kam mit einer Flasche Schnaps wieder. Doch Markus lehnte sofort ab.

»Wenn ich fahre, trinke ich keinen Tropfen.«

»Dann fährst du halt nicht mehr. Du kannst ja übernachten bei uns und morgen erst heimfahren«, erklärte Monika mit einem spitzbübischen Lächeln. Und es schien, als würde Markus dieser Lockung erliegen. Doch dann sagte er sich, dass man nicht mit der Tür ins Haus fallen durfte, wenn man eine reiche Bauerntochter freien wollte. »Nein, Monika«, sagte er deshalb. »Schließlich werde ich daheim gebraucht, und darum muss ich heute noch heimfahren, so gern ich auch bleiben würde.«

Die Bäuerin fragte jetzt noch nach dem furchtbaren Unglück seiner Eltern, und Markus gab bereitwillig Auskunft. Der Bauer überlegte krampfhaft, wie er es anstellen konnte, dass der Markus bald wiederkam, denn er gefiel ihm immer besser, und nachdem ihn auch die Monika zu mögen schien, durfte man sich einen solchen Mann nicht mehr entgehen lassen.

»Du kannst ja ein anderes Mal wiederkommen, Markus«, sagte der Bauer deshalb, »du bist uns jederzeit herzlich willkommen.« Er schaute seine Bäuerin und seine Tochter an. »Nicht wahr?«

»Ja, freilich«, beeilte sich die Bäuerin zu sagen, »jederzeit herzlich willkommen!«

»Jederzeit«, setzte Monika beziehungsreich hinzu.

»Aber erst seid ihr an der Reihe« widersprach Markus. »Ich würde mich freuen, wenn ihr mich bei mir daheim besucht.«

Sofort hakte Hubert ein. »Ich tät' schon lange gern einen Kollegen in St. Konrad besuchen, mit dem ich beim Bundesheer beieinander war.«

»Wer war denn das?« fragte Markus. »Der Bindermann-Franzl«, war die Antwort,

»Der wohnt ganz in meiner Nähe« erklärte Markus.

»Das ging doch in einem, du könntest deinen Kollegen besuchen, und ihr kommt zu mir. Ich würde mich sehr freuen!« Beim letzten Satz schaute er die Monika an. Und dann wurde gleich ein Termin festgemacht.

Schon am nächsten Sonntag wollte die Familie Fallmann in St. Konrad auf dem Ferner-Hof aufkreuzen. Nach vielen freundlichen Worten verabschiedete sich der Markus, setzte sich in seinen Wagen und brauste davon. Monika stand noch lange am selben Fleck und winkte dem Davonfahrenden nach. Sie wusste, dass sie alles tun würde, um diesen Mann zu bekommen. Zum ersten Mal in ihrem Leben hatte Monika empfinden dürfen, was es hieß eine Frau zu sein, und sie war sicher, dass sie an der Seite von Markus ein glückliches, erfülltes Leben haben würde.

Als Monika dann in die Stube hinein kam, saßen die anderen am Tisch und unterhielten sich natürlich auch über den Besuch vom Markus. Es war durchaus Gutes, was man über ihn sprach. Als sich Monika auch mit an den Tisch setzte, fragte ihr Vater:

»Na, Monika, wie gefällt er dir, der Markus?«

»Gut, Vater, sehr gut!«

»Möchtest du ihn auch heiraten?«

»Ja, Vater, sehr gern sogar!«

Vater und Mutter schauten sich zufrieden an, und auch der Hubert nickte beifällig. Dann begann die Bäuerin zu erklären:

»Wenn wir am Sonntag auf seinem Hof sind, da musst du dich gut umschauen, Monika, und immer daran denken, dass es für ein ganzes Leben ist wenn du erst Ja gesagt hast, verstehst?«

»Ja, Mutter, für ein ganzes Leben.«

Der Vater hatte mehr die praktische Seite im Kopf. »Ich werde ihn rund heraus fragen, wie hoch die Schulden sind, die den Hof belasten. Sollten sie höher sein, als die Mitgift, die unsere Monika mitkriegt, dann kann nichts aus der Sache werden, denn ich leid' es nicht, dass meine Tochter auf einen Hof mit Schulden heiratet.« Hubert schloss sich der Meinung seines Vaters an:

»Wer weiß, vielleicht übertreiben die Leut, und der Ferner-Hof ist gar nicht so sehr verschuldet. Und wenn schon, mit einer tüchtigen Bäuerin können die größten Schulden getilgt werden.«

»Das mein' ich auch« stimmte Monika eifrig zu. Man ging an diesem Abend früh ins Bett, doch aller Gedanken drehten sich noch lange um den Markus aus St. Konrad.

Der saß inzwischen schon auf seinem Hof und redete mit seiner alten Hauserin, der braven Burgl. Markus war sehr schnell heimgefahren, und im Rhythmus des Motors sang sein Blut immer den gleichen Namen: »Monika.« Markus war es klar, dass es ihn schwer erwischt hatte. Vergessen waren seine kleinen Freundinnen in der Stadt, die nur laues Wasser waren, gegen das Temperament dieser Monika, die sein Blut zum Sieden gebracht hatte.

Mit der an der Seite, dachte Markus, wären alle anderen Dirndeln vergessen, und es müsste der Himmel auf Erden sein, ein immer währendes Freudenfest, das niemand stören konnte. Markus war so von der Monika angetan, dass er nicht bedachte, dass es eher ein Rausch war, der ihn erfasst hatte, und nicht ein tiefes beglückendes Gefühl des Hingezogenseins. Darüber war sich Markus ebenso im Klaren, wie die Monika, die auch im gegenwärtigen Zeitpunkt für Liebe hielt, was ein ausbrechendes Feuer, die Glut einer Leidenschaft war.

Burgl war höchst erstaunt, als Markus ihr sagte, dass er heute auf dem Hof seiner Zukünftigen gewesen sei, und dass diese am nächsten Sonntag samt ihrer Familie auf Besuch käme. Burgl tat sehr erstaunt, denn etwas Ähnliches hatte sie schon geahnt, als heute Morgen der Bauer Fallmann aus Pettenbach auf den Hof gekommen war. Burgl vermutete richtig, dass ihre alte Freundin, die Rosl Fürlinger, ihre Hand im Spiel hatte.

»Das freut mich aber sehr, dass du endlich ans Heiraten denkst, Markus«, sagte die Alte strahlend. »Denn wenn eine tüchtige Bäuerin auf den Hof kommt, dann wird alles gut, dann hat die Not ein End'.«

Markus murmelte etwas, was ebenso gut Zustimmung, wie auch Ablehnung sein konnte. »Jedenfalls möchte ich« sagte er dann mit Nachdruck, »dass die Fallmanns einen guten Eindruck von unserem Hof kriegen, und ich bitte dich, Burgl, alles so zu richten, dass wir uns sehen lassen können!«

»Das ist doch ganz klar, Markus. Die sollen nur merken, dass sie beim größten Bauern in St. Konrad zu Gast sind, du kannst dich auf mich verlassen!«

Und da sollte Burgl nicht übertrieben haben. Sie jagte die Mägde und Knechte durcheinander, ließ Ställe und Stuben ausschrubben und alles für den großen Tag vorbereiten. Was ihr Sorgen machte, das waren die leeren Boxen im Kuhstall, aus denen die schönsten Stücke verkauft worden waren. Was ihr noch mehr Kummer bereitete, das war der geschlägerte Wald, der schon von weitem zu sehen war und der den Fallmanns sofort ins Auge stechen musste.

Am Sonntag gegen zehn Uhr fuhr dann der Wagen der Fallmanns auf den Hof ein. Die Bäuerin stieg als Erste aus und schaute sich ungeniert um, was sie sah, gefiel ihr. Auch Monika war sehr beeindruckt. Ja, Bäuerin auf so einem Hof zu sein, das hatte sie sich schon immer gewünscht. Eingebettet in eine herrliche Landschaft lag dieser Hof viel schöner als der eigene.

Und dann erst der Markus! Er trug zur Feier des

Tages einen dunkelgrauen Trachtenanzug, den ein guter Schneider gemacht haben musste, weil er wie angegossen saß. Monika musterte ihn mit verliebten Blicken. Aber auch sie konnte sich durchaus sehen lassen. Sie trug ein helles Trachtenkostüm, darunter eine weiße Bluse. Ihre wohlgeformten Beine steckten in zierlichen Haferlschuhen, die sie größer und schlanker machten.

Markus war ganz liebenswürdiger Gastgeber. Er begrüßte sie voller Herzlichkeit und führte sie in die Stube, wo Burgl und die Mägde schon alles für einen würdigen Empfang vorbereitet hatten. Es gab eine reichhaltige Jause, bei der nichts fehlte. Sogar Wein kam um diese Tageszeit schon auf den Tisch, und bald waren alle in guter Stimmung. Zufrieden lächelte Burgl vor sich hin, als sie sah, wie gemütlich es in der Stube zuging. Doch dieser Schein trog zum Teil. Fallmann hatte nämlich nur ganz wenig getrunken. Ihm ging es darum, alles zu beobachten, was es zu beobachten gab. Und darum fragte er auch gleich nach der Jause:

»Könntest du uns einmal Haus und Ställe zeigen, Markus?«

»Aber natürlich!«

Markus wusste nur zu gut, dass so ein Verlangen einfach dazu gehörte. So begleitete er seine Gäste in den Stall, wo die Zahl und der Zustand der vorhandenen Tiere genau begutachtet wurde. Fallmann runzelte die Stirne.

»Warum stehen so viele Boxen leer?« fragte er bald. »Kannst du auf deinem großen Hof nicht mehr Kühe ernähren?«

»Doch schon« musste Markus zugeben.

»Aber ich hab' in letzter Zeit manches Unglück gehabt, und darum einige Kühe verkaufen müssen.«

»Aha« machte Karl Fallmann nur. Und als sie aus

dem Stall traten, ging sein Blick' wie zufällig hinauf zu dem Höhenrücken, auf dem ein großes Stück Wald abgeholzt war.

»Wem gehört denn der Wald?« fragte Fallmann.

»Der gehört auch mir!« sagte Markus stolz,

»Und warum hast du so viel Holz geschlägert?« kam als nächste Frage.

»Wegen dem Unglück, das ich hatte. Es ist der gleiche Grund wie beim Verkauf der Kühe.«

»Aha« machte Fallmann wieder. Es wurde noch alles besichtigt, was es zu besichtigen gab. Die Besucher schienen zufrieden, nur der Vater trug einen skeptischen Zug im Gesicht. Trotzdem setzte man sich dann froh gelaunt an den Mittagstisch und ließ sich das köstliche Essen schmecken. Burgl hatte sich als Köchin selber übertroffen. Kaum war der letzte Bissen verzehrt, sagte Fallmann auch schon:

»Können wir ungestört miteinander reden, Markus?«

»Natürlich! In meinem Arbeitszimmar.« Er stand auf und ging zur Tür.

»Ich möchte auch dabei sein« sagte Monika.

»Nein« sagte ihr Vater. »Das, was wir zwei zu bereden haben, das ist Männersache.« Markus verstand natürlich, worum es ging, und es war ihm nicht ganz wohl in seiner Haut. Tatsächlich fing gleich darauf ein richtiges Verhör an. Aber erst traf Karl Fallmann eine Feststellung:

»Du wirst schon gemerkt haben, dass dich unsere Monika gern sieht. Und ich glaube auch bemerkt zu haben, dass sie dir nicht unsympathisch ist. Oder irre ich mich da?«

»Nein, du irrst dich nicht, und ich hab' auch schon gemerkt, dass mich eure Monika gern haben könnte. Und das freut mich.« Letzteres betonte Markus.

»Dann wär' das also klar. Dass wir die Monika gut

verheiraten wollen, das ist dir sicher auch nicht entgangen.«

»Nein, das ist mir klar geworden, wie ich euren Mähdrescher gesehen' habe, der so gut wie gar nicht kaputt war und wegen dem du mich auf euren Hof gebracht hast. Die Situation ist eindeutig: Ihr wollt die Monika verheiraten, und ich brauche eine Bäuerin, die Geld mitbringt, damit wir gemeinsam den Hof wieder sanieren können.«

»Gut, das ist eine klare Rede« meinte Fallmann. »Wenn dein Vater noch leben tät', Gott hab ihn selig, dann würde ich alles Weitere mit ihm absprechen, aber das ist ja leider nicht mehr möglich, darum müssen wir zwei alles abklären, damit meine Monika nicht zu kurz kommt und damit auch dir geholfen ist, Markus.«

»Das wäre mir auch recht, Fallmann!«

»Sag Vater zu mir, Markus. Die Hauptsache wäre ja schon geklärt: Du magst die Monika, die Monika mag dich, einer Heirat steht also nichts mehr im Weg, außer den finanziellen Dingen. Wie viele Schulden liegen auf dem Hof?« fragte Fallmann nun direkt. Der Markus nannte eine Summe, die den anderen erblassen ließ.

»So viel?« stöhnte er. »Wie hat denn so viel zusammenkommen können, Markus?«

»Ja, mei, Vater, wie es halt so kommt. Das Begräbnis der Eltern. Ein paar Verwandte hab' ich auszahlen müssen. Einige Maschinen hab' ich anschaffen müssen, dann war doch im Vorjahr eine Missernte, und alles zusammen hat mir den Schuldenberg eingetragen, aber den werde ich schon wieder los, darauf kannst du dich verlassen.«

»Das glaub' ich dir sogar, denn unsere Monika kriegt von uns so viel Mitgift in bar mit, dass du mit einem Schlag schuldenfrei werden kannst.«

»Das ist schön«, sagte Markus, »aber deswegen allein tät' ich sie doch nicht heiraten, wenn ich nicht wüsste, dass ich sie nicht auch glücklich machen könnte.«

»Das ist uns auch die Hauptsache!« betonte der Fallmann. »Sagen wir also, wir geben unserer Monika so viel Bargeld mit, dass sie alle deine Schulden tilgen kann. Dafür verlange ich aber auch, dass die Monika sofort nach der Hochzeit als gleichberechtigter Besitzer vom Ferner-Hof ins Grundbuch eingetragen wird und dass sie in Zukunft die finanzielle Verwaltung deines Hofes übernimmt. Ich möchte nämlich nicht, dass durch teure Wagen neue Schulden auf den Hof geladen werden. Seit dreißig Jahren bin ich jetzt Besitzer vom Fallmann-Hof in Pettenbach, und noch nie war auch nur ein Groschen Schulden auf dem Hof, und genau so soll es auch auf dem Hof von meiner Tochter sein! Bist du damit einverstanden?«

»Grundsätzlich ja! Aber ich möchte nicht, dass die Monika meine Schulden bezahlt. Du weißt, wie leicht ein Mann durch so etwas lächerlich gemacht wird. Ich schlage vor, dass die Monika ihre Mitgift auf unser gemeinsames Konto einbringt, dass ich davon die Schulden bezahle und dass sie als Eigentümerin ins Grundbuch eingetragen wird, einverstanden?«

»Lass mir Zeit zum Überlegen, Markus.«

»Ich werde dich nicht drängen! Andere Eltern haben auch schöne Töchter.«

Das war ein deutlicher Wink mit dem Zaunpfahl, und Fallmann verstand ihn.

»Ich werde mit meiner Bäuerin reden und mit meinem Sohn, dann sage ich dir Bescheid.« Gleich darauf machten die drei Fallmanns einen Spaziergang, wie sie sagten, Monika blieb allein auf dem Hof zurück. Markus zeigte ihr das Haus.

»Du weißt ja, Monika« sagte er, »dass sie uns verheiraten wollen. Mich tät' es freuen, wenn wir zwei zusammenkommen würden, weil ich sicher bin, dass wir ein gutes Gespann geben würden.«

»Da bin ich auch ganz sicher«, pflichtete Monika bei und sie schmiegte sich an ihn, während sie die Treppe hinaufgingen. Auch oben glänzte alles nur vor Sauberkeit, und Monika fand nichts auszusetzen. Als Markus ihr das Schlafzimmer seiner Eltern zeigte, das schon immer die Schlafkammer der Bauersleute war, blieb Monika an der Tür stehen.

»Das richten wir uns aber ganz so ein, wie wir es haben wollen« meinte sie mit einem verführerischen Augenaufschlag. »Die alten Sachen da möchte ich nicht haben. Ich möchte ein ganz modernes Schlafzimmer mit vielen Spiegeln! Wär' dir das auch recht?«

Markus fiel es nicht schwer, ihrem Wunsche zuzustimmen.

»Ja, das möchte ich auch« erklärte er.

»Sonst kann ja alles so bleiben, wie es immer schon war« meinte Monika. Sie stand dicht vor Markus, und er konnte nicht anders, er zog sie an sich und küsste sie voller Leidenschaft. Sie gab ihm seine Küsse nicht weniger leidenschaftlich zurück. Doch als Markus sie ins Schlafzimmer hineinziehen wollte, da sträubte sie sich ganz energisch:

»Nein, Markus, ich möchte uns all das Schöne auf die Hochzeitsnacht, aufheben«, sagte sie und errötete wahrhaftig. Markus verstand ihren Wunsch und ließ sie los. Gemeinsam gingen sie wieder in die Stube hinunter. Da sahen sie auch schon Monikas Eltern und ihren Bruder von ihrem »Spaziergang« zurückkommen. Es hatte dabei eine harte Auseinandersetzung gegeben, denn der Bauer wollte, dass mit Monikas Mitgift direkt Markus' Schulden bezahlt werden sollten und nicht auf ein gemeinsames Konto einzuzahlen seien. Doch Hubert widersprach:

»Also, das möchte ich auch nicht, dass meine Braut meine Schulden bezahlt« sagte er, »da versteh' ich den Markus sehr gut, wenn er das nicht will. Was macht das schon aus, wenn du Vater, Monikas Geld auf ein gemeinsames Konto einzahlst, von dem Markus dann, wann es ihm passt, seine Schulden tilgen kann. Dafür ist sie ja gleich Mitbesitzerin vom Hof, und das ist ja auch nicht zu übersehen.«

Die Bäuerin pflichtete ihm heftig bei:

»Überspann den Bogen nicht, Karl! Stell dir vor, der Markus würde plötzlich sagen, er sei an der Monika nicht mehr interessiert. Wo könnten wir je wieder einen Hochzeiter wie ihn kriegen?«

Dieses Argument überzeugte schließlich auch Karl Fallmann, und er ließ seine Bedenken fallen. Nur auf einer Bedingung wollte er beharren: Markus sollte als Zeichen seines guten Willens zur Sparsamkeit seinen teuren Wagen durch einen weniger auffälligen und billigeren Wagen ersetzen. Überraschenderweise ging Markus sofort darauf ein, und deshalb wurde noch am selben Nachmittag Verspruch gefeiert, und die Hochzeit sollte nach Ablauf des Trauerjahres für die Eltern von Markus im April des nächsten Jahres stattfinden.

✿

Sie sollte dem alten Brauch gemäß am Wohnort der Braut gefeiert werden, doch dann bestanden die Fallmanns darauf, dass Monika in St. Konrad zum Traualtar schritt, und das hatte einen ganz einfachen Grund. Die Leute von St. Konrad sollten an der Pracht der Hochzeit erkennen, dass Monika, die neue Bäuerin vom Ferner-Hof, aus einem reichen Haus kam.

Es wurde an nichts gespart. Monikas Eltern bestanden auf einem Aufwand, der alles übertreffen sollte, was man in letzter Zeit bei einer Hochzeit erlebt hatte. Markus sagte zu allem Ja und Amen und überließ alles, was mit der Hochzeit zusammenhing seiner Monika.

Alle mündlichen Abmachungen zwischen den Brautleuten und dem Bräutigam waren inzwischen notariell festgelegt und festgeschrieben. Mit der Hochzeit wurde Monika Mitbesitzerin des Hofes, während der Brautvater bis zu diesem Zeitpunkt die vereinbarte Mitgift auf das gemeinsame Konto einzuzahlen hatte. Das war bereits geschehen, doch Markus dachte nicht daran, mit diesem Geld seinen Verpflichtungen nachzukommen.

Nein, ihn leitete ein anderer Gedanke. Er wollte das Geld als stille Reserve unangetastet lassen, die Schulden mit der Zeit aus den laufenden Erträgen abzahlen. Das würde ihm die Möglichkeit geben, stets über genügend Bargeld verfügen zu können. Wozu er das brauchen sollte, das wusste Markus heute auch noch nicht so genau.

Als die Hochzeitsfeierlichkeiten vorbei waren, begann auf dem Ferner-Hof endlich wieder der Alltag. Monika wollte, wie sie schon gesagt hatte, nichts andern, außer der Einrichtung des Schlafzimmers, doch die ging reibungslos vor sich. Burgl sollte weiter Hauserin bleiben, während sich Monika mehr um die geschäftlichen Belange des Hofes kümmern wollte. Und dabei zeigte sich, dass sie dafür eine sehr glückliche Hand hatte. Sie drückte die Preise der Lieferanten und schraubte die Preise für die eigenen Erzeugnisse in die Höhe, so dass man bald die junge Bäuerin vom Ferner-Hof zu fürchten begann. Man begegnete ihr bald mit einem Gemisch aus Respekt und Ablehnung, aber Monika beachtete das weiter nicht.

Die Ehe ließ sich sehr gut an. Die Leidenschaft hielt die beiden jungen Menschen völlig gefangen. Sie waren sich verfallen mit Haut und Haaren und hielten dieses Gefühl der Hörigkeit für Liebe. Markus war es, der eine gewisse Übersättigung, ein Gefühl des Überdrusses zuerst verspürte. Während Monika immer mehr Leidenschaft forderte, entfernte sich Markus schon von ihr und ihrer Unersättlichkeit. Nach außen hin war natürlich alles in bester Ordnung, zumal die ersten geschäftlichen Erfolge sichtbar wurden.

Monika erwies sich als ungemein tüchtig. Es dauerte nicht lange, da nahm sie auch im Haushalt das Heft in die Hand, was zu Einsparungen und Mehrarbeit für die Dienstboten führte. Die beiden Knechte sollten es zuerst verspüren, denn sie sollten entlassen und nur in der Erntezeit durch Taglöhner ersetzt werden.

Markus widersetzte sich anfangs dieser Idee, doch Monika konnte ihn bald mit einer List überzeugen. Sie meinte, sie möchte die beiden Mannsbilder nicht mehr am Hof haben, weil sie ihr immer so unverschämt nachstarrten, dass sie meine, sie würden sie mit den Augen ausziehen. Das war natürlich nur reine Erfindung. Monika wollte lediglich die Löhne für die beiden Knechte einsparen.

Als sie vom Hof waren, mussten natürlich die anderen die Arbeit der beiden mit erledigen, was zu ersten kleineren Zerwürfnissen Anlass bot. Doch Markus war zu diesem Zeitpunkt noch auf der Seite seiner jungen Frau, deren Tüchtigkeit er nun mehr schätzte als die Leidenschaftlichkeit ihrer Umarmungen.

Doch bald ging ihm auch ihre Tüchtigkeit auf die Nerven, und wenn er hören musste, dass es nun wieder bergauf ginge mit dem Ferner-Hof, seit die junge Bäuerin da sei, da war es mit seiner guten Laune vorbei. Dazu kam, dass Monikas Vater, der Karl Fallmann, alle Augenblicke auf dem Hof stand, um zusätzlich nach dem rechten zu sehen. Da wandte sich Markus innerlich von seiner jungen Frau ab.

Nach einer heißen Liebesstunde hatte er ihr gestanden, dass er die Schulden nicht von ihrer Mitgift, sondern aus den laufenden Beträgen zurückzahlen wolle, was ja jetzt ein Leichtes sei, nachdem sie doch so tüchtig wäre, da hatte Monika geschnurrt wie eine Katze und damit war für sie der Fall erledigt. Überhaupt hätte Markus alles von ihr haben können, wenn er sie im Bett um etwas gebeten hätte.

Aber eben das wurde ihm langsam lästig. Er fand es eintönig, immer nur mit der eigenen Frau beisammen zu sein, und deshalb begann er, sein früheres Leben wieder aufzunehmen.

Er fuhr schon hin und wieder in die Stadt, um die früheren Freundinnen wiederzusehen, die ihn mit Freuden aufnahmen, weil er jetzt stest eine gut gefüllte Brieftasche hatte. Allerdings ärgerte sich Markus darüber, dass sie ihn hänselten, weil er einen so billigen Wagen fuhr. Das wollte er in nächster Zeit ändern und wieder zu einer Nobel-Mark zurückkehren. Doch daraus wurde nichts. Als Markus das erste Mal eine ganze Nacht wegblieb, um am nächsten Morgen zu erklären, dass er in der Stadt betrunken gewesen sei, und deshalb nicht mehr hatte heimfahren können, da gab es einen handfesten Krach, und Monika sparte nicht mit Vorwürfen.

Sie überprüfte noch am selben Tag die Bankkonten und musste feststellen, dass in letzter Zeit größere Beträge abgehoben worden seien, über die keine Unterlagen vorhanden waren. Sie vermutete richtig, dass Markus sie für privat verwendet hatte. Sie stellte ihn wieder zur Rede und veranlasste, dass er nur mit ihrer Zustimmung über das gemeinsame Konto verfügen durfte. Das war höchst ungewöhnlich, und Markus fühlte sich dadurch in seiner Ehre verletzt, obwohl er zugeben musste, dass er ihr selbst den Grund für dieses Vorgehen geliefert hatte.

Von da an hing der Haussegen schief. Dann kam noch eines zum anderen, und das Verhältnis trübte sich immer mehr, während die Lust von Markus auf die Freuden im Ehebett, immer mehr schwand. Eines Tages wollte er eine neue Maschine kaufen, die auf dem zum Teil steilen Grund des Ferner-Hofes gar nicht richtig hätte genutzt werden können.

Monika verweigerte ihm dazu die Zustimmung, und Markus musste diesen Gedanken fallen lassen, was ihn sehr ärgerte. Wieder gab es einen Krach, und wieder blieb Markus zwei Tage lang in der Stadt. Als er heimkam, erklärte er der bestürzten Monika, dass er einen Käufer für einen Teil des Grundes gefunden habe, der ohnehin nicht genügend abwerfe, um rentabel zu sein. Auch da biss Markus bei Monika auf Granit.

»Grund wird keiner verkauft, und wenn du dich auf den Kopf stellst!« erklärte sie ihm kalt. Wieder war Markus machtlos. Ohne ihre Zustimmung waren ihm die Hände gebunden. Natürlich bekamen auch Monikas Eltern mit, dass es in der Ehe ihrer Tochter kriselte, und Kerl Fallmann stellte seinen Schwiegersohn zur Rede.

»Schuld seid nur ihr«, rief Markus aufgebracht. »Ihr habt mich in diese Ehe getrieben und mir gleichzeitig die Hände am Rücken zusammengebunden. Ich bin heut schon nicht mehr als der Knecht auf dem eigenen Hof, weil ja meine liebe Frau das Sagen hat, weil geschehen muss, was sie anschafft. Meinst du denn, dass da ein Mann noch Lust zum Arbeiten hat?

Stell dir doch vor, Schwiegervater, du müsstest deine Frau fragen, wenn du ein Stückerl Vieh verkaufen oder wenn du eine Maschine einkaufen möchtest. Wie würde dir das passen?« Fallmann musste ihm im

Stillen Recht geben, doch andererseits wusste er, dass diese Einschränkungen notwendig waren, wenn Monika den Hof zusammenhalten wollte. Fallmann versuchte zu schlichten, doch ohne sichtbaren Erfolg. Es war ausgerechnet an ihrem ersten Hochzeitstag, als Markus verlangte, dass er wieder in seiner ehemaligen Kammer schlafen wollte.

»Das hält ja kein Mann aus«, schrie er Monika an. »Du kannst einen ja umbringen« warf er ihr vor.

Sie war kalkweiß geworden, hatte eigenhändig seine Sachen in die ehemalige Kammer von Markus geräumt und von diesem Tag an ging sie ihm aus dem Weg. Es gab keine Zärtlichkeiten und auch keine Leidenschaft mehr, wodurch das letzte Band, das sie hin und wieder zusammengehalten hatte, zerschnitten war. Sie gingen beide mehr oder weniger ihre eigenen Wege. Da die letzte Ernte sehr gut war, stand der Hof wirtschaftlich hervorragend da, was auf die Tüchtigkeit der Monika zurückgeführt wurde, während Markus immer mehr zum Versager gestempelt schien.

Bald war er mehr in den Bars der Stadt zu finden als auf dem eigenen Hof.

Monika weinte zuerst viel über das lieblose Gehabe ihres Mannes, den sie noch immer »wahnsinnig« zu lieben glaubte, doch bald schlug ihr Gefühl erst in Gleichgültigkeit und bald darauf in Hass um.

Als Markus wieder einmal völlig übernächtigt am Morgen in den Hof einfuhr, empfing ihn Monika mit heftigen Vorwürfen.

»Mir wäre es am liebsten, wenn du überhaupt in der Stadt bleiben würdest«, schrie sie ihn an. »Nur zum Geld versaufen brauche ich dich nicht. Und wenn du dich nicht änderst, werde ich gegen dich anders vorgehen.«

»Wie denn?« höhnte Markus, doch er bekam keine Antwort. Das reizte ihn derart, dass er die Hand hob und sie klatschend in das Gesicht dar Monika sausen ließ. Die wehrte sich, und es kam zu einem regelrechten Handgemenge, in das die Mägde eingreifen mussten, um die beiden Streithähne voneinander zu trennen.

Schamrot verließ Monika den Schauplatz dieses unwürdigen Vorganges. Markus schlich in seine Kammer und schlief den Rausch aus, den er mit heimgebracht hatte. Am nächsten Mittag fuhr er schon wieder los, ohne etwas gegessen zu haben. Monika stand hinter dem Schlafzimmerfenster und schaute ihm mit tränenumflorten Augen nach.

Markus fuhr in die Stadt, um dort einen Freund zu treffen, mit dem er in letzter Zeit öfter unterwegs war. Er war von Beruf Artist gewesen, doch hatte er, wie er sagte, nach dem Unfall seinen geliebten Beruf aufgeben müssen, und er lebte nun von Gelegenheitsarbeiten, die sich knapp an der Grenze der Legalität bewegten.

Man munkelte, dass er sich mit einigen Mädchen sein Geld verdiente, die er an wohlhabende Männer vermittelte. Dieser Kurt Kaufmann war in letzter Zeit oft in Gesellschaft vom Markus gesehen worden, und man munkelte in den Bar-Kreisen der Stadt, dass die beiden gemeinsam Geschäfte machten. Um welche Geschäfte es sich dabei handeln sollte, das konnte freilich niemand sagen.

Jedenfalls trafen sich Kurt und Markus heute in ihrer Stammkneipe, und weil Markus einen furchtbaren Brand verspürte, der ein Überbleibsel des Katers war, trank er schnell hintereinander ein paar Bier und ein paar Obstler. Dann schien ihm besser zu sein, doch das war ein Trugschluss. Er war schon wieder unsicher auf seinen Beinen, ein bei ihm leider schon gewohnter Anblick. Nach dem Besuch in der Stammkneipe gingen Kurt und Markus in eine Bar, die eben erst geöffnet hatte. Sie waren die ersten und einzigen Gäste. Kein Wunder, dass sich die anwesenden Mädchen sofort um sie drängten, noch dazu, wo Markus als leichtlebiger und großzügiger Kavalier bekannt war,

Eines der Mädchen zeigte ihm ihre Gunst nur zu deutlich. So deutlich, dass der junge Mann, der kurz darauf die Bar betrat, und der der Freund des Mädchens war, eifersüchtig wurde. Er legte sich mit Markus an, und nur durch das gute Zureden von Kurt konnte eine Schlägerei verhindert werden. Doch Markus wollte es dem anderen nun erst recht zeigen und beschäftigte sich weiterhin mit dem Mädchen, das ihn so bereitwillig liebkoste. Der andere ließ die beiden nicht aus den Augen, und als er sah, wie sein Mädchen den Markus küsste und ihm dabei etwas ins Ohr flüsterte, da sah der Junge rot, lief zur Bar und riss den Markus vom Hocker herunter.

Da aber Markus größer und stärker als sein Widersacher war, kam es zu keiner Schlägerei, denn er stieß den anderen so heftig von sich, dass dieser durch die Eingangstür sauste und auf der Straße landete. Blinde Wut machte ihn rasend, und er vergaß jede Vorsicht, stürmte wieder ins Lokal, wo nun eine Gruppe gegen den Markus vorging, weil er nach dem Angriff vorhin versehentlich einige Männer von den Barhockern gestoßen hatte.

Markus wehrte sich gegen die Übermacht so gut es ging, und man hätte ihm wohl kaum was anhaben können, wenn nicht plötzlich der andere, der Freund des Mädchens, in seinem Rücken aufgetaucht wäre. Markus schnellte herum, doch der andere hatte schon ein Messer gezogen und stieß es Markus in den Rücken. Als dieser zu Boden rutschte, verschwand der Täter unerkannt aus dem Lokal.

Markus wurde plötzlich bleich, verdrehte die Augen, und dann sank er langsam an der Theke zusammen. Als die anderen Gäste das Messer in seinem Rücken entdeckten, wichen sie vor ihm zurück, und wenige Augenblicke später war das ganze Lokal leer. Als die Polizei eintraf, fand sie nur noch den Lokalbesitzer, den Mixer und einige Mädchen vor, die aber alle angaben, nichts gesehen zu haben.

Markus wurde ins Krankenhaus gebracht. Dort stellte man eine schwere innere Blutung fest, die trotz sofortiger Operation nicht zum Stillstand gebracht werden konnte. Noch in der gleichen Nacht starb Markus Ferner, ohne sein Bewusstsein wiedererlangt zu haben. Am nächsten Morgen erfuhr Monika von dem Tod ihres Mannes durch einen Gendarmeriebeamten, der die traurige Aufgabe hatte, ihr diese Nachricht zu überbringen ... Mit steinernem Gesicht hörte Monika zu. Keine Träne trat aus ihren Augen. Sie bedankte sich bei dem Beamten, dann veranlasste sie alles Nötige. Sie handelte fast automatisch, ohne dass es ihr noch richtig zu Bewusstsein kam, wie sehr sich ihr Leben von nun an ändern sollte.

Ihre Eltern, die sie telefonisch verständigte, sagten ihr jede Hilfe zu. Tatsächlich kamen schon wenige Stunden später ihr Bruder und ihr Vater, um ihr in diesen schweren Stunden beizustehen. Beide wunderten sich darüber, wie gefasst Monika ihren Verlust hinnahm. Sie waren ja nicht dabei, als Monika am Abend in ihr Schlafzimmer kam und nun endlich allein war. Da konnte sie ihren Tränen freien Lauf lassen, und das tat sie auch.

Natürlich musste sie sich sagen, dass ihre Verbindung zu Markus in letzter Zeit keine richtige Ehe mehr war, doch jetzt, da ihr klar wurde, dass Markus, der ihr manchmal so wehgetan hatte, nie mehr zurückkommen würde, da erfasste sie doch eine abgrundtiefe Trostlosigkeit. Sie dachte an die erste Zeit ihrer Ehe, in der sie so unsagbar glücklich gewesen war, und sie fragte sich, ob es ihre Schuld war, dass ihre Ehe darin mehr und mehr verflachte, dass Markus schließlich nichts mehr von ihr wissen wollte und ihr die Gesellschaft zweifelhafter Mädchen vorgezogen hatte.

Da dämmerte es Monika, dass es vielleicht doch nicht das große Gefühl war, das sie mit Markus verbunden hatte, sondern der Rausch des Augenblicks, eine Erfüllung, die nicht lange anhalten konnte. Das machte Monika besonders traurig, weil sie sich die Schuld an dieser Entwicklung selber geben musste, und sie war gerecht genug, sich einzugestehen, dass alles hätte ganz anders werden können, wenn sie Markus nicht alles so leicht gemacht und ihn dadurch wahrscheinlich von zu Hause vertrieben hatte.

Als die Beerdigung stattfand, nachdem man den Leichnam von Markus nach St. Konrad übergeführt hatte, war Monika wieder gefasst und machte nach außen hin den Eindruck als hätte sie sich schon über den Verlust hinweggesetzt. Man nahm ihr das auch nicht übel, weil bekannt war, wie sie Markus in letzter Zeit behandelt hatte.

»Kein Wunder, dass sie keine Trauer zeigt«, sagten die einen. »Der geht es doch in Zukunft besser als zu Lebzeiten ihres Mannes« die anderen. Doch alle täuschten sich. Monika wäre nicht sie selbst gewesen, wenn sie ihre Trauer offen zur Schau getragen hätte. Vor den Leuten spielte sie die Starke, die Frau, die auch mit dieser Prüfung fertig werden konnte, aber in den einsamen Stunden der Nacht, da litt Monika wirklich sehr, da trauerte sie um den Mann, dem ihr ganzes Herz gehört hatte und den sie nie vergessen würde.

Doch das Leben ging weiter, der Alltag forderte sein Recht, und was dabei herauskam, das war für

Monika sehr enttäuschend. Sie musste feststellen, dass Markus es immer verstanden hatte, Geld vom gemeinsamen Konto zu beheben, und deshalb war von ihrer Mitgift kaum etwas übrig geblieben. Mehr noch, immer wieder kamen unbezahlte Rechnungen und Wechsel, die Markus ausgestellt hatte, und die sie nun einlösen musste.

Das Bargeld, über das Monika verfügen konnte, schmolz immer mehr dahin. Was nützte es da Monika, dass sie nun alleinige Besitzerin des Ferner-Hofes war, wenn sie nicht wusste, wie sie über die Zeit bis zur nächsten Ernte kommen sollte, denn Vieh, Wald oder Grund mochte sie auf keinen Fall verkaufen, weil das, wie man zu sagen pflegte, der Ruin eines jeden Bauern war.

Als sie mit ihrem Vater darüber sprach, wurde der ungehalten.

»Du hättest halt nicht so vertrauensselig sein sollen, Monika! Du hast doch gewusst, was für ein leichtsinniger Vogel er war.«

»Und warum hast du ihn dann als Hochzeiter angeschleppt« entgegnete Monika bitter.

»Weil ich geglaubt habe, dass du ihn ändern kannst, Monika!«

»Was mir offenbar nicht gelungen ist, und wofür ich nun zu leiden habe, Vater.«

»Ich werde dir helfen, wo immer ich kann, Monika!«

Nun, sehr lange währte die Hilfe nicht, denn Monikas Vater erkrankte an einer Gelbsucht und wurde vom Arzt ins Bett geschickt. Hubert aber, ihr Bruder, war so sehr mit der Hofübernahme beschäftigt, dass er Monika auch nicht helfen konnte. Nun war Monika ganz auf sich allein gestellt, und sie nahm sich vor, diese schwere Zeit ohne fremde Hilfe durchzustehen. Natürlich wäre es für sie ein Leichtes gewesen, von einer Bank Geld zu bekommen, bei den Sicherheiten, die sie zu bieten hatte, doch Monika wollte nicht wieder neue Schulden machen, und darum rief sie an einem der nächsten Tage Burgl, die Wirtschafterin und die beiden Mägde Vreni und Liesl in die Stube, um ihnen reinen Wein einzuschenken, über die Lage, in der der Hof sich befand.

»Es kann sein, dass ich in der nächsten Zeit oft nicht genug Geld im Haus haben werde, um euch euren Lohn zu zahlen, aber ich will keine neuen Schulden machen, und ich wäre froh, wenn ihr trotzdem bei mir bleiben wolltet, denn irgendwann kommen sicher bessere Zeiten, und dann kann ich euch vergelten, dass ihr in der schweren Zeit zu mir gehalten habt.«

Das war eine lange Rede, und die drei Dienstboten schauten sich an. Sie alle drei hatten natürlich mitbekommen, was ihre Bäuerin mit dem Markus mitmachen musste, und darum waren alle drei dafür, weiterzumachen und am Ferner-Hof zu bleiben, was immer auch noch kommen mochte. Das sagte die Burgl, als Sprecherin der anderen auch.

»Wir bleiben bei dir, Bäuerin, und wir sind sicher, dass es unter deiner Führung bald wieder besser gehen wird, besonders, wo jetzt keiner mehr Geld für Sachen ausgeben kann, die nicht dem Hof zugute kommen. Aber wir wären froh, Bäuerin, wenn wir Weibersleut' unter uns bleiben könnten, denn nach den Erfahrungen, die du mit deinem verstorbenen Mann hast machen müssen, da glauben wir, dass wir besser allein zurecht kommen werden.«

Monika dankte gerührt für diesen Vertrauensbeweis, und sie versprach, dass, wenn es nach ihr ginge, kein Mann mehr auf den Ferner-Hof kommen würde.

»Ich hab' genug von den Mannsbildern, das dürft

ihr mir glauben« sagte sie zu ihren Getreuen, doch die Burgl meinte:

»Das ist schon möglich, Bäuerin, aber die Mannsbilder, die müssten ja noch blöder sein, als sie eh schon sind, wenn sie dich in Ruhe lassen würden. Eine so fesche und trotz allem reiche Witwe findet man nicht alle Tage, und wenn die Mannersleut' Augen im Kopf haben, dann werden sie dich umschwärmen, wie die Wespen den Honigtopf.«

Monika musste lächeln, obwohl es ihr nicht nach Lachen zu Mute war.

»Dazu gehören immer zwei«, versuchte sie ihre Dienstboten zu beruhigen, weil sie spürte, dass diese drei nur bleiben würden, wenn sie ihre Herrin bliebe, und sie nicht wieder einem Mannsbild folgen mussten. Einigermaßen beruhigt gingen die drei Mägde wieder an ihre Arbeit, aber sie passten auf, ob die Bäuerin auch ihr Wort hielt und keinen Mann auf den Hof kommen ließ. Die drei arbeiteten von früh bis spät, um nur ja nicht der Bäuerin zu zeigen, dass sie die Arbeit ganz ohne Männer nicht schaffen konnten. Doch wenn die Saat beginnen würde, dann würden die paar Arbeitskräfte für den großen Hof nicht ausreichen. Nun, dann mussten eben Tagelöhner eingestellt werden für die schwere Arbeit, wie dies auch schon zuletzt gewesen war, um die hohen Löhne der Knechte einzusparen.

Die nächsten Wochen vergingen ohne besondere Vorkommnisse. Die Arbeit wurde von den Frauen spielend geschafft, und es bildete sich so etwas Ähnliches wie eine Verschwörerschaft gegen die Männer, von denen keines der vier Weibsbilder etwas wissen wollte. Monika litt eigentlich gar nicht unter der selbst auferlegten Einsamkeit, im Gegenteil, sie empfand es wohltuend, ganz allein Entscheidungen zu treffen und keinem Menschen mehr verantwortlich zu sein und sich um keinen Mann mehr Sorgen machen zu müssen. Doch lange konnte das natürlich nicht gut gehen. Schließlich waren die Männer von St. Konrad ja nicht blind und das hätten sie sein müssen, wenn sie Monikas voll erblühte Weiblichkeit, ihre Tüchtigkeit und ihr angenehmes Wesen völlig übersehen hätten.

✿

Der Erste, der auf einmal überraschend auf den Ferner-Hof kam, war der Tierarzt von St. Konrad, Dr. Hans Kramer, ein etwa dreißigjähriger Junggeselle, der hier eine gut gehende Praxis hatte. Er war ein recht fescher Mann, der gute Chancen bei den Mädchen und jungen Frauen des Dorfes hatte, weil er eine angesehene Persönlichkeit in dem kleinen Ort war.

Aber er machte sich nichts aus den Avancen der Dorfschönen, und man munkelte eine Zeit lang, dass er anderswo eine Frau haben müsste, weil es doch unnatürlich sei, dass ein Mann seines Alters stets allein war. Doch die Tratschen hatten in diesem Fall, wie in vielen anderen auch, völlig Unrecht. Dr. Kramer stand wirklich allein, und darum war es kein Wunder, dass sein Herz entflammte, als er das erste Mal der Monika vorn Ferner-Hof gegenüber stand. Natürlich kannten sich die beiden schon, als Dr. Kramer das erste Mal nach dem Tod von Markus auf den Hof gerufen werden musste, weil eine Kuh das Fressen eingestellt hatte und weil keine Hausmittel mehr halfen.

Als er sich von der jungen Bäuerin verabschiedete, hielt er ihre Hand länger in der seinen als dies nötig gewesen wäre. Er schaute der Monika in die Augen, tiefer ging es wahrhaftig nicht. Er glaubte noch nie schönere Augen gesehen zu haben, überhaupt schien es ihm in diesem Augenblick, dass die Monika das begehrenswerteste Geschöpf auf Gottes Erdboden sei.

Kein Wunder, dass er in den nächsten Tagen oft vorbeischaute, um nach der kranken Kuh zu sehen, obwohl diese bereits wieder fraß und damit gesund war. Natürlich wussten alle, warum Dr. Hans Kramer auf den Ferner-Hof kam, auch ohne das ein Stück Vieh krank war!

Er kam wegen Monika, sie hatte sein Herz entflammt. Auch heute erschien er wieder, und Monika konnte ihn natürlich nicht vom Hof weisen, obwohl ihr sein Werben nicht gelegen kam. Sie hatte sich nämlich nach dem frühen Tod von Markus selbst das Versprechen gegeben, den Männern in Zukunft auszuweichen, oder keinen mehr an sich heranzulassen. Die Enttäuschung mit Markus, den sie so heiß geliebt hatte, sollte ihr eine Lehre fürs Leben sein, so sagte sich Monika.

Sie wurde in ihrem Bestreben von den drei anderen weiblichen Wesen am Hof, der Burgl, der Vreni und der Liesl, tatkräftig unterstützt. Die drei schauten nämlich darauf, dass der Bäuerin kein Mannsbild zu nahe kam. Den drei treuen Geistern saß nämlich der Schock um den Bauern noch in den Knochen, und sie konnten auch nicht vergessen, wie Markus ihre verehrte Bäuerin behandelt hatte, wenn er nachts oder morgens betrunken heimgekommen war. Darum ließen sie einen Mann, der auf den Hof kam, nicht aus den Augen, bis er diesen wieder verlassen hatte.

»Guten Abend, Bäuerin« sagte Dr. Kramer, als ihm Monika die Tür geöffnet hatte. »Ich wollt nur noch einmal nach eurer Kuh schauen, bevor ich Feierabend mache« setzte er freundlich hinzu.

»Der Kuh fehlt nichts mehr«, mischte sich da die Burgl ins Gespräch, die heute zur »Bewachung« der Bäuerin eingeteilt war und die Begrüßung beobachtet hatte.

Monika schaute die alte treue Seele verständnislos an.

»Wenn der Herr Doktor aber so gut ist, und doch noch nach der Kuh schauen will, dann können wir ihm nur dankbar sein« wies sie Burgl zurecht, doch die machte keine Anstalten, das Paar allein zu lassen, obwohl sie nun dem Doktor voraus in den Stall ging. Er folgte der Burgl, und auch die Monika ging mit, weil sie wissen wollte, wie der Tierarzt den Zustand der Kuh beurteilte. Er untersuchte das Tier, stellte fest, dass es wieder fraß und hätte nun eigentlich gehen können, aber er wollte so gern noch mit der Monika allein sein, weil er ihr etwas Wichtiges sagen wollte, und das konnte er im Augenblick nicht, weil Burgl nicht von der Stelle wich. Die stand wie ein Soldat mitten im Stallgang und ließ den Doktor nicht aus den Augen.

»Die Kuh ist wieder gesund«, erklärte Kramer der Bäuerin, »aber weil ich schon da bin, schau ich mir die anderen Kühe auch noch an, zur Sicherheit.« Burgl hatte schon einen Einwand auf den Lippen, doch weil auch die Bäuerin den Tierarzt gewähren ließ, konnte sie natürlich nichts sagen.

Der Tierarzt ging durch die Gänge und beobachtete die Tiere, die in ihren Boxen standen. Als er bei der Tina, einer schwarz gefleckten schönen Kuh angekommen war, blieb er stehen. Er untersuchte sie, tastete ihren Leib ab, horchte da und dort, dann meinte er:

»Sie ist hoch trächtig. Wahrscheinlich wird sie heute noch kalben. Es ist besser, wenn ich gleich dableibe, damit ihr mich nicht zu holen braucht, wenn es mit der Tina dann so weit ist.« Nun konnte sich Burgl nicht mehr zurückhalten. Ihr fiel der Tierarzt mit seiner Hartnäckigkeit schon sehr auf die Nerven, darum sagte sie jetzt:

»Wir haben noch nie einen Tierarzt geholt, wenn eine Kuh gekalbt hat, außer es hat Komplikationen gegeben, aber die sind bei der Tina nicht zu befürchten, das müssen Sie doch zugeben, Herr Doktor?«

»Das kann man vorher nie so genau sagen. Natürlich sieht es jetzt aus, als würde die Tina eine normale Geburt haben, aber in einer Stunde kann das schon wieder ganz anders sein.« Burgl drängte den Tierarzt förmlich aus dem Stall hinaus.

»Wenn die Geburt normal sein sollte, Herr Doktor, dann kommen wir Weiberleut leicht damit zurecht, sollte sich aber doch etwas Unvorhergesehenes einstellen, dann können wir immer noch den Mooshammer-Friedl holen, der kommt sofort.«

»Den Mooshammer-Friedl? Wer ist denn das?« fragte Dr. Kramer.

»Der Nachbarsohn« gab Burgl bereitwillig Auskunft. »Ja, und der versteht vom Vieh vielleicht mehr als so mancher Tierarzt« setzte sie dann mit einem giftigen Lächeln hinzu.

»Burgl!« mahnte Monika ihre Hauserin. So etwas sagt man doch nicht zum Herrn Tierarzt!«

»Weil es wahr ist! Jetzt brauchten wir schon einen Tierarzt, wenn eine Kuh kalbt. Das wär' ja noch schöner! Seit ich da auf dem Hof bin, war noch nie ein Tierarzt dabei, wenn ein Kalberl auf die Welt gekommen ist, das haben wir immer selber geschafft.«

»Ist ja schon gut« sagte nur Dr. Kramer. »Ich will mich bei Gott nicht aufdrängen. Aber sollten Sie mich vielleicht doch brauchen, dann könnte es sein, dass ich zu der Zeit gerade anderswo zu tun hätte. Und was dann?«

»Dann holen wir den MooshammerFriedl« gab Burgl fröhlich zur Antwort.

Der Tierarzt verließ verärgert den Stall, Monika folgte ihm und bat ihn in die Stube.

»Sagen Sie mir bitte, Herr Doktor, was ich schuldig bin?«

»Nichts, Bäuerin, nichts! Für Sie würde ich noch viel mehr tun, ohne etwas dafür zu wollen, aber wie mich ihre Magd behandelt hat, das war geradezu kränkend, das muss ich schon sagen.«

»Seien Sie ihr nicht böse, Herr Doktor, sie hat es nicht bös gemeint. Sie ist halt noch vom alten Schlag und glaubt immer noch, dass man fürs Vieh keinen Studierten braucht.

Dr. Kramer lächelte etwas gezwungen. »Auch eine Einstellung!« meinte er »Aber wollen wir nicht mehr davon reden, sondern von uns beiden.«

»Ich wusste nicht, was es da zu reden gibt?« fragte Monika.

»Aber ich bitte Sie, das müssen Sie doch längst gemerkt haben, was Sie mir bedeuten und dass ich nur ihretwegen so oft zu Ihnen gekommen bin.«

Monika tat erstaunt. »Wirklich? Und ich hab' geglaubt, wegen der Kuh, die krank war.«

»Wegen der natürlich auch, aber das nur nebenbei Bäuerin! Seit Sie auf den Ferner-Hof gekommen sind, bin ich verrückt nach Ihnen. Ich kann nicht mehr schlafen, ich kann nicht mehr essen, ich kann immer nur an Sie denken.«

Die Burgl, die in der Küche stand und das Gespräch mithörte, musste sich ein Lachen verbeißen, so komisch fand sie den liebestollen Tierarzt. Doch der war noch nicht fertig, aber Monika unterbrach ihn:

»Reden Sie nicht weiter, Herr Doktor. Sie versteigen sich da in etwas, ohne daran zu denken, dass aus uns beiden doch nie etwas Ernstes werden könnte, wo Sie doch ein Studierter sind, und ich nur eine kleine Bäuerin.«

Der Tierarzt war näher gekommen, jetzt stand er knapp vor Monika und schaute ihr tief in die Augen:

»Ihretwillen tät ich heute noch Bauer werden und meinen Beruf an den Nagel hängen. Ich wäre sowieso am liebsten Bauer geworden, aber mein Vater war nur ein' kleiner Eisenbahner, wie hätte ich da zu einem Bauernhof kommen können? Weil ich die Viecher so gern gehabt hab', darum wollte ich später Tierarzt werden, obwohl es meinem Vater lieber gewesen wäre, wenn ich Menschendoktor geworden wäre, weil der angesehener ist, hat er gemeint.

Aber ich bin dann doch Viehdoktor geworden, und heute bin ich froh darüber, denn nur durch meinen Beruf hab' ich Sie kennen gelernt.

»Aber wenn Sie es möchten, dann häng ich heute noch meinen Beruf an den Nagel und werde Bauer! Geld hab' ich auch erspart, so ist das nicht, Bäuerin! Sie täten in mir keinen schlechten Mann kriegen. Ich kann arbeiten, und ich täte alles, nur ein bissl gern haben müssten Sie mich, Bäuerin.«

»Ich muss gar nichts, Herr Doktor, und Sie gern haben schon gar nicht. Reden wir nimmer davon. Ich will von den Mannsleuten nicht mehr wissen, und das sollt doch eigentlich jeder verstehen können, auch Sie, Herr Doktor!«

Nun wusste Kramer auch nichts mehr zu sagen. Er wollte sich einen guten Abgang verschaffen, aber ihm fiel nichts ein. Da kam ihm Burgl zur Hilfe, die alles mit angehört hatte.

»Herr Doktor!« platzte sie plötzlich in die Stube ohne anzuklopfen, »ihre Köchin hat gerade zu uns herüber gerufen, Sie sollen schnellstens zum Essen heimkommen, weil sonst alles anbrennt.«

Dr. Kramer sagte schnell: »Entschuldigen Sie bitte, Bäuerin!« Dann lief er hinaus und zu seiner Wohnung hinüber, denn seine Köchin war als Bissgurn bekannt.

»So, den wären wir los« sagte Burgl lachend als die beiden Frauen allein waren. Nun musste Monika auch lachen, Obwohl sie ein strenges Gesicht machte. »Das du mir das nicht noch einmal machst, Burgl. Es könnte doch einmal ein Mann dabei sein, den auch ich gern möchte.«

»Das wüssten wir vor dir, Bäuerin«, entgegnete Burgl zuversichtlich. »Sollte wirklich einmal ein Mann auf den Hof kommen, der der Richtige für dich sein könnte, dann werden wir dich schon allein lassen, aber solange der nicht erschienen ist, bewachen wir dich wie die treuesten Leibwächter.«

Monika wollte noch etwas sagen, da stürzte plötzlich die Vreni zur Tür herein. Ihr oblag die Pflege der Kühe, und darum hielt sie heute bei der Tina Wache, die ja ihr erstes Kalb erwartete.

»Bäuerin, ich glaube, bei der Tine dauert es nicht mehr lange.« Sofort war Monika ganz Bäuerin. »Ich komm' gleich« sagte sie, dann lief sie in ihre Kammer, um sich alte Sachen anzuziehen. Kurze Zeit später waren die vier Frauen im Stall versammelt. Tina tat sich schwer, das konnte sogar ein Laie erkennen, kein Wunder, war es doch das erste Mal, dass diese Kuh ein Kalb auf die Welt brachte, und beim ersten Mal haben die Tiere natürlich eine furchtbare Angst, weil sie ja nicht wissen können, was mit ihnen los sei und woher die Schmerzen kamen. Vreni stand bei Tinas Kopf und redete ihr gut zu, während Burgl ihren runden Leib zu massieren begann. Burgl hatte die größte Erfahrung im Umgang mit Tieren, und sie war es auch, die jetzt der Liesl zurief:

»Hol den Strick!« Während Liesl ihren Auftrag erfüllte, versuchte Burgl die Füße des Kalbes zu fassen. Endlich gelang ihr das, und nun wollte sie den Kälberstrick um die dünnen Beine des Kalbes schlingen. Das gelang ihr aber nicht, weil sie in dem Schleim, der die Beine des Ungeborenen bedeckte, immer abrutschte. Monika stand ein bissl hilflos daneben. Bei ihr zu

Hause hatten diese Arbeit stets ihr Vater und ihr Bruder erledigt, darum hatte sie davon nicht viel Ahnung.

»Jetzt wäre es vielleicht doch ganz gut, wenn der Tierarzt da wäre«, meinte sie deswegen, aber da kam sie bei ihren Dienstboten schlecht an.

»Den brauchen wir nicht, Bäuerin. Dieses Kalbl kriegen wir auch ohne dem Doktor, und wenn wir uns gar nicht mehr zu helfen wissen sollten, dann können wir immer noch den Friedl holen.«

Der Friedl, das war der Sohn vom Nachbarn Mooshammer, der einen kleineren Hof besaß. Dieser Friedl war der einzige Sohn der Mooshammer, ein Bär von einem Mann, groß und stark wie ein Baum, aber einfaltig wie ein kleines Kind. Und dieser Friedl hatte eine Hand für Tiere, dass man nur so staunen konnte. Schon von kleinauf war er mit sämtlichen Haustieren vertraut, und später hatte er alles über Tiere zu lernen versucht, was er nur erfahren konnte. Er war bei einer alten Verwandten, die Tierheilkunde auch schon Zeit ihres Lebens betrieben und die man überallhin geholt, wenn es Unglück im Stall gegeben hatte. Friedl war in ihre Fußstapfen getreten. Die Tina stieß auf einmal einen furchtbaren Brüller aus, obwohl Burgl sich um sie bemühte.

Monika hielt sich die Ohren zu. Sie konnte das Brüllen des schmerzgeplagten Tieres nicht mehr hören.

»Holt den Tierarzt!« ordnete sie energisch an.

»Nicht den Tierarzt« protestierte Burgl. »Holen wir doch den Friedl, der versteht mehr vom Kalben als zehn Tierärzte zusammen.«

»Gut« gab Monika nach. »Vreni, geh hinüber zum Mooshammer und ersuch der Friedl, ob er uns nicht helfen kann.«

Vreni, die seit vielen Jahren auf dem Ferner-Hof beschäftigt war, eilte davon. Monika, Burgl und Liesl blieben hilflos mit der Kuh zurück, die unter den Wehen furchtbar zu leiden hatte.

Als Friedl dann wenig später den Stall betrat, schaute er sich kurz um, dann kam er zur armen Tina, die noch immer vor Schmerzen dumpf brüllte. Er streckte seine Hand aus, in der er ein Kräutergemisch hielt. Gierig leckte die schmerzgeplagte Kuh das salzig schmeckende Zeug, dann beruhigte sich das arme Tier.

Inzwischen hatte Monika Zeit, den Friedl zu betrachten. Nein, Schönheit war er bei Glott keine! Ein viel zu großer Kopf saß auf einem schmächtigen Körper. Darum hatten ihn die Kinder in der Schule auch immer gehänselt und ihn in ihrer grausamen Art »Wasserkopf« genannt. Und auf diesem Kopf wucherten über der zu niedrigen Stirn kurze geschorene rote Haare, die nach allein Seiten wegstanden. Aber er hatte gute Augen. Augen eines Kindes, musste Monika denken, als er sie jetzt anschaute. Und in diesen Augen lag ein Ausdruck der Bewunderung, den sich Monika nicht erklären konnte. Sie konnte auch nicht ahnen, das der Friedl sie schon oft beobachtet, dass er sich in seiner kindlichen Einfalt in sie, Monika,. verliebt hatte und sie voller Unschuld wie eine Heilige verehrte.

Auch Liesl sah diesen Blick, mit dem Friedl die Bäuerin anschaute, und plötzlich stieg heißes Mitleid in dem Madl hoch. Armer Friedl, dachte sie, hat er sich doch in unsere Bäuerin verliebt, der arme Bub!

Friedl hatte jetzt die Kuh untersucht. Ein besorgter Zug lag auf seinem sommersprossigen Gesicht.

»Ich muss das Kalbl wenden, es liegt verkehrt« sagte er, und schon war sein rechter Arm im Leib der Kuh verschwunden. Es dauerte etwa drei Minuten, in denen Tina jämmerlich muhte, dann zog Friedl seinen

Arm zurück. Er nahm das Seil, das er vorhin von den Beinen des Kalbes gelöst hatte und band es nur an den anderen Beinen fest.

»Zieht!« befahl er den Mägden, während er der Bäuerin wieder einen herzzerreißenden Blick zuwarf. Burgl, Vreni und Liesl zogen an dem Kälberstrick, während Monika zu Tinas Kopf ging und sie zwischen den Hörnern kraulte,

Friedl aber massierte sachkundig den prallen Leib der Kuh und unterstützte damit die Wehen des Tieres.

Plötzlich brüllte Tina in höchster Not auf, dann platschte das Kalb ins Stroh. Der Geburtsvorgang war beendet, Friedl nabelte das winzige Tierchen fachmännisch ab, dann legte er es der Mutter vors Maul. Diese begann sofort, das kleine Wesen abzuschlecken. Nach einer Weile schaute sich Tina nach Friedl um, der sie nun veranlasste, aufzustehen. Nach einigen Versuchen und viel Mühe, stand die Kuh wieder auf ihren Beinen. Auch das Kälbchen hatte sich mit Friedls Hilfe aufgerappelt und stakste nun auf seinen dünnen Beinen zum Euter der Mutter, wo es gierig zu saugen begann.

Gerührt betrachteten Monika, Burgl und die beiden Mägde das kleine Wesen, das das Wunder der Geburt sichtlich gut überstanden hatte.

Nun schien es genug getrunken zu haben, löste sich vom Euter der Mutter und starrte mit seinen hellblauen Augen die Menschen an, die es umstanden.

Friedl rieb das Kalb mit trockenem Stroh ab.

»Ein Stierl« sagte er dabei mit zärtlicher Stimme.

»Wie soll es denn heißen?« fragte Liesl die Bäuerin.

»Wenn du nichts dagegen hast«, wandte sich Monika nun an den Nachbarsohn, »dann tät ich es Friedl nennen.«

Der große junge Mann schaute sie dankbar an. Er ließ sich auf die Knie fallen, nahm das Kopferl des neugeborenen Tieres zwischen seine riesigen Pranken und flüsterte zärtlich: »Friedl Friedl!« Der kleine Stier spürte instinktiv, dass hier ein Wesen war, das ihn lieb hatte, und plötzlich leckte er mit seiner rosigen Zunge über das bartstoppelige Gesicht vom Friedl.

»Er hat mich gern«, strahlte der junge Mann, der vom Schicksal so benachteiligt worden war. Monika musste sich abwenden. Diese Szene hatte etwas so Rührendes an sich, dass ihr die Tränen in die Augen traten.

»Kommt in die Kuchl, Kaffee trinken!« sagte sie, dann verließ sie den Stall. Friedl aber nahm seinen kleinen Namensvetter auf seine starken Arme, machte ein paar tapsige Tanzschritte, dabei flüsterte er freudig bewegt:

»Der Friedl hat mich gern – der Friedl hat mich gern . . .« Dabei rannen dem großen Burschen, dessen Leben bisher so liebesleer gewesen war, helle Tränen über die Wangen.

Liesl, die Jung – Magd auf dem Ferner-Hof, war die älteste Tochter einer Kleinbauern-Familie. Darum musste sie schon mit siebzehn Jahren als Küchen-Dirn am Ferner-Hof anfangen, damit sie ihre Eltern entlasten konnte. Sie wuchs zu einem bildsauberen Dirndl heran, dem die Burschen gerne nachschauten. Zweimal schon wurde die Liesl von jungen Männern furchtbar enttäuscht. Von beiden glaubte sie sich aufrichtig geliebt, doch beide ließen sie sitzen, nachdem sie wohlhabendere Madeln kennen gelernt hatten. Darum hatte sich Liesl geschworen, keinem Mann mehr zu trauen.

Als sie nun den Friedl so zärtlich mit dem kleinen Stier spielen sah, da wurde ihr ganz warm ums Herz.

»Komm, Friedl, die Bäuerin wartet mit dem Kaffee« sagte sie.

Er legte das Kälbchen behutsam ins weiche Stroh, schaute die Liesl treuherzig an und murmelte:

»Die Bäuerin – Kaffee . . .« Plötzlich schien er so aufgeregt zu sein, dass er durch die falsche Tür den Stall verlassen wollte, wenn Liesl ihn nicht bei der Hand genommen und ihn' in die Küche geführt hätte. Dort reinigte sich Friedl Arme und Hände, dann setzte er sich schüchtern an den Tisch.

Liesl, die trotz ihrer Jugend so etwas wie mütterliche Gefühle für den großen Burschen empfand, der eigentlich ein Kind geblieben war, setzte sich neben Friedl. Ihr entgingen nicht die bewundernden Blicke, die er der Bäuerin zuwarf, und weil Liesl aus eigener Erfahrung wusste, wie weh eine abgewiesene Liebe tun konnte nahm sie sich vor, den armen Friedl davor zu beschützen. Sie redete mit ihm, lobte seine Arbeit und seinen »Viehverstand« worauf er stolz von seinen Erfolgen als »Viehdoktor« erzählte, wobei sein Blick immer häufiger auf Liesl ruhte. Nach etwa einer Stunde stand Friedl auf und verabschiedete sich. Als er Monika die Hand schüttelte, sagte er stockend:

»Kaffee gut – hm – Friedl sagt danke!« Dabei versuchte er doch wahrhaftig einen »Diener« zu machen, und als ihm Monika einen Geldschein zustecken wollte, da lehnte er entrüstet ab:

»Friedl kein Geld nehmen – Friedl glücklich!« Liesl brachte Friedl noch bis zur Haustür, wo sie sich von ihm verabschiedete. Die beiden sollten sich später noch oft begegnen . . .

✿

Natürlich erfuhr der Tierarzt Dr. Hans Kramer schon in den nächsten Tagen davon, dass der Friedl Mooshammer geholfen hatte, auf dem Ferner-Hof ein Kalb ans Licht der Welt zu bringen. Und natürlich war der Herr Tierarzt böse auf den Ferner-Hof und besonders auf die Bäuerin. Das hat man davon, dachte er grimmig, wenn man sich mit solchen Leuten einlässt. Die verstehen das gar nicht richtig zu würdigen. Und er nahm sich vor, fortan die Monika Ferner mit Gleichgültigkeit zu bestrafen.

Er schimpfte sehr auf den Friedl, den er einen »Kurpfuscher« nannte, aber rechtlich konnte er nicht gegen ihn vorgehen. Friedl drängte ja niemanden seine Dienste auf, im Gegenteil, man holte ihn stets auf den Hof, wenn man ihn brauchte, und außerdem nahm der Friedl nie Geld für seine Dienste, höchstens, wenn man es ihm freiwillig zusteckte, wie es auch Monika getan hätte. Das Geld, das er geschenkt bekam, das lieferte er bis auf den Groschen bei seiner Mutter ab, die ja auch jeden Schilling umdrehen musste, ehe sie ihn ausgeben konnte, denn der Mooshammer-Hof war klein und warf nicht viel ab.

Rechtlich konnte der Tierarzt also nichts gegen den Friedl vorbringen, darum versuchte er seine Fähigkeiten ins Lächerliche zu ziehen.

»Was soll der schon vom Vieh verstehen, dem schaut doch schon die Dummheit aus den eigenen Augen heraus«, sagte er einmal beim Kirchenwirt, doch damit kam der Doktor schlecht an.

»Das dürfen Sie nicht sagen, Herr Doktor«, wies ihn ein alter Bauer zurecht. »Den Friedl, zu dem hab ich mehr Vertrauen als zu Ihnen! Ich sage es offen und ehrlich.« Daraufhin war der Tierarzt beleidigt gegangen, und er hatte sich vorgenommen, den Kirchenwirt in Zukunft zu meiden. Das machte aber dem Wirt nichts aus, denn er konnte den Tierarzt schon lange nicht mehr leiden, und zwar seit dem Tag, an dem der Wirt per Zufall erfahren hatte, dass der Dr. Kramer ein Auge auf die Monika geworfen habe. Das verzieh ihm der Wirt nie, weil er selber, der

Wirt, schon scharf auf die junge Bäuerin war, als ihr Mann noch gelebt hatte.

Da war es einige Male vorgekommen, dass der Markus seine junge Frau mit ins Wirtshaus genommen hatte, um sie mit seinen Freunden bekannt zu machen. Und dabei hatte sie der Wirt, der sich Sepp Breimler schrieb, das erste Mal gesehen und sofort sein Herz an sie verloren.

Monika verkörperte sicher beim Wirt die Idealvorstellung seiner Wunschträume. Sie war die Frau, die seine Fantasie beflügelte, die er sich wünschte, bei Tag und bei Nacht. Natürlich hatte Monika nie von den Vorstellungen des Wirtes erfahren. Natürlich, spürte sie seine Blicke auf sich, wenn sie hie und da mit dem Markus zum Wirt gekommen war, aber sie hatte sich nichts dabei gedacht. Sie war es gewöhnt, dass ihr die Männer nachschauten, weil sie eben das an sich hatte, was die Männer mögen.

Seit dem Tod ihres Mannes war sie natürlich nicht mehr zum Wirt gekommen, deshalb wunderte sie sich, als er sie am Sonntag, nach der Messe am Kirchenplatz ansprach:

»Hättest du etwas dagegen, Monika, wenn ich heute Nachmittag auf einen Sprung zu dir kommen tät? Ich hätte etwas zu besprechen mit dir.«

Obwohl sich Monika nicht denken konnte, was das sein sollte, lud sie ihn für den Nachmittag zu sich ein. Bei einem geselligen Beisammensein in Anwesenheit ihres verstorbenen Mannes hatten Monika und der Wirt Bruderschaft getrunken, darum duzte sie der Wirt und redete sie mit ihrem Vornamen an. Monika dachte sich nichts dabei.

Nachmittags, gegen drei, erschien der Sepp Breimler auf dem Ferner-Hof. Er trug seinen besten Anzug und die goldene Uhrkette, an der mehrere Münzen baumelten. Monika begrüßte ihn freundlich und führte ihn in die Stube, wo sie ihm den besten Platz anbot.

Sepp Breimler ließ sich nieder, nachdem er sich schon schnell in der Stube umgesehen hatte. Und der Sepp war ein Mensch, der rasch feststellen konnte, was wertvoll und was wertlos war. Hier musste er selbstverständlich feststellen, dass die Möbel, die Teppiche und die Ziergegenstände in der bäuerlichen Stube einen beträchtlichen Wert darstellten. Natürlich hätte das der Sepp nie zugegeben.

»Nimm Platz, Sepp«, sagte Monika freundlich und bugsierte den Sepp in den Herrgottswinkel. Sepp setzte sich, schaute sich noch einmal in der Stube um, dann meinte er: »Nett hast du es da, Monika, aber da herin ist das alles totes Kapital.« Monika schaute ihren ungebetenen Besucher verständnislos an. Der fuhr schon fort, indem er seine Uhrkette wirkungsvoll zur Geltung zu bringen versuchte.

»Mein Gott, Monika, warum tust du dich noch selber abrackern, wenn du es doch viel besser haben könntest. Schau, du müsstest halt einen Mann haben, der etwas von der Wirtschaft versteht, der nicht nur hinter dem Pflug hergeht, sondern mit dem Zug der Zeit, der aus dem Augenblick heraus mehr Geld macht als ein anderer, der jahrelang im Schweiße seines Angesichtes schuftet.«

Noch immer nicht wusste Monika, worauf der Breimler hinauswollte. »Du hast mir also einen Besuch machen wollen, Sepp«, sagte sie deshalb, »aber ich glaube dir nicht, dass sonst nichts hinter deiner Absicht gesteckt wäre, habe ich Recht?«

»Musst du denn so direkt sein, Monika« wehrte sich der Sepp. »Natürlich wollte ich dich vor allem besuchen. Gut, ich gebe zu, dass ich auch noch etwas mit dir bereden wollte, was über meine privaten Interessen hinausging, aber das wollte ich mir bis zum Schluss sparen.«

»Sepp, nimm an, es ist der Schluss! Also, warum bist du gekommen? Gut, ich weiß, dass ich dir gefalle, und das schon lang, aber du bist wegen etwas Anderem gekommen, gib es doch zu!«

»Ich bestreite es ja nicht«, musste Breimler zugeben, »aber das Allerwichtigste warst du mir, Monika, das musst du mir glauben! Ich hab' dich schon im Stillen verehrt, wie dein Ehemann noch gelebt hat, und wie er dann hat sterben müssen, da hab' ich mit dir gelitten, aber ich hab deinen Schmerz nicht mehr abwenden können, doch ich hab' mir vorgenommen, alles zu tun, um dir dein schweres Los zu erleichtern.«

»Das hättest du schon früher tun können«, Sepp, sagte Monika, »nämlich dann, wenn der Markus bei dir herumgesoffen hat, dann hättest du ihn heimschicken können, dann stünde ich heute viel besser da.«

»Monika«, sagte der Wirt zerknirscht, »ich bin Geschäftsmann, und ich hab' doch nicht meinen besten Gast aus meinem Wirtshaus ekeln können.«

»Das versteh ich sogar, Sepp! Also, was willst du?«

»Du weißt, Monika, dass ich ein aufgeschlossener Mensch bin. Dass ich erreichen möchte, dass auch in unserem verschlafenen St. Konrad endlich der Fremdenverkehr seinen Einzug hält. Darum habe ich auch im Vorjahr mein Wirtshaus ausbauen lassen, damit ich wenigstens sechs Zimmer anbieten kann, wenn die Fremden kommen. Aber was sind das schon, sechs Zimmer? Im Vorjahr hätte ich zwanzig haben können, und die wären noch zu wenig gewesen. Glaub mir, Monika, St. Konrad wird innerhalb der nächsten Jahre zu einem richtigen Fremdenverkehrsort werden, und wer dann Zimmer anbieten kann, der ist fein heraus.«

»Und wie ich dich kenne, Sepp, wirst du der sein, der fein heraus ist« sagte Monika.

»Allerdings, entgegnete Sepp selbstgefällig.« Ich könnte es allein sein, wenn ich bei mir noch auf und ausbauen lassen würde, aber das ist mir zu wenig, Monika, glaub' es mir, das wäre nur ein Tropfen auf den heißen Stein, denn bald werden die Fremden in Scharen herbeiströmen, und dann müssen wir gerichtet sein. Es hat dann gar keinen Sinn, sechs Fremdenzimmer anbieten zu wollen, damit wird man nur ausgelacht! Nein, Monika, ein richtiges modernes Gästehaus muss her und zwar schnell, damit uns die Konkurrenz nicht zuvorkommen kann, das glaubst du mir doch, Monika?«

»Warum soll ich dir nicht glauben? Bis jetzt hab' ich keinen Grund, an deiner Ehrlichkeit zu zweifeln.«

»Und einen solchen Grund wirst du auch niemals kriegen, Monika, darauf kannst du Gift nehmen. Ich gebe zu, ich denke gern an meinen Vorteil, aber wenn es um deinen Vorteil gehen würde, dann täte ich gern mit dir teilen, ich schwör es!«

»Schwör' nicht, Sepp! Meineid ist ein schweres Verbrechen!«

Sepp Breimler starrte sie entgeistert an. Er hatte gedacht, es viel leichter zu haben, er glaubte, dass ihm Monika sofort auf den Leim kriechen würde, wenn er vom Fremdenverkehr anfangen täte, aber Monika tat ihm diesen Gefallen nicht, und so musste Sepp daran gehen, mit offenen Karten zu spielen, was er gar nicht gern tat.

»Weißt du, Monika«, begann er wieder. »Ich möchte ein ganz neues Gästehaus bauen, eine Pension, die ich völlig unabhängig vom Wirtshaus bewirtschaften möchte, Das Geld dafür habe ich schon beieinander, mir fehlt bloß der Baugrund, wo ich das Gästehaus hinstellen könnte, und deshalb ist mir deine Wiese am Bach eingefallen, die dir als Weide ja sowieso nichts viel einbringt, als Baugrund aber eine schöne Summe auf den Tisch des Hauses zaubern würde, verstehst?«

Doch, Monika verstand! Sie wusste, dass sie mit ihrem Grund und Boden dem raffgierigen Wirt zu neuem Verdienst verhelfen sollte. Und das wurmte die Monika, die es ganz und gar nicht mochte, wenn man sie für dumm verkaufen wollte.

Sepp Breimler und Monika wussten nicht, dass ihr Gespräch mitgehört wurde. Wie es seit dem Tod des Bauern Sitte geworden war, hatten nämlich Burgl und die beiden Mägde Vreni und Liesl den Besuch des Kirchenwirtes genau verfolgt, und sie waren bereit, für ihre Bäuerin einzutreten, weil sie doch sicher waren, dass der Ferner-Hof »ein Hof ohne Männer« bleiben sollte, und darum wollten sie keinen Mann an die Bäuerin heranlassen, der ihr gefährlich werden konnte.

Und Sepp Breimler war natürlich ein Mann, den man nicht so leicht übersehen konnte, und das wusste er auch. Er hatte ein waches intelligentes Gesicht, war über mittelgroß und hatte eine gerade Figur, wenn sich auch in letzter Zeit schon ein kleines Bäuchlein ankündigte, das er mit Hilfe seines Schneiders zu verbergen suchte.

Trotzdem, er war eine imponierende Persönlichkeit, der Sepp, und viele Frauen zeigten ihm das auch, zum Teil versteckt, zum Teil auch ganz offen. Und darum glaubte der Gute, dass auch Monika über seinen Vorschlag begeistert sein müsste. Doch das war sie durchaus nicht. Sie war eine Bauerntochter, und also solche war ihr der eigene Grund und Boden heilig. Nur in äußersten Notfällen durfte er verkauft werden, und ein Notfall lag nun bei Gott nicht vor. Höchstens für den Breimler, der mit dem Fremdenverkehr unbedingt sein großes Geschäft machen wollte.

Burgl und die beiden Mägde Vreni und Liesl verfolgten das Gespräch zwischen ihrer verehrten Bäuerin und dem Kirchenwirt mit gemischten Gefühlen. Als Breimler davon sprach, dass er die Wiese am Bach haben wollte, da wäre Burgl am liebsten in die Stube hineingestürzt, um das Gespräch zu beenden, aber Vreni hatte sie zurückgehalten, und darum wurde Vreni auch dazu ausersehen, für diesen Sonntagnachmittag Monikas »Leibwache« zu spielen und sie so bald als möglich von diesem aufdringlichen Mannsbild zu befreien. Noch aber dachte Breimler nicht im Entferntesten ans Gehen.

»Was glaubst du, Monika, was wir da gemeinsam verdienen könnten, du und ich. Du würdest den Grund bereitstellen, der dir eh nichts einbringt, und ich würde das Gästehaus errichten lassen, und am Schluss könnten wir uns die Einnahmen teilen, unter einem bestimmten Aufteilungsschlüssel. Zum Beispiel:

Du für die Grundbeistellung dreißig Prozent und der Rest an mich als Bauherr und als Geschäftsinhaber.«

Monika war über seinen Vorschlag so verwirrt, dass sie keine Antwort parat hatte.

»Auch wenn du die Beteiligung umdrehen würdest, Sepp, könntest du mit mir nicht rechnen. Ich behalte meinen Grund und Boden, und du kannst versuchen, ob du anderswo einen Dummen findest, der deinen Sprüchen glaubt.«

Sepp Breimler tat beleidigt. »Das wird dir noch einmal Leid tun! Die Zeiten des Bauernstolzes sind nämlich vorbei, wenn du es noch nicht wissen solltest. Immer mehr Bauern erkennen, dass sie mit dem Fremdenverkehr das Geschäft ihres Lebens machen können, und diese Bauern werden reich, ohne zu arbeiten. Aber bitte, wenn du zu den konservativen Elementen zählen willst, wenn du glaubst, die Entwicklung unserer Zeit aufhalten zu können, dann gehst du eben selbst an deinem Glück vorbei!«

Sepps letzte Worte hatten beschwörend geklungen. Er war aufgestanden und vor Monika hingetreten, um sie besser im Blick zu haben, aber die junge Bäuerin zeigte sich völlig unberührt.

»Wenn das dein Ernst ist, Sepp, was du da gesagt hast, dann könnte uns um unsere Heimat angst und bange werden. Wenn man dich hört, dann könnte man glauben, der Ausverkauf von unserer Heimat hätte schon begonnen. Aber bei mir bist du falsch, Sepp! Mich interessiert weder dein Gästehaus noch der Fremdenverkehr, mich interessiert nur, was ich als Erbe vom Markus zu verwalten habe, und dazu gehört die Wiese am Bach, und deshalb kann ich dir klipp und klar sagen: Die kriegst du nie und nimmer!«

Sepp Breimler war blass geworden. Er hatte von der Monika so manchen Einwand erwartet, doch ihr glattes Nein kam für ihn doch überraschend.

Er versuchte es nun auf eine andere Art, die Art, mit der er bei Frauen schon oft Erfolg gehabt hatte.

»Aber geh, Monika«, begann er mit einem süßsauren Lächeln, »wir werden uns doch nicht streiten, wegen der blöden Wiese am Bach. Baugrund für mein Projekt krieg' ich hier in St. Konrad so viel ich brauche, ohne bitten zu müssen. Eigentlich bin ich ja gekommen, um mit dir über etwas Anderes zu reden, was mir schon lange am Herzen liegt.«

»Was wäre denn das?« stellte sich Monika naiv.

»Monika, du bist die Frau, von der ich träume, die ich mir wünsche, seit ich dich zum ersten Mal gesehen habe, und darum möchte ich dich fragen, ob du nicht meine Frau werden möchtest? Deinen Hof könnten wir verpachten, den Grund könnten wir für Hotel und Pensionsneubauten verwenden, und in ein paar Jahren wären wir die Kaiser von St. Konrad.«

»Wenn ich aber gar keine Kaiserin werden möchte?« spöttelte Monika.

»Natürlich möchtest du eine Kaiserin werden, Monika, aber du glaubst es dem Markus schuldig zu sein, sein Land zusammenzuhalten und nicht zu veräußern. Aber ich frage dich, was hat der Markus davon? Er ist so tot, toter geht es doch gar nicht, aber »wir zwei, wir leben, und wir könnten uns unser Leben schön machen . . .«

»Schöner ging es schon gar nicht mehr!« verspottete Monika ihren aufdringlichen Besucher. Nun kam ihr Vreni zur Hilfe, die das ganze Gespräch von der Küche mitgehört hatte, weil sie an der Durchreiche Platz bezogen hatte. Vreni stürzte also in die Stube und rief aufgeregt:

»Bäuerin, du sollst gleich zur Wiese am Bach hinunterkommen! Die Firma, die dort nach Öl sucht, soll auf eine Quelle gestoßen sein!«

Das, was Vreni da berichtete war eine glatte Lüge. Aber sie war entschuldbar, weil dem armen Madl sonst keine Ausrede eingefallen war, und irgendwie musste sie doch den Sepp Breimler von der Bäuerin wegbringen, der er schon so sehr zugesetzt hatte. Der Breimler fuhr auch gleich herum, als er von der Firma gehört hatte, die auf dem Grund vom Ferner-Hof nach Öl suchte, aber noch mehr interessierte ihn die Tatsache, dass diese Leute eine Quelle entdeckt haben sollten.

Quellen, bedeuten Wohlstand, sagte sich der Sepp Breimler, und Wohlstand war das, was der Sepp mit aller Macht anstrebte. Er hatte inzwischen eingesehen, dass der Weg auf keinen Fall über die Monika führen konnte, die er bei sich grenzenlos rückständig nannte. Die träumte doch tatsächlich noch von ihrem verstorbenen Mann, anstatt nur noch an den eigenen Vorteil zu denken.

»Wo soll denn die Quelle sein, auf die die Ölsucher gestoßen sind?« fragte darum der Sepp die Vreni, die immer noch an der Tür stand.

»Da unten – irgendwo«, sagte die Vreni und zeigte dabei nach einer nicht näher auszumachenden Stelle im Talgrund.

»Dank' dir schön, Madl!« sagte der Sepp, und dann stürmte er zur Tür hinaus, ohne sich von Monika zu verabschieden. Die war froh, dass sie diesen, pietätlosen Lacki los hatte.

»Wer sucht denn auf unserem Grund Öl, Vreni, und wer hat dabei eine Quelle entdeckt?« fragte jetzt die Bäuerin streng.

»Niemand sucht nach Öl, Bäuerin, und niemand hat eine Quelle entdeckt« antwortete Vreni wahrheitsgemäß.« Ich habe nur versucht, den Sepp aus deiner Nähe wegzulocken, Bäuerin. Ich hoff', es war nicht unrecht von mir.«

»Nein, es war nicht unrecht von dir, Vreni Ich hab' nur selbst im ersten Augenblick daran geglaubt, dass man auf unserem Grund eine Quelle entdeckt hat.«

»Leider nicht, Bäuerin, denn wenn das tatsächlich der Fall gewesen wäre, dann hätten wir alle ausgesorgt.«

Die Bäuerin schaute die Vreni lächelnd an. »Warum denn?« fragte sie dann.

»Weil Sie dann nicht mehr auf den Ertrag vom Hof angewiesen wären, sondern von der Quelle leben konnten« meinte Vreni treuherzig.

»Das wäre mir gar nicht so recht«, Vreni, sagte Monika, die von der Anhänglichkeit ihrer Mägde angerührt war. Diese Einstellung von den Dienstboten war in der neueren Zeit ziemlich selten geworden, aber auf dem Ferner-Hof traten die drei Frauenzimmer bedingungslos für ihre Bäuerin ein, weil sie alle Mannsbilder vom Hof fern halten wollten.

Der Sepp Breimler, der Kirchenwirt, war sehr verärgert, als er die Stelle erreichte, wo nach der vagen Angabe der Magd vom Ferner-Hof die Quelle entdeckt worden sein sollte. Erst da fiel dem Sepp ein, dass diese Behauptung eine glatte Lüge der Magd gewesen sein musste.

Wie hieß doch gleich diese Magd? Sepp hatte sie schon an manchem Sonntag in der Kirche gesehen, und sie hatte ihm schon ein paarmal freundlich zugelächelt. Wie hieß sie doch gleich? fragte sich Sepp abermals. Es kam nicht oft vor, dass der Sepp sich für ein Frauenzimmer interessierte, außer für die Monika, die ihm aber heute deutlich genug zu verstehen gegeben hatte, dass sie von ihm nichts wissen wollte.

Darüber war der Sepp natürlich verärgert, und was tat ein Mann seiner Art, wenn er von einer Frau enttäuscht worden war? Er wendet sich unweigerlich der Nächsten zu, und das war in diesem Fall die Vreni, die ihm, Sepp, diese faustdicke Lüge mit der Quelle aufgetischt hatte. Aber sauber war die Vreni, das meinte der Sepp, nachdem er sich das Bild der Magd ins Gedächtnis gerufen hatte. Und sie war auch nicht mehr ein junges Madl, sondern schon ein gesetzteres Frauenzimmer. Sepp Breimler nahm sich vor, die Vreni weiterhin im Blick zu behalten, ja, er würde sie einmal einladen, in sein Wirtshaus zu kommen, das am Ort immerhin das Beste, weil Einzige war.

Diese Episode sollte nicht ohne Folgen bleiben. Der Tierarzt, der beleidigt war, weil man den Mooshammer-Friedl geholt hatte statt ihn, und der Wirt, der bei der Monika gar nichts erreichen konnte, die beiden bliesen nun ins gleiche Horn:

Am Ferner-Hof wäre eine Weiberwirtschaft, die Weibsbilder da droben wollten keinen Mann auf dem Hof haben, weil sie alte Jungfern seien und so ähnlich klangen die Schmähereihen der beiden Männer, die bei der Monika nichts hatten erreichen können. Natürlich hörte sie selber und die Mägde von dem Gewäsch, das man im Dorf verbreitete.

Monika, Burgl, Vreni und Liesl lachten anfangs darüber, weil sie das Getratsche komisch fanden, doch bald mussten die vier erkennen, dass es da nichts zu lachen gab. Je mehr nämlich im Dorf der Begriff »Hof ohne Männer« seine Runde machte, umso mehr wurden die Frauen auf dem Ferner-Hof isoliert. Erst lachten sie darüber, doch sie mussten bald die ernste Lage erkennen.

Als sie nämlich für die nächste Ernte Taglöhner einstellen wollten, da erhielten sie nur Absagen. Zur Erntezeit waren Taglöhner rar, weil die meisten Bauern ihre Knechte entlassen hatten und nun alle für die Erntezeit Arbeitskräfte suchten, konnten sich die Taglöhner die Höfe aussuchen, auf denen sie arbeiten wollten. Und dazu gehörte nun der Ferner-Hof ganz und gar nicht.

Man wollte nicht auf dem Hof arbeiten, wo die Weiber das große Wort führten, und die Taglöhner gingen lieber irgendwo anders hin, so dass Monika nicht wusste, wie sie die Ernte einbringen sollte. Wären nicht die hilfsbereiten Nach

barn gewesen, vor allem der Mooshammer und sein Sohn Friedl, dann hätten die Ähren an dem Helm verfaulen müssen, wie man hier zu sagen pflegte.

Die Ernte war also dürftig ausgefallen, und die drei Frauen auf dem Ferner-Hof wurden zum Gespött des ganzen Dorfes, dafür sorgten schon der Tierarzt, der es nicht verwinden konnte, dass er bei der Monika abgeblitzt war, und der Wirt Sepp Breimler, der einfach nicht wahrhaben wollte, dass die Monika nichts für ihn übrig hatte. Dafür entschädigte ihn auch nicht das Entgegenkommen, das er bei der Vreni gefunden, als er sie in seine Wirtschaft eingeladen hatte. Vreni erklärte unumwunden, dass sie schon immer gern Wirtin geworden wäre. Der Sepp nahm das in sich auf, musste sich aber erst überlegen, ob eine Magd für ihn standesgemäß wäre, wo er doch mit der jungen Bäuerin Monika Ferner gerechnet hatte.

✿

Monika hätte sich noch damit abgefunden, doch bald musste sie erkennen, dass die Front, die sie gemeinsam mit ihren Dienstboten gegen die Männer errichtet hatte, von innen her aufgeweicht wurde.

Es war ihr nicht entgangen, dass sich die Liesl auffallend um den Mooshammer-Friedl bemühte, wenn der zur Hilfe auf den Hof gekommen war. Monika fand nichts besonderes daran, ja, sie freute sich für den Friedl, dass der arme Bub nun an der Liesl eine Freundin gefunden hatte, und sie konnte es sich sogar recht gut vorstellen, dass aus den beiden einmal ein Paar werden würde.

Nun musste aber die Monika erkennen, dass die Vreni, die stets am meisten gegen die Männer gewettert hatte, ganz offensichtlich den Sepp Breimler einfangen wollte, und das fand man unnatürlich. Was der jungen Bäuerin aber am meisten Sorgen machte, dass auch die Arbeitsmoral ihrer weiblichen Mitarbeiterinnen dahin schwand. Waren Vreni und Liesl bis vor kurzem bemüht, durch den eigenen Fleiß dazu beizutragen, dass kein Mann auf dem Hof gebraucht wurde, so ließ ihr Fleiß nun sehr zu wünschen übrig.

Ja, die beiden gingen der Arbeit geradezu aus dem Weg, und so blieb vieles liegen, obwohl Monika und Burgl von früh bis spät rackerten, aber ihre Arbeitskraft reichte einfach nicht aus, um den großen Hof zu bewirtschaften, Die Folge war, dass man bald erkennen konnte, wie der Hof verkam.

»So geht das nicht weiter. Monika!« schimpfte deren Vater, als er wieder einmal auf Besuch kam.

»Siehst du denn nicht, dass du dich lächerlich machst? Und jetzt kann schon jeder sehen, wohin du mit deiner ›Weiberwirtschaft‹ gekommen bist. Es bleibt dir nichts Anderes übrig, als schnellstens einen Verwalter einzustellen, der sich um die ganze Sache wieder entsprechend kümmert.«

Monika musste ihrem Vater innerlich Recht geben, aber noch wehrte sie sich gegen sein Ansinnen.

»Einen Verwalter? Wie du dir das verstellst, Vater! So einer kostet einen Haufen Geld, und Geld ist auf dem Ferner-Hof Mangelware geworden. Außerdem wüsste ich gar nicht, wo ich einen Verwalter auftreiben sollte. Da, in St. Konrad gibt es jedenfalls keinen.«

»Das glaub' ich dir ohne weiteres, Monika. Weil es da auch keinen Bauern gibt, der einen Verwalter braucht. Die meisten haben ja schon die Knechte entlassen, um Kosten zu sparen. Lieber kaufen die Bauern heute immer neue Maschinen, mit denen sie Arbeitskräfte einsparen können. Und selber schinden sie sich bis zum Umfallen, nur damit sie keine fremden Leute einstellen müssen.«

»Und ausgerechnet ich soll in einer solchen Situation einen Verwalter einstellen?« fragte Monika.

»Bei dir ist das etwas Anderes. Ein Hof von dieser Größe kann ohne einen Mann, der was von der Saat versteht, nicht auskommen. Das hast du ja jetzt schon selber feststellen müssen. Ihr könntet euch zu Tode schuften, ihr würdet doch auf keinen grünen Zweig kommen. Darum, Monika, lass dir raten und stell einen Verwalter ein, es muss ja nicht gleich ein Diplom-Landwirt sein. Es könnte auch ein erfahrener Großknecht sein, der es gewöhnt ist, selbstständig zu denken und zu arbeiten.«

»Und wo soll ich einen solchen Wunderknaben hernehmen? Du stellst dir das ein bißl zu einfach vor, Vater.«

»Unsinn! Zu was gibt es Zeitungen, in denen man inserieren kann? Du musst eine Anzeige aufgeben, dass du für einen männerlosen Bauernhof eine geeignete Persönlichkeit suchst, die alle anfallenden Arbeiten erledigen kann. Du wirst schon sehen, dass sich mehr Leute melden als du heute annimmst.«

»Ich werde es mir noch überlegen, Vater« meinte Monika, und dann begann sie mit ihrem Vater über andere Dinge zu reden. Noch am selben Abend rief sie ihre drei Hausgenossinnen zu einem Gespräch in die Stube. Sie trug ihnen den Vorschlag ihres Vaters vor, einen Verwalter einzustellen. Vreni und Liesl blieben ziemlich unbeteiligt, sie hatten bloß Zweifel, ob man überhaupt einen Verwalter bekommen könne.

Die Burgl stimmte sofort zu, weil sie auch der Ansicht war, dass der Hof nicht mehr von den Frauen allein bewirtschaftet werden könne.

»Ich hab' nur ein großes Bedenken«, sagte die alte Wirtschafterin. »Wir können doch nicht einen wildfremden Menschen in den Hof nehmen, wo nur Frauen zu sammen leben! Was täten denn da die Leute sagen. Die müssten ja glauben, wir wollten den Mann nur zu unserer Lustbarkeit auf dem Hof haben.«

»Besonders von dir täten das die Leute denken« sagte die Vreni spöttisch. Liesl kicherte.

»Um mich geht es nicht« wehrte sich die Burgl. »Ich denke dabei vor allem an die Bäuerin. Wie schaut denn das aus, wenn sie mit einem jungen Verwalter unter einem Dach lebt? Und auch bei euch beiden könnten die Leute weiß Gott was denken« fügte sie nun noch hinzu.

Monika hatte ihre Einwände ernsthaft verfolgt.

Was Burgl sagte, das war gar nicht so unlogisch, Auch Monika graute vor dem Gedanken, einen fremden Mann auf dem Hof zu haben, aber sie hoffte, dass ihr noch eine Lösung einfallen werde, wie man dieses Problem aus der Welt schaffen konnte. Dass ein Verwalter oder ein verantwortlicher Großknecht her musste, darüber wurde man sich an diesem Abend einig.

Blieb noch die Frage, in welcher Zeitung und in welcher Form die Anzeige erscheinen sollte.

»Da kann uns der Sepp bestimmt raten« erklärte die Vreni.

»Welcher Sepp?« fragte Monika.

»Na ja, der Breimler-Sepp, der Wirt«, kam als Antwort.

»Ach, seid ihr schon so weit«, wunderte sich Monika. »Und ich dachte, du wolltest von keinem Mann etwas wissen.« Trotzdem hatte die junge Bäuerin nichts dagegen, dass Vreni den Sepp ersuchte, ihnen bei der Abfassung der Anzeige zu helfen. Sepp, der durch den Fremdenverkehr einiges mit Zeitungen zu tun hatte, würde da sicher einen guten Rat geben können. Und Sepp fühlte sich sehr geschmeichelt, als ihm Vreni den Wunsch ihrer Bäuerin vortrug.

»Na, sieht sie endlich ein, dass man doch einen Mann auf so einem großen Bauernhof braucht. Na, mir soll es recht sein Ich schreib' ihr die Anzeige und gebe sie in den ›Salzburger Nachrichten‹ und in den ›O.Ö. Nachrichten‹ auf. Ich bin sicher, dass sich ein paar geeignete Bewerber melden werden.«

Und der Wirt sollte Recht behalten. Schon eine Woche nach Erscheinen der Anzeige in den beiden großen Zeitungen liefen auf dem Ferner-Hof die ersten Bewerbungen ein.

Sehr geehrte gnädige Frau! hieß es in dem ersten Schreiben. Ich beende im nächsten Frühling meine

Studien an der Landwirtschaftlichen Hochschule, die ich bisher mit größtem Erfolg absolviert habe. Mein Berufsziel ist es, später einmal Verwalter auf einem großen Gutshof mit angegliederter Pferdezucht zu werden, weil ich mich für Pferde besonders interessiere. Ich könnte mir aber durchaus vorstellen, dass ich mir meine ersten Sporen auf Ihrem Hof verdienen könnte, um etwas Erfahrung in der praktischen Landwirtschaft zu gewinnen. Allerdings müsste ich darauf bestehen, dass Sie so viel Gesinde auf dem Hof haben, dass der Verwalter nicht selber mit Hand anzulegen braucht, sondern nur die Arbeit seiner Untergebenen zu überwachen hat.

Mit vorzüglicher Hochachtung!

Die Unterschrift war so schwungvoll, dass man sie unmöglich entziffern konnte. Monika lachte, als sie den Brief gelesen hatte. Das wäre der richtige Mann, dachte sie. Der würde auch noch meine Arbeit überwachen und mich bald zu seinen »Untergebenen« rechnen. Sie legte das Schreiben zur Seite und machte den nächsten Brief auf. Wieder suchte ein Diplom-Landwirt eine Stelle, aber auch der lehnte es gleich von vornherein ab, manuell zu arbeiten. So ging es in einigen weiteren Bewerbungen fort.

»Kein Mensch will mehr selber arbeiten« murmelte Monika und nahm den nächsten Brief zur Hand. Er war mit einer sauberen, gut lesbaren Handschrift geschrieben:

Sehr geehrte Bäuerin!

Da in Ihrer Anzeige von einem männerlosen Hof die Rede war, nehme ich an, dass er von einer Bäuerin allein geführt wird, das soll meine Anrede erklären. Ich bin zwar kein Verwalter in dem Sinn, aber ich habe seit über zehn Jahren in verantwortungsvoller Stelle auf einem großen Hof gearbeitet. Ich war dort Großknecht und habe sehr viel mit allen Problemen zu tun gehabt, die an einem großen Hof anfallen. Da meine Bäuerin, die bisher alleinstehend war, in nächster Zeit einen Bauern heiraten wird, bin ich überflüssig geworden und möchte mich deshalb verändern.

Dass ich mit allen anfallenden Arbeiten vertraut bin und auch selber zuzupacken verstehe, das brauche ich wohl nicht besonders zu betonen.

Mit dem Ausdruck vorzüglicher Hochachtung und freundlichen Grüßen!

Peter Fischbacher

Monika atmete auf. Endlich einmal einer, der auch noch selber mitarbeiten würde, dachte sie. Der ganze Stil des Briefes gefiel ihr, und sie war entschlossen, diesen Mann auf den Hof einzuladen, um mit ihm in einen ersten personlichen Kontakt zu kommen. Noch am selben Abend setzte sie sich hin und schrieb einen entsprechenden Brief. Burgl und die beiden Mägde nahmen an der Suche des Verwalters wenig oder gar keinen Anteil, doch als dieser Peter Fischbacher dann seinen Besuch ankündigte, da waren sie doch alle recht neugierig. An einem Sonntag wollte er auf dem Hof aufkreuzen, und die vier Frauen auf dem Hof, die putzten und schrubbten, als würde der Kaiser von China erwartet.

Gegen elf Uhr fuhr dann ein Uralt-Käfer in den Hof. Aus ihm kletterte ein Mann, der schier kein Ende mehr nahm. Burgl, Vreni und Liesl standen in der Stube am Fenster und schauten, durch den Vorhang verborgen, dem Ankömmling entgegen.

»Jesses, ist der lang« meinte die Liesl. »Und eine Hackennase hat er«, erkannte die Vreni.

»Aber auch große Pratzen, mit denen er vielleicht gut zupacken kann« sagte die Burgl.

Ähnliches dachte auch die Monika, die ihrem Gast bis an die Haustür entgegengegangen war.

Peter Fischbacher schaute sich erst aufmerksam

um, ehe er auf die Bäuerin zutrat. Auch sie musterte er von oben bis unten, dann streckte er ihr seine Hand hin.

»Guten Morgen!« wünschte er mit einer sympathischen dunklen Stimme, die der Monika sofort gefiel.

»Guten Morgen«, sagte deshalb auch sie.

»Ich bin Peter Fischbacher und möchte gerne die Bäuerin sprechen«, fuhr der Besucher nun fort.

»Kommen Sie nur herein«, forderte Monika ihn auf. Sie ging ihm voran in die Stube, aus der die drei Mägde schnellstens verschwanden.

»Nehmen Sie Platz!« lud sie dem Herrn Fischbacher ein, und der rutschte auf die Eckbank, wobei er Schwierigkeiten hatte, seine langen Beine unterzubringen. Monika setzte sich ihm gegenüber. Eine Pause folgte, in der sich die beiden jungen Leute musterten. Peter Fischbacher war ein Mann um die dreißig, sein Gesicht wirkte etwas hart, doch seine Augen milderten diese Härte, weil sie wach und teilnehmend ihre Umgebung betrachteten. Auch die Musterung von Monika fiel zu ihren Gunsten aus. Peter gefiel die frische, ein bisschen zur Fülle neigende Monika auf den ersten Blick. Als die Pause zwischen den beiden schon peinlich zu werden drohte, fragte Peter:

»Ist die Bäuerin nicht da? Sie hat mir geschrieben, dass sie mich erwarten wird.«

»Ich hab' sie ja erwartet« erklärte nun Monika, Peter riss seine Augen auf.

»Soll das heißen, dass Sie die Bäuerin . . .«

»Allerdings, haben Sie etwas dagegen?«

»Aber nein, ich hab' nur geglaubt, dass die Bäuerin eine ältere Frau ist, weil Sie doch geschrieben haben, Sie seien Witwe . . .«

»Das bin ich auch! Ich hab' meinen Mann sehr früh verloren«, erklärte Monika.

»Das tut mir Leid, Bäuerin!«

»Danke! Aber mir scheint es, als wäre es Ihnen lieber, sie würden unter einer älteren Bäuerin arbeiten, oder irre ich?«

»Nein. Sie irren sich nicht, Bäuerin.«

»Und warum ist das so?« fragte Monika, weil sie spürte, dass dieser Peter Fischbacher ein Geheimnis mit sich herumtrug. Sie bekam nicht gleich eine Antwort.

Peter schaute sich in der Stube um, und er musste anerkennen, dass hier alles tip top ausschaute.

»Ich will Ihnen gerne erklären, Bäuerin, warum ich eigentlich Angst habe, unter einer so jungen und feschen Bäuerin zu arbeiten, wie Sie eine sind«, sagte er dann und schaute auf seine Hände, die auf der blanken Tischplatte lagen.

»Ich habe Ihnen doch geschrieben, dass meine Bäuerin, die bisher alleinstehend war, in nächster Zeit heiraten wird. Das ist der Grund. Jetzt wissen Sie es, Bäuerin!«

»Ich verstehe nicht recht.«

»Das ist doch leicht zu verstehen. Ich war noch nicht einmal zwanzig Jahre alt, als ich auf den Hof gekommen bin, auf dem ich später Großknecht wurde. Die damalige Hoftochter war genauso alt wie ich. Es ist gekommen, wie es kommen musste, wir haben uns ineinander verliebt und haben uns die ewige Treue geschworen. Die ganzen Jahre ist alles gut gegangen, die Eltern von der Bäuerin haben auch nichts dagegen gehabt, weil sie mich gerne mochten.

Vor zwei Jahren ist ihr Vater und ihre Mutter hintereinander gestorben, und sie hat den Hof übernommen. Und von dem Augenblick ist es mit uns beiden auseinander gegangen. Sicher war ich auch selber viel Schuld dran, weil ich sie immer wieder gefragt habe, ob ihr nicht doch ein Knecht zu minder sei, jetzt wo sie die Bäuerin auf einem großen Hof sei. Ein Wort hat das andere gegeben, dann hat sie auf der Rieder-Messe einen Bauernsohn aus Braunau kennen gelernt und den wird sie in vier Monaten heiraten. So, jetzt wissen Sie es, Bäuerin.«

»Ja, jetzt weiß ich es, und weil Vertrauen auch wieder Vertrauen voraussetzt, will ich Ihnen sagen, warum mein Hof der ›Hof ohne Männer‹ geworden ist.«

Und nun berichtete Monika diesem fremden jungen Mann, zu dem sie vom ersten Augenblick an so viel Vertrauen gehabt hatte, von ihrer Ehe mit Markus Ferner, von den Schwierigkeiten, die sie noch nach seinem Tod gehabt hatte, und dass sie nun nicht mehr daran dächte, sich zu verlieben, geschweige denn, ein zweitesmal zu heiraten.

»Sie brauchen also vor mir keine Angst zu haben, Herr Fischbacher. Falls wir uns einigen könnten, und Sie bei uns anfangen würden, müsste ich Sie sogar bitten, außerhalb des Hofes zu wohnen, denn ich möchte nicht, dass die Leute wieder zu klatschen anfangen, wenn ein junger Mann bei mir, einer alleinstehenden Witwe, wohnen würde. Da wird sich schon eine Lösung finden lassen«, schloss Monika zuversichtlich.

»Geben Sie denn etwas auf das, was die Leute sagen?« fragte Peter.

»In so einem kleinen Dorf muss man wohl darauf hören, vor allem, wenn ihnen mein verstorbener Mann schon so viel Anlass zu Klatsch und Rederei gegeben hat.«

»Ja, das kann ich verstehen, Bäuerin, und mir tät es nichts ausmachen, wenn ich woanders schlafen müsste, auch wenn das für einen Bauernhof ein bisschen ungewöhnlich wäre.«

»Das wäre ja nur für so lange, bis auch noch andere Mannsbilder auf den Hof kämen. Aber jetzt, so lange, bis wir mit meinen drei Weiberleuten allein wären, möchte ich nicht, dass Sie . . .«

»Schon recht, Bäuerin. Aber jetzt möchte ich mir gerne einmal den Hof anschauen und das, was dazu gehört, das werden Sie doch verstehen.«

»Natürlich ich hol' mir nur ein Jakkerl, dann können wir schon gehen.« Monika stand auf, holte das Kleidungsstück und ging mit dem Peter aus dem Haus. Erst nach etwa einer Stunde kamen die beiden wieder auf den Hof zurück. Monika hatte ihren Gast über die Wiesen, über die Ackerflächen und sogar durch den Wald geführt, der zum Hof gehörte. Schweigend waren sie nebeneinander hergegangen. Peter machte sich hier und da eine Notiz in einen kleinen Kalender, dann gingen sie weiter. Als sie nun wieder in der Stube saßen, schüttelte Peter plötzlich den Kopf.

»Sie sind doch sicher eine gescheite junge Frau, Bäuerin«, begann er dann. »Darum kann ich nicht verstehen, wie sie glauben konnten, einen Hof von dieser Größe ganz allein, das heißt, ohne Männer bewirtschaften zu können.« Wieder schüttelte er den Kopf. »Entschuldigen Sie, Bäuerin, aber eine solche Schnapsidee würde ich Ihnen nie zutrauen, und wenn ich es nicht mit eigenen Augen gesehen hätte, täte ich es auch nicht glauben, wenn man mir das erzählen würde.«

Monika war rot geworden. Jetzt, wo dieser Peter darauf hinwies, kam es ihr selber wie eine Schnapsidee vor.

»Ja, wissen Sie«, begann sie deshalb stockend, »nach dem Tod von meinem Mann, da war ich so durcheinander, dass ich einfach kein Mannsbild mehr am Hof vertragen hätte.«

»Das versteh' ich sehr gut, Bäuerin sagte Peter sanft.« Und nun ist das anders geworden, ich meine, jetzt könnten Sie wieder ein Mannsbild vertragen?«

»Zum arbeiten ja!« erklärte Monika fest und schaute Peter in die Augen.

»Aber Sie sehen doch ein, dass Ihnen mit mir allein kaum gedient wäre, Bäuerin. Auf einen Hof wie Ihren gehören mindestens noch zwei weitere Knechte, dann ließe sich bestimmt allerhand aus Ihrem Land herausholen.«

»Ja, glauben Sie denn, dass sich das rentieren könnte?«

»Selbstverständlich! In letzter Zeit hat sich bei den Bauern immer mehr der falsche Glaube festgesetzt, bei den Dienstboten müsste man zu sparen anfangen. Das ist ganz falsch. Nur mit genügend Arbeitskräften lässt sich ein entsprechend großer Hof so bewirtschaften, dass auch der Bauer einen Profit machen kann. Es würde zu weit führen, wenn ich Ihnen das erklären möchte, aber vielleicht haben wir später einmal Zeit, uns darüber zu unterhalten, Bäuerin.«

»Später? Heißt das, Sie wollen den Posten auch noch haben, nachdem sie wissen, dass Sie in einen ›Hof ohne Männer‹ kommen?« fragte Monika und hoffte dabei, dass er ja sagen möchte, weil sie diesem Mann zutraute, dass er ihren Hof wieder in die Höhe brachte.

»Das kann sich ja ändern« meinte Peter Fischbacher.

»Was?« fragte die Bäuerin sofort.

»Das mit dem ›Hof ohne Männer‹.«

Sie besprachen alles Weitere: Gehalt, Bedingungen und dann natürlich auch noch das Wohnproblem.

»Ich bin zwar nicht gerade ein Freund von Wirtshäusern«, meinte da der Peter, »aber fürs Erste könnte ich ja beim Wirt im Dorf schlafen, falls überhaupt eines vorhanden ist.«

»Natürlich gibt es in St. Konrad ein Wirtshaus« sagte Monika fast ein bißl empört, weil Peter glauben konnte, es gäbe nicht einmal ein Wirtshaus in ihrem Ort. »Aber ich möchte nicht, dass Sie dort wohnen würden. Der Wirt ist nämlich nicht gerade mein Freund, das heißt, er wäre es gerne geworden, und seitdem nichts wurde daraus, verbreitete er gerne Gräuelmärchen über mich, verstehen Sie?«

»Natürlich, Bäuerin, und ich schwöre Ihnen, der Wirt wird an mir keinen Schilling zu verdienen kriegen.«

»Das sollen Sie nicht versprechen, Herr Fischbacher! Vielleicht haben Sie doch hie und da großen Durst.«

»Den kann ich am Brunnen stillen, Bäuerin.« Ihr gefiel ihr neuer Verwalter, der nur Großknecht sein wollte, immer besser, und sie konnte nicht verstehen, dass der mit seiner vorigen Bäuerin auseinander gekommen war.

»Dann also, auf gute Zusammenarbeit!« sagt sie jetzt, und Monika streckte ihre Hand hin, die in seiner Riesenpranke völlig verschwand.

»Das Gleiche wünsche ich mir auch, Bäuerin!« sagte Peter, dann ging er hinaus, und gleich darauf tuckerte sein altes Gefährt davon. Kaum war er weg, kamen die drei Weibsbilder herein, die zwar hinter der Küchentür gehorcht hatten, aber die trotzdem nichts oder nur wenig mitbekamen.

»Was ist mit dem, Bäuerin?«

»Kommt der zu uns?« so schwirrten die Fragen durcheinander.

»Ja, er kommt zu uns«, sagte Monika mit einem Lächeln in den Augen.

»Und wir haben ihm nicht einmal etwas zum Essen angeboten«, meinte Burgl. »Der muss ja eine schöne Meinung vom Ferner-Hof haben!«

✿

Peter Fischbacher war ein Mann, der den Dingen gerne auf den Grund ging. Deshalb wollte er gleich mit dem Mann reden, der nach den Angaben seiner neuen Bäuerin Gräuelmärchen über den Ferner-Hof in die Welt setzen sollte. Ohne zu fragen, fand Peter das einzige Wirtshaus im Ort, den ›Kirchenwirt‹. Die Gaststube war leer, weil die Bauern schon zum Essen gegangen waren, nachdem sie den sonntäglichen Frühschoppen genossen hatten.

Peter Fischbacher setzte sich an einen Tisch und bestellte sich eine Halbe Bier. Der Wirt brachte sie ihm und weil er nichts zu tun hatte, setzte er sich zu dem Gast, den er nicht kannte, und der darum nicht von hier sein konnte. Peter war das nur recht, denn vielleicht konnte er schon jetzt eine Kostprobe von dem bekommen, was seine neue Bäuerin vom Wirt gesagt hatte.

Er sollte nicht enttäuscht werden, Ohne dass er ihn dazu aufgefordert hätte, begann der Wirt nach einigen Bemerkungen über das Wetter und von den Höfen in der näheren Umgebung zu reden. Und bald kam er auch auf ›den Hof ohne Männer‹. Und nun entlud sich tatsächlich ein Gewitter über Monikas Haupt.

Sepp Breimler konnte gar nicht genug davon kriegen, die junge Bäuerin schlecht zu machen. Er berichtete, wie heruntergekommen der Ferner-Hof unter dieser Weiberwirtschaft sei. Dass die Bäuerin noch an ihrem Schuldenberg ersticken müsste und ähnliche Unwahrheiten tischte der geschwätzige Wirt seinem unbekannten Gast auf. Am Schluss behauptete er sogar noch, dass auf diesem Hof niemals mehr ein rechtes Mannsbild eine Arbeit annehmen würde.

Da stand Peter Fischbacher ganz langsam auf. Er überragte den Wirt um mindestens eine Haupteslänge.

»Sie sind ein ganz abgefeimter Lügner«, sagte er ruhig. »Alles was sie da gesagt haben, das ist erstunken und erlogen! Und Sie können von Glück reden, dass ich ein so friedliebender Mensch bin, sonst würde ich Ihnen entweder die Knochen brechen oder Sie wegen Verleumdung anzeigen.«

Der Wirt stand da wie ein begossener Pudel.

»Was erlauben Sie sich« brachte er noch mühsam hervor.

Da packte ihn Peter an der Gurgl. »Ich werde mir noch ganz andere Sachen erlauben, wenn Sie in Zukunft weiterhin solche Lügen über eine brave junge Bäuerin verbreiten.«

»Wer – sind – Sie – überhaupt«, stotterte der Wirt und versuchte aus der Reichweite der Riesentatzen von Peter zu gelangen.

»Ich schreib' mich Peter Fischbacher, und ich bin ab Lichtmess der neue Verwalter auf dem Ferner-Hof, von dem Sie behaupten, dass dort kein rechter Mann mehr arbeiten würde.«

Bevor der Wirt noch etwas sagen konnte, knallte der Peter eine Zehn-Schillingmünze auf den Tisch und verließ die Gaststube. Ganz ruhig stieg er in sein altes Gefährt und verließ St. Konrad. Der Wirt brauchte einige Minuten, um sich von seinem Schreck zu erholen. Er wusste ganz genau, dass er mit seinen Reden vor Gericht musste, wenn der andere eine Anzeige erstatten würde.

Denn das, was er gesagt hatte, war wirklich zum Teil sehr verleumderisch. Der Wirt aber hoffte, dass der »Lange«, wie er den Peter bei sich nannte, bis Lichtmess vergessen hätte, was heute gesprochen worden sei.

Außerdem nahm sich der Wirt vor, baldigst mit der Vreni zu reden und sie zu fragen, ob sie tatsächlich einen neuen Verwalter kriegen würden.

Der Wirt hatte sowieso Lust, bald wieder zusammenzusein mit der Vreni, die ihm immer besser gefiel, wenn sie auch nur eine Magd war und nicht standesgemäß für ihn, wie er in seinem Dünkel glaubte.

Lichtmess war erst in einigen Monaten, und bis dahin würde der »Lange« sicher das Gespräch von vorhin längst vergessen haben. Das mit diesem. Mann nicht gut Kirschen essen war, das hatte der Sepp Breimler schon begriffen.

Peter Fischbacher dachte auch tatsächlich nicht mehr lange an das Gewäsch von diesem Wirt, sondern beschäftigte sich schon mit seiner bevorstehenden Aufgabe, aber eines nahm er sich schon heute vor:

Er wollte diese Bäuerin, die nach ihren eigenen Worten so viel hatte mitmachen müssen, vor Männern zu schützen wissen, wie dieser Wirt einer war. Er glaubte alles, was ihm Monika erzählt hatte, und er hatte auch keinen Grund, daran zu zweifeln.

Bis Lichtmess blieb Peter in ständigem Briefkontakt mit seiner zukünftigen Bäuerin. Er machte ihr Vorschläge, wie man die Erträge verbessern könne, andererseits aber auch, wie Einsparungen zu erzielen wären. Monika war sehr froh, dass sich ihr künftiger Verwalter schon vor Dienstantritt so sehr mit seiner neuen Aufgabe beschäftigte.

In einem der Briefe schrieb Peter Fischbacher auch, dass auf dem Hof auch zwei Knechte auf Lichtmess gekündigt hätten und nun einen neuen Posten suchten. Es seien zuverlässige Leute, ein junger und ein älterer Mann, die er beide empfehlen könne, falls sie nicht schon von sich aus zwei Knechte eingestellt hätte.

Nun, das hatte Monika noch nicht getan, und darum schrieb sie an Peter, dass er doch noch einmal kommen solle und die beiden Knechte mitbringen könne. Vielleicht wäre eine Zusammenarbeit möglich. Schon zwei Sonntage später kam Peter wieder mit seinem alten Karren angefahren, und er hatte die beiden Kollegen mit. Sie machten beide einen guten Eindruck.

Der Ältere hieß Vinzenz, und er war ein bedächtiger Mann, der sich auf dem Ferner-Hof genau umschaute. Sein jüngerer Kollege hieß Klaus und war das genaue Gegenteil vom Vinzenz, ein junger Draufgänger, der sofort ein Auge auf Liesl geworfen hatte, von ihr aber gleich zurückgewiesen wurde. Für Liesl gab es eben nur noch einen Mann, und das war der Friedl vom Nachbarhof.

Die Wochen vergingen, und Lichtmess kam immer näher. Mit der Einstellung der beiden Knechte hatte sich das Wohnproblem auch für den Peter geregelt, denn nun bestand kein Grund mehr, warum er nicht hätte auch auf dem Ferner-Hof wohnen sollen, wo er doch nicht mehr der einzige Mann war, der mit der Bäuerin unter einem Dach schlief.

Im Januar wurden die Kammern für die neuen Arbeitskräfte gerichtet. In dem großen Hofgebäude gab es genug Zimmer, und deshalb bekam Peter Fischbacher ein Einzelzimmer, während Vinzenz und Klaus ein größeres Zimmer teilen mussten. Monika selber überwachte die Einrichtung der beiden Kammern, sie sorgte dafür, dass sie neue Vorhänge und Gardinen bekamen. Als alles fertig war, konnte man stolz auf die Unterbringung der neuen Mitarbeiter sein.

An einem Mittwoch trafen dann die drei Männer ein. Peter Fischbacher musste zweimal fahren, um auch sein eigenes und das Gepäck seiner Kollegen auf den Ferner-Hof zu bringen. Als die drei die Kammern bezogen hatten, teilten sie der Bäuerin mit, dass sie mit ihrer Unterkunft mehr als zufrieden waren.

Monika freut sich darüber, weil sie sich sagte, dass

zufriedene Mitarbeiter auch gute Mitarbeiter seien. Sie sollte mit dieser Annahme Recht behalten. Schon am nächsten Morgen begann ein neues Leben auf dem Ferner-Hof.

Zwar war es für die Bestellung der Felder natürlich noch zu früh, doch Peter bereitete alles bestens vor. Er kontrollierte die Landwirtschaftlichen Maschinen, und Klaus reparierte, was nicht ganz in Ordnung war. Dafür hatte Klaus eine besondere Begabung, was sich später noch als sehr nutzbringend herausstellen sollte. Dann begann Peter mit der Bäuerin einen genauen Bebauungsplan auszuarbeiten. Von nun an sollte in regelmäßigen Abständen die Frucht auf den einzelnen Feldern wechseln, was den Ertrag erhöhen würde.

Monika war überrascht, wie geschickt Peter alles überlegt hatte. Sie sagte ihm bald, dass er sie nicht immer zu fragen brauche, er solle nach eigenem Ermessen die nötigen Entscheidungen treffen. Doch Peter wollte davon nichts wissen.

»Sie sind die Bäuerin«, sagte er, »und ich bin ihr Knecht. Ich kann mir zwar Gedanken über das was zu tun ist, machen, aber die Entscheidung liegt in Ihren Händen, Bäuerin.« Und dabei blieb es in der Folgezeit auch. Peter war gleichbleibend freundlich und zuvorkommend zu der jungen Bäuerin, aber es gab so gut wie nie ein persönliches Wort, ja, es schien, als würde Peter seiner Bäuerin aus dem Weg gehen, wenn er nicht dienstlich mit ihr zu tun hatte.

Das Verhältnis zu den drei anderen Frauen auf dem Hof war nicht das Beste. Burgl, Vreni und Liesl hatten natürlich bald erkannt, dass sie es nun nicht mehr so leicht hatten, die Bäuerin zu beeinflussen und auf ihre Seite zu ziehen, und darum machten sie es den drei Männern, die sie bei sich die »Fremden« und die »Eindringlinge« nannten, nicht gerade leicht, heimisch zu werden.

Andererseits durchschaute Peter die Vreni und die Liesl sofort und warf ein besonders wachsames Auge auf diese beiden. Burgl, die Hauserin, hatte mit den drei Neuen nur bei Tisch zu tun, und sie war stolz darauf, dass diese mit ihrem Essen zufrieden waren.

Vreni verbrachte den größten Teil ihrer Freizeit beim Kirchenwirt, der sie inzwischen zu seiner Geliebten gemacht hatte. Er versuchte durch Vreni stets über das, was auf dem Ferner-Hof geschah, auf dem Laufenden zu sein, aber Vreni konnte nicht viel berichten.

Der Wirt hatte noch immer nicht die Abfuhr vergessen, die er sich bei Monika geholt hatte. Andererseits aber hasste er auch den neuen Verwalter, der nicht eben sanft mit ihm umgegangen war, als er hier bei ihm sein Bier getrunken hatte.

Im Dorf erwartete man natürlich kleine Sensatiönchen vom Ferner-Hof. Die meisten glaubten, dass das nicht lange gut gehen konnte, drei ledige Mannsbilder und die junge Bäuerin. Man erhoffte sich Mord und Todschlag aus Eifersucht auf dem Hof, doch die Leute, die solches erwarteten, wurden enttäuscht. Es verlief alles ganz friedlich. Man arbeitete zusammen und das ganz gut, aber privat ging jeder der Hofbewohner seinen eigenen Weg.

Peter Fischbacher hatte sich in seiner Kammer fast ein komplettes Tonstudio eingerichtet, denn sein Hobby waren Schallplatten und Tonbänder. Vinzenz las gern. Jede freie Minute verbrachte er mit einem Buch oder mit einem Kalender. Und Klaus war immer irgendwie mit Maschinen beschäftigt. Er hatte sich auch ein uraltes Auto gekauft, das er in seiner Freizeit in Stand setzte. So waren die Männer beschäftigt und hatten keine Zeit für Liebesabenteuer, aber auch nicht für Wirtshausbesuche, wie der Wirt wütend feststellte.

Als dann die Hauptarbeit begann, nämlich die erste Mahd, da konnte man feststellen, was für ein Arbeitstier der Peter Fischbacher war. Er leistete übermenschliches, verlangte aber auch von den Knechten und den Mägden äußersten Einsatz. Von früh bis spät waren alle draußen auf dem Grünland, um das Gras zu mähen, was auf den Steilstücken der Wiesenfläche noch mit der Sense zu geschehen hatte. Die Mägde Vreni und Liesl stöhnten unter der Arbeitslast, und beide waren wütend auf den Peter, der sie zu dieser schweren Arbeit heranzog, wofür anderswo Taglöhner eingestellt wurden. Sie sagten das der Bäuerin und auch dem Peter, doch der lachte die beiden nur aus:

»Dafür brauchen wir keine Taglöhner«, meinte er. »Wenn wir alle fleißig sind und ihr weniger mit der Zunge als mit den Händen mithelft, dann kommen wir leicht selber über die Runden.«

Die Mägde kochten vor Wut, doch sie getrauten sich nicht, offen gegen Peter Stellung zu beziehen, weil sie wussten, dass die Bäuerin völlig auf seiner Seite stand. Und daran tat Monika auch recht, denn es war zum Staunen, was Peter mit seinen Leuten schaffte. Vinzenz und Klaus schienen dieses Arbeitstempo gewöhnt zu sein. Sie waren stets guter Laune und machten noch Witze, wenn die Mägde vor Mühe und Hitze fast ohnmächtig wurden.

Kurz vor einem schweren Gewitter wurde die letzte Heufuhre in die Tenne gefahren, womit der Vorrat für die Kühe gesichert war. Aber es gab nun auch kein Ausruhen. Die Saat begann, und mit ihr neue Belastungen. Peter war für konservative Anbaumethoden, bei denen noch viel Handarbeit nötig war, und darum mussten wieder alle ran. Als sich auch die Bäuerin daran beteiligen wollte und zum Kartoffellegen auf dem Acker erschien, da schickte Peter sie kurzerhand auf den Hof zurück.

»Das ist keine Arbeit für Sie, Bäuerin!« sagte er. Außerdem kommen wir anderen leicht mit der Arbeit zurecht. Sie haben sicher auf dem Hof zu tun, dort gehört die Bäuerin hin und nicht hierher zu einer Arbeit, für die früher Taglöhner eingestellt wurden, falls man welche auftreiben konnte.«

Das Letzte hatte sehr spöttisch geklungen, und Peter hatte dabei die Vreni und die Liesl angeschaut, die sich gerade vorhin über die schwere Arbeit beklagt hatten. Doch Peter hatte sie nur ausgelacht und hatte ihnen gesagt, dass diese Arbeit für ihre Linie äußerst günstig sei, weil beide zur Fülle neigten. Wütend hatte Vreni daraufhin ihre Arbeit fortgesetzt, sich aber geschworen, den Ferner-Hof bei der nächsten Gelegenheit zu verlassen.

Am selben Abend erzählte Vreni die Arbeitsweise des Peter Fischbacher dem Wirt, und der hetzte die Vreni gegen diesen auf. Er meinte, dass sie, die Vreni, vom Hof gehen solle, sobald sie am meisten gebraucht werden würde. Er würde sie jederzeit als Kellnerin einstellen, auch die Liesl würde er nehmen, als Zimmermädchen für die Sommergäste, die sich bereits angekündigt hatten. Sepp Breimlers billige Rachegedanken zielten darauf ab, dass man auf dem Ferner-Hof zur Haupterntezeit ohne Mägde dastehen sollte.

Doch es sollte anders kommen. Burgl, die treu zur Bäuerin hielt und auch Peter Fischbacher in ihr Herz geschlossen hatte, hörte von den Plänen der Vreni und der Liesl. Sie teilte diese der Bäuerin mit, die sich mit Peter besprach. Er wusste auch sofort eine Lösung.

Nach der Bestellung der Felder sollten diese beiden Mädchen entlassen und durch neue ersetzt werden, die Peter besorgen wollte. Es gab wirklich nichts, was Peter nicht zu einer guten Lösung gebracht hätte.

Vreni und Liesl stürzten aus allen Wolken, als ihnen die Bäuerin noch vor der Haupternte kündigte. Sie sagte ihnen auch warum: Damit das Herumgetratsche beim Wirt ein Ende hätte. Vreni und Liesl bettelten die Bäuerin an, doch diese blieb hart. Zwei Wochen später verließen die beiden den Ferner-Hof, am gleichen Tag kamen zwei andere Mädchen, die sich schnellstens in ihrer neuen Wirkungsstätte einarbeiteten und bald vollwertige Arbeitskräfte waren.

Die Ernte verlief heuer so gut wie schon lange nicht mehr. Die Erträge überstiegen alle Erwartungen, und Monika freute sich darüber, dass sie endlich aus den roten Zahlen herauskam. Und das verdankte sie diesem Peter Fischbecher, der den Hof hervorragend steuerte und sich um alles kümmerte als wäre es sein Eigentum.

Monika mochte ihn inzwischen sehr gerne, und das nicht nur seiner Arbeitskraft wegen. Sie hatte inzwischen Gelegenheit gehabt, ihn richtig kennen zu lernen, und dabei hatte sie festgestellt, dass er die Zuverlässigkeit in Person war. Er war ein Mann, auf den sich eine Frau völlig verlassen konnte. Mit ihm an der Seite konnte einem einfach nichts passieren.

Und wo war die Frau, die dieses Gefühl bei einem Mann nicht schätzte? Monika tat es jedenfalls, und sie zeigte es ihm auch. Peter aber tat als bemerke er nichts oder er wollte nichts merken. Er ging Monika nicht gerade aus dem Weg, doch er vermied jedes persönliche Gespräch mit ihr.

Monika bedauerte das, denn sie hätte gerne hie und da ein bißl mit ihm geplaudert, aber dafür war Peter nicht zu haben. Er hatte stets irgendeine Ausrede bereit, um aus Monikas Nähe zu kommen. Monika glaubte daraufhin, dass Peter sie nicht mochte und zog sich nun auch immer mehr von ihrem Verwalter zurück.

Peter aber wollte nicht wieder eine Enttäuschung erleben, wie er sie eben hinter sich hatte, wo die junge Bäuerin zwar jahrelang mit ihm »gegangen« war, aber dann doch einen anderen geheiratet hatte. Das wollte. Peter nicht noch einmal erleben, und darum vermied er es, mit Monika, die ihm sehr gut gefiel, in näheren Kontakt zu kommen.

So war also die Situation zwischen den beiden kurz vor Beendigung der Ernte ziemlich gespannt. Sie gingen sich aus dem Weg, wichen sich aus, wo immer sie konnten, und Monika war oft nahe daran, ihn deshalb zur Rede zu stellen, unterließ es dann aber doch. Leider!

Denn ein klärendes Gespräch hätte die Missverständnisse ausgeräumt und wieder das gute Verhältnis von anfangs hergestellt. So aber tat sich die Kluft zwischen ihnen immer weiter auf. Beim Erntedankfest, das auf dem Ferner-Hof groß gefeiert wurde, und bat dem auch zwei Musikanten zum Tanz aufspielten, fiel es allen auf, dass sich Monika und Peter aus dem Weg gingen. Keinen einzigen Tanz tanzte Peter mit ihr, wo doch Monika so sehr darauf wartete, von ihm in den Arm genommen zu werden, doch sie wartete vergeblich. Mit allen tanzte Peter, nur mit seiner Bäuerin nicht.

Monika fasste das als eine Beleidigung auf und verließ vorzeitig das Fest, um sich in ihre Kammer zurückzuziehen. Daraufhin zog sich auch Peter zurück, und die Zurückbleibenden hatten Gelegenheit, sich vom Verhalten der beiden ein Bild zu machen.

»Der bleibt nicht mehr lange da«, sagte Vinzenz zu seinem Kollegen Klaus, und dieser stimmte dem Älteren sofort zu.

»Schade«, meinte Klaus. »Hier könnte ich es lange aushalten, aber wenn Peter gehen sollte, dann ist auch sicher für uns kein Bleiben mehr.«

So gingen also die Vermutungen hin und her, während sich die beiden, um die es ging in ihren Kammern über das Verhalten des anderen die Köpfe zerbrachen.

Womit könnte ich ihn denn beleidigt haben? fragte sich Monika nicht zum ersten Mal.

Warum geht sie mir aus dein Weg? fragte sich Peter. Und beide fanden nicht den Mut, zum anderen zu gehen und ihn zu fragen.

Als die Ernte vorbei war und die Abrechnungen vorlagen, zeigte es sich, dass es für den Ferner-Hof ein glänzendes Jahr gewesen war. Monika war sehr glücklich und hätte das Glück gerne mit Peter geteilt, doch sie wagte es nicht, den ersten Schritt zu tun.

Sie wollte ihm für die geleistete Arbeit ein großzügiges Geschenk machen und überlegte lange, was ihm Freude machen könnte. Schließlich glaubte sie zu wissen, was Peter am meisten brauchen könnte. Sie bat ihn eines Tages, mit ihr zu einem Autohändler zu kommen, der mit Gebrauchtwagen regen Handel trieb. Monika gab Peter gegenüber vor, dass sie einen guten Gebrauchtwagen kaufen möchte und dass er sie beraten sollte. Wortlos fuhren die beiden mit Peters Wagen zu dem Händler. Dort ging Peter sofort und ohne zu überlegen auf einen guten Mittelklassewagen los, untersuchte ihn, und dann machte er noch eine Probefahrt. Als er auch mit dieser zufrieden wär, sagte er zur Bäuerin:

»Mit dem würden Sie sicher einen guten Griff tun. Er ist bestens erhalten und gepflegt, den können sie noch jahrelang fahren.«

»Würden Sie sich den auch selber kaufen?« fragte Monika.

»Ja, sofort, Bäuerin!«

»Gut!« sagte Monika nur, dann verhandelte sie mit dem Verkäufer und machte den Kauf perfekt. Die

Schlüssel, die sie vom Verkäufer ausgehändigt bekam, gab sie an Peter weiter. Sie war furchtbar verlegen als sie sagte:

»Ich wollte Ihnen eine Freude machen, Peter. Bitte nehmen Sie das Fahrzeug als kleines Dankeschön für alles, was Sie für den Ferner-Hof getan haben.«

Peter nahm die Schlüssel, wusste aber nicht, was er sagen sollte. Alle Farbe war aus seinem Gesicht gewichen. Man konnte deutlich sehen, wie er mit sich kämpfte. Sollte er das großzügige Geschenk annehmen oder zurückweisen? Er wusste nicht ein noch aus, und Monika war enttäuscht, weil Peter so gar keine Freude zeigte.

✿

Peters alter VW blieb beim Händler zurück. Er und Monika stiegen in den »neuen« Gebrauchten und fuhren auf den Hof zurück. Monika saß schweigend neben Peter. Sie musste sich sehr zusammennehmen, weil ihr die Tränen in die Augen zu schießen drohten. Was hab ich nun wieder falsch gemacht? fragte sie sich verzweifelt. Sie wollte Peter doch wirklich nur eine Freude machen, und der saß neben ihr als hätte sie ihn tödlich beleidigt!

Kurz bevor sie den Hof erreichten, fuhr Peter an die Seite und hielt an. Er drehte den Wagenschlüssel in seiner Hand, und Monika fürchtete schon, er würde ihn ihr zurückgeben. Mit diesem Gedanken spielte Peter auch tatsächlich. Und anstatt dass er Monika in seine Arme genommen und ihr auf diese Weise gedankt hätte, sagte er:

»Bäuerin, das schaut fast nach einem Abschiedsgeschenk aus. Ich muss mir gut überlegen, ob ich nicht heute noch von Ihrem Hof gehen soll.«

»Aber warum den, um Gottes willen?« sagte Monika mit schwankender Stimme.

»Damit es mir nicht noch einmal so geht, wie es mir schon einmal ergangen ist«, antwortete Peter und fuhr weiter.

Dummer Bub! musste Monika denken, doch sie sagte es nicht. Ihr wurde nun so manches klar. Peter fürchtete offensichtlich, dass er sich in sie verlieben könne, und dass sie ihn dann auch verlassen könne, wie seine vorige Bäuerin ihn verlassen, als sie einen reicheren Mann gefunden hatte.

In Monikas Herz wurde es stiller. Sie musste ihn davon überzeugen, dass er das bei ihr nicht zu fürchten habe, dass sie ihn liebte und ihn immer lieben würde. Dass sie ihn auf ihrem Hof haben wollte, der auch der seine werden würde. Aber wie sollte sie ihm das sagen? Sie konnte ihm doch keinen Heiratsantrag machen . . .

Und deshalb blieben wieder die Worte ungesagt, die die Lage zwischen Monika und Peter hätten endgültig klären können. Ja, noch am selben Abend wollte Peter offiziell die Bäuerin sprechen, und als sie ihn in das kleine Büro führte, wo sie ihren schriftlichen Kram erledigte, da brachte er doch tatsächlich seine Kündigung auf den nächstmöglichen Termin vor. Monika saß da, wie vor den Kopf geschlagen. Sie kämpfte mit sich selber, doch der Stolz hielt ihr den Mund zu. So sagte sie schließlich nur:

»Ich kann Sie nicht halten, Herr Fischbacher, obwohl es mir sehr Leid tut, dass Sie meinen Hof verlassen wollen, und das nicht nur, weil mir Ihre Arbeitskraft sehr fehlen wird, sondern auch, weil . . .« Weiter kam sie nicht. Sie konnte den Satz nicht vollenden, der ihm gesagt hätte, wie es in ihrem Herzen ausschaute.

Monika stand auf und verließ den kleinen Raum. Tränen standen in ihren schönen Augen, und sie musste erst in ihre Kammer rennen, um sie abzuwischen, ehe sie unter Menschen gehen konnte.

Am selben Abend zogen gefährlich aussehende Gewitterwolken über dem Katzenstein zusammen, ein Bergmassiv, das sich östlich des Traunsteins aus den bewaldeten Hügeln erhob. Man sagte, dort sei die Wetterecke, und darum seien die Gewitter, die sich dort zusammenballten, besonders gefährlich.

Darum verlöschten an diesem Abend bald die Lichter am Ferner-Hof. Alle waren vom schweren Tagewerk rechtschaffen müde. Die Wolkenberge über dem Katzenstein waren näher gekommen, standen nun direkt über St. Konrad. Bald rauschte ein wolkenbruchartiger Regen vom Himmel, der im Nu Straßen und Wege unpassierbar machte. Dann zuckten Blitze vom Himmel und tauchten alles in ein gespenstisches Licht. Donner rollten, deren Echo von den nahen Bergen hundertfach zurückgeworfen wurde. Auf einmal hörte der Regen auf, und eine unnatürliche Stille lag über der Landschaft. Auch die Blitze waren nicht mehr so ineinander übergehend. Das Gewitter schien sich zu verziehen.

Doch auf einmal färbte sich der ganze Himmel blaugrünlich, und die Feuerzunge eines gewaltigen Blitzes fuhr fast waagerecht über den Himmel, ehe er sich zur Erde neigte und dann in die Scheune des Ferner-Hofes fuhr. Der Donner, der dem Blitzschlag folgte, war so gewaltig, dass die Erde zu beben schien. Das Vieh in den Ställen brüllte dumpf, es spürte instinktiv die Gefahr, in der es sich befand. Dann war mit einem Schlag alles wieder still. Die Blitze hörten auf, die Gewalt des Gewitters schien endgültig gebrochen.

In der Scheune, in der der Blitz gefahren war, wurden die landwirtschaftlichen Fahrzeuge und Maschinen eingestellt, die man am Ferner-Hof besaß. Darüber hatte man heuer einen Zwischenboden eingezogen um dort noch Heu lagern zu können das man heuer in solcher Hülle und Fülle geerntet hatte. In dieses rascheldürre Heu war der Blitz gefahren und hatte es in Sekundenschnelle gezündet.

Keine drei Minuten später züngelten die ersten Flammen aus dem Schindeldach der Scheune. Aber das waren nicht die einzigen Flammen, die es an diesem Abend gab. In vier Höfen hatte der Blitz zündend eingeschlagen, und man hörte das Heulen der Feuerwehrsirene. Monika, die nicht schlafen konnte und mit offenen Augen in ihrem Bett lag, sah als Erste den Feuerschein, der ihr Zimmer erhellte.

Mit beiden Beinen gleichzeitig sprang sie aus dem Bett und fuhr in ihre Arbeitskleidung.

»Feuer-Feuer!« brüllte sie, während sie die Treppe hinunterraste. Da wurde es in dem schlafenden Hof lebendig. Türen wurden aufgerissen. Erregte Stimmen schrien durcheinander. Das Krachen der brennenden Balken in der Scheune mischte sich mit dem Brüllen des Viehs zu einer schauerlichen Melodie. Als Monika den Hof erreichte, sah sie gerade noch, wie Peter Fischbacher in die brennende Scheune eindrang. Gleich darauf fuhr er mit dem neuen Traktor wieder heraus. Es war offensichtlich, Peter wollte die wertvollen Maschinen retten, denn das man das Feuer noch löschen konnte, das glaubte niemand mehr. Außerdem war nicht damit zu rechnen, dass die Feuerwehr noch rechtzeitig eintreffen konnte, da sie an anderer Stelle mit dem Löschen zweier Wohnhäuser vollauf zu tun hatte.

Peter hatte den neuen, kostbaren Traktor in Sicherheit gebracht, doch er gönnte sich keinen Augenblick Ruhe. Wieder stürmte er in die Scheune, die nun schon ein einziges Flammenmeer war. Ein Teil des Dachstuhles drohte jeden Augenblick herunterzustürzen.

Monika schrie auf, als Peter wieder in die Flammen

lief. Er hatte sich eine alte Pferdedecke, die er in den Brunnentrog getaucht hatte, um die Schultern gelegt und war nun auf dem Weg, um den Mähdrescher zu retten, den Markus einst gekauft hatte, ohne ihn auf dem Ferner-Hof je richtig einsetzen zu können. In Sekundenschnelle gelang es ihm, den schweren Motor in Gang zu bringen, und dann breschte er mit dem Giganten ins Freie. Balken stürzten herab, doch Peter blieb durch die hohen Aufbauten der Maschine geschützt.

Die Leute schauten ihn bewundernd an, als er jetzt mit rußgeschwärztem Gesicht und tränenden Augen vom Fahrersitz kletterte. Er schaute sich nur kurz um, dann stürmte er nochmals in die Scheune, die eine infernalische Hitze ausstrahlte, jetzt wollte er den Wagen retten, den ihm Monika geschenkt und den er in die Scheune gestellt hatte. Unter der größten Anstrengung gelang es Peter, sich in den Wagen zu klemmen, der nahe am Ausgang der Scheune stand. Die ersten Startversuche waren erfolglos. Wieder und wieder drehte er den Zündschlüssel. Jetzt, endlich, begann der Motor zu surren. Peter legte den Rückwärtsgang ein und versuchte, den Wagen aus der Scheune zu manövrieren. In der Eile stieß er an eine der großen Scheunentüren. Er musste ein Stück nach vorn fahren und konnte erst dann wieder seinen Weg nach außen fortsetzen. Meinte er!

In diesem Augenblick stürzte nämlich ein schwerer Dachbalken von oben auf das Dach seines Wagens, wodurch das Fahrzeug festgeklemmt wurde. Peter konnte weder vor- noch rückwärts. Er wäre in seinem Gefährt jämmerlich verglüht, wenn sich in diesem Augenblick nicht Monika durch die Flammen zu dem Wagen vorgekämpft hätte. Sie konnte dabei gar nichts denken, sie wusste zwar, dass sie sich in Todesgefahr begab, doch da lief sie auch schon los. Vinzenz, der neben der Bäuerin gestanden hatte, gelang es auch nicht, sie zurückzuhalten Jetzt, da er erkannte, was seine Bäuerin vorhatte, packte er den Klaus bei der Hand und zog ihn mit sich in die Flammen, die langsam keine neue Nahrung mehr fanden und allmählich in sich zusammenfielen.

Monika hatte Peters Wagen erreicht und rüttelte an der Fahrertür. Vergeblich! Sie musste verklemmt sein, jedenfalls gelang es ihr nicht, zu Peter vorzudringen. Da kam Klaus mit einer Brechstange an die Seite Monikas. Und ihm gelang es nun, die Tür aufzubrechen. Peter fiel ihnen direkt vor die Füße, und dort blieb er liegen. Monika packte ihn an den Schultern und begann zu zerren. Vinzenz, der nun auch herangekommen war, half der Bäuerin, den Peter, der scheinbar die Besinnung verloren hatte, ins Freie zu ziehen. Endlich war das geschafft.

Monika schien es eine Ewigkeit gedauert zu haben. Ihre Lungen keuchten, ihre Augen tränten, als sie endlich neben Peter in die Knie ging und sein geschwärztes Gesicht mit ihrem Schultertuch zu säubern versuchte. Ein Stöhnen entrang sich Peters Brust. In diesem Augenblick stürzte das, was von der großen Scheune noch übrig geblieben war, in sich zusammen. Funken stoben durch die Nacht, die Balken brachen, dann war nur noch ein Gluthaufen übrig von der stolzen Scheune, die erst vor kurzem erbaut worden war. Doch Menschen waren nicht zu Schaden gekommen. Der Gemeindearzt, den Monika gerufen hatte, stellte bei Peter eine leichte Rauchvergiftung, eine Platzwunde an der Stirn und Brandwunden an den Händen fest, doch er durfte in häuslicher Pflege bleiben, die Monika noch für den Rest der Nacht übernahm: Sie saß an seinem Bett und schaute in das vertraute Gesicht, das manchmal so trotzig und so unnahbar wirken konnte. Jetzt war es entspannt und wirkte viel jünger als sonst. Gegen Morgen schlug Peter das erste Mal die Augen auf. Sein Blick ruhte tragend auf der Bäuerin.

»Was ist denn?« fragte er mit einer Stimme, die von weit her zu kommen schien.

»Du musst schlafen« sagte Monika, und ihr fiel gar nicht auf, dass sie ihn eben mit dem vertrauten Du angeredet hatte. Sie war nur glücklich, dass die Prognose des Gemeindearztes gestimmt hatte, der meinte:

»Der Mann hat eine Bärennatur, der kommt schon durch. Morgen früh ist er sicher wieder bei Bewusstsein.«

Das schien auch einzutreffen. Zwar machte er jetzt wieder gehorsam die Augen zu, doch es dauerte nicht lange, und er begann wieder zu reden.

»Ich möchte wissen, was geschehen ist«, sagte er, und eine Spur der sonstigen Härte lag bereits wieder in seiner Stimme.

Monika beugte sich nahe zu ihm. »Die Scheune ist abgebrannt«, begann sie, »und du hast die Maschinen gerettet, aber dann wäre es dir beinahe schlecht gegangen, weil du noch einmal in die Flammen zurückgerannt bist.«

Peter schien zu überlegen, dann fragte er mit ziemlich klarer Stimme:

»Und was ist mit dem Wagen, den du mir geschenkt hast?« Auch er benutzte das Du, wie es hier sonst üblich war. Nur zwischen ihm und der Bäuerin hatte sich von Anfang an das förmliche Sie eingeführt.

Doch nun, im Unterbewusstsein hatte er sie geduzt, und sie hatte es mit Freuden registriert.

»Der Wagen ist verbrannt« sagte Monika nun.

»Dann hab' ich nicht einmal ein Abschiedsgeschenk von dir«, stellte Peter fest, und in seiner Stimme lag Traurigkeit.

»Nein!« gab Monika mit fester Stimme zurück. Und es wird auch keinen Abschied geben, Peter Fischbacher.«

Er schaute sie erstaunt an. Er war noch zu benommen, um die ganze Tragweite ihrer Worte zu begreifen. Im Augenblick war er nur traurig über den Verlust seines Autos, an dem er sich so gefreut hatte. Er schaute Monika in die Augen und darin las er etwas, was er noch nie bemerkt hatte, an seiner Arbeitgeberin, die eher distanziert gewirkt hatte, seit er auf den Hof gekommen war. Und nun stand in ihren schönen Augen ein Ausdruck von Zuneigung, den sich Peter noch nicht erklären konnte.

Monika wischte ihm in diesem Augenblick mit einem sauberen Taschentuch den Schweiß von der Stirn.

»Durst – Durst!« stammelte Peter. Sofort hielt ihm Monika ein Glas Apfelsaft an die Lippen, den er gierig trank. Dankbar schaute Peter dann zu Monika auf. Und es war ihm plötzlich, als würde nicht Monika an seinem Bett sitzen, sondern seine ehemalige Bäuerin, die ihm eine so große Enttäuschung zugefügt hatte.

Sofort verschloss sich Peters Gesicht, und er drehte seinen Kopf mit einem Ruck zur Wand. Monika dachte, dass er wieder schlafen wolle, und darum verließ sie auf Zehenspitzen das Zimmer. Sie ging hinunter in die Küche, um ihr Tagewerk zu beginnen. Es war heute alles ein wenig anders als sonst, weil doch alle Hofbewohner erst nach Mitternacht ins Bett gekommen waren.

Als Erster erschien wie gewöhnlich Vinzenz zum Frühstück.

»Wie geht es ihm denn?« fragte er mit einem Blick auf die Bäuerin.

»Ich glaube, schon besser!« Er hat schon ein paar Worte geredet.

»Dir, Bäuerin, verdankt er sein Leben. Wärst du uns nicht mit gutem Beispiel vorangegangen, wer weiß, ob wir uns in die brennende Scheune hineingetraut hätten, um den Peter zu retten.

»Red doch keinen solchen Unsinn,

Vinzenz! Natürlich hättet ihr euren Kollegen und Freund aus dem Feuer herausgeholt.

»So sicher wär' ich da nicht. Bäuerin. In so einer Situation ist sich jeder meist selbst der Nächste und denkt vor allem erst an die eigene Sicherheit. Das geb' ich ganz ehrlich zu, Bäuerin.«

»Ich kann das zwar nicht recht glauben, Vinzenz, aber wenn es wirklich so sein sollte, dann bitte ich dich, dem Peter nichts davon zu sagen. Ich möchte nicht, dass er glaubt, mir seine Rettung verdanken zu müssen.«

»Ich kann zwar nicht verstehen, warum du das nicht möchtest, aber wenn es dir lieber ist, dann erfährt er von mir kein Wort, wem er sein Leben verdankt«, sagte Vinzenz, der treue Knecht, und verließ noch kauend die Küche, wo er sein Frühstück eingenommen hatte.

»Ich schau noch schnell zum Peter hinauf«, meinte er als er schon an der Tür stand und nickte der Bäuerin noch einmal zu.

»Servus, Peter!« begrüßte er gleich darauf seinen Freund und Kollegen, als er in dessen Kammer trat. Peter hatte wieder vor sich hingedöst zwischen wachen und schlafen und nun wendete er sein Gesicht dem Eintretenden zu.

»Servus, Vinzenz«, sagte er, als er seinen Besucher erkannt hatte. »Komm, setz dich daher!« forderte er Vinzenz auf, der sich einen Sessel heranzog und nun an seiner Seite Platz nahm.

»Du machst vielleicht Sachen!« sagte Vinzenz, tadelnd. »Stell dir vor, wenn wir dich nicht mehr herausholen hätten können, dann lägst du jetzt nicht hier, sondern unten in der Friedhofskapelle.«

»Das weiß ich, Vinzenz, und ich werd' dir und dem Klaus mein Leben lang dafür dankbar sein, dass ich durch euch aus dieser Flammenhölle herausgekommen bin.«

Vinzenz schaute seinen Freund einen Augenblick lang durchdringend an.

»Du glaubst also, dass nur wir beide dich gerettet haben?«

»Ja, wer denn noch?« fragte Peter aufgeregt. Da erinnerte sich Vinzenz, dass er der Bäuerin das Versprechen gegeben hatte ihm nichts von ihrer Hilfeleistung, zu erzählen, darum sagte er nun:

»Na ja, dein Schutzengel halt, denn ohne Schutzengel wärst du nicht mehr herausgekommen.«

Peter kannte Vinzenz als religiösen Mann und dachte nun, dass er den wirklichen Schutzengel, oder was man sonst darunter verstehen mochte, meinte, darum lächelte er Vinzenz unsicher an.

»Einen Schutzengel braucht jeder, sonst wär' dieses Leben gar nicht zu ertragen, aber ohne euch hätte auch der beste Schutzengel nichts ausrichten können.« Vinzenz war es gar nicht wohl in seiner Haut, darum verabschiedete er sich nun, um an seine Arbeit zu kommen. Kaum hatte er Peters Kammer verlassen, klopfte es schon wieder an die Kammertür:

Die Jungmagd steckte den Kopf zur Tür herein:

»Der Doktor ist da, Peter«, sagte sie und ließ den Gemeindearzt eintreten. Der Doktor war ein Mann in den mittleren Jahren, und er hatte sich im Laufe der Jahre bei seinen bäuerlichen Patienten einen ziemlich rüden Umgangston angewöhnt. Damit verstand man ihn am besten.

»Guten Morgen«, sagte er nun. »Wie geht es?« fragte er dann.

»Danke, Herr Doktor, ganz gut!«

»Danken Sie nicht mir, Herr Fischbacher, sondern Ihrer Bäuerin, denn ohne ihr besonnenes Einschreiten, wären Sie heute schon längst hin!«

Peter schaute den Arzt verständnislos an.

»Wie soll ich das verstehen, Herr Doktor?« fragte er.

»Ja, hat man Ihnen denn nicht erzählt, dass die Bäuerin es war, die ihre Rettung aus den Flammen herbeigeführt hat?«

»Nein, Herr Doktor, mit keinem Wort!«

»Gut, dann will ich das jetzt tun«, meinte der Arzt, und nun erzählte er seinem Patienten das, was er in der vergangenen Nacht von den anderen Leuten vom Hof erfahren hatte, denn Monika war auch ihm gegenüber sehr zurückhaltend gewesen.

»Unter Einsatz ihres eigenen Lebens ist Ihre Bäuerin in den Schuppen gestürzt, um Sie herauszuholen, und dann sind ihr noch der Vinzenz und der Klaus zur Hilfe gekommen, denn sonst wäre sie wahrscheinlich an Ihrer Seite und mit Ihnen in den Flammen umgekommen.«

Peter hatte sich bei den letzten Worten des Arztes aufzusetzen versucht.

»Wenn das wahr ist, Herr Doktor... Wenn das wahr ist, dann ...«

»Was dann?« fragte der Gemeindearzt, obwohl er die Zusammenhänge langsam erfasste.

»Dann muss sie mich doch gern haben, denn sonst tut man,so etwas doch nicht, oder hab' ich unrecht?«

»Nein, Sie haben Recht, Herr Fischbacher! Aber jetzt wird nicht mehr geplaudert sondern wieder geschlafen. Ich wechsel noch das Pflaster an Ihrer Stirn, und dann machen Sie wieder ihre Augen zu, verstanden?«

»Jawohl, Herr Doktor!« sagte Peter gehorsam. Der

Onkel Doktor riss ihm das alte Pflaster von der Stirn, Die Wunde war ziemlich umfangreich, doch der herabstürzende Balken hatte nicht den Knochen verletzt.

»Gut, dass Sie so einen harten Schädel haben, Herr Fischbacher. So ist es zum Glück nur eine Fleischwunde geworden. In drei Wochen erstrahlen Sie wieder in ihrer früheren Schönheit« sagte der Arzt lachend.

»Geht es nicht ein bißl schöner?« scherzte Peter gut gelaunt. Das Gespräch mit dem Gemeindearzt war für ihn sehr aufschlussreich gewesen.

Er nahm sich in diesem Augenblick vor, seiner Bäuerin eine Kommödie vorzuspielen, und dazu hatte er bald darauf Gelegenheit. Denn kaum war der Doktor gegangen, sein Schritt auf der Treppe verhallt, da öffnete sich leise die Tür. Monika kam mit einem Tablett ins Zimmer, auf dem sie das Frühstück für Peter angerichtet hatte.

Sie erschrak, als sie die Kammer betreten hatte. Peter lag nämlich mit geschlossenen Augen in seinem Bett, und er hatte beide Hände über seine Brust gefaltet. Er schaute aus wie ein Toter. Monika kam langsam näher und stellte das Tablett auf das Nachtkastl.

»Peter!« flüsterte sie. Er gab keine Antwort.

»Warum sagst du denn nichts?« fragte sie angstvoll, weil ihr Peters Schweigen und die gefalteten Hände unheimlich waren. Sie erinnerten sie an einen Toten. Peter schwieg noch immer.

»Peter!« wiederholte Monika, und dann noch einmal: »Peter!«

Jetzt öffnete er langsam die Lider, doch er nahm noch immer nicht die gefalteten Hände von der Bettdecke.

»Warum hast du denn die Hände gefaltet?«

»Das muss man ja wohl, wenn der Schutzengel ins Zimmer kommt«, sagte Peter und tat sehr ehrfürchtig. Monika verstand kein Wort, und das sagte sie auch.

»Nun«, meinte Peter jetzt und schaute seiner Bäuerin in die Augen. »Mir hat man gesagt, dass ich ohne meinen großen Schutzengel nicht mehr am Leben wäre.«

»Jeder Mensch braucht und hat einen Schutzengel. Peter, das weißt du doch als Christenmensch!«

»Ja, das weiß ich, Bäuerin, aber ich hab' nicht gewusst, dass ein Schutzengel so schön sein kann wie Sie, Bäuerin.«

»Wie meinst du denn das, Peter?« fragte die Bäuerin verstört. Sollte ihm jemand gesagt haben, dass sie an seiner Rettung nicht ganz unbeteiligt war?

»Sie wissen ganz genau, wie ich das meine, Bäuerin! Ich weiß nämlich seit wenigen Minuten, wem ich mein Leben verdanke.«

»Deinem Schutzengel« vollendete Monika.

»Richtig! Und mein Schutzengel sind Sie, Bäuerin, und dafür werde ich Ihnen dankbar sein, solange ich lebe.«

»Erstens« sagte die Bäuerin, »nennt man den Schutzengel beim Vornamen, und zweitens sagt man Du zu ihm, hast du davon noch nie gehört?«

»Doch, Monika, mein Schutzengel.«

Peters Stimme schwankte als sie das sagte.

»Und drittens«, fuhr Monika fort, »will ein Schutzengel nichts von Dank wissen. Schließlich ist er dazu da, von seinen liebsten Menschen Unheil abzuwenden.«

»Von seinen liebsten Menschen?« fragte Peter benommen.

»Ja, du Dummer, falls du das noch immer nicht wissen solltest.«

»Aber ich bin doch nur ein Knecht, ein armseliger, und Sie – du bist meine Bäuerin.«

»Richtig«, gab Monika zu, »aber du wirst bald mein Bauer sein.«

Nun verstummte das Gespräch. Peter versuchte sich aufzurichten, und Monika wollte ihm dabei behilflich sein, und dabei kamen sich ihre Gesichter sehr nahe, und bei dieser Gelegenheit zog Peter Monika sachte an sich.

»Darf man einen Schutzengel auch küssen?« fragte er, obwohl er die Antwort schon zu kennen glaubte. Er bekam auch keine Antwort, weil Monika ihre Lippen auf seine presste, konnte sie nämlich nichts sagen, aber das war nun ja auch nicht mehr notwendig.

✿

Der Doktor sollte Recht behalten. Drei Wochen später durfte Peter aufstehen. Er war zwar noch ein bißl wackelig, aber er hatte ja an Monika eine fabelhafte Stütze. Ihr erster gemeinsamer Weg führte sie zu der Stelle, wo früher die Scheune gestanden hatte. Asche und Schutt waren längst weggeräumt, nur noch ein großer schwarzer Fleck zeigte die Stelle, wo Peter fast ums Leben gekommen wäre. Lange stand Peter da, dann drehte er sich zu Monika hin und fasste ihre Hand.

»Dass ich noch hier stehe und nicht mit in dem schwarzen Fleck eingebrannt bin, das verdanke ich dir, Moni.« Er neigte sich ihr zu und küsste sie auf den Mund. Die Leute vom Ferner-Hof hatten natürlich längst begriffen, dass Peter und Monika zueinander gefunden hatten, und alle fanden das einfach prima. Jetzt würde der Hof einen Bauern bekommen, der viel von der Landwirtschaft verstand, den sie schon alle kannten, und der auch sie alle kannte. Es würde keine Veränderungen geben, und es würde alles so weiterlaufen wie bisher, nur viel schöner, weil die Bäuerin und der Peter ein Paar werden würden.

»Wollen wir die Scheune hier an der gleichen Stelle wieder aufbauen?« fragte Monika den Peter.

»Ich weiß noch nicht recht, Moni. Das müssen wir uns noch überlegen. Vielleicht wäre es besser, wenn man den kleinen Stadel durch einen größeren ersetzen würde, in dem unten Platz für alle Maschinen und oben noch für einen richtigen Heuboden wäre. Dann könnte man ihn weiter zum Stall hinstellen, mit einem direkten Durchgang zu diesem und ins Haus. Dann wäre ein richtiger Vierkant-Hof entstanden.«

Monika schmiegte sich an Peter.

»Gut, das werden wir noch alles prüfen und durchsprechen, wenn der Mann von der Versicherung da gewesen ist. Er soll dieser Tage erscheinen.«

»Da können wir nur Gutes hören, denn noch vierzehn Tage vor dem Blitzschlag habe ich eigenmächtig die Versicherungssumme kräftig erhöht, weil ich mir dachte, dass die alte Versicherung nicht mehr ausreichend war.«

Monika lobte seine Voraussicht. Sie hatte sich bei ihm eingehängt, und so gingen sie langsam zum Hof zurück.

Tatsächlich kam am Nachmittag ein Mann von der Versicherung, ein gewisser Wohner, der die Bäuerin zu sprechen wünschte. Sie empfing ihn auch, doch dann ließ sie ihn mit Peter, den sie als zukünftigen Bauern vorgestellt hatte, allein im Büro. Zwischen den beiden Männern gab es keine strittigen Punkte. Da Blitzschlag als Brandursache feststand, keine Fremdeinwirkung vorlag, stand der Auszahlung der Versicherungssumme nichts im Weg. Schon nach einer halben Stunde verließ Herr Wohner wieder den Hof mit dem Versprechen, die auszuzahlende Summe umgehend zu überweisen. Das geschah schon zwei Tage später, und der Betrag war so hoch, dass Peters

Plan, einen größeren Neubau zu erstellen, leicht zu realisieren war.

Aber vorher geschah an diesem Abend noch etwas Anderes.

Peter hatte darauf bestanden, dass er sein Leben wie bisher weiterführte, bei den Dienstboten aß, mit ihnen arbeitete und mit ihnen verkehrte wie bis jetzt. Das sollte sich erst ändern, wenn er Monika zum Traualtar geführt hatte.

Erst nach dem Abendessen setzten sich Peter und Monika hinüber in die Wohnstube. Das taten sie auch heute. Da im Fernsehen ein Heimatfilm lief, wollten die beiden sich den Streifen anschauen. Doch es dauerte nicht lange, da klopfte es an die Stubentür. Auf das »Herein« der Bäuerin steckte der Friedl, der Sohn vom Nachbarn, seinen Kopf zur Tür herein.

Er hatte immer gern geholfen, wenn er auf dem Ferner-Hof gebraucht wurde, darum forderte Monika ihn freundlich auf, hereinzukommen. Das tat der Friedl auch, doch er kam nicht allein. Gleich hinter ihm betrat Liesl die Stube, jene Liesl, die einst Jungmagd auf dem Ferner-Hof gewesen war und die gegangen war, als ihr die Arbeit unter Peters Regiment zu viel wurde. Liesl schaute verlegen zu Monika hinüber, die ihre beiden Besucher auf die Bank im Herrgottswinkel drückte.

Jedem, der Friedl früher kannte, musste die Veränderung auffallen, die der junge Bursch durchgemacht hatte. Liesl Zuneigung hatte ihn sicherer gemacht, er war nun kein Außenseiter mehr, denn er hatte einen Menschen gefunden, der bereit war, das Leben mit ihm gemeinsam zu leben, und das musste man der Liesl hoch anrechnen.

Sie konnte es nicht aus Egoismus getan haben, denn auf dem kleinen Mooshammer-Hof erwartete sie ein arbeitsreiches Leben. Sie musste den Friedl wirklich gern haben, wenn sie dieses Los freiwillig auf sich nahm. Das musste Monika denken, und mit dem Gefühl der selber liebenden Frau imponierte ihr die Einstellung der Liesl, die früher ein eher leichtsinniges Dirndl war.

Friedl hatte seine Sprachstörungen überwinden können, er redete nun frei und ohne Stottern. Seine Haare waren sauber geschnitten und gewaschen, sein Gesicht glatt rasiert. Er war jetzt ein junger Mann, den ein Dirndl schon gern haben konnte. Und das tat die Liesl ganz offensichtlich, denn wie sie zu ihm aufschaute, wie sie ihm zuhörte, das alles zeugte von echter Zuneigung.

»Wir sind gekommen«, begann der Friedl, »um euch zu sagen, dass wir heiraten werden, die Liesl und ich.«

Monika und Peter schauten sich an, und sie dachten beide das Gleiche: Es geschehen noch Zeichen und Wunder! Liest rückte ein bißl verlegen auf ihrem Platz hin und her.

»Bäuerin«, sagte sie später, »es tut mir Leid, dass ich dich damals im Stich gelassen habe, aber ich hab' gedacht, dass der Friedl mich dringender braucht als du.« Das entsprach zwar nicht ganz dem wirklichen Geschehen, denn Liesl hatte ja den Ferner-Hof verlassen, weil sie sich vor der Arbeit fürchtete, doch das erwähnte Monika nicht. Im Gegenteil!

»Ich bin froh für euch beide«, sagte Monika. »Und ich hoffe, dass ihr recht glücklich miteinander werdet!« Sie reichte über den Tisch hinweg ihre Hand.

Friedl hielt sie lange in der seinen. Dabei schaute er der jungen Bäuerin tief in die Augen. Als Liesl das sah, trat sie ihm verstohlen gegen das Schienbein. Friedl verstand sofort und ließ Monikas Hand los als hätte er sich an ihr verbrannt. Monika musste schmunzeln. Das war also aus einem ihrer heißesten Verehrer geworden:

Ein Mann, der schon unter dem Pantoffel stand, noch bevor er geheiratet hatte. Trotzdem gönnte Monika den beiden jungen Leuten ihr Glück von ganzem Herzen. Sie ging in die Küche, um etwas zu holen, womit sie ihren Besuch bewirten konnte. Sie kam mit einer Flasche Wein und etwas Gebäck zurück. Die Vier tranken sich zu, Peter und Monika wünschten dem Pärchen nochmals Glück.

»Wann wird es denn bei euch so weit sein?« fragte auf einmal der Friedl und schaute Monika wissend an.

»Woher weißt du denn davon?« wollte Monika erfahren.

»Das weiß doch schon das ganze Dorf«, gab diesmal Liesl zur Antwort. Monika zögerte mit einer Auskunft, darum meinte Peter jetzt:

»Es pressiert uns nicht. Erst muss der Stadel wieder aufgebaut sein, damit uns nichts an die furchtbare Nacht und die Feuersbrunst mehr erinnert.«

»Du, du« drohte Monika mit erhobenem Zeigefinger. »Ohne Feuer wären wir heute vielleicht noch immer nicht zusammen.« Das musste Peter zugeben, und darum meinte er jetzt:

»Sie ist die Bäuerin, darum muss sie bestimmen, wann wir heiraten,« Jetzt lachten alle.

»Es wird schon nicht mehr lange dauern«, gab Monika nun Bescheid. Wir werden es euch bald nachtun.« Friedl grinste ein bißl.

»Hätte nie gedacht, Bäuerin, dass ich noch einmal vor dir heiraten werde«, sagte er und wurde ein wenig rot dabei.

»Tut es dir etwa schon Leid?« fragte Liesl aufgebracht.

»Aber nein, Schatzl, ganz im Gegenteil!« Die zwei

verabschiedeten sich bald darauf und verließen eng umschlungen die Stube.

Monika rückte an Peters Seite. Er legte die Hand um ihre Schulter und zog sie an sich. Monika schaute ihn erwartungsvoll an, doch er sagte nichts, wieder nichts! So sehr sie sich auch ihrer gegenseitigen Liebe gewiss waren, einen Heiratsantrag hatte Peter der Monika noch nicht gemacht, und sie wartete so sehr darauf, weil das für sie einfach dazu gehörte. Peter wiederum wollte die entscheidende Frage nicht stellen, weil er fürchtete, sie könne glauben, dass er aufs Heiraten erpicht wäre, um schnell Bauer auf dem Ferner-Hof zu werden. Doch nicht länger wollte Monika mehr warten, und darum sagte sie nun:

»Peter Fischbacher, wären Sie unter Umständen bereit, mich zu ihrem Weibe zu nehmen?« Peter schaute sie groß an.

»So einen schönen Heiratsantrag hab' ich noch nie bekommen, Monika Ferner! Und weil er so schön war, darum sage ich auch ja! Hier bin ich, nimm mich, wie ich bin.«

Beide lachten nun von ganzem Herzen, und ihre Lippen fanden sich zu einem langen Kuss. Als sie sich voneinander lösten, fragte Monika: »Nachdem ich jetzt dein Ja-Wort habe, möchte ich dich auch fragen, wann wir zum Pfarrer gehen wollen, um das Aufgebot zu bestellen?«

»Du bist die Bäuerin, Moni, und darum geschieht das, was du anschaffst«, meinte Peter lachend.

»Gut«, sagte Monika gespielt streng. »Morgen Früh um acht Uhr ist Abmarsch zum Herrn Pfarrer, verstanden?«

»Jawohl, Herr Feldwebel« erwiderte Peter, aber er konnte, ein Lachen nicht unterdrücken. Aber am nächsten Morgen wurde es tatsächlich Ernst. Gemeinsam gingen sie ins Dorf und direkt zum Pfarrhof.

Der alte Geistliche empfing sie freundlich in seiner Studierstube.

»Ich kann mir schon denken, was euch herführt«, meinte er und bot den beiden Platz an. »Es scheint in St. Konrad eine Epidemie ausgebrochen zu sein, alles will heiraten. Na, mir soll es recht sein, und unser Herrgott im Himmel wird sicher auch sein Wohlgefallen daran haben.« Mit den letzten Worten erhob der nette Priester seine Blicke gegen die Decke. Man besprach den Termin, dann fragte Monika:

»Wer außer uns will denn noch heiraten?«

»Ja, wisst ihr denn das nicht? Der Mooshammer-Friedl heiratet eure ehemalige Magd Liesl.«

»Das wissen wir schon, Herr Pfarrer. Sonst noch wer?« fragte Peter.

»Natürlich« erwiderte der Pfarrherr.

»Der Josef Breimler, der Kirchenwirt, heiratet auch eine ehemalige Magd von euch, und zwar die Vreni!« Der Pfarrer lachte verschmitzt. Scheint ein gutes Heiratsklima zu sein, da oben auf dem Ferner-Hof.« Monika wechselte mit Peter einen langen Blick, der sagen sollte: Das hat nichts mit dem Klima zu tun, sondern mit den Herzen.

Auf dem Heimweg wurden die beiden noch einmal aufgehalten. Als sie nämlich am Kirchenwirt vorbeigehen wollten, da kam der Sepp Breimler förmlich herausgestürzt und baute sich vor den beiden auf.

»Monika, ich hätte ein Wörtl mit dir zu reden. Darf ich euch bitten, auf einen Sprung in die Gaststube zu kommen, da am Kirchenplatz kann man das nicht sagen.«

»Warum?« fragte Monika.« Willst du mir wieder ein Stück Land abkaufen, damit du Gästepensionen errichten kannst?«

Der Sepp schaute recht unglücklich drein, und darum erfüllten Monika und Peter seinen Wunsch und gingen in die Gaststube, die um diese Zeit völlig leer war. Nur die Vreni war eben dabei, den Fußboden zu schrubben. Sie schaute verlegen zur Monika, genauso wie gestern Liesl geschaut hatte.

»Setzt euch« forderte der Wirt derweil seine Gäste auf, und als sie Platz genommen hatten, fragte er weiter: »Was darf ich euch denn bringen?«

Monika und Peter lehnten die Einladung des Wirtes dankend ab. Er setzte sich nun zu den beiden und druckste ein bißl herum, während ihm die Vreni auffordernde Blicke zuwarf.

»Die Sache ist nämlich die«, begann der Sepp, und kleine Schweißperlen bildeten sich auf seiner Stirn, »die Vreni sagt, dass sie mich nicht heiraten tät', wenn ich mich nicht bei euch beiden entschuldigen würde. Und darum möchte ich das hiermit getan haben.« Sepp schaute zur Vreni hin als wolle er sagen, na, ist es so recht? Doch die kam nun heran und begrüßte ihre ehemalige Arbeitgeberin! Auch Vreni entschuldigte sich bei Monika dafür, dass sie seinerzeit den Ferner-Hof so überstürzt verlassen hatte, Monika versicherte ihr, dass sie ihr nie deshalb böse gewesen sei. Erleichert atmete Vreni auf. »So, und nun bist du an der Reihe!« sagte sie zum Sepp, der sich schon davonschleichen wollte.

»Aber ich hab doch schon gesagt.«

»Was du gesagt hast, das war keine Entschuldigung, Sepp!« fuhr ihn die Vreni resolut an.

»Also gut Monika, es tut mir Leid, dass ich so dummes Zeug über dich und deinen Hof geredet habe, und ich bitte dich deshalb um Entschuldigung! Trag mir nichts nach und seien wir wieder die Alten!«

Monika schaute verständnislos von einem zum anderen. Sie hatte nämlich, wie es meistens ist, von dem ganzen Getratsche gar nichts gehört und wusste deshalb nicht, was der Sepp meinte.

»Zu wem hast du denn was gesagt?« fragte Monika.

»Na ja, zum Beispiel auch zu deinem zukünftigen Mann, zu ihm da«, erklärte der Sepp und deutete auf Peter.

»Und warum hast du mir davon nichts gesagt?« wollte Monika von Peter wissen. Doch der winkte ab.

»Nichts mehr davon, das soll vergeben und vergessen sein!« Und so war es dann auch, man versöhnte sich, und man ging als Freunde auseinander.

Anschließend schritten Monika und Peter zum Ferner-Hof hinauf. In den letzten Strahlen der Abendsonne lag er wie eine Trutzburg da oben auf dem Hügel. Peter blieb stehen und zog Monika an sich.

»Und da soll ich der Bauer werden?« fragte er fast ehrfürchtig.

»Du sollst es nicht werden, du bist es schon!« gab Monika zurück.

Der weitere Weg wurde wortlos zurückgelegt. Beide hingen ihren Gedanken nach. Peter konnte es noch immer nicht fassen, dass er Monikas Herz gewonnen hatte. Wodurch eigentlich? Wenn er sich recht erinnerte, war er nicht einmal besonders freundlich und entgegenkommend zu seiner Bäuerin gewesen, und trotzdem hatte sie ihm ihr Herz, das so viele begehrten, geschenkt. Peter fühlte sich trunken vor Glück.

Monika, die eng an ihn geschmiegt dahinging, dachte nicht das Gleiche. Sie wunderte sich über ihre eigene Einstellung zum Glück. War die junge Bäuerin damals mit dem Markus in einem Taumel von Leidenschaft in die Ehe getreten, so war das nun ganz anders. Das Gefühl, das sie für Peter empfand, das entsprach nicht im Entferntesten dem Gefühl für Markus von damals. Jetzt, wo sie so am Arm von Peter dahin schritt, empfand Monika das besonders stark.

Markus war für sie damals die Urgewalt gewesen, der Mann, der sie mit jeder Faser seiner Männlichkeit beansprucht und haben wollte, während sie bei Peter das Gefühl hatte, dass sie die ersten Schritte tun musste, um an sein Herz heranzukommen.

Trotzdem fühlte Monika kein Bedauern. Im Gegenteil! Sie fand es beruhigend und friedlich, zu wissen, dass da ein Mann war, der für sie dachte, sorgte, arbeitete und dem sie blindlings Vertrauen konnte. Bei diesem Gedenken drückte sie Peters Arm fester an ihren Körper. Er blieb stehen und zog sie in seine Arme.

»Moni«, sagte er, »ich hab' einfach Angst!«

»Angst? Wovor denn?«

»Dass ich eines Tages aufwache und feststelle, alles ist nur ein Traum gewesen.«

»Dann werde ich dich daran erinnern, daß alles Wahrheit ist und nicht ein Traum. Ich werde zu dir hinüberrutschen, und dann sollst du spüren, dass ich bei dir bin, für immer, bis an das Ende unserer Tage.«

Für diese schönen Worte nahm Peter sie in die Arme, wieder einmal, und es schien, als wollten die beiden Liebenden schier in ihren Küssen ertrinken. Doch sie ertranken nicht, sie erlebten noch sehr gesund ihren Hochzeitstag, der alles andere als schön begann.

Als Monika am Morgen ihr Fenster öffnete, prallte sie zurück. Graue Wolken ohne Ende spannten sich über das Hochtal, aus denen pausenlos Regen zur Erde schoss, Monika war sehr traurig! Sie hatte sich einen Hochzeitstag voller Sonne und Glück gewünscht. Und nun dieses Sauwetter. Monika hätte heulen mögen, doch sie kam nicht dazu. Die Zeit, drängte, und bald darauf holte sie Peter aus ihrem Zimmer ab, um sie nach unten zu bringen, wo die wenigen Hochzeitsgäste schon versammelt waren.

Peters Eltern waren schon lange tot, und mit seinen